PHILIPPA L. ANDERSSON

MAYBE YOU
Finally us

COLORADO KISSES

2

Über das Buch

Ivy Rivers hat endlich ein Zuhause, Freunde und einen tollen Job gefunden. Nur eine Sache fehlt ihr noch zu ihrem Glück, und dafür braucht sie Hilfe – von Ken McNamara, groß, gut gebaut, smart und der perfekte Kandidat für ihr Vorhaben … und ein Aufreißer. Warum nur stellt der Playboy dann plötzlich Bedingungen an sie? Und woher kommen all die Gefühle?

Über Philippa L. Andersson

Philippa L. Andersson lebt und arbeitet in Berlin. 2012 erschien ihre erste Kurzgeschichte. 2013 folgte ihr erster Roman »In deinen Armen«. 2017 war sie mit »You Can't Escape Love – Begehren . Vertrauen . Lieben« erstmals in der BILD-Bestsellerliste. Viele ihrer Romane gibt es auch als Hörbuch. Wenn sie nicht schreibt, joggt sie durch ihren Kiez, entdeckt neue Restaurants oder lässt sich vom Leben inspirieren.

www.philippalandersson.de
philippa@philippalandersson.de

PHILIPPA L. ANDERSSON

MAYBE YOU
Finally us

ROMAN

COLORADO KISSES

2

Originalausgabe
März 2022

Maybe You Finally Us (Colorado Kisses 2)
Philippa L. Andersson

Umschlagfotos: © depositphotos.com/woodhouse
Umschlaggestaltung: Philippa L. Andersson
Bilder Anhang: © Philippa L. Andersson
Lektorat: Mona Gabriel, Leipzig, Deutschland
Korrektorat: Laura Gosemann, Berlin, Deutschland

Philippa L. Andersson vertreten durch:
Sowade, Plantagenstraße 13, 13347 Berlin, Deutschland
philippa@philippalandersson.de
www.philippalandersson.de

ISBN: 978-3-98595-318-9

Bestellung und Vertrieb: Nova MD GmbH, Vachendorf, Deutschland
Druck: Sowa Sp. z o.o., ul. Raszynska 13, 05-500 Piaseczno, Polska

SIE WILL SICH IHREN GROSSEN
TRAUM ERFÜLLEN.
ER TRÄUMT NUR VON IHR.

Prolog

IVY

»Der nächste Song ist über diesen *einen* Menschen, dem ihr schon immer sagen wolltet, was ihr für ihn empfindet.«

Die Sängerin auf der Open-Air-Bühne des Festivals gibt ihrer Band ein Zeichen, und die ersten Takte erklingen. In der Zuschauermenge bilden sich Paare. Die Sonne geht langsam unter. Die Luft ist noch warm. Der Himmel leuchtet in romantischen Rosatönen. In der Ferne zeichnen sich die Berge der Rocky Mountains ab, die Telluride umgeben. Der Herbst färbt die Blätter bunt. Es ist perfekt.

Ich schaue zu meiner besten Freundin April, die mit ihrem Freund Cole eng umschlungen tanzt. Die beiden haben ein verrücktes Jahr hinter sich. Wenn man sie sieht, könnte man denken, sie wären schon seit Ewigkeiten ein Paar.

»Sind sie nicht niedlich?«, murmelt Ken neben mir.

Mein Puls schießt in die Höhe. Das passiert immer, wenn dieser Mann in meiner Nähe ist. Was leider recht oft der Fall ist. Er ist nicht nur der Assistent von Cole, sondern auch dessen bester Freund – und wir hängen für meinen Geschmack viel zu oft zusammen rum.

Ken ist … schwer zu beschreiben. Er ist auf jeden Fall der mit Abstand attraktivste Mann, der mir je begegnet ist. Wenn er einen Raum betritt, richtet sich sämtliche Aufmerksamkeit auf ihn. Nicht mal Prominente, die sich ab und zu in Telluride zeigen, ändern was daran. Er ist groß, gut gebaut, hat diese tollen Lippen und diese noch tolleren kaffeefarbenen Augen. Immer wenn sich unsere Blicke treffen, beginnt mein Herz zu rasen. Irritierend. *Verdammt irritierend.*

Bei der Arbeit trägt er teuflisch gut sitzende Anzüge, die regelmäßig die Sicherungen in meinem Gehirn durchknallen lassen. Ich fantasiere dann davon, ihn an seiner schmalen Krawatte zu packen und für einen Kuss zu mir herunterzuziehen. *Echt schräg!* In seiner Freizeit, so wie jetzt, läuft er in lässigen Shirts und perfekt sitzenden Jeans herum, die bei mir ebenfalls für Aussetzer sorgen. Als hätten die Jeans einen Peilsender, klebt mein Blick ständig an ihnen – und dem Träger. *Wann hört das endlich auf? Mit diesen Jeans und dem Träger wird nichts laufen. Ken ist ein Aufreißer.*

Telluride ist ziemlich klein, nur ein paar Tausend Leute leben hier, und Tratsch verbreitet sich schnell. Bereits einen Tag nach meinem Umzug in die Stadt habe ich die ersten Geschichten über ihn gehört. Mittlerweile bin ich drei Monate hier und noch hat sich keine wiederholt. *Keine einzige!* Das Register an Frauen, das dieser Mann füllt, ist verdammt dick. Ich bin auch keine Heilige, aber ich suche die große Liebe, nicht das schnelle Vergnügen. *Also, Blick, richte dich gefälligst auf jemand anderen, jeden, nur nicht auf diesen Mann!*

Fehlanzeige.

Das ist schlecht. Ich weiß, wie es mit Kerlen wie Ken läuft. Ich falle ständig auf sie herein. Das ist irgendwie mein Ding. Egal, wie sehr ich mich bemühe, mich von ihnen fernzuhalten, am Ende lasse ich mich doch auf sie ein und werde enttäuscht. Wie alle in L. A. hatte ich eine Therapeutin, und die meinte, ich würde immer wieder versuchen, meine erste schlechte Erfahrung zu wiederholen. Für einen besseren Ausgang. Eine Mammutaufgabe! Denn der erste Vollidiot in der Reihe an Vollidioten hatte es echt in sich.

Schluss damit! Noch mal passiert dir das nicht, Ivy. Egal, wie charmant Ken ist. Egal, wie sehr sich der Mann bemüht. Und egal, wie viele Fantasien du von ihm hast. Du musst und wirst ihm widerstehen, und wenn es das Letzte ist, was du tust! Du bist Anfang dreißig. Zeit, aus deinem Beziehungsteufelskreis auszubrechen und Mister Right zu treffen. Nicht Mister Playboy.

Bevor Ken mir zu nahe kommen kann, rücke ich zur Seite, reiße meinen Blick von ihm und seiner Lederjacke los und schaue zu April und Cole. *Besser.*

»Habt ihr euch schon geküsst?«, rufe ich ihnen zu.

»Wir küssen uns ständig, ihr Schlaumeier!«, antwortet April lachend mir – und Ken.

»Heißt das etwa nein? Ach komm, noch mal für uns«, sage ich, weil ich nicht genug vom großen Glück meiner besten Freundin bekomme. Coles und ihre Liebesgeschichte ist wie ein nie enden wollendes Happy End. Immer wenn es gerade schön ist, wird es noch schöner. Das färbt auch auf mich ab und tröstet mich durch meine Beziehungsdurststrecke.

»Du bist doof!«, sagt April jedoch und ziert sich, Cole zu küssen.

»Ich glaube eher, sie ist schüchtern«, mischt sich Ken ein. »Der Kerl will auf jeden Fall.«

Klasse, ich habe keinen Erfolg, aber Ken dringt zu beiden durch?

Ja, genau so ist es. Cole ignoriert uns und schenkt April seine volle Aufmerksamkeit. Er sagt etwas zu ihr, sie was zu ihm. Sekunden später küssen sie sich, so ineinander versunken, dass beinahe auch für mich die Welt stehen bleibt.

Beinahe … Mir entweicht ein Seufzen. Ich gönne April ihr Happy End, aber in Momenten wie diesen merke ich, dass ich auch so jemanden will. Einen Mann, auf den ich mich verlassen kann, der zu mir hält, mit dem ich durchs Leben gehen und eine Familie gründen kann. Sich alleine auf einer Festivalwiese im Takt eines romantischen Lovesongs zu wiegen könnte nicht weiter davon entfernt sein. *Wo ist mein Mister Right?*

»Jetzt seid ihr dran!«, ruft Jonas, Teil unserer Clique, Ken und mir zu.

»Womit?«, knurre ich. Was auch immer er meint, ich hasse es jetzt schon.

»Küsst euch!«

Kim und Mitch, weitere Freunde, johlen zustimmend.

»Ihr spinnt wohl!«, blocke ich ab.

»Also, Ken will.«

Ich sehe zu besagtem Kerl und glühe unter seinem Blick. *Wie immer. Hilfe!* »Das versteht ihr falsch. Ken fährt nur total auf meinen Lippenstift ab.« Ich krame in meiner Tasche, öffne den Stick und fahre dem Mann, dem ich eigentlich fernbleiben will, damit über die Lippen. »Hui, steht dir.«

»Steht uns beiden«, raunt er mir zu, plötzlich viel zu nah. Als er zurückweicht, grinst er, dem Blick nach zu urteilen, weil ich nun Lippenstift an meinem Ohr habe. Verärgert reibe ich mir über die Stelle, will die Farbe abwischen und das Prickeln, für das Ken gesorgt hat.

»Wie? Das ist schon alles?!«, feixt Jonas. »Das war kein Kuss.«

»Komm, lass uns tanzen«, sagt Ken. »Sonst geben sie nie Ruhe.«

»Damit kann ich leben«, sage ich und bewege mich keinen Millimeter.

»Ich aber nicht«, gesteht er aufrichtig, oder aber er tut nur so, um mich rumzukriegen. »Ivy, du bist kurz davor, das Beste, was Telluride außerhalb der Skisaison zu bieten hat, links liegen zu lassen.« Einladend hält er mir die Hand hin. »Es ist nur ein Tanz. Na los. Ich beiße auch nicht.« Er grinst. »Es sei denn, du möchtest das.«

Es ist nur eine Masche, ermahne ich mich. Nichts als eine Nummer, die erschreckend oft zieht. Kens Charme ist in dieser Stadt legendär. Genau wie seine Künste im Bett, die unter dem Manöver ›Gleiten und Wedeln‹ bekannt sind. *Etwas, woran du jetzt auf gar keinen Fall denken solltest, Ivy.*

»*Ein* Tanz«, gebe ich nach, rücke näher und verdränge, dass das eigentlich schon einer zu viel ist. »Deine Hände bleiben genau hier«, sage ich, lege mir seine eine auf den unteren Rücken und lasse die andere in meiner Hand. »Und das hat nichts zu bedeuten, verstanden?«

Er schluckt, als wäre er plötzlich überfordert mit der Situation, was merkwürdig ist. *Ken ist nie überfordert mit irgendwas. Was hat er?* Ich werde ihn ja wohl kaum so nervös machen. Auf seiner Liste der Eroberungen stehen Models und Schauspielerinnen – alles Frauen, denen ich nicht mal annähernd das Wasser reichen kann. Ich sehe gut aus, das kann ich ohne falsche Bescheidenheit sagen, aber nicht sooo gut.

»Verstanden, ein Tanz«, fügt sich Ken. Er zieht mich an sich und übernimmt die Führung, was eine Leistung ist, weil jede Faser von mir den Takt der Musik missachtet und wegwill. Trotzdem schafft er es. *Nicht gut.*

Ich war schon oft in Kens Nähe, allerdings nie so nahe. Sein Duft steigt mir in die Nase, er, die Lederjacke und ein unaufdringlicher Hauch Aftershave. Es macht was mit mir. Mein Körper brennt. Auf eine Art, die mir gefällt, die mir jedoch nicht gefallen sollte. *SOS!*

Der Wind frischt auf, und instinktiv schmiege ich mich enger an Ken. *So dumm!* Er sagt nichts, nur sein Griff wird fester, als hätte er Angst, ich könnte es mir anders überlegen und abhauen. Aber mir ist nicht danach zu gehen. Ganz und gar nicht. Ken ist herrlich warm, seine Hitze geht auf mich über, und mir gefällt das. Denn die Wärme hat rein gar nichts mit dem Abend, dem Ende des Sommers und dem Anfang des Herbstes zu tun. Sondern mit dem Mann, mit dem ich tanze.

Das hier fühlt sich richtig an.

Aber das sollte es nicht. Abbruch, Ivy. Sofort!

»Meine Güte, tanzt du schlecht«, beschwere ich mich, sobald das Lied vorbei ist. Ich mache mich los und entferne mich von der Bühne und von Ken, bevor ich ihn vielleicht doch noch küsse.

Was ist da eben passiert? Warum zum Henker habe ich das zugelassen? Ken ist niemand, mit dem man alt wird. Sag dir das hundert Mal am Tag, Ivy. Ken McNamara ist nicht der Mann, den du suchst. Ken McNamara ist nicht der Mann, den du suchst. Ken McNamara ist nicht der Mann, den du suchst … Halt dich von ihm fern, oder du wirst es bereuen.

KEN

»Hast du Mundgeruch?«, zieht mich Mitch auf, als Ivy abhaut, als wäre ich ein Perverser, der sie in einer dunklen Gasse überfallen wollte.

Blödmann! Ich ignoriere ihn und folge ihr. »Ivy, warte!«

Sie kann mich hören, wenn ich mich jedoch nicht täusche, beschleunigt sie sogar ihren Schritt und ist kurz davor zu rennen. Ihre braunen Haare mit den von der Sonne aufgehellten Strähnen schwingen durch die Menge.

»Verdammt, bleib doch mal stehen!«, rufe ich, hole sie ein, packe sie am Arm und gehe viel weiter, als ich sollte. Aber es muss sein. Das eben war schön. Auch wenn diese Frau es nicht wahrhaben will. Seit dem Tag, als sie in Coles Büro gestürmt ist, um für ihre Freundin Hilfe zu holen, kann ich nur noch an sie denken. Und seit sie in diese Stadt gezogen ist, kriege ich sie gar nicht mehr aus dem Kopf. Jedes Mal, wenn wir uns sehen, knistert die Luft. So etwas habe ich nie zuvor erlebt. Sie hat es bisher immer mit einem flotten Spruch abgetan. Das ist ihr Ding. Aber eben hat sich was verändert. Das kann *sie* vielleicht ignorieren, *ich* jedoch nicht.

»Noch nicht genug getanzt, Ken?«, zischt sie und will meinen Arm abschütteln. »Hier wimmelt es doch von Verehrerinnen. Nimm dir eine von denen!«

»Lass uns über das reden, was gerade passiert ist.«

»Gar nichts ist passiert.«

»Das sehe ich anders. Und du auch.«

»Fein, erwischt, du bist ein mieser Tänzer. Mir reicht's. So, da hast du deine Erklärung. Darf ich jetzt wieder tun, was ich will?«

»Wo wolltest du denn hin? Zu den Getränken? Ich begleite dich.«

»Das musst du nicht.«

Wie immer möchte ich Ivy erwürgen und gleichzeitig küssen. So oft, wie sie mir schon die kalte Schulter gezeigt hat, ist es ein Wunder, dass ich noch keine Frostbeulen habe. »Ich will dich aber begleiten«, zische ich.

»Um mich betrunken zu machen, damit ich endlich mit dir ins Bett steige?«

»Hältst du mich echt für so ein Schwein?«

»Irgendwie musst du es ja schaffen, die Frauen in dein Bett zu kriegen. An deinem Charme liegt es jedenfalls nicht.«

Und wieder eskaliert die Situation mit dieser Frau. Dabei will ich ihr einfach nur ein Getränk spendieren, meinetwegen ein Wasser, und noch mal mit ihr tanzen. Für ganze zwei Minuten war es perfekt. *Wir waren perfekt.*

»Lässt du mich jetzt los?«, faucht sie und reißt an ihrem Arm, den ich immer noch halte. »Ich will nichts von dir. Warum verstehst du das nicht?«

Der Wind weht ihr eine Haarsträhne ins Gesicht, und ich streiche sie weg. Hauchzart fahren meine Fingerspitzen dabei über ihre Wange, und Ivy atmet schwerer. Ich sollte sie loslassen, aber ich kann nicht. Nach Monaten auf Distanz hatten wir endlich diesen einen intimen Moment, auf den ich so dringend gehofft habe. *Wenn ich Ivy zu einem richtigen Date überreden kann, dann heute. Oder nie.*

»Brauchst du Hilfe, Ivy?«, unterbricht uns da einer der Brüder, die die örtliche Brauerei, das Brews Brothers, leiten – und Ivys Boss.

»Keine Sorge, Simon, ich komm schon klar. Ken wollte gerade gehen.«

Beide sehen mich abwartend an. Ich halte Ivy weiter fest. Weil das meine Chance bei ihr ist – so schnell kommt keine zweite. Sie hat mir den Kopf verdreht. Seit ihrem Auftritt in Coles Büro vor mehr als einem Jahr. In knallengen Jeans, High Heels, einer tief ausgeschnittenen Bluse, diesen teuflisch rot geschminkten Lippen und mit ihrer schlagfertigen Art. Für mich geht es um mehr als eine Bettgeschichte. Ich hätte nicht gedacht, dass ich das nach dem Desaster mit Delilah noch mal empfinden könnte.

Kalte Wut steigt in mir auf, als ich an meine Ex-Verlobte denke.

Alles lief so gut, wir waren perfekt zusammen, lebten in New York, waren glücklich. Bis sie es einen Tag vor unserer Hochzeit mit meinem ehemals besten Freund und Trauzeugen getrieben hat. *Fuck, das hat mir echt den Boden unter den Füßen weggezogen*. Bis heute verstehe ich nicht, warum sie das getan hat.

Ich habe die Hochzeit abgesagt, sämtliche gemeinsamen Verträge gekündigt, die Wohnung verkauft, das Auto, alles, was *uns* gehörte, was *wir* waren. Ich wollte loswerden, woran sie ihre Finger gehabt hatte. Als wären die Sachen vergiftet. Ich war fertig mit ihr und habe mich dann in der New Yorker Clubszene verloren, habe Party gemacht, war auf Drogen und habe jede Frau flachgelegt, die flachgelegt werden wollte. Als könnte ich es Delilah auf die Art heimzahlen. Oder sie vergessen.

Wahrscheinlich würde ich das noch heute machen, wenn Cole mich da nicht rausgeholt und nach Colorado verfrachtet hätte. Wir waren Uni-Kommilitonen. Er hatte dieses neue Business am Laufen, und er wusste, dass ich in meinem Job gut bin, zumindest wenn ich mir nicht das Hirn komplett wegkokse.

Am Ende hatte Delilahs Verhalten doch noch etwas Gutes. Jetzt bin ich hier, und mit den Partys und Drogen ist es vorbei. Nur eine neue feste Freundin habe ich nie gefunden. Und nun ist da Ivy.

»Gott, lass sie endlich los, Ken. Oder willst du Ärger?«, knurrt Simon und rückt näher an Ivy heran, als sie es je bei mir zulässt. *Arschloch*.

»Schon gut«, gebe ich nach und löse meine Hand. »Tut mir leid, Ivy. Alles okay zwischen uns?«

»Komm!«, sagt Simon und lotst sie weg, bevor sie mir antworten kann.

»Hey!«, rufe ich beiden verärgert nach, aber nicht Ivy dreht sich zu mir um, sondern Simon. Mit einem warnenden Blick, jetzt bloß keine Dummheit zu begehen. *Als wäre das meine Art.*

Fuck! Ich atme tief durch und sehe ihnen nach. *Wie nah er ihr ist!* Und sie rückt nicht ab. Dabei ist Simon auch kein Unschuldslamm, wie ich von den Après-Ski-Partys der letzten Jahre weiß. *Sie auch?*

Ach, verdammt, was spielt es für eine Rolle? Ich sollte Ivy vergessen. Das eben war unser Moment, und er ist vorbei. Ich habe nicht mitgezählt, aber die Anzahl ihrer Absagen an mich ist mittlerweile zweistellig. *Legendär!* Egal, ob ich nun offensiv bin oder zurückhaltend, direkt oder charmant, mit oder ohne Hintergedanken, sie wirft mir diese heißen Blicke zu und zeigt mir dann die kalte Schulter. *Okay, ich hab's kapiert, Ivy Rivers. Du bist nicht an mir interessiert. Glückwunsch, ich lass dich in Ruhe. Fürs Erste.*

»Auch allein unterwegs?«, spricht mich da eine Frau von der Seite an. Sie hat Blumen im Haar und trägt ihr Hemd vor dem Bauch zusammengeknotet.

»Jetzt nicht mehr«, sage ich, lege ihr die Hand auf den Rücken und will sie zur Bühne führen. »Lust zu tanzen, …?«, frage ich und deute an, dass ich nach ihrem Namen suche.

»Joy, und ja«, sagt sie und zückt eine Hotelzimmerkarte. »Aber nicht hier …«

Sie fragt ebenfalls nach meinem Namen, doch ich zögere. Mich auf diese Fremde einzulassen, fühlt sich wie ein Betrug an Ivy an.

Los, schüttel das ab, Ken, Ivy will dich nicht. Mach dich nicht lächerlich. Vielleicht fehlt dir einfach nur Sex. Seit sie da ist, hattest du keinen mehr. »Ken«, stelle ich mich vor. »Lass uns gehen, Joy.«

»Sehr gerne.«

1. Kapitel

Drei Monate später

IVY

»Sie dürfen sich wieder anziehen, Ms Rivers«, sagt mir Dr. Kendall, die Frauenärztin am Montrose Memorial, die mich einmal komplett durchgecheckt hat. »Warten Sie bitte im Bereich C, wir rufen Sie in etwa einer Stunde noch mal auf.«

Der Ablauf der Untersuchung verunsichert mich. »Ist denn alles in Ordnung?«, frage ich, wieder angezogen in einem eleganten Rock, dazu passendem Oberteil mit Stehkragen, meinem camelfarbenen Mantel und Stiefeletten, meinem Bürooutfit, weil ich gerade von der Arbeit komme.

Sie schenkt mir ein Lächeln, von dem ich zu gerne wüsste, ob es echt oder für Patienten reserviert ist, denen sie schlechte Nachrichten zu überbringen hat. »Geben Sie uns einen Moment, die Daten auszuwerten.«

Was gibt es denn da bitte auszuwerten?, will ich antworten, aber nicke nur. Nach meinem Umzug brauchte ich eine neue Ärztin. Die übliche Vorsorgeuntersuchung war fällig. Dr. Kendall ist eine Empfehlung von Reese, Aprils Chefin und Teil unserer Clique. April war vor mir dran. Gleich kann ich mich mit ihr austauschen. Im Vorfeld wurde mir schon gesagt, dass man besonders gründlich sein wird, weil ich eine neue Patientin bin und man mich nicht kennt. Die Klinik hat zwar meine Akte aus Los Angeles angefordert, aber man will auf Nummer sicher gehen. Neben der Standarduntersuchung haben sie mir Blut abgenommen und einen ausführlichen Ultraschall gemacht. Bis eben habe ich mich bestens aufgehoben gefühlt. Jetzt habe ich ein komisches Gefühl. Das wird noch seltsamer, als ich im Wartebereich C ankomme, wo, anders als im Bereich A, niemand außer mir sitzt. Auch keine April.

Ich hole mein Handy aus der Ledertasche und entdecke zig Nachrichten von ihr. *Nanu?*

Ich bin schon fertig, Süße. Alles okay.

Tut mir leid, aber ich kann hier nicht bleiben.

Musste wieder an Coles Unfall denken.

Hab deinen Wagen.

Ken kommt dich abholen.

XOXO

Ich liebe April, doch gerade könnte ich sie erwürgen. *Hätte ihr nicht vorher einfallen können, dass sie der Besuch im Montrose Memorial an schlechte Zeiten erinnert? Dann hätten wir uns keinen Wagen geteilt, und ich müsste nicht auf Ken warten. Oder ist das Teil ihres Plans, mich mit Ken zu verkuppeln? Egal! Wenn es nicht so irre schwer wäre, in dieser Gegend ein Taxi zu bekommen, ich würde mir glatt eines rufen. Koste es, was es wolle.*

Danke dir, schreibe ich April jedoch nur, statt mich aufzuregen. Für mehr fehlt mir die Kraft.

Ihre Antwort folgt beinahe sofort. Als würde sie ahnen, dass etwas nicht stimmt.

APRIL: Alles in Ordnung, Ivy?
ICH: Sicher, warum nicht?
APRIL: Du bist nicht sauer?
ICH: Ich lasse mich lieber von Ken abholen, als mit meinen wunderschönen Stiefeletten zurückzuwandern.
APRIL: Mehr ist da nicht?
ICH: Nein.

Außer dass ich in Wartebereich C sitze und Dr. Kendall mir ein eingeübtes Lächeln geschenkt hat.

Bevor ich durchdrehe, lenke ich mich mit Arbeit ab und beantworte Mails. Ich gebe zu, armselig, aber für eines der eBooks auf meinem Handy reicht meine Konzentration nicht aus.

»Ms Rivers, bitte!«, werde ich aufgerufen und bin ungewöhnlich aufgeregt, als ich das Sprechzimmer betrete und mich zu Dr. Kendall setze.

Sie wirkt ernst.

Unerwartet ernst.

Als sie jedoch Stück für Stück die durchweg unauffälligen Ergebnisse bespricht, atme ich auf. *Was hat sie nur? Ich bin gesund, natürlich bin ich das. Warum sollte es auch anders sein?*

Dann räuspert sie sich, und sofort beschleunigt sich mein Puls.

»Das war nicht alles?«, rate ich.

»Leider nein«, sagt sie und mustert mich. »Ich frage das am besten ganz direkt: Möchten Sie mal Kinder haben, Ms Rivers?«

»Ja«, presse ich heraus, ungewohnt angespannt, was mir zeigt, dass mir das viel wichtiger ist, als ich bisher dachte.

Wieder zeigt sie mir ihr professionelles Lächeln. Falls mir das Mut machen soll, muss sie an ihrer Mimik wirklich mal arbeiten. Mir wird ganz anders.

»Schauen Sie nicht so besorgt, Ms Rivers! Grundsätzlich sind Sie kerngesund. Nur die Anzahl Ihrer Follikel ist für Ihr Alter ziemlich gering. Das allein ist nicht schlimm, aber in Kombination mit Ihrem AMH-Wert, das ist ein Hormon, bleibt Ihnen nicht mehr viel Zeit fürs Kinderkriegen.«

Wie bitte?!

Dass April mich hier allein gelassen hat, spielt keine Rolle mehr. Mich stört auch nicht, dass Ken kommt. Die Arbeit ist mir ebenfalls egal. Alles andere ist plötzlich wie weg, als die Ärztin mir das mitteilt.

Mir bleibt nicht mehr viel Zeit.

›Nicht mehr viel‹ heißt nicht ›keine‹ Zeit, versuche ich, mich zu beruhigen. *Aber ›nicht mehr viel‹ heißt in meiner Situation ohne festen Freund, Partner, Ehemann, definitiv zu wenig.*

»Was genau bedeutet das?«, hake ich nach.

Jetzt wird ihr Blick mitfühlend. Sofort wünsche ich mir ihr professionelles Lächeln zurück. Sie reicht mir eine Visitenkarte von einer Einrichtung in L. A. »Frauen wie Ihnen rate ich, sich mit einer Kinderwunschklinik in Verbindung zu setzen. Dort haben Sie zwei Optionen. Sie können sich Eizellen für später einfrieren lassen.«

Ich nicke nur, dabei klingt das für mich nicht nach einer Option, sondern nach einem Lottospiel. *Soll ich meine gesamte Lebensplanung auf ein paar Eizellen aufbauen und hoffen, dass sie irgendwann in der Zukunft zu einem Kind führen?* »Und die zweite Option?«, frage ich.

»Sie versuchen, jetzt schwanger zu werden. Ich weiß, das kommt plötzlich, aber denken Sie darüber nach. Jeden Tag, den Sie warten, sinken Ihre Chancen.«

›Plötzlich‹ ist gar kein Ausdruck. *Ich kann jetzt nicht schwanger werden. Wie stellt sie sich das vor? Ich habe gerade erst einen neuen Job angefangen. Den brauche ich, um die Miete für mein Haus zu bezahlen. Telluride ist teuer. Ich kann nicht aussetzen. Selbst wenn, wer übernimmt später die Kinderbetreuung, wenn ich wieder arbeiten gehe? Also wieder zurück zu Option eins? Nein, Mist, auf keinen Fall. Ich muss es jetzt versuchen. Alles andere könnte ich mir nie verzeihen.*

Dr. Kendall bespricht detailliert die Ergebnisse mit mir, auch den Zusammenhang zwischen Follikeln, dem AMH-Wert und dem Alter, und schließlich die Verfahren zur künstlichen Befruchtung. Sie nimmt sich richtig Zeit. Ich schätze, weil sie so einen Fall wie mich nicht jeden Tag hat.

Als wir fertig sind, habe ich Kopfschmerzen, wie ich sie sonst nur nach Überstunden in meinem alten Job kenne. Wie ein rohes Ei stecke ich die Visitenkarte der Kinderwunschklinik in mein Portemonnaie. Sie fühlt sich so wertvoll an, als hätte ich eine Million Dollar in meiner Handtasche. Im Stillen gehe ich die nächsten Schritte durch. Einen Termin in der Klinik machen, mich für ein Verfahren entscheiden, eine Hormontherapie starten und mir überlegen, wer als Samenspender infrage kommt.

Gott, das ist gefühlt das Schwierigste.

Ich date seit mehr als fünfzehn Jahren Kerle, und es war noch nicht der Richtige dabei. Jetzt muss ich innerhalb weniger Wochen den Vater meines Kindes finden. Frauen in meiner Situation entscheiden sich für einen anonymen Spender aus dem Katalog. Aber will ich das? Mir wäre lieber, es wäre jemand, den ich kenne.

Cole vielleicht?

Auf keinen Fall! Das wäre schräg.

Nick? Oder Mitch?

Ich mag beide, doch um etwas so Intimes könnte ich sie nie bitten. Davon mal abgesehen, dass ihre Frauen da auch noch ein Wörtchen mitzureden hätten und bestimmt dagegen wären.

Wer dann? Ken wird es ja wohl nicht sein!

Plötzlich wird mir heiß.

Nein, Ken ist es nicht, ermahne ich mich.

Meinem Körper ist das egal. Mein Herz rast. *Verräterisches Biest!*

Okay, gehen wir die Fakten durch, will ich meinen Körper davon überzeugen, dass Ken der Falsche ist. Der Mann ist sehr gesund und war bisher noch nie ernsthaft krank. *Leider ein Pluspunkt.* Unglaublich sportlich und fit. *Nützlich.* Nimmt keine Drogen. *Wichtig für bewegliche Spermien.* Ist klug. *Ziemlich nützlich.* Attraktiv. *Nicht wichtig.*

Na gut, doch, wichtig!

Nicht der Mann, den ich will, verwerfe ich die Idee. Im Katalog der Klinik gibt es garantiert bessere Kandidaten.

Aufgewühlt verlasse ich das Zimmer – und laufe Ken in die Arme. Anzug-Ken. Die für mich besonders gefährliche Variante dieses Mannes.

»Was tust du denn hier?«, fauche ich, bin jedoch nicht sauer, sondern vor allem überrascht, dass er mich in diesem Wartebereich gefunden hat. Abschnitt A ist ganz woanders.

»Hallo, Schönheit, es ist mir auch eine Freude, dich zu sehen«, antwortet er, grinst, lässt seinen Blick über mich hinweggleiten und wird plötzlich ernst. »Was ist passiert, Ivy?«

»Ich bin todkrank«, antworte ich scherzhaft, was so viel heißt wie, dass ich das nicht mit ihm diskutieren werde. Zielstrebig marschiere ich los Richtung Ausgang. »Kommst du? Ich muss nach Hause.«

»Hey, darüber reißt man keine Witze! Sag schon.« Er schließt zu mir auf und lotst mich durch die Krankenhausgänge, als wäre er jeden Tag hier. »Du siehst blass aus.«

Dass ihm das auffällt! Ich reibe mir übers Gesicht, als könnte ich die schlechten Nachrichten und all meine Sorgen abstreifen. »Mir wurde Blut abgenommen, das vertrage ich nicht so gut«, lüge ich und luge zur Seite, um zu sehen, ob er mir das abkauft. Tut er nicht. Aber er fragt auch nicht nach. Was mein idiotisches Herz schon wieder schneller schlagen lässt, als würde es sagen: *Siehst du, Ivy, noch ein Pluspunkt, der Mann hat ein verdammt feines Gespür für Menschen, du kannst ihm vertrauen. Er ist der Richtige.*

»Mein Wagen ist dort drüben«, sagt Ken, als wir die Klinik verlassen, zieht sich einen eleganten dunklen Mantel über seinen eleganten dunklen Anzug und zeigt zur Parktasche, wo unverkennbar sein Schiff von Auto steht. Eine fette Angeberkarre.

Überall liegt frischer Schnee. Die Sonne scheint. Wir haben herrliches Winterwetter. Dennoch bleibt meine Stimmung bedrückt.

»Ich brauche noch einen Moment«, sage ich und steuere eine zugeschneite Parkanlage an, obwohl die Imprägnierung meiner Stiefeletten für diesen Schnee zu schwach ist. Ken folgt mir. »Allein«, füge ich mit Nachdruck hinzu.

KEN

Ivy ist völlig durch den Wind. Sie versucht, es zu verbergen, aber ihre Hände zittern. So ist sie sonst nie. Sie hat Nerven wie Drahtseile.

Betont lässig schlendert sie zu einer Bank, die jemand vom Schnee befreit hat. Ich bleibe auf Abstand, grabe die Hände in meinen Mantel und wünschte, ich verstünde, was im Kopf dieser Frau vor sich geht. April hätte hierbleiben müssen. Sie wüsste, was zu tun ist. Zumindest lässt sich Ivy von ihr etwas sagen. Wie kann *ich* ihr helfen? Es ist kein Geheimnis: Ich bin, wenn überhaupt, dann der Letzte, dem sie sich anvertraut. *Immer. Fuck.*

Als wäre Hochsommer, setzt sich Ivy, legt den Kopf zurück und lässt sich die Sonne ins Gesicht scheinen. Was auch passiert ist, sie braucht definitiv einen Moment für sich. Hoffentlich aber nicht so lange, dass sie an der Bank festfriert. Das ist das falsche Wetter für eine Pause im Freien. Zumindest, wenn sie nicht bald ihren Mantel schließt. *Gott, die Frau macht mich echt fertig.*

Um mich nützlich zu machen, betrete ich noch mal das Krankenhaus und hole zwei Kaffee aus der Cafeteria. Einen für mich, einen für sie. Das ist das Mindeste.

»Hier«, sage ich und reiche ihr den Becher.

»Nein, danke, brauche ich nicht.«

»Nimm ihn wenigstens, um dir die Hände zu wärmen«, sage ich und bin erleichtert, als sich ihre hübschen, elegant lackierten Finger um den Behälter legen. »Besser?«

»Mmh.«

Ich lasse Ivy nicht wieder allein, sondern bleibe und trinke meinen schnell kalt werdenden Kaffee. Als ich fertig bin, starte ich einen weiteren Versuch, sie zum Gehen zu bringen.

»Ja doch, gleich!«, zischt sie.

Ich wüsste zu gerne, was in ihr vor sich geht. *Worauf wartet sie? Sommer?* Als ihr Blick mich von Kopf bis Fuß mustert, muss ich grinsen, weil ich *diesen* Gesichtsausdruck kenne. »Wir müssen auch nicht zurückfahren, Ivy. Ich bin mir sicher, wir finden in der Klinik ein freies Bett für uns.« Ich wackle mit den Augenbrauen.

»Du kannst es einfach nicht lassen, oder?«

»Was denn?«, tue ich ahnungslos.

»Mich mit deinen Blicken auszuziehen.«

»Es ist nicht meine Schuld, wenn das bei dir so leicht geht.« Im Stillen überlege ich, wie ich sie entblättern würde. Die Bluse etwas beiseiteziehen und ihre Schulter küssen, den Rock hochschieben und ihren Hintern packen. *Fuck! Ich will sie dringender denn je.* Dabei hatte ich mir geschworen, auf Abstand zu gehen.

»Nur zur Info, Ken: Ich trage Thermounterwäsche. Die lässt sich nicht so einfach ausziehen.«

»Das glaube ich erst, wenn ich es sehe. Und ebenfalls nur zur Info: diese Hände!« Ich wackle mit den Fingern. »Die machen auch mit Thermounterwäsche kurzen Prozess.«

»Ach, Ken«, weicht sie mir aus, atmet aber flacher. *Einladend flacher, mich verrückt machend flacher.*

Bevor ich dazu irgendwas Geistreiches sagen kann, nimmt sie mir meinen Becher ab und trägt ihn zusammen mit ihrem zum Papierkorb.

»Hältst du es aus, eine Stunde neben mir zu sitzen und mich nicht anzutatschen?«, zieht sie mich auf, als sie zurückkommt. »Wenn ja, dann können wir los.«

»Wenn du es umgekehrt auch schaffst …«

»Es wird hart, aber ich denke, ich krieg das hin.«

Für den Moment ist alles wie immer. Wir gehen zum Wagen, steigen ein, ich schalte die Sitzheizung an und fahre los. Dabei verändert sich die Stimmung. Ivy wirkt nachdenklich, angespannt, nicht wie sie selbst.

»Na, träumst du von mir?«, necke ich sie.

Sofort zucken ihre Mundwinkel. »Klar, jede Nacht.«

»Schöne Träume?«

»O ja, Ken!«, stöhnt sie sexy.

»Lust, dass die Träume wahr werden?«

Sie hält inne. Ungewöhnlich für Miss Schlagfertig. *Denkt sie ernsthaft darüber nach?*

»Als könntest du da mithalten!«, sagt sie schließlich, dreht sich zur Seite und gibt mir zu verstehen, dass sie genug von unserer Unterhaltung hat. *Was ist heute nur los mit ihr?*

»Wo soll ich dich absetzen?«, frage ich Ivy, als wir nach einer ansonsten stillen Fahrt durch eine märchenhaft weiße Landschaft das Ortseingangsschild von Telluride erreichen.

»Bei eurer Agentur. April hat mein Auto dort abgestellt.«

Das ist ein kurzer Weg. Passt mir gar nicht, aber lässt sich nicht ändern. Genauso wenig wie die Tatsache, dass sie keine drei Minuten später ihren Autoschlüssel in der Hand hat und loswill. Mit einer Hektik, wie sie typisch ist für eine Metropole, aber nicht für eine Kleinstadt wie Telluride, die umgeben von gerade fantastisch mit Schnee bedeckten Bergen liegt und in die Leute fahren, um Urlaub zu machen.

»Ivy, meld dich, wenn du Hilfe brauchst!«

»Ich komm schon klar.«

»Das glaub ich dir, meld dich trotzdem.«

»Aha«, macht sie nur, was immerhin kein Nein ist, dann steigt sie in ihren Wagen und ist weg. Irgendwas war heute anders als sonst. Vielleicht besteht ja doch noch Hoffnung für uns.

2. Kapitel

Drei Monate später

IVY

Kann ich noch umkehren?, frage ich mich, als ich mit meinem Truck die schmale Bergstraße entlangfahre, die sich von Telluride aus am fünfhundert Meter höher gelegenen Bergdorf vorbei rein in die spätwinterliche, frisch verschneite Wildnis windet. *Weißes Niemandsland.*

Nein, der Moment ist vor einer Meile verstrichen.

Angestrengt starre ich in das Schneegestöber vor mir und versuche mit der Nase an der Frontscheibe zu erahnen, wo die Straße aufhört und der Wald anfängt.

Alles ist weiß. Ich kenne Schnee aus Ohio. Aber nicht solche Massen. Und schon gar nicht dann, wenn der Winter laut Kalender langsam mal vorbei sein müsste. Wir haben März. Das ist wie das letzte Aufbäumen. Jetzt bekommt Telluride noch mal alles ab, was Frau Holle zu bieten hat. Nur ein Hellseher würde den Weg erkennen. Leider fehlt mir diese Begabung.

Bewahr die Ruhe, Ivy, alles wird gut.

Zur Orientierung werfe ich einen Blick in die Seitenspiegel.

Weißes Nichts.

Als Nächstes in den Rückspiegel.

Mehr weißes Nichts.

Wenn ich nicht sehr deutlich die Erdanziehungskraft spüren würde, könnte ich oben mit unten verwechseln.

Der Motor meines Trucks stottert, aber ich vertraue der Maschine. Alle hier fahren mit solchen Schiffen durch die Gegend. Natürlich ist ein Auto keine Schneefräse, aber der Allradantrieb bringt einen unbeschadet durch das schlechteste Wetter – und sollte doch mal was passieren, hat man Airbags und eine verdammt große Knautschzone. Nur ein Panzer wäre sicherer.

Ich gehe mit dem Fuß vom Gas und will langsamer fahren. *Immer das Fahrverhalten der Witterung anpassen!* Prompt folgt die Quittung. Der Wagen scheitert an der Steigung und rollt zurück. Ich muss das Tempo beibehalten und hoffen, dass ich heil ankomme. *Als hätten in meinem Leben Gebete je Erfolg gehabt!*

Eigentlich sollte der schwierige Teil erst noch kommen, das Gespräch mit Ken, jetzt ist es bereits die Fahrt zu ihm. Seit dem Tag im Montrose Memorial habe ich pausenlos über meine Optionen nachgedacht. Ich wollte eigentlich mit den nächsten Schritten warten. Aber dann teilte mir die Klinik in Los Angeles nach weiteren Untersuchungen mit, dass ich entweder jetzt oder nie Kinder haben würde. *Meine biologische Uhr steht auf fünf vor zwölf.*

Plötzlich fiel mir die Entscheidung sehr leicht. Egal, wie schwierig es wird, ich versuche, schwanger zu werden.

Mir wurden die Verfahren erklärt, und ich habe Datenbanken mit Samenspendern durchgeklickt. Wenn ich jemanden ausgewählt habe, kann ich sofort mit der Hormontherapie beginnen und die Befruchtung könnte in wenigen Wochen stattfinden. Das Problem ist nur, dass ich niemanden gefunden habe. Oder doch, es waren gute Leute dabei, aber kein Mann war wie Ken McNamara. *Kaum zu glauben!* Er ist und bleibt meine erste Wahl. Ich muss ihn um etwas bitten, was er wohl nicht gemeint hat, als er mir damals seine Hilfe angeboten hat. Ziemlich sicher macht er keine Luftsprünge, wenn ich ihm den Plastikbehälter aus dem Handschuhfach unter die Nase halte und ihn bitte, dort hinein zu ejakulieren, damit sein Sperma für mein Vorhaben getestet werden kann.

Falsch gedacht! Ken zu bitten, mein Samenspender zu werden, war offensichtlich nicht der schwierigste Teil, sondern ihn überhaupt mal privat zu erwischen.

Seit zwei Wochen versuche ich, den Mann unter vier Augen zu sprechen. Wenn man bedenkt, wie ununterbrochen mich der Kerl die letzten Monate über belagert hat, dann hat das lächerlich lange gedauert, bis sich diese Gelegenheit ergeben hat. *Heute ist meine Chance.*

Nicht mal April habe ich von meinem Vorhaben erzählt. Weil das hier eine sehr persönliche Angelegenheit ist. *Zu* persönlich. Mittlerweile weiß ich, was April in ihrer Kindheit hat durchmachen müssen. Sie hat früh ihre Mom, später ihren Dad verloren. Aber das heißt nicht, dass ich ihr nun auch mein Herz ausschütten muss.

Ich wollte immer Kinder haben und … es hat … nicht geklappt. Zumindest sagt man das so. An die genauen Umstände, warum ich noch nicht Mutter bin, will ich jetzt nicht denken. Nur so viel: Blödarsch Jared hatte daran einen gewissen Anteil. Danach habe ich auf den richtigen Mann gewartet und mir die Wartezeit mit etwas Spaß vertrieben, wenn es meine Arbeitszeiten zugelassen haben. Aber dieser Mann kam nicht. Er wird nie kommen. Ken McNamara ist das, was einem gut aussehenden, klugen Partner am nächsten kommt. Wenn wir mal seine Lieblingsmasche bei Touristinnen außen vor lassen: Gleiten und Wedeln, eine Technik, die nichts mit Skisport, sondern mit Bettakrobatik zu tun hat. Ja, ich bin mir sicher. Ich will seine Gene. Keine anderen.

Gerne auf die richtige Art, flüstert mir eine Stimme in meinem Kopf zu, und ich spüre Hitze in meinem Schoß. Das könnte von der Sitzheizung sein, ist es aber nicht. Der Gedanke, mit Ken zu schlafen, löst das aus. Seit dem Tag im Montrose Memorial ist er nicht mehr wegzukriegen.

Konzentrier dich auf die Straße, Ivy! Weit kann es nicht mehr sein. Nutz die Chance, die sich hier bietet, um in Ruhe mit dem Mann zu sprechen.

Cole wollte mit April ein Saunawochenende einlegen, doch es ist noch ein Termin für Montag reingekommen, auf den sich Ken vorbereiten muss. Da Kens Handy aus ist, wollte Cole ihm die Unterlagen vorbeibringen – und das Wochenende mit April verschieben. Da habe ich angeboten, sie zu bringen. *Endlich mal ein glücklicher Zufall, um Ken allein zu erwischen*, dachte ich. Getarnt als Freundschaftsdienst für April, dabei ist das alles mehr für mich. *Viel mehr.*

Eine Böe reißt am Lenkrad. Ich bleibe auf Spur. Denke ich. Aber plötzlich sackt der Wagen vor mir ins weiße Nichts.

Ich schreie und kneife die Augen zu.

Das war es. Ich werde nie Mutter werden. In dem Moment wird mir erst klar, wie sehr ich das bereuen würde. *Dass ich meine Zeit in L.A. bei Gold Face Media verschwendet habe? Egal. Der Umweg über Chicago, um April zu SMG zu folgen? Vertretbar. Aber dass ich nicht mal in die Nähe von dem gekommen bin, was ich immer wollte? Das ist absolute Scheiße!*

Rums! Ein Baum bremst mich.

Schwer atmend sehe ich auf die Rinde vor mir und kann nicht glauben, dass ich von der Fahrbahn abgekommen bin. Das ist das Trügerische am Wetter in den Bergen. Man fährt im Tal los, der Himmel ist bewölkt, aber es ist trocken. Man denkt sich nichts Böses. Doch dann kommt man höher, und plötzlich steckt man fest.

Ich wäre nie losgefahren, wenn es im Tal so geschneit hätte wie hier oben. Niemals. Ich liebe die Gefahr, bin jedoch nicht lebensmüde. *Was mache ich denn jetzt?*

Ich hole mein Handy heraus und prüfe die Verbindung.

Kein Empfang.

Schlecht, das ist sehr schlecht. *Niemand wird mich finden, ich werde sterben!* April weiß, dass ich unterwegs zu Ken bin, sie rechnet allerdings heute nicht mit mir, sie startet in ihr Saunawochenende mit Cole. Vielleicht fällt ihr morgen auf, dass ich weg bin. Im schlimmsten Fall erst Montag. Das ist viel zu spät. Ken rechnet auch nicht mit mir. Er weiß nicht, dass er arbeiten muss. Er dachte, er hat das Wochenende frei.

Wie lange kann ich im Wagen bleiben, ohne zu erfrieren? Ein paar Stunden? Die Heizung wärmt mich noch, aber für wie lange?

Ich sollte warten. Wenn der Schneesturm nachlässt, wird ein Räumfahrzeug die Straße früher oder später frei machen. Man wird mich finden, und alles ist gut.

Aber dann habe ich den Mann wieder nicht unter vier Augen gesprochen. Und für das Gespräch, das ich mit ihm führen muss, müssen wir allein sein.

Gott, ist das wirklich der Grund, warum ich gleich was Dummes tue? Was richtig Dummes? Oder geht nur mein Temperament mit mir durch? Noch während ich das denke, greifen meine frisch manikürten Finger nach dem Türöffner, und ich stoße die Tür auf.

Kälte dringt in den Wagen. Ich steige aus, und wie ein Wink des Schicksals, das mich zum Umkehren zwingen will, trifft mich eine Schneelawine von den Ästen über mir. *Brrr!* Nass schmelzen Flocken in meinem Nacken und lassen mich frösteln. *Das Winterwunderland ist ein Winterschauderland.*

Los, weiter, Ivy! Ich schüttle den Schnee ab und mummle mich ein. Weil ich Ken beeindrucken wollte, trage ich stylische Skisachen. *Immerhin, sie sind bunt, sodass man mich gut im Schnee erkennen kann.* Das ist aber auch der einzige Vorteil, den mein Outfit bietet. Es ist für den Wintersport ausgelegt, wenn man aktiv ist, nicht um einen in einem Schneesturm warm zu halten. Doch das muss reichen.

Bibbernd krieche ich noch mal in den Wagen. Auch wenn ich keinen Empfang habe, so stecke ich mein Handy ein. Als Nächstes schnappe ich mir die Mappe mit Coles Unterlagen und dann den Samenbehälter. Als ich alles habe, schließe ich die Tür und folge den schon fast wieder zugeschneiten Reifenspuren zurück auf das, was sich Straße nennt.

In Gedanken summe ich *Highway to Hell*. Dabei sollte das hier eher der *Stairway to Heaven* sein.

Denk positiv, Ivy!

Schritt für Schritt kann ich jetzt immerhin sehen, welche Richtung die Straße einschlägt, etwas, was vom Auto aus unmöglich zu erkennen war. Im Kopf gehe ich durch, wo ich sein müsste. Ich bin keine Pfadfinderin, habe aber einen guten Orientierungssinn. Ich weiß, wie lange ich unterwegs war, erinnere mich an die letzten Hütten. Kens Haus liegt noch hinter den Immobilien, die sich Urlauber mieten können. Da ich an denen vor einer kleinen Ewigkeit vorbeigefahren bin, kann es nicht mehr so weit sein. Keine Meile. *Das ist machbar.*

Tapfer setze ich einen Fuß vor den anderen.

Der Wind trifft mich gefühlt von allen Seiten. Mal bremst er mich aus, mal hilft er mir vorwärts. Dadurch friere ich noch heftiger. Ich kenne Kälte, aber aus meinen erdbeerfarbenen Lippen wird demnächst Frozen Strawberry.

Plötzlich sehe ich einen Schatten und verharre auf der Stelle.

Es gibt hier Bären. Ich glaube zwar nicht daran, dass die bei diesem Wetter unterwegs sind. Andererseits haben sie ein leichtes Spiel mit dummen Opfern wie mir, die obendrein schrille Farben tragen, die rufen: leckere kleine Zwischenmahlzeit.

Ich warte. Als sich nichts rührt, gehe ich weiter. Bis ich wieder mitten im Weiß eine Bewegung ausmache. Dieses Mal bleibe ich nicht stehen.

Obwohl mich schon der kurze Marsch angestrengt hat und die Straße eine Steigung hat, gebe ich Gas. Ich will endlich zu Ken – und ins Warme.

»Hilfe!«, rufe ich, als ich vor mir im Schneegestöber einen Menschen ausmache. Es muss ein Mensch sein. Tiere tragen keine leuchtend roten Skijacken. »Bitte, helfen Sie mir!«

Keine Ahnung, wie ich das schaffe, aber ich renne durch kniehohe Schneemassen. Als ich näher komme, erkenne ich einen Mann, die Mütze tief ins Gesicht geschoben, Schnee an den Augenbrauen und am Schal. Als würde er den Mount Everest besteigen. Und ich erkenne Augen. Kaffeebraun. *Wie die von Ken!*

»Oh, Gott sei Dank!«, keuche ich.

Mit einem Satz bringe ich mich hinter ihm in Sicherheit.

»Ähm … Ivy?!« Ken klingt so, als würde er halluzinieren. Kein Wunder, schließlich passiert es nicht oft, dass ich freiwillig seine Nähe suche.

»Ja, ich bin's wirklich«, sage ich außer Atem und luge an ihm vorbei, um sicherzustellen, dass mir kein Tier gefolgt ist. Als er sich dreht und wir uns gegenüberstehen, sehe ich unverändert in die Ferne. »Da war ein Bär.«

Kens Blick geht kurz in die Richtung, in die ich schaue, dann wieder auf mich. »Da ist nichts.«

»Doch, ein Bär«, beharre ich und starre weiter ängstlich an ihm vorbei. Ken darf so wie ich kein Bärenfutter werden, sonst ist mein Plan dahin.

»Verdammt, Ivy, was machst du hier?«, fragt er jetzt besorgt. »Das ist nicht gerade das beste Wetter für eine Wanderung.«

»Ein Bär!«, kann ich nur wiederholen, immer noch in Todesangst.

»Ivy, geht's dir gut?« Ken legt die Arme um mich, was ich eigentlich durch meine Klamotten nicht spüren sollte. Dennoch brennt mein Körper plötzlich, und meine Knie werden weich. Passiert mir bei diesem Mann nicht zum ersten Mal.

»Da, wieder!«, hauche ich, als ich einen Schatten ausmache. Das ist keine Einbildung, da ist was. »Los, wir müssen hier weg.«

Ich ziehe an Kens Sachen, aber er rührt sich nicht, schaut nur endlich richtig hin und lacht dann. »Das sind zwei Rehe, Ivy. Die tun dir nichts.«

»Rehe?« Ich kneife die Augen zusammen und erkenne sie jetzt auch. Die dürren Beine hätte ich eigentlich bemerken müssen. »Oh, gut, Rehe!«, stoße ich erleichtert aus und beginne jetzt vor Kälte zu zittern, die das Adrenalin mich so gut hat vergessen lassen. »Ist es noch weit bis zu dir?«

»Nein, vielleicht fünf Minuten.«

»Können wir dann los?«

»Das kostet.«

»Hä?«

»Drei Küsse.«

»Meinst du nicht, das ist der falsche Moment für diese Nummer?«

»Also gibt es einen richtigen?«

KEN

Ich stecke mein Handy, mit dem ich hier draußen Empfang gesucht habe, ein und betrachte Ivy. Sie hat recht, so gerne ich sie auch küssen will, das muss warten. Der Schneesturm wird immer heftiger, und Ivy muss eine Weile unterwegs gewesen sein. Sie ist durchgefroren, hat eine Schramme am Kinn und einen Kratzer an der Wange. Ich drehe mich noch mal um, aber die beiden Rehe haben sich bei unserem Lärm entfernt. Bären sind nicht zu sehen.

»Gut, komm mit!«, sage ich und stapfe los.

Ivy setzt sich neben mir in Bewegung und folgt meiner Spur durch den Schnee – völlig außer Atem.

Wo kommt sie her? Was macht sie hier? Ist sie lebensmüde? Ich würde sie am liebsten schütteln, um Antworten zu erhalten. Doch das muss warten, bis wir im Warmen sind.

Da fällt mir auf, dass ihr Keuchen leiser wird. Ich drehe mich um und sehe sie fünf Meter hinter mir statt einen, auf den Knien aufgestützt, nach Luft schnappend.

»Geht gleich!«, ruft sie, rührt jedoch keinen Finger.

Nicht gut. Ich gehe zu ihr zurück, will nur überprüfen, ob ihre stylischen Sachen sie einigermaßen warm halten, und spüre durchnässten, kalten Stoff.

»Scheiße, Ivy! Solche Klamotten sollten verboten werden. Oder einen Warnhinweis tragen: nur geeignet für maximal zwei Schneeflocken.«

»Ist es denn noch weit?«

Der Schnee tanzt um uns herum. Ich sehe den Hang hinauf. Etwas entfernt mache ich den Rauch vom Kamin aus.

»Gleich geschafft«, sage ich. »Nur noch ein paar Meter.«

Ivy nickt und holt Luft, als würde sie ihre letzten Kräfte mobilisieren. Dann richtet sie sich auf und setzt sich wieder in Bewegung. Obwohl sie den Weg nimmt, den ich gerade gegangen bin, versinken ihre Schuhe im Schnee. Wenigstens die wirken vernünftig. Nicht auszudenken, sie wäre in ihren Stiefeletten aufgekreuzt. Oder in diesen Cowboystiefeln, die sie neulich anhatte. Oder in diesen Pumps, mit denen ich sie erst vergangene Woche habe durch die Stadt stöckeln sehen.

Ich folge ihr und rempele sie fast an, als sie erneut stehen bleibt. *Selbst mir wird langsam kalt. Wie muss sie sich dann fühlen?* »Da vorne kannst du schon das Haus erkennen!«, versuche ich, sie zu motivieren.

Sie blinzelt. »Mmh.« Statt sich zu beeilen, setzt sie sich hin. »Geh ruhig vor, ich komme gleich nach.«

Kann sie vergessen! Ich bin nicht so fit, dass ich Leute auf Wanderungen durch die Gegend schleppen kann, aber ich halte mich gut in Form. Für die kurze Strecke sollte es reichen. Ächzend hebe ich sie hoch und werfe sie mir über die Schulter. Unter anderen Umständen würde ich das mehr genießen, doch sie protestiert nicht mal. *Das will was heißen …*

»Das macht jetzt vier Küsse«, erhöhe ich zum Spaß. »Wo ich will!«

Statt etwas zu sagen, trifft mich ein sehr schwacher Schlag am Rücken. Bedeutet wohl, dass sie nicht einverstanden ist. *Welch Wunder!*

Ich stapfe mit ihr los. Der Weg ist einfach, aber durch das Wetter beschwerlich. An der Hütte angekommen, trete ich mir nicht den Schnee von den Schuhen, sondern gehe direkt rein und atme auf, als uns wohlige Wärme empfängt. Vorsichtig lasse ich Ivy zu Boden sinken und stütze sie.

»Los, raus aus den nassen Sachen«, befehle ich und öffne den Reißverschluss ihrer Jacke. Vielleicht eine Spur zu nervös, weil sie absolut hinreißend aussieht mit diesen funkelnden saphirblauen Augen und den ehemals rot geschminkten Lippen.

Sie schlägt meine Hand weg. »Ich kann das alleine. Zieh du dir erst mal deine Sachen aus!«

Okay, halb tot ist sie nicht, wenn sie mich schon wieder auf Abstand hält! Ich steige aus meinen Schuhen, lege meine Daunenjacke ab und schiebe mir die Ärmel meines Sportpullovers hoch. Ivy schält sich aus ihrer Skijacke und zittert, als sie in einem Wollpullover dasteht. Die sind normalerweise herrlich warm, allerdings nicht, wenn sie nass geworden sind.

»Den auch!«, sage ich, nachdem ich ihr die Jacke abgenommen habe, und greife prüfend unter ihren Pullover.

»Spinnst du?«, faucht sie, aber da fahre ich bereits über ihre Hose. *Alles ist hinüber. Wirklich alles.* Entweder vom Schnee oder weil der Stoff durchgeschwitzt ist. Und Ivy zittert immer noch.

»Mach schon, raus da!«, knurre ich, nicht zu Späßen aufgelegt. Ich gehe und hole ihr trockene, warme Kleidung von mir. »Du kannst das hier anziehen!«, sage ich und reiche ihr eine Jogginghose, ein Shirt und einen dicken Sweater. »Macht jetzt fünf Küsse.«

Sie will die Sachen schon nehmen, aber ihre Hände halten in der Luft inne. »Hörst du noch nicht damit auf?!«

»Willst du lieber erfrieren?«

Auf ihrer auftauenden Stirn bildet sich eine Zornesfalte. »Ich hab eine bessere Idee!«

Sie wirbelt herum, zieht sich blitzschnell bis auf die Unterwäsche aus und wickelt sich dann in die Decke, die beim Kamin liegt. »Ha! Keine Küsse.«

Hungrig sehe ich sie an. Es waren nur Millisekunden, aber Ivy Rivers ist eben halb nackt vor mir herumgelaufen. In Unterwäsche. Sexy Spitzenunterwäsche. *Wer trägt so was im Winter?!* Ich will sie, so heftig wie nie eine Frau vor ihr. Was absolut verrückt ist, weil sie ständig Nein sagt. Aber mein Schwanz besteht darauf. Er will den am Kamin auftauenden Eisklumpen.

»Gott, was ist jetzt wieder, Ken? Wir werden keinen Sex haben«, knurrt sie, als hätte mich mein Blick verraten.

»Die Decke, die du genommen hast, kostet zehn Küsse«, kommt mir über die Lippen, bevor mir klar wird, dass ich mich so benehme, wie sie es mir immer vorwirft. Wie ein Schwein.

Ächzend fahre ich mir übers Gesicht, zwinge mich, den Blick von ihr abzuwenden, und gehe in die Küche, um Tee für sie aufzusetzen. Als Nächstes müsste ich meine Forderung zurücknehmen, aber ich lasse es.

»Du hast mich gerade halb nackt gesehen, das sollte doch wohl zehn Küsse ausgleichen«, höre ich sie da hinter mir, weil sie mir gefolgt ist.

»Du meinst, die drei Millisekunden, als du dich ausgezogen hast? War ja nicht so, als hätte ich dich in Ruhe anschauen können.«

»Du bist echt ein Arschloch, Ken!«

»Ja, eines, das dir Tee macht«, lasse ich das an mir abprallen. »Brauchst du Zucker?«

»Kostet das auch wieder einen Kuss?«, blafft sie. »Ist das deine Masche? Und wenn du Cole hilfst, zahlt er dir keinen Gehaltsscheck, sondern ihr knutscht rum?«

»Oh, soll ich dir lieber Geld in Rechnung stellen?«, kontere ich. »Tee kostet ortsüblich zehn Dollar.«

»Du spinnst wohl?!«

»Das ist der Preis in den Hotels, das weißt du.«

Ich fülle den Tee zum Ziehen in eine Kanne und trage die und zwei Tassen zum Kamin. Das Feuer umrahmt Ivy golden, ihre Haut schimmert verführerisch. Ich will sie anfassen, stelle jedoch nur den Tee ab, schiebe die Hände in die Hosentaschen, bleibe stehen und sehe sie an, um mir das mit ihr nicht endgültig zu versauen. Cole hatte echt Glück, dass April sich auf die Knutscherei eingelassen hat. Ich hab keine Ahnung, was ich tun soll, um Ivy Rivers für mich zu begeistern. Jeder Versuch lief bisher schief.

»Dir ist kalt, los, nimm dir was Warmes!«, sage ich, weil ich dringender als einen Kuss will, dass es ihr gut geht. »Gratis-Lockangebot«, füge ich hinzu, als wäre das ernst gemeint.

»Willst du keinen Tee?«, fragt sie und gießt sich welchen ein.

»Später vielleicht.«

Ich will sie gerade fragen, was zum Henker sie überhaupt hier zu suchen hat, da leckt sie sich über die Lippen. *Volle* Lippen, die förmlich danach betteln, dass man an ihnen knabbert. Und ich werde hart. Fantasien, wie wir es vor dem Kamin treiben, gehen mir durch den Kopf. Wie ich sie wärme. Wie sie unter mir nachgibt und stöhnt, mich will, *nur* mich. *Sie bei mir zu Hause zu haben stellt echt seltsame Dinge mit mir an.*

»Scheiße!«, fluche ich und verschwinde ins Bad, bevor ich mich in ihrer Anwesenheit vergesse und wirklich das Arschloch werde, als das sie mich ständig betitelt.

3. Kapitel

IVY

Fröstelnd kuschle ich mich in die Decke. Mir wird wärmer. Das Kaminfeuer und der Tee tragen dazu bei. Aber richtig heiß wird mir erst, als ich Kens Blick auf mir spüre. Hungriger denn je. Und den Wunsch darin: mich zu küssen. *Verwirrend!* Irgendwie hätte ich gedacht, er will Sex. Aber nein, er will Küsse, und je mehr er fordert, desto merkwürdiger wird mir. Bis er »Scheiße!« murmelt und den Raum verlässt.

Ja, Scheiße, denke auch ich. *Ausgerechnet jetzt, da ich endlich seine Nähe suche, meidet er mich?! Niemals wird er mir helfen.*

Ich spüre Tränen in den Augenwinkeln und blinzle sie weg. *Weil es ja auch was bringt, seine Emotionen zu unterdrücken!* Meine Träume lösen sich gerade in Luft auf, und ich kann nichts dagegen unternehmen. Es sei denn …

Es sind nur Küsse, halte ich mir vor Augen. *Er kriegt so viele, wie er meint haben zu müssen. Wenn ihn das gnädig stimmt, gib sie ihm, Ivy!*

Ich raffe die Decke, stehe auf und fröstle heftiger, als ich mich vom Feuer entferne. Aber das ist mir zu wichtig. Zaghaft klopfe ich an die Badezimmertür. »Ken?!«

»Jetzt nicht, Ivy!«, antwortet er keuchend.

»Ich –«

»Verdammt, kannst du bitte warten?!«

Ich lehne mich an die Tür und höre ihn dahinter stöhnen. Ein Schauer läuft durch meinen Körper, als wäre das ein sinnlicher Laut, dabei bin ich mir ziemlich sicher, Ken reagiert sich gerade ab und erwürgt die Handtücher statt mich.

Schwer atmend schließe ich die Augen und rufe mir noch mal ins Gedächtnis, warum Ken so perfekt für mein Vorhaben ist.

Er ist fit und gesund, wie er mir eben demonstriert hat. Ich spüre immer noch seine Arme um mich, als er mich geschultert, und seinen Körper, als er mich zu Boden gelassen hat. Der Mann weiß seine Muskeln einzusetzen. Außerdem riecht er gut. Nach Rauch und Schnee und Mann und einfach nur sexy. Ein echter Cowboy eben. Und er ist wirklich klug. Das weiß ich von Cole, der ihn bei jeder sich bietenden Gelegenheit lobt. So sehr, dass man denken könnte, Ken schreibt die Ratgeber und Cole hält nur für das Autorenfoto sein Gesicht in die Kamera.

»Du kannst rein«, reißt mich Kens Stimme aus meinen Gedanken. Er kommt aus dem Bad und hält mir die Tür auf.

»Ohne dass ich dafür mit Küssen bezahlen muss?«, rutscht mir heraus.

»Los«, sagt er kühl, gibt mir mit einem Wink zu verstehen, dass ich ins Bad kann, und geht dann einfach.

Da war mir Aufreißer-Ken lieber. Der war immerhin an mir interessiert. Der Mann jetzt zeigt mir die kalte Schulter. *Nicht gut.*

Obwohl ich nicht muss, gehe ich ins Bad. Besser so, als ihm zu erklären, dass ich seinetwegen an der Tür gewartet habe. Ich benutze die Toilette und wasche mir die Hände und auch mein Gesicht. Ich entferne all das Make-up, mit dem ich Ken beeindrucken wollte, das aber im Schneesturm gelitten hat. Danach tupfe ich vorsichtig über meine zwei Schrammen. Keine Ahnung, wobei ich die bekommen habe. Muss von den Airbags sein. So schlimm war der Aufprall an dem Baum nicht. Sie sind zum Glück nur oberflächlich.

Als ich aus dem Bad komme, ist Ken am Handy.

»Oh, haben wir wieder Empfang?!«

»Nein«, knurrt er, als wäre das ein Weltuntergang. »Keine Ahnung, wie lange der Schneesturm noch anhält und wann die Räumfahrzeuge kommen.« Er lacht bitter. »Na, das muss doch dein persönlicher Albtraum sein: mit einem Arschloch wie mir festzusitzen.«

Seine Worte treffen mich. Ich müsste abwiegeln, aber ja, könnte sein, dass ich so ähnliche Bemerkungen schon in der Vergangenheit gemacht habe. Also halte ich die Klappe.

»Was wolltest du hier?«, fragt er. »Und wie bist du hergekommen?«

Ich gehe wieder zum Kamin, weil es dort am wärmsten ist, und rücke nah ans Feuer. »Ich hab Unterlagen von Cole für dich dabei. Für einen Termin am Montag. Das war dringend.« *Plus Utensilien, um dein Sperma zu testen*, ergänze ich im Stillen, spreche das aber nicht aus. »Ich hatte meinen Wagen genommen und bin von der Straße abgekommen. Nicht weit von hier.«

»Was?! Weißt du, was da alles hätte passieren können?!«, schreit er plötzlich und rauft sich die Haare.

»Ja, das weiß ich«, entgegne ich nun ebenfalls lauter. »Keine Sorge, ich wollte nicht sterben.«

»Ach, dann dachtest du, so ein Schneesturm ist was? Das perfekte Wetter für einen Ausflug?«

»Erst war die Straße frei und plötzlich nicht mehr. Das ging ganz schnell.« Ich funkle ihn sauer an. »Sorry, dass ich dir dein Wochenende ruiniere.« Ich sehe mich um und entdecke weitere Zimmer. »Ich kann auf dich als Retter verzichten. Ignorier mich einfach, geh wieder zu deinem Skihäschen, das du hier versteckt hast, und vögle sie durch!«

Er mahlt mit dem Kiefer und sieht mich an, sehr lange, vor Wut kochend. Weil ich ihm Unrecht tue. Es steht Skiausrüstung herum, als hätte er rausgewollt, wäre dann aber vom Wetter überrascht worden.

Nach einer ganzen Weile und jeder Menge schnaufender Luftzüge findet Ken endlich seine Sprache wieder. »Stehst du darauf, dass man dir den Hintern versohlt? Nur zu! Sag es mir, Ivy. Denn gerade hätte ich nicht übel Lust dazu.«

»Du schlägst Frauen?«, quieke ich – während mir heiß wird.

»Bisher nicht. Aber falls es jemals einen Moment gibt, das auszuprobieren, dann ist der jetzt. Also?«

»Stehe ich nicht drauf.«

»Schade«, murmelt er und sieht sich um. »Wo sind die Unterlagen?«

Verwirrt mustere ich ihn.

»Die Papiere von Cole?«, hilft er nach und durchsucht bereits meine Sachen. *O nein!*

»Moment …« Ich will nicht aufstehen, weil mir dann sofort wieder kälter wird. Ich war echt zu lange im Schnee. Trotzdem setze ich mich in Bewegung, weil Ken die anderen Dokumente nicht sehen soll. *Noch nicht.* »Hey, Finger weg!«, fauche ich und stoße ihn zur Seite.

Ich gehe die Unterlagen durch und reiche ihm die von Cole. Unsere Finger berühren sich dabei. Seine Haut ist warm. Was mir zeigt, wie kalt mir ist. Schnell ziehe ich die

Hände weg. *Zu spät.* Kens Blick verändert sich. Er lässt die Papiere fallen, drückt mich an die Wand, und plötzlich sind seine Lippen heiß und sexy auf meinen. Ich müsste ihn in die Schranken weisen, aber mein Körper hat da andere Pläne. Ich dränge mich an ihn, spüre seine Erektion und will ihn näher, brauche ihn näher. *Sofort.*

Seine Lippen sind fest und fordernd. Ich kann dem Kuss nicht ausweichen, selbst wenn ich wollte. Aber ich will auch nicht. Das hier war so was von überfällig. Ich öffne mich diesem Mann, genieße seinen Hunger und wie mich sein Kuss wie Sex durchdringt. Unser schwerer Atem vermischt sich. Mir wird schwindelig, und ich lege die Hände in seinen Nacken, die Decke rutscht mir von den Schultern, und es ist mir egal. Völlig egal. Ken legt einen Arm um mich, ich spüre ihn und doch nicht genug von ihm. Dieser Mann küsst, als wäre er jahrzehntelang enthaltsam gewesen. Ich küsse ihn genauso zurück.

Ich wusste, warum ich mich so gegen ihn, gegen uns gewehrt habe, weil ich zu Wachs werde. So sollte sich ein Kuss nicht anfühlen. Obwohl genau so Küsse sein sollten. Und ich kann nicht aufhören. Mein Körper brennt vor Verlangen. Keine Sekunde später sind seine Lippen überall, an meinem Hals, meinem Nacken, meinen Schultern. Er beißt mich, seine Hände reiben über meine Seiten, wandern tiefer, und sobald sie meinen Hintern erreichen, packt er mich und hebt mich an. Er muss es nicht sagen, ich lege die Beine um ihn und stöhne, als seine Härte gegen meine Mitte drückt.

Ich habe nie von Sex mit Ken geträumt, oder gut, habe ich, aber ich habe nie ernsthaft in Betracht gezogen, mit ihm zu schlafen. Das ändert sich, als ich seine Erektion spüre.

»Warte!«, keuche ich.

Zu meiner Überraschung hält Ken sofort inne und sieht mich fragend an.

»Lass mich runter!«

»Tu das nicht, Ivy«, sagt er leise, beinahe flehend.

»Runter, Ken, sofort!«, bleibe ich hart.

Sein Blick durchdringt mich. Er lässt mich los und stützt die Hände links und rechts an der Wand ab, statt mich weiter zu berühren. Bevor ich wieder schwach werde, bücke ich mich, hebe die Decke auf, wickle mich ein und flüchte zum Kamin. Ich überprüfe, ob meine Kleidung durch die Hitze vom Feuer schon getrocknet ist. Die Hose ja, ebenso die Überjacke. Schnell ziehe ich beides an. *Ein Hoch auf dünnen Funktionsstoff.* Nur der Pullover ist noch nass.

»Ist dir jetzt warm?«, höre ich Ken hinter mir.

»Ja«, lüge ich.

»Gut«, knurrt er nur. »Wenn du was brauchst, bedien dich. Ich …« Er hebt die Unterlagen hoch. »Ich vertreib mir dann mal die Zeit.«

»Mit Arbeit?«

Er wirft mir einen hitzigen Blick zu, der deutlich sagt, wonach ihm ist.

»Gut, mach das«, sage ich. »Ich prüf noch mal die Handyverbindung.«

KEN

Wie kann mich diese Frau nur für einen Aufreißer halten? Früher, Gott, da wäre sie längst in meinem Bett, und ich wüsste, wie ich das Beste aus der eingeschneiten Situation mache. So abgeneigt, wie sie tut, ist sie nicht. Ich habe ihre Hitze gespürt, und dort, wo ihr Schritt sich gegen meinen gedrückt hat, ist jetzt ein feuchter Fleck. So nass und bereit war sie für mich.

Aber wenn sie nicht will, dann werde ich es nicht versauen, sondern mich benehmen. Ich verstehe es nicht, doch ich respektiere es.

Interessiert schaue ich mir an, was Cole für mich hat. Nächsten Montag sind wir in New York, zumindest wenn der Schnee nachlässt und der Flughafen frei ist. Dieses Mal geht es nicht um eines seiner Bücher, sondern einen Kunden, für den er ein Bewerbungsverfahren durchführt. Er hat mir die Analysen und Lebensläufe als Vorbereitung gegeben, damit ich auf dem gleichen Stand bin wie er.

Ich brauche fast eine Stunde, bis ich einigermaßen ausblenden kann, dass Ivy Rivers sich halb nackt vor meinem Kamin rekelt. Und um ihren Geschmack von meinen Lippen zu bekommen. Von den Dokumenten behalte ich nichts. Mein Gedächtnis ist wie Treibsand. Was oben reinfällt, verschwindet.

Frustriert lasse ich die Unterlagen liegen und ziehe mich noch mal für draußen an. Ich wollte Ski fahren, mich auspowern, um zu verdrängen, dass ich seit Monaten keinen Sex hatte, weil mir Ivy durch den Kopf geistert. Stattdessen ist die Frau, die für meine Enthaltsamkeit verantwortlich ist, hier und stellt sie auf eine harte Probe. *Gott, ich wäre verdammt gerne in der Hölle. Die muss besser sein als mein Leben.*

Dazu kommt noch dieser beschissene Schneesturm! Mittlerweile müssten auch April und Cole wissen, dass ich und der Rest der Urlauber im Bergdorf festsitzen. Keine Ahnung, ob sie sich um Ivy Sorgen machen. Ich hoffe es. Dann schicken sie einen Suchtrupp, und die größte Versuchung seit Menschengedenken ist in null Komma nichts wieder weg.

Normalerweise würde ich bei so einem Wetter lesen, mehr gibt es nicht zu tun. Aber weil Ivy den Platz vor dem Kamin belegt, ziehe ich mich noch mal an und gehe vor die Tür, Schnee schippen. Eine Sisyphusarbeit, aber besser als keine. Es ist dunkel geworden draußen, doch das Außenlicht genügt. Ich räume die Veranda und mache mich am Zufahrtsweg zu schaffen.

Sobald Ivy in meinen Gedanken auftaucht, schippe ich kraftvoller. Als könnte ich sie so wie den weißen Pulverschnee beiseiteschaffen. Keine Ahnung, wie ich die Nacht mit dieser Frau unter einem Dach überstehen soll. Ich werde wichsen, bis ich wund bin, und selbst das wird nicht reichen. Jedes Mal, wenn sie in meiner Nähe ist, leide ich. Jedes einzelne fucking Mal. *Womit habe ich das verdient? Ja, ich war ein Aufreißer, aber kein schlechter Kerl.*

Schaufelnd bewege ich mich vor die Veranda und blinzele, als ich einen Gegenstand im Schnee finde.

Scheiß Touristen, lassen ihren Müll überall liegen, denke ich verärgert, hebe den Plastikbehälter auf und will ihn wegwerfen, bis mir erst ein Name auf dem Becher auffällt. Dann ein zweiter. Beide kenne ich.

Patientin: Ivy Rivers
Spende: Ken McNamara

Ist Ivy krank? Aber was habe ich damit zu tun? Und was sollte bitte in das kleine Ding passen? Vielleicht DNA? Doch da reichen ein Wattestäbchen und ein Wangenabstrich. Seltsam …

Ich lese den Namen der Klinik. Würde das Internet funktionieren, könnte ich ihn googeln. So sagt er mir nichts.

Nachdenklich spiele ich durch, was der Behälter noch bedeuten könnte. Mir kommt ein Verdacht. *Aber das ist unmöglich. Die Frau hasst mich. Selbst wenn sie mich wie ausgehungert geküsst hat.*

Mit der Schneeschaufel in der Einfahrt zu stehen bringt mir keine Antworten. Ivy Rivers wird mir erklären, was sie hier zu suchen hat, und zwar auf der Stelle.

Ich schüttle mir den Schnee von den Sachen, öffne die Tür, und sofort tut mir leid, was ich gleich machen muss. Sie hat für uns beide den Tisch gedeckt und gekocht. Ihr Blick wandert zu mir, und mir wird wieder klar, dass sie die sexy Freundin von April ist, ein lebenslustiger, toller Mensch. Aber für den Moment darf ich sie nicht sexy finden, sondern muss sie wie jemanden aus Coles Kundendatei behandeln. Nüchtern, sachlich, direkt.

»Hi, Ken, ich hab uns –«, beginnt sie aufgeregt.

Ich hebe den Behälter, und sie verstummt. »Was soll das, Ivy?«

4. Kapitel

IVY

Schockiert sehe ich Ken, dann das mir so vertraute Plastikbecherchen an. »Warum essen wir nicht erst mal?«, frage ich und deute auf den Tisch. »Ich hab uns Steaks mit Kartoffelecken und Grillgemüse gemacht. Nicht dass es kalt wird.«

»Wird es nicht, wenn du mir alles ganz schnell erklärst.«

»Ich … für einen Kuss?«, greife ich seine Methode von vorhin auf. Das müsste ihm doch gefallen.

Sein Blick wird noch mörderischer. Aber ich habe keine Wahl. Wenn ich ihm jetzt verrate, was ich will, wird er Nein sagen. Falls ich herumdruckse, aber auch. Ich verliere in jedem Fall. Und das Essen wird kalt. *Mist!*

»Zwei Küsse?«, frage ich mit einem Zittern in der Stimme.

»Ivy!«, knurrt er.

Ich öffne meine Jacke. »Du darfst auch meine Brüste sehen?«

»Ist das eine Frage oder ein Angebot?«

»Ein Angebot«, sage ich und ziehe hastig den Reißverschluss der Jacke tiefer.

»Nein. Hör auf damit.«

Warum muss Ken sich so toll verhalten? Er ist doch der Typ Mann, der für zwei Brüste die Welt vergessen sollte.

Schweigend stelle ich das Essen warm. Es ärgert mich, weil alles herrlich duftet und frisch ist. Außerdem habe ich Hunger. Aber jetzt ist wohl der Moment, für den ich kein Handbuch habe. Vielleicht sollte ich Cole mal nahelegen, nicht nur Ratgeber für berufliche Situationen zu schreiben, sondern auch welche für private. So wie *Kinderleicht jemanden um eine Samenspende bitten*. Würde ich sofort kaufen.

»Ich will ein Baby«, sage ich geradeheraus. »Von dir.«

»Wiederhol das, Ivy, denn ich glaube, ich hab das nicht richtig verstanden.«

»Ich will ein Baby von dir.« Tatsächlich flackert etwas in Kens Blick, als würde ihm die Vorstellung gefallen. »Aber nicht mit dir«, stelle ich deshalb klar.

Sein sowieso schon kantiges Gesicht wird noch kantiger, weil jeder Muskel angespannt ist. Als hielte Ken einen Vulkanausbruch zurück.

»Wie soll das ablaufen?«, fragt er bemüht ruhig. »Du willst mich ja nicht mal küssen.«

Das stimmt nicht, das sollte er vorhin bemerkt haben, aber ich verkneife es mir, das richtigzustellen. »Mit einer Samenspende«, sage ich.

Sein Blick wird geradezu mörderisch, als er begreift, worauf ich hinauswill. Entweder ich rede schnell weiter, oder ich lasse es für immer bleiben.

»Du musst nichts weiter tun, als eine Probe abzugeben.« Ich deute auf das Gefäß in seiner Hand. »Dein Sperma wird in einem Labor in Ridgway untersucht. Wenn du gesund bist –«

»Natürlich bin ich gesund!«

»Also, wenn du gesund bist und deine Spermien gut sind, musst du eine größere Menge Samen abgeben. Der wird …« Unter seinem Blick wird mir immer heißer im Gesicht, noch nie war mir etwas so unangenehm. »Der wird mit meinen Eizellen gepaart und mir dann quasi gespritzt.« Ich schlucke. »Fertig.« Die Feinheiten, wie die monatelange Hormontherapie, erspare ich ihm. Genau wie die Tatsache, dass es sein kann, dass es nicht sofort klappt und wir die Prozedur wiederholen müssen.

Ken sieht mich an, als hätte ich den Verstand verloren. Der Anblick sollte mich nicht so treffen, aber meine Augen beginnen zu brennen.

»Würdest du das für mich machen?«, frage ich leise. »Ich weiß, du bist kein Familienmensch. Du musst auch nichts weiter tun. Ich habe Dokumente.« Als würden die alles ändern, setze ich mich in Bewegung und gehe zu meinen Sachen. »Schau mal, hier sind die Papiere. Du unterschreibst sie, und sie entbinden dich von allen Rechten und Pflichten. Mit der Samenspende ist dein Teil getan. Aus dem Rest bist du raus. Keine Teilnahme an Geburtsvorbereitungskursen, kein Geld ausgeben für Babysachen, nicht später das Kind füttern oder Windeln wechseln oder Schürfwunden versorgen oder was auch immer dann kommt. Du musst nur den Becher befüllen, einmal für die Voruntersuchung, ein zweites Mal für die Befruchtung.«

Ken rührt sich weiterhin nicht. Er trägt noch seine Sachen, geschmolzener Schnee bildet eine Wasserlache unter seinen Schuhen.

»Können wir jetzt essen?«, wechsle ich gezwungen fröhlich das Thema, als wäre damit alles geklärt.

Ken reibt sich über das Gesicht, kommt zu sich, aber schweigt. Das ist nicht das Schlechteste. Er sagt nicht sofort

Nein. Wortlos legt er seine Sachen ab, holt das warm gestellte Essen und setzt sich an den Tisch. Ich geselle mich zu ihm, wir essen, ich kriege jedoch kaum etwas runter, weil ich auf seine Antwort warte.

»Ich weiß, das ist wie ein Überfall.« Ich lache nervös. »Aber betrachte es als große Ehre. Ich halte dich für einen guten Kandidaten. Du siehst toll aus, bist klug, gesund ...« *Das müsste ihm doch schmeicheln, richtig? Das sind mehr Komplimente, als er in der ganzen Zeit, die wir uns kennen, je von mir gehört hat.*

Über das Essen hinweg trifft mich ein grimmiger Blick, der mich meine Lobeshymne abbrechen lässt. Tränen steigen mir in die Augen.

»Du machst es nicht, oder?«

Er sagt immer noch nichts.

»Ken, bitte rede mit mir!«

»Warum sollte ich das? Wenn du hier so eine Scheiße abziehst? Seit wann planst du das schon?«

»W-w-was genau meinst du mit Planung?«, stammle ich verwirrt.

Ich erhalte nur einen warnenden Blick. In meinem Kopf rattert es. *Meint er, wann der Gedanke zum ersten Mal aufkam?*

»Seit etwa drei Monaten.«

»Drei Monate?! Da hat sich nicht früher die Gelegenheit ergeben?« Er schaut zum Himmel, als würde er den lieben Gott um Beistand bitten, Kraft oder einen Blitz, der mich erschlägt. »Und dann kommst du mit der Nummer zu mir nach Hause? Mitten in einem Schneesturm?! Der uns einschließt?! Willst du mich verarschen?«

Puh, das läuft furchtbar!

»Weißt du, was? Ich sollte jetzt gehen«, sage ich überfordert mit der Situation und stehe auf.

Ja, er ist sauer, verstehe ich, aber kann er sich mal in meine Lage versetzen und einen Gang runterschalten? Er will nicht? Das kann man auch netter sagen.

Aufgewühlt suche ich meine Sachen zusammen. Es ist absolut dämlich, was ich gerade mache, aber ich kann nicht klar denken, ich muss sofort hier weg.

Als ich auf der Veranda bin, atme ich auf. Der Schneefall hat nachgelassen, allerdings immer noch nicht aufgehört. Das hält mich nicht auf. Die Dämmerung auch nicht. So nervig Schnee sein kann, er reflektiert das wenige Licht, das Telluride vom Talkessel aus in die Berge strahlt. Man erkennt den Weg. *Und die Kälte? Kann mich mal!*

»Verdammt, warte, Ivy!«

Ich stapfe schneller durch den Schnee.

»Du willst doch nicht ernsthaft im Dunkeln vier Meilen zurück zum Ort marschieren?!«

Ich laufe weiter.

»Noch dazu in diesen beschissen hübschen, unpraktischen Sachen!«

Ich beschleunige meinen Schritt, dickköpfig, als wüsste ich nicht selbst, dass ich eher für Après-Ski und weniger für eine Blizzardwanderung angezogen bin.

»Frau!«, knurrt er. Wie ein Raubtier. *Ein sexy Raubtier.*

Sämtliche meiner Nackenhaare stellen sich auf. Ich bleibe stehen, aber ich kann Ken nicht ansehen.

»Komm sofort zurück!«

Ich rühre mich nicht.

»Ivy, komm wieder ins Warme. So benimmt sich doch niemand, der ein Kind in die Welt setzen will!«

Während ich einen Ratgeber für Ken gebrauchen könnte, hat er offensichtlich heimlich ein Exemplar von *Kinderleicht hysterische Frauen beruhigen* in die Finger bekommen. Mist, damit kriegt er mich rum. Ich sitze in seinem Haus mit ihm fest, ob ich will oder nicht. Ich drehe mich um und sehe ihn auf der Veranda stehen und mir die Tür aufhalten.

»Hopp, rein mit dir!«, ruft er. Immer noch wütend.

Bevor ich ihn weiter gegen mich aufbringe, kämpfe ich mich im Schneegestöber zurück, kann Ken dabei aber nicht in die Augen schauen.

Das hier ist übel. Wirklich übel.

Drinnen ziehe ich mir die Jacke und den feuchten Pullover aus, ehe ich mir wieder nur die Jacke anziehe.

»Ich übernehm den Abwasch«, sage ich, weil ich nicht weiß, was ich sonst tun soll.

»Du musst das nicht –«

»Ich wäre eine gute Mom, ich erledige den Abwasch, kapiert?«, fauche ich gekränkt und unterdrücke ein Schniefen. Ich werde nicht vor diesem Arschloch rumheulen. *Schnief.* Auf keinen Fall. *Schnief.*

KEN

Gleich weint Ivy. Klasse, ich habe die Frau, der ich seit Monaten den Hof machen will, dazu gebracht, dass sie weint. Dabei sollten wir uns nackt auf dem Fell vor dem Kamin wälzen!

»Sorry, Ivy, aber ich verstehe das nicht«, sage ich ruhiger und besinne mich auf meinen Verstand, der selbst in komplexen Situationen den Überblick behält. »Du willst mich ja nicht mal küssen. Ständig stößt du mich weg. Und jetzt das? Außerdem gibt es auch normale Arten, wie man Kinder zeugt.«

Sie sagt nichts dazu. Nur Geschirrgeklapper ist zu hören.

Ich stelle mich neben sie an die Spüle, weil ich ihr Gesicht sehen muss. Auf ihren Wangen hängen Tränen. *Fuck.*

»Hey?«, sage ich sanft und wische sie ihr weg.

»Das ist geschmolzener Schnee, der aus den Haaren taut«, behauptet sie, als bräuchte ich eine Erklärung, und wäscht weiter ab.

»Aha«, mache ich nur und warte wieder. Ich habe eine gute Menschenkenntnis. Man wird kein Aufreißer ohne. Ivy braucht gerade Zeit und spült einen mittlerweile so sauberen Teller, dass nicht mehr viel fehlt, bis sie das Dekor entfernt.

Verdammt, sie wäre eine tolle Mom. Sehr engagiert. Nicht so leicht unterzukriegen. Und in der Lage, ein Kind zu versorgen, ihr Essen hat gut geschmeckt. Ich mustere sie und stelle mir vor, wie ihr Bauch anwächst, von *meinem* Baby. Ich habe mir noch nie vorgestellt, Vater zu sein, nicht mal bei Delilah, doch mit Ivy gefällt mir der Gedanke. Muss am Alter liegen. Oder an ihr. Ich will nicht nur in einen Behälter wichsen, ich will sie. Aus irgendeinem Grund will sie nur leider nichts mit mir zu tun haben.

Ich kann verstehen, dass sie von meiner Antwort enttäuscht ist. *Aber wie kann sie glauben, dass mich ihr Vorschlag zu Luftsprüngen verleitet? Nur weil ich ein Mann bin, verteile ich mein Sperma doch nicht an alles, was bei drei nicht auf den Bäumen ist.* Hierherzukommen und quasi die Hand aufzuhalten, noch dazu, wenn sie mir seit Monaten die kalte Schulter zeigt, ist echt frech. Ich kann das beurteilen, ich hatte meine Arschlochzeit, bevor ich nach Telluride gezogen bin.

»Du musst mich nicht trösten«, sagt sie ruhiger, aber immer noch schniefend. »Ich werd mir einen Spender aus dem Katalog aussuchen. Das ist so einfach, wie Schuhe zu kaufen.«

»Das Vorhaben steht also?«

»Ja. Definitiv.«

Ihre Worte lösen einen Sturm an Emotionen in mir aus. Am Anfang war es nur ein Spiel, Ivy rumzukriegen.

Doch wenn ich mir jetzt vorstelle, sie wäre von irgendwem schwanger oder sie würde sogar noch jemanden kennenlernen und der dürfte sie küssen, wann immer er will, das ist nicht richtig.

»Hast du schon Kandidaten von der Samenbank?«

»Ich hab ein paar Profile gespeichert.«

»Auf dem Handy?«

Sie nickt.

»Zeig sie mir.«

»Warum?«

»Warum nicht?«, gebe ich zurück, weil ich selbst nicht weiß, warum ich das will. Offensichtlich stehe ich darauf, gequält zu werden.

»Also gut, ein männlicher Blick kann nicht schaden«, sagt sie leiser, ruhiger. »Noch dazu müsste jemand wie du ja durchschauen, wenn die Herren bei den Angaben flunkern.«

Ich lächle, dabei treffen mich ihre Worte. *Warum sieht sie nicht, dass ich ein anständiger Kerl bin?*

Um die Stimmung aufzulockern, suche ich Wein und Gläser raus. Wir müssen beide entspannter werden.

Ivy trocknet sich die Hände vom Abwasch ab und holt ihr Handy. Als sie sich setzt, reibt sie sich fröstelnd über die Arme.

»Ist dir noch kalt?«

»Nicht noch, sondern wieder. Es war nicht so clever, den feuchten Pullover anzuziehen. Aber das geht gleich vorbei.«

Ja, im Hochsommer, aber nicht im Winter. Ich stehe auf und hole ihr die Sachen, die sie vorhin ausgeschlagen hat. »Hier, nimm die.«

Sie zögert.

»Nun mach schon«, beharre ich. »April wird mir die Ohren lang ziehen, wenn ich mich nicht um ihre beste Freundin gekümmert habe.«

»Also gut.«

Sie gibt nach und zieht die bunte Skijacke aus. Wieder steht Ivy in ihrer unpassend reizenden Unterwäsche vor mir. Als würde das eine Rolle spielen. Selbst in Thermounterwäsche fände ich sie heiß.

Als sie sich das Fleeceshirt anziehen will, stoppe ich sie. »Ist der BH vorhin auch nass geworden?«

»Nur ein bisschen.«

»Zieh den auch aus.«

»Hältst du das aus?«, fragt sie, endlich wieder so frech, wie ich sie kenne.

»Ich und der Kennolith kommen klar.«

»Der Kennolith?« Sie kräuselt amüsiert die Lippen. »Hast du ein Gebirge in der Hose?«

»Groß und hart und einsatzbereit, wann immer du mich besteigen willst.«

»Sehr witzig, Ken.« Sie hebt ihren Arm und schaut suchend unter ihre Achsel. »Ups, heute bin ich leider ohne Steigeisen unterwegs. Was für ein Pech!«

Meine Güte, das ist die Frau, der ich zehntausend Kinder machen will. Dabei will ich an ihrer Seite und keine Fußnote in einem Vertrag sein. Warum merkt sie nicht selbst, wie gut es zwischen uns sein könnte?

Schnell schlüpft sie in mein Shirt, und bevor ich ihr sagen kann, dass sie den BH doch ausziehen sollte, fummelt sie unter dem Stoff herum und hält wenig später diesen sexy Hauch von Nichts in der Hand. *Interessantes Manöver!*

»Schau nicht so, Ken! Hast du etwa noch nie gesehen, wie sich Frauen einen BH ausziehen?«

»Ähm … nicht so. Die meisten strippen seeehr langsam vor mir.«

»Strippen?« Ihr Lachen wird richtig perlend. »Tja, Ken, siehst du, wir normalen Frauen machen das, was für uns am besten ist, nicht das, was ihr wollt.« Fast schon tantenhaft tätschelt sie mir die Wange, dann mummelt sie sich auf dem Sofa in die Decke ein.

Ich gieße den Wein ein, reiche Ivy ein Glas und setze mich zu ihr. »Na los, zeig mir deine zweite Wahl für die Samenspende!« Ivy rückt zu mir, damit ich auf ihren Bildschirm sehen kann. Enthusiastisch stellt sie mir die Typen vor. Der Prozess erinnert mich ein bisschen an den Job, den ich für Cole mache. Bei ihm gilt es, Personal für Unternehmen zu finden, jetzt, Samenspender für ein Kind.

»Was denkst du?«, fragt sie schließlich.

»Das sind deine Favoriten? Die passen überhaupt nicht zu dir.«

»Sie ergänzen mich. Bei Kandidat Nummer eins und mir bekommt mein Baby bestimmt so süße Sommersprossen.«

»Ja, und diesen Zinken als Nase!«

»Die ist doch sexy!«

»Seit wann? Mit dem Gerät wird die Schule die reinste Hölle. Jeder wird Witze darüber reißen.«

»Oh, das will ich natürlich nicht. Was hältst du von meinem zweiten Favoriten? Er ist wahnsinnig klug.«

»Ich bin auch klug«, murmle ich, reiße mich jedoch auf ihren warnenden Blick hin zusammen. »Okay, er ist klug. Aber willst du ein hochbegabtes Kind bekommen?«

»Ein Genie? Warum nicht?«

»So ein geniales Kind sollte auch geniale Eltern haben, die es verstehen. Ja, du würdest es lieben. Aber könntest du ihm die Unterstützung geben, die es braucht?«

»Hey … ich … also … Stimmt, das hatte ich nicht bedacht. Dann der dritte Spender?«

»Nein, der lügt.«

»Woher willst du das wissen?«

»Hier …« Ich nehme ihr das Handy ab und zoome ins Bild. »Da war eine App dran, versprochen. In drei Sekunden habe ich auch so ein Sexgottgesicht.«

»Du hast schon ein Sexgottgesicht!«

»Nicht sexgöttisch genug, wenn du mir widerstehen kannst«, murmle ich. »Wart's ab, ich zeig dir, was ich meine!«

Ich stehe auf und hole mein Handy. Ich hab da für alles Mögliche Apps drauf. Manche für den Job, andere zum Spaß. Ich schieße ein Selfie und spiele mit den Einstellungen einer Fotobearbeitungsapp. Ruckzuck mache ich mein Gesicht kantiger, meinen Blick stechender, die Wimpern länger, die Lippen voller …

»Bitte sehr, jetzt bin ich dein Sexgott«, rufe ich, allerdings nicht scherzhaft, sondern sauer, dass solche Vollidioten in der Datenbank sind und Ivy auf sie hereinfällt. *Wenn das schon die beste Auswahl ist, wie ist dann der Rest?* Aber das ist gar nicht das, was mich so stört. Ich will diese Frau unverändert. Und ich bin drauf und dran, meine erste und wahrscheinlich einzige Chance zu verspielen, sie von mir zu überzeugen. Mir kommt eine Idee. Nicht perfekt, aber brauchbar.

»Warum siehst du mich so an, Ken? Ich werde nicht die Beine für dich breitmachen.«

»Doch, wirst du«, sage ich ruhig. »Das und mehr.«

»Ach ja, und warum?«

»Weil ich dir helfen werde.«

»So sollte das nicht laufen.«

»So oder gar nicht. Deine Entscheidung, Ivy.«

5. Kapitel

IVY

Die gute Nachricht: Ken will mir helfen. Die schlechte: Mein durchdachter Vertrag ist für die Tonne. Die richtig schlechte: Meinem Körper scheint das zu gefallen. Mir ist heiß, mein Atem geht flach, und auch das letzte bis eben noch trockene Kleidungsstück wird nass: mein Slip.

Ich sollte weglaufen, solange ich kann, aber ich bleibe.

»Was genau willst du, Ken?«

Er packt meine Handgelenke und drückt mich auf dem Sofa zurück. Meine Beine öffnen sich bereitwillig. Er gleitet dazwischen, ist mir so nah wie nie zuvor, und wir atmen beide schwer.

»Drei Dinge, Ivy«, sagt er mit einer Stimme, wie ich sie noch nie bei ihm gehört habe. Sie vibriert in mir, bringt was zum Schwingen, sorgt dafür, dass ich mir über die Lippen lecke. »Und alle Infos zu der Klinik und dem Verfahren.«

»Drei?!«, wiederhole ich schockiert.

»Drei«, bestätigt er, zögert, als würde er auf Protest warten, und fährt, als der ausbleibt, mit den Fingerspitzen über meinen Körper. »Nur eine Sache noch, bevor es ernst wird: Die Klinik weiß, was sie tut?«

Ich nicke. »Dort arbeiten nur die besten auf ihrem Gebiet. Die Vorgespräche liefen sehr professionell ab. Ich vertraue ihnen.«

»Welches Verfahren nutzt du?«

»Eine In-vitro-Befruchtung. Auf der Klinik-Website wird das erklärt.«

»Werde ich mir durchlesen.«

Das interessiert ihn?! »Tu das«, sage ich nur und muss schlucken. »Was ist jetzt?«

»Erste Bedingung«, haucht er mir ins Ohr und fährt mir durch die Haare.

»Ja«, krächze ich, eher eine Zustimmung als eine Frage.

»Ich will sehen, dass du eine gute Mutter bist.«

»Wie bitte?!« Das ist so gar nicht die Forderung, die ich erwartet habe.

»Du findest, ich bin ein Aufreißer?« Seine Lippen streifen meinen Hals. »Nun, du bist eine wandelnde Modezeitschrift.«

»Ich habe Geschmack! Dürfen etwa nur Frauen mit Karoblusen Mutter werden?«

»Nein, aber es sollten Leute sein, denen ihr Kind wichtiger ist als ihr Aussehen.«

Ken und ich haben uns schon viel gegenseitig an den Kopf geworfen. Die ›wandelnde Modezeitschrift‹ ertrage ich, aber dieser Test kränkt mich. Wenn er wirklich Zweifel an mir als Mutter hat, muss ich die ausräumen. »Okay«, sage ich leise und drehe mein Gesicht weg, weil er nicht sehen soll, wie sehr mich sein Vorwurf trifft.

»Vielleicht sollten wir eine Pause einlegen«, sagt er und fährt mir durch die Haare.

Schlägt er das meinetwegen vor? »Ich brauche keine. Was willst du als Nächstes?«

»Ich brauche eine kurze.«

Überrascht sehe ich ihn an. Da wird mir klar, dass er das meinetwegen beschließt. *Irgendwie nett.*

»Muss die Pause auf mir sein?«, finde ich zu meinem alten kratzbürstigen Selbst zurück.

»Ja.« Er grinst. »Ist sehr bequem für mich.«

Ich seufze. »Wie lautet die zweite Bedingung?«

»Ich will dich in meinem Bett.«

»Als Fußwärmer?«

»Du weißt, wofür, Babe.«

»Nennst du mich gerade Babe?! Wie eine deiner Affären?«

»Die kriegen keine Kosenamen, *Babe.* Wenn dir Darling, Love oder Honey lieber ist, kann ich mich auch umstellen.«

»Bleib bei Ivy.«

»Okay, Babe.«

Mist, es gefällt mir! »Wie viel Sex, Vollpfosten?«, überspiele ich diese Erkenntnis mit einem frechen Konter.

»Viel.«

»Drei Mal?«

»So viel wie möglich.«

»Fünf?«

Er lächelt.

Ich verdrehe die Augen. »Fein, so viel wie geht.«

»Ohne Kondom.«

»Mit!«

»Aber wir müssen nicht aufpassen. Du willst schwanger werden.«

»Was ist mit Krankheiten?«

»Ich bin sauber.«

»Das ist viel zu intim!«

»Ist das Sex nicht immer?«

Versteht er es nicht? »So was teilt man nicht mit jedem.«

Ken verlagert sein Gewicht, und mir stockt der Atem, als seine Erektion an meine Mitte drückt. Dann bewege ich mich. *Bedürftig.*

»Ich denke, du willst schwanger werden?«

»Ja, über die Kinderwunschklinik.«

»So steigen deine Chancen.«

Was soll ich dagegen bitte vorbringen? Er hat recht. »Meinetwegen«, willige ich zerknirscht ein. »Was ist der letzte Punkt?«

»Ich will mehr Zeit mit dir verbringen. Wie ein fester Freund.«

»Nein, Ken, wir sind *kein* Paar. Ist dir die Romanze von April und Cole zu Kopf gestiegen?!«

»Hast du *Kinderleicht verhandeln* etwa nicht gelesen?«

»Doch!« Ich kenne den Ratgeber von Cole. Weil April so begeistert war, habe ich mir alles von und über diesen Mann reingezogen. »Gute Verhandlungen sind ein Geben und Nehmen, aber du nimmst nur. Und zwar verdammt viel für ein einziges funktionierendes Spermium.«

»Findest du? Was sind ein paar Wochen mit mir im Vergleich zu einem Leben als Mutter?«

Punkt für ihn. Schon wieder. Aber ich brauche auch einen Sieg. »Gut, einverstanden, ich spiele deine Freundin«, stimme ich zu. »Aber erst, wenn dein Sperma geprüft wurde und geeignet ist.«

»Dann will ich eine Anzahlung.«

»Wie bitte?!«

»Sex. Jetzt.«

»Das habe ich schon kapiert, Ken.«

»Und, was sagst du?«

»Geld willst du ja nicht haben, oder? Also kennst du die Antwort.«

»Ich will sie hören.«

»Einverstanden.«

»Oh, Ivy, Babe«, stöhnt er zufrieden. Ich erwarte, dass wir sofort loslegen. Da steht er auf, fährt sich durch die Haare und holt sein Tablet. Mit einem wirklich riesigen Zelt in der Hose.

»Ähm … Ken? Was wird das?«

»Keine Sorge, ich bin gleich bei dir.« Er grinst. »Und in dir. Lass uns nur alle Punkte festhalten.«

»Ernsthaft?« Ich lege die Hände an meine Wangen. Ich brenne lichterloh.

»Ja. Falls du eine Abkühlung brauchst: Du hast Glück, wir befinden uns mitten in einem Schneesturm. Eine Minute auf der Veranda sollte genügen, damit du wieder ganz bei dir bist.«

Mir ist nicht danach, auch nur einen Zeh in die Kälte zu setzen, aber er hat recht, ich muss dringend zu Verstand kommen.

Mit wackligen Knien stehe ich vom Sofa auf und gehe in einem Hauch von Nichts nach draußen. Kalte, dunkle Nacht empfängt mich.

Ich kriege mein Baby. *Brr. Wow!*

Von Ken. *Brr. Wow!*

Ich werde Mom. Hoffentlich. *Brr.* Endlich. *Wow!*

Überwältigt starre ich in die verschneite Dunkelheit und habe auf einmal den Wunsch nach Nähe. Ohne nachzudenken, renne ich zurück ins Haus.

»Danke!«, sage ich und falle Ken um den Hals.

Sein Schwanz, der sich eben beruhigt hat, zuckt begeistert.

»Bitte, lass noch ein paar Minuten die Finger von mir, Babe. Schaffst du das? So wie sonst auch?«

Mir gefällt plötzlich, dass ich ihn so verrückt mache. Vielleicht hat es das schon immer. »Nein«, sage ich frech und rücke näher ran. »Ich will wohl sehen, wie gut du unter Druck arbeiten kannst.«

KEN

Fuck, Ivy Rivers ist die Richtige für mich. Eine ständige Herausforderung. Meine *Herausforderung.*

Während ich auf dem Tablet die Punkte unserer Vereinbarung zusammenfasse und mit einer App, die wir auch in der Firma verwenden, in einen rechtsgültigen Vertrag gieße, fährt Ivy mit den Fingern durch meine Haare und lenkt mich ab. Es kostet mich alle Selbstbeherrschung, nicht auf ihre Berührungen einzugehen, sondern bei den Vertragsklauseln zu bleiben.

»Wenn du nicht aufhörst, mich verrückt zu machen, könnte es passieren, dass ich dich beim Lesen ebenfalls verrückt mache«, warne ich sie.

»Warum sollte mich das stören?«

»Was, wenn ich am Ende noch eingebaut habe, dass dein Kind auch mein Kind ist, und du diese Passage überliest?«

Ein Teil von mir hofft, dass sie mir vertraut. Ein anderer weiß bereits, wie sie reagieren wird. *Bingo!* Mit einem Schnauben nimmt sie die Hände weg. Irgendwie irritiert mich das jetzt mehr als ihre Nähe eben.

Ich atme tief durch, bin mit dem Grundgerüst des Vertrags fertig, sprich den Angaben zu den Vertragspartnern, dem Gegenstand der Vereinbarung und den Abschlussklauseln. Ich schreibe meine drei Bedingungen rein und Ivys Forderungen für die Samenspende. Das hier ist der wichtigste Vertrag, den ich je aufgesetzt habe. Mir darf kein Fehler unterlaufen.

Besonders beim Gegenstand der Vereinbarung bin ich gründlich, nehme die Klinik und die Behandlungsmethode auf.

Als ich fertig bin, reiche ich ihr das Dokument auf meinem Tablet. »Lies dir alles durch. Wenn du einverstanden bist, unterschreib. Wenn du Änderungen wünschst, ergänz sie im Änderungsmodus im Text.«

Ivy nimmt das Tablet und widmet sich ihrer Aufgabe, ich gehe auf Abstand, lehne mich an das Sofa und sehe ihr dabei zu. *Was wir tun, ist echt verrückt! Ich sollte zurückrudern. Wir verhandeln nicht um Sex, sondern um ein Leben. Aber ich kann nicht zurück. Das ist meine Chance bei Ivy. Eine weitere werde ich nicht bekommen.*

»Zufrieden?«, frage ich.

Ivy atmet tief durch, unterschreibt und reicht mir das Tablet. »Ja, zufrieden. Jetzt du, Ken!«

Ich nehme das Gerät, sehe, dass der Vertrag unverändert ist, und setze meinen Namen darunter. Im Hintergrund schickt die App die unterzeichneten Seiten an unsere E-Mail-Postfächer. Das Dokument ist damit rechtsgültig. Wir werden miteinander schlafen. Ich werde mein Sperma überprüfen lassen. Wenn es geeignet ist, werde ich Ivy pro forma als Mutter testen, um mehr Zeit mit ihr zu haben. Dann kommt die Spende dran, und bei Erfolg gehen wir getrennte Wege. *Oder wir kommen richtig zusammen*, wie ich insgeheim hoffe. *Bitte.*

»Zieh dich aus!«, sage ich und lasse meinen Blick unmissverständlich über sie gleiten, als könnte ich sie allein mit der Kraft meiner Gedanken aus den Stoffschichten pellen.

»Da hat es aber jemand eilig«, schnaubt sie. »Zieh du dich doch zuerst aus!«

»Okay.«

Vor ihren Augen lege ich meine Klamotten ab. Erst den Pullover, dann das Shirt, schließlich die Hose.

Die ersten Sekunden hält Ivy meinem Blick stand, dann inspiziert sie mich. Neugierig und hungrig. Ihr gefällt, was sie sieht. Das wundert mich nicht. Ich treibe Sport, achte auf meinen Körper. Auch wenn es eingebildet klingt, ich weiß, dass ich gut aussehe und wie meine Muskeln auf Frauen wirken. Genau wie das Drachentattoo auf meinem Rücken. Ivy ist da keine Ausnahme.

»Jetzt du«, sage ich, als ich als Letztes die Unterhose ausziehe und meinen steifen Schwanz befreie. Für meinen Geschmack hat sie genug geschaut.

Ivy rührt sich nicht. Ihr Blick klebt auf meinem besten Stück, das sich für die Frau glatt noch etwas mehr aufrichtet.

»Babe, du bist dran«, sage ich und zupfe an ihrem Oberteil. »Oder brauchst du Hilfe?«

Sie hebt wortlos die Arme, damit ich ihr aus den Sachen helfe. »Ich bin ein bisschen nervös«, gesteht sie.

»Ich auch.«

Sie runzelt verwirrt die Stirn.

»Es steht viel auf dem Spiel, Babe. Für uns beide.«

6. Kapitel

IVY

»Kannst du dich beeilen?«, sage ich, als Ken mir mein Oberteil gefühlt in Zeitlupe auszieht.

»Warum sollte ich?«, haucht er mir ins Ohr.

O Gott, wenn das die Anzahlung ist, wie ist dann erst normaler Sex mit Ken? Jedes Mal, wenn sein Körper meinen berührt, zucken Blitze durch mich hindurch. Das sollte sich nicht so gut anfühlen, aber das tut es. Ungeduldig winde ich mich, bis ich obenrum frei bin. Eigentlich suche ich Erlösung, stattdessen brenne ich heftiger.

»Alles okay?«, fragt er, sieht mir tief in die Augen und zieht mich enger an sich.

»Du musst dich beeilen.«

Er streichelt meinen Rücken.

»Ken!«

»Nein.«

»Ich …« Verdammt, ich will es nicht zugeben, aber ich muss. »Ich brauch dich, Ken.«

Ein primitiver Laut ist seine einzige Antwort. Dann beugt er sich zu mir und küsst mich. Leidenschaftlich und heiß und perfekt.

Das war nicht vereinbart, denke ich, da greifen meine Hände in seine Haare, und ich küsse ihn zurück. Ich presse mich an ihn, will ihn. Bis er mich bremst.

»Besser?«, fragt er und sortiert meine Haare.

»Scheiße!«, fluche ich und sehe ihn überfordert an.

»Sehr gut«, sagt er, als wäre das ein Kompliment gewesen.

Er hält mich weiter in diesem sexy Klammergriff, bei dem möglichst viel Haut von meinem Körper mit möglichst viel Haut von seinem in Berührung kommt. Seine Lippen knabbern an meinem Hals, seine Nase reibt über meinen Nacken. »Mmh, riechst du gut, so, so gut, Babe!«

Er auch. Aber das hier läuft leidenschaftlich genug, dass ich ihm das nicht extra sage. Er erkundet mich und ich ihn. Ich fahre ihm über den Rücken, dort, wo sein Tattoo ist, das ich vorhin zum ersten Mal richtig gesehen habe. Ein Drache. Vom Stil her japanisch. Irgendwie passend zu Ken, der vor Kraft und Hitze nur so strotzt. Gerne wüsste ich mehr darüber. Aber jetzt ist der falsche Moment. Ich will ihn genauso verrückt machen wie er mich. Damit er die Nummer schnell beendet.

Fehlanzeige! Statt mir die Hose auszuziehen, küsst er mich, streichelt mich und bringt mich immer wieder zum Stöhnen. Als hätte er noch nicht verstanden, wie sehr ich ihn will.

»Mehr!«, seufze ich.

Es wirkt. Er hebt mich an, trägt mich zum Kamin und setzt mich auf Decken, Kissen und Fellen ab. Die Flammen flackern und überziehen Kens Haut mit einem goldenen Schimmer. Als wäre der Mann noch nicht attraktiv genug. Das Holz knistert. Sonst hört man nur uns, wie wir atmen, als wären wir die letzten Menschen auf dem Planeten.

»Mach, dass es schneller vorbeigeht.«

»Keine Chance, Ivy. Zwei Menschen haben nur ein erstes Mal, und das hier wird das beste, das du je erlebt hast.«

»Aber das ist es schon.«

»Dann wird es das beste, das du jemals wieder haben wirst«, sagt er, drückt mich nach hinten und küsst mich auf dem Fell weiter.

Unsere Körper reiben sich aneinander, einigen sich auf einen erotischen Rhythmus, bevor wir uns ganz spüren. Bis ich es nicht länger aushalte. Ich brauche Ken überall. Jede Zelle von mir brennt, und er muss sie löschen, nur er kann das. *Jetzt.*

Wie ich aus der Hose rauskomme, obwohl Ken über mir ist, weiß ich nicht, aber ich schaffe es. Er bricht den Kuss ab und verharrt Millimeter über meinem Gesicht. Ich nicke kaum merklich und schließe überwältigt die Augen, als er sich vorsichtig in mich schiebt, mich erobert, mich für jeden anderen Mann des Universums ruiniert. Als könnte man, was man schnell erobert, auch wieder schnell verlieren. Also ist er langsam.

»Ivy, du bringst mich um«, flüstert er, verteilt Küsse auf meinem Gesicht, weicht zurück, gönnt mir einen Moment der Erholung und dringt wieder in mich ein, tiefer als beim ersten Mal. »Schau mich an!«

»Ich kann nicht.«

»Babe, bitte!«

Meine Augenlider sind wie Blei. Ich zwinge sie nach oben und stöhne, als ich Kens Blick begegne und ihn und mich noch intensiver spüre.

»So ist es gut«, murmelt er. »So ist es gut, Babe.«

Er quält mich weiter mit seiner Vorsicht, quält uns, bis wir beide nicht länger warten können. Mit einem Bein ziehe ich ihn zu mir, er stößt härter in mich, und wir spüren uns ganz.

Wow!

Unsere Körper übernehmen. Ken bewegt seine Hüfte, ich biete mich an, komme ihm entgegen. Er küsst mich, als bekäme er nicht genug von mir. Mir bleibt kaum Zeit zum Atmen. Unsere Finger sind an einer Hand miteinander verschlungen, und wir drücken uns, als würden wir uns stumme Botschaften senden. *Mehr! Weiter! Warte!*

»Gott!«, schreie ich und werde plötzlich von einem Orgasmus durchdrungen, den ich nicht habe kommen sehen.

Ken bewegt sich weiter. Kurz frage ich mich, ob ich ersticke, weil ich nicht atme, sondern diesen Mann küsse, da komme ich erneut. Ken drückt seine Stirn neben meinem Kopf ins Kissen und lässt sich dieses Mal mitziehen. Er stöhnt mir seine Erleichterung ins Ohr und pumpt in mich, als gälte es, mir jetzt und hier ein Baby zu machen.

»Gott, war das schlecht!«, knurre ich, schaffe es aber nicht, mich von Ken zu lösen.

Er durchschaut mich, lacht zufrieden und küsst mein Ohr, als hätte ich ihm ein Kompliment gemacht.

»Hörst du wohl ständig, was?«

»Eigentlich nicht. Meist ist der Sex mit mir so furchtbar, dass die Frauen weg sind, bevor sie mir noch sagen können, wie mies der Kennolith und ich waren.«

»Wie gut, dass wir eingeschneit sind und ich bleiben muss. Wurde Zeit, dass du die Wahrheit erfährst.«

»Hab ich ein Glück«, murmelt er und zieht mein Gesicht für einen erneuten Kuss heran, der mich schon wieder mehr wollen lässt. »Mal im Ernst, Ivy: War das eben okay? Steht unser Deal, und ich lasse als Nächstes mein Sperma testen?«

Mist! Offensichtlich habe ich mehr Gefühle für diesen Mann, als mir klar war – und mit jeder Berührung, jedem

Kuss und neuerdings auch jedem Blick aus diesen kaffeefarbenen Augen legt er weitere frei. Ich sollte kneifen. Aber dann wäre mein Traum vorbei. *Was mache ich jetzt?*

»Komm schon, der Sex war gut«, sagt er leise, ernst, genau richtig.

Gut? Keine Ahnung, was Ken sonst für Sex hat, aber das war der beste meines Lebens. »Ja, der Deal steht.«

KEN

Warum auch immer Ivy gerade gezögert hat, ich bin erleichtert, dass ich mehr Zeit mit ihr bekomme. Das eben war fantastischer Sex, tief, verbunden, schön. Weil Gefühle im Spiel waren. Von meiner Seite. Und auch von ihrer. Ob sie das nun zugibt oder nicht. Sanft drücke ich ihr Küsse auf den Hals. Sie stöhnt leise. Zu meiner Überraschung befreit sie sich von mir, setzt sich auf, sieht sich fröstelnd um und wickelt sich und diese sexy Brüste in eine Decke.

»Was ist los?«, frage ich.

»Muss ich dir Rechenschaft ablegen? Von Überwachung steht nichts in unserem Vertrag.«

Normalerweise erheitern mich ihre spitzen Antworten, aber dieses Mal nicht. Sie geht ins Bad, und ich folge ihr, bewusst nackt, weil mein Anblick sie nervös macht.

»Du warst einverstanden, Zeit mit mir zu verbringen«, erinnere ich sie und fahre ihr durch die Haare.

»Der Deal kommt erst voll zum Tragen, wenn dein Sperma geeignet ist. Bis dahin bleiben deine Hände bei dir.« Entschlossen schiebt sie mich aus dem Bad und schließt die Tür vor meiner Nase.

»Keine Orgasmen?«, rufe ich in dem Versuch, sie zu manipulieren.

»Nicht von dir.«

»Der Kennolith wird vereinsamen. Was, wenn er seine Funktion einbüßt?«

»Du darfst ihn gerne pflegen, damit er startklar ist. Falls er schwächelt, weißt du ja, was passiert.«

Ja, alles wäre wieder wie sonst. Schönen Dank auch. Frustriert ziehe ich mir was über. Ivy den Kennolithen unter die Nase zu halten bringt mich nicht weiter. Sie soll mich als Partner akzeptieren, nicht als Sexgott. Wie um zu beweisen, wie perfekt ich bin, lege ich Holz im Kamin nach, damit wir es über Nacht warm haben.

Als sie aus dem Bad kommt, frisch geduscht und nach Zahnpasta riechend, gehe ich rein und dusche. Danach folge ich Ivy ins Schlafzimmer.

»Wehe!«, ruft sie, als sie mich sieht.

»Das ist mein Bett«, kontere ich, lasse mich von ihr nicht vertreiben und schlüpfe auf der freien Seite unter die Decke. »Wenn du es neben mir nicht aushältst: Bitte, das Sofa gehört dir.«

»Das tut ein netter Gastgeber nicht.«

»Tja«, mache ich nur und rechne nicht damit, dass sie aufsteht. Doch tatsächlich verlässt sie das Bett und das Schlafzimmer. *Klasse!* Man sollte meinen, wir wären uns nähergekommen. Aber gäbe es das Papier nicht, wäre alles wieder wie vorher.

Zu meiner Überraschung kommt Ivy zurück. Mit Kissen unterm Arm. »Ich bleibe natürlich«, verkündet sie.

»Und was wird das?« Ich zeige zu meiner Sofadeko.

»Eine Kuschelgrenze. Wenn du auch nur einen Zeh über diese Linie setzt, dann …«

»Hackst du ihn mir ab, schon klar.« Sofort beruhige ich mich. *Wir teilen uns ein Bett. Das ist ein Fortschritt.* »Leg dich hin und schlaf. Es war ein langer Tag. Gute Nacht, Ivy.«

Neben mir wird es ruhig. Ich kann jedoch nicht einschlafen und wälze mich hin und her. Sie so nah und gleichzeitig so fern zu haben nervt mich.

»Gott, halt still, Ken!«, stöhnt sie da von der anderen Bettseite. *Warum? Weil sie befürchtet, ich könnte ihre Kissenmauer einreißen?*

»Sorry«, murmle ich und stehe auf. Sie soll mich mögen, nicht meinetwegen Augenringe bekommen.

Ich gehe in mein Büro und erledige endlich konzentriert die Arbeit für Cole, dankbar für die Beschäftigung. Als ich fertig bin, lege ich mich aufs Sofa, was ich eigentlich nicht wollte. Unser Geruch vom Sex hängt in der Luft und in den Polstern. Ich befürchte, das wird mich wach halten, doch stattdessen schlafe ich ein.

Als ich aufwache, ist es noch früh. Das Feuer ist kurz davor auszugehen. Ich lege Holz nach, dusche und mache Kaffee, frühstücke und stelle Ivy auch was hin. Ich will nach ihr sehen, aber verbiete es mir. Ich habe genug sexy Bilder von ihr im Kopf. Sie verschlafen in meinem Bett vorzufinden hebe ich mir auf, falls es ernster zwischen uns wird. Ich könnte nicht die Finger von ihr lassen.

Neugierig, ob sich der Schneesturm gelegt hat, ziehe ich mir warme Sachen an und gehe nach draußen. Es hat nachts weiter geschneit. Mein Haus ist wie abgeschnitten vom Rest der Welt. Weiterer Schnee wird jedoch nicht fallen. Der Himmel ist klar, die Morgensonne steigt über den Bergen auf. Malerisch wie immer.

Ich schnappe mir die Schneeschaufel und räume den Eingangsbereich. Als ich damit fertig bin, ist es fast neun. Ich setze mich auf die kleine Schneefräse und lege die Hauszufahrt frei. Ich hoffe, die großen Räumfahrzeuge der Stadt kommen bald. Ivy noch eine Nacht in diesem Haus zu haben und nicht berühren zu dürfen halte ich nicht aus. Oder doch, das wird mir schon gelingen, aber es wäre sehr qualvoll für mich.

Ich veranstalte mit der Fräse einen Heidenlärm. Ivy lässt sich trotzdem nicht blicken. Als ginge sie mir aus dem Weg. *Nett. Warum sieht sie nicht, wie gut wir zusammenpassen? Warum glaubt sie, ich wäre ein Schwein?* Seit wir uns kennen, benehme ich mich vorbildlich. *Stört sie, dass wir uns ständig an die Gurgel springen?* Das liegt doch nicht nur an mir, sondern auch an ihr. Außerdem gefällt mir dieses Feuer.

Als ich fast fertig bin, kommt der Winterdienst, und wir haben wieder Verbindung zur Außenwelt. Ich stelle meine Maschine ab und unterhalte mich kurz mit dem Fahrer. Der Schnee hat viele gestern hier oben überrascht. Bei Ridgway ist ein Funkmast umgekippt. Die Reparaturen laufen bereits, und das Handynetz sollte spätestens in einer Stunde wieder funktionieren. Eher früher. Von Unfällen weiß er zum Glück nichts.

Als er weiterfährt, schwinge ich mich zurück auf die Fräse und lege die letzten Meter meiner privaten Einfahrt frei. Da taucht Coles Truck auf.

Kaum hält der Wagen, da springt April raus. Gefolgt von ihren Hunden, Colorado und Alaska, die sofort durch den Schnee tollen, als hätten sie diesen Winter nicht oft genug das Vergnügen gehabt. April lässt sie. Sie sieht ziemlich fertig aus. Müde, blass.

»Ken, hast du Ivy gesehen? Sie wollte gestern zu dir, aber ist nicht zurückgekommen.« Sie dreht sich hektisch im Kreis. »Ihr Wagen ist auch nirgends zu sehen.«

»Ganz ruhig«, sage ich und nicke zum Haus. »Lasst uns reingehen. Ivy ist drinnen und müsste wach sein.«

April und Cole rufen ihre Hunde. Unter dem Vordach treten wir uns den Schnee von den Füßen. April stürmt als Erste rein.

»Du lebst!«, ruft sie, als sie Ivy sieht, fällt ihr um den Hals, nur um sie gleich darauf zu schütteln. »Was bitte hat so lange gedauert, wieso hast du dich nicht gemeldet? Ich war krank vor Sorge.«

»Sorry, der Handyempfang ist ausgefallen.« Ihr Blick geht zu dem kleinen Plastikbehälter für die Samenprobe, den keiner der beiden sehen soll. Er steht bei mir in Reichweite auf einer Kommode neben meinen Autoschlüsseln. Unauffällig schiebe ich ihn hinter meine Skiausrüstung. »Die Straße ist also wieder frei?«

»Ja, das ist sie.«

»Wunderbar! Könnt ihr mich dann in die Stadt mitnehmen und Ken hier allein an sich herumspielen lassen. Mein Wagen … ähm … liegt … ähm … irgendwo im Straßengraben.«

»Was?! Du hattest einen Unfall?«, piepst April und fällt ihr glatt erneut um den Hals.

»Hey, du erdrückst mich, Süße! Es geht mir gut.«

»Sicher?« Sie gibt sie frei und mustert sie eindringlich. »Ivy, wenn dir was passiert, das überlebe ich nicht.« Wir alle kennen ihre Geschichte. Sie hat beide Eltern verloren, und lange Zeit ist es ihr sehr schwergefallen, Menschen an sich heranzulassen. Allmählich wird es besser. Sie hat erst Ivy in ihr Leben gelassen, dann Cole, dann den Rest der Freunde in Telluride. Doch immer wenn jemand von uns auch nur hustet, sieht sie denjenigen an, als hätte er Lungenkrebs und könnte auf der Stelle tot umfallen.

»Mir ist nichts passiert«, sagt Ivy und beruhigt ihre Freundin. »Nur zwei kleine Schrammen, eine Beule am

Wagen, keine Frostbeulen. Dank Ken. Er hat mir geholfen. Ich habe ihm die Unterlagen von Cole gegeben. Von mir aus können wir los.« Sie schnappt sich ihre dämlich bunte, viel zu dünne Jacke und will zur Tür. »Kommt ihr?«

»Wie wäre es erst mal mit Frühstück?«, frage ich. *Von einem ›Guten Morgen‹ ganz zu schweigen.*

»Ich hab keinen Hunger.«

»Warum nur glaube ich dir das nicht?«

»Ich frühstücke nie.«

Fragend sehe ich zu April.

»Doch, das tut sie sonst«, antwortet die.

»Verräterin«, mault Ivy.

»Ich will nur dein Bestes. Wenn dieser tolle Assistent meines Freundes dir nicht was anbieten würde, würde ich das tun.«

Bei dem Lob auf mich rollt Ivy mit den Augen.

»Tja, was willst du, Darling?«, flöte ich.

»Nichts«, zischt Ivy. »Wir durchkreuzen Aprils und Coles Wochenendpläne. Und das völlig unnötig. Wenn sie mich mitnehmen, bin ich in zwanzig Minuten zu Hause und kann dort was essen.«

»Also für eine Kleinigkeit haben wir Zeit«, meint April.

»Ehrlich, das ist nicht nötig«, bleibt Ivy stur.

»Hier, ein Apfel«, sage ich, weil sie nicht ohne was im Magen loslaufen soll. »Iss den, und ich lass dich gehen.«

»Du lässt mich? Hört, hört! Sonst was? Hältst du mich hier fest?«

»Ganz genau.«

»Ihr spinnt doch alle!«, schimpft Ivy, aber nimmt den Apfel und nagt ihn unter Beobachtung stehend in Windeseile ab. Erst, weil sie es hinter sich bringen will, dann, weil sie Hunger hat. *Diese Frau!*

»Noch einen?«, frage ich, sobald sie das übrig gebliebene Kerngehäuse wegwirft.

»Vielleicht … eher Toast?«

Ich gebe zwei Brotscheiben mit Käse in den Sandwichmaker, röste sie und reiche sie ihr. Weiterhin stehend verschlingt sie sie. Als würde eine Stoppuhr laufen.

»So, ich hab gegessen. Darf ich jetzt gehen, Daddy?«, witzelt sie, als sie fertig ist, und leckt sich Krümel von den Lippen.

Daddy? Fuck, jetzt will ich sie plötzlich, um ihr zu zeigen, wie daddymäßig ich noch sein kann. Bevor ich das jedoch laut ausspreche, beiße ich mir auf die Zunge und spare mir ganz entgegen meiner sonstigen Gewohnheit eine Antwort.

»Ist bei euch alles in Ordnung?«, fragt April. »Irgendwas ist anders.«

»Alles bestens«, wiegle ich ab, weil ich diese Nacht mit niemandem außer Ivy diskutieren werde. »Seid vorsichtig, wenn ihr zurückfahrt.«

April, Cole und die Hunde verlassen das Haus. Ivy will den beiden folgen – mit einer offenen Jacke. *Als wäre Frühling!* »Warte!«, verlange ich, greife nach ihrer Hand und halte sie zurück.

»Was soll das denn?«

Offensichtlich hat dieses Daddy-Ding für einen kleinen Kurzschluss gesorgt. Gründlich richte ich ihre Klamotten, will eigentlich nur die Jacke schließen, schiebe jetzt jedoch erst mal ihr Shirt in die Hose.

»Ken, lass das! Die anderen werden sich fragen, was wir hier tun.«

»Keine Sorge, die sehen nur meinen breiten Rücken.« Als Nächstes wickle ich ihr den Schal nicht modisch, sondern wärmend um den Hals. *Ist das so schwer, das selber zu machen?*

»Ich bin erwachsen, ich kann das alleine.«

»Kannst du, du tust es nur nie«, knurre ich, ziehe den Reißverschluss der Jacke hoch und stülpe ihr die Kapuze über den Kopf. Das Teil ist wirklich hübsch und viel zu dünn. Ich mag es, hasse es aber gleichzeitig. »Fertig!«

»Darf ich jetzt gehen?«

»Ja«, sage ich ruhig und kann mich an dieser Frau nicht sattsehen. Ihre Wangen sind rot von der Kälte, und ihre saphirblauen Augen funkeln mit dem Himmel um die Wette. Auch wenn ihr höllisch erotischer Körper verpackt ist, Verlangen durchdringt mich, sie noch mal zu berühren, mehr von ihr zu kriegen. »Willst du denn los? Ich fände es schön, wenn du bleibst.«

»Ken … ich …« Sie beleckt sich die Lippen, und der Hunger in ihrem Blick haut mich um. *Sie will mich. Als Mann.* »Danke für alles!«, sagt sie jedoch nur, beugt sich vor und umarmt mich. *Immerhin.*

Ich drücke sie zurück. Fest, um sie durch die Stoffschichten zu spüren. Fest, damit sie mich spürt. Ich nehme jeden Moment mit ihr auf, weil es das Letzte sein könnte, was ich je von ihr kriegen werde. *Und das ist wenig, viel zu wenig.*

»Meine Güte, nun küsst euch schon!«, ruft April uns vom Wagen aus zu.

Ich will Ivy küssen, unbedingt, aber ich kann nicht ständig Grenzen überschreiten. Wenn, dann muss sie den nächsten Schritt machen. Ich kann sie nur halten, ihren Duft einatmen, hoffen. *Vielleicht … bitte …*

Da legt sie den Kopf in den Nacken. Ihre Kapuze rutscht zurück, sie reckt sich, und Sekunden später habe ich ihre Lippen auf meinen. Nicht nur kurz, sondern fest und fordernd und warm.

Fuck! Verlangen durchdringt mich. Ich greife in ihren Nacken und hole alles aus dem Kuss raus. Ich bin wie ausgehungert. Und sie ist es auch. Kein Protest folgt. Kein Widerstand. Wir gehören zusammen.

Erst ein Hupen lässt uns auseinanderschrecken. Zumindest unsere Münder, unsere Hände halten noch den jeweils anderen. Wir atmen schwer, sehen uns an. Ich will nicht, dass sie geht. Aber wenn ich sie bitte, wird sie Nein sagen, also lasse ich es und begnüge mich mit jeder weiteren Sekunde.

»Was ist mit der Samenprobe? Gebe ich sie dir, oder soll ich sie direkt an die Klinik schicken?«

Sie wirft einen hastigen Blick über die Schulter, als würden April und Cole uns belauschen. »Kannst du das erledigen?«

»Sicher. Wenn du mir die Adresse gibst.«

»Mache ich und –« Sie will noch was sagen, doch da hupt es wieder. Sie boxt mich und läuft los. »Bye, Ken.«

»Was war das denn eben?«, höre ich April fragen.

»Der Mann ist wie einer dieser Aquarienfische, die an der Scheibe kleben, er hat sich einfach an mir festgesaugt. Vollidiot.«

Unfreiwillig muss ich lachen. Ich schaue dem Wagen nach, bis er weg ist. Selber Fisch, schreibe ich ihr per SMS. Jeder spürt, dass zwischen Ivy und mir was läuft, nur sie nicht.

Obwohl heute einer der letzten Skitage für diese Saison ist, gehe ich ins Haus, setze mich an den Computer und recherchiere alles zur Kinderwunschklinik und Ivys Vorhaben. Sie hat recht, es könnte sein, dass ich nicht geeignet bin. Schließlich hatte ich ein paar wilde Jahre in New York, mit Alkohol und Drogen, bevor ich nach Colorado gezogen bin. Aber ich hoffe, ich bin es. *Für sie … Für uns …*

7. Kapitel

IVY

Es sieht so aus, als bekäme ich ein Baby! Von Ken. Mit *Ken. Wenn alles gut geht.* Seufzend fahre ich mir übers Gesicht. So hatte ich mir das Gespräch mit diesem Mann nicht vorgestellt. Ich wollte ihm meine Situation erklären, ein volles Becherchen erhalten, und in vier Wochen wäre ich vielleicht schon schwanger gewesen. Stattdessen … fröstle ich und kuschle mich tiefer in meine Jackenschichten, weil mir Kens warme Hände fehlen. *Wie hat er das geschafft?* Wenn ich mich konzentriere, kann ich noch seinen Duft wahrnehmen. Winterlich, wie Lagerfeuer und Schnee, und männlich und natürlich und irgendwie gut. *Richtig gut.*

»Was war das denn eben?«, fragt April und dreht sich vom Beifahrersitz zu mir nach hinten.

»Was war was?« Zerstreut kraule ich Colorado und Alaska, die neben mir auf der Rückbank liegen und mich jedes Mal anstupsen, wenn ich aufhören will. *Diese Charmebolzen!*

»Na, zwischen Ken und dir?«

Mein Magen vollführt einen kleinen Salto, als wir beide in einem Satz auftauchen. *Wie albern!* »Ken und ich was?«, stelle ich mich dumm.

»Er war total fürsorglich.«

»Ist mir gar nicht aufgefallen.«

»Ehrlich nicht? Er hat dir Frühstück gemacht und dich richtig warm eingepackt. Ohne die üblichen Annäherungsversuche. Das war süß.«

War das so offensichtlich? »Cole, siehst du das genauso?«

»Ja, sicher.«

»Fandest du es auch süß?« Über den Rückspiegel treffen sich unsere Blicke, und ich funkle ihn warnend an, jetzt nur nichts Falsches zu sagen. »Das ist doch Kens Job, sich um Leute zu kümmern.«

»Also zu mir ist er nicht so. Da sagt er: Wenn du einen Apfel willst, weißt du ja, wo die Kiste steht. Bedien dich!«

»Mit euch kann man nicht reden!«, beschwere ich mich und lasse mich in den Sitz zurückfallen. Colorado legt seinen Kopf auf meine Beine. Ich kraule die Fellnase. »Zum Glück hab ich dich«, murmle ich. »Du stellst mir keine dummen Fragen.«

»Okay, vielleicht war Ken wie immer, aber du warst anders«, lässt April nicht locker. *Hartnäckige Kupplerin!* »Du hast den Apfel genommen. Die alte Ivy hätte ihn weggeworfen.«

Die alte Ivy hat auch keinen Vertrag mit Ken. »Das hab ich nur gemacht, damit er mich gehen lässt.«

»Mmh«, macht April und klingt kein bisschen überzeugt. »Und was war das vor der Tür? Er hat dich warm eingepackt, und du hast es zugelassen. Die alte Ivy –«

»Schon gut. Ich weiß, was du sagen willst.« *Die alte Ivy hätte Ken eine geklebt. Oder ihn mit einem Eiszapfen erdolcht. Oder Schnee nach ihm geworfen.* »Das war nur, weil mir die Wörter für Nein ausgegangen sind. Normalerweise muss ich ihn mir nur für fünf Minuten vom Leib halten. Nun war es eine ganze Nacht.« Und das auch nur mäßig erfolgreich, schließlich hatten wir Sex.

»Aber es hat dir gefallen!«

»Hat es nicht.«

April grinst. »Süße, streite es ruhig ab. Ich kenne dich. Dein kleines Ohio-Landei-Herz hat sich über die Geste gefreut.«

Wie gut, dass ich so dicke Sachen trage, denn wie heftig mein kleines Ohio-Landei-Herz gerade schlägt, kriegt April so nicht mit.

»Denk doch, was du willst«, versuche ich, das Verhör zu beenden. *Hätte ich mich nur von Ken fahren lassen!*

»Und was ist mit dem Kuss?«

»Welchem Kuss?«

»Auf der Veranda, Ivy!« Jetzt klingt April genervt.

Die beiden können nichts gesehen haben. Ken hat einen breiten Rücken und die Sicht verstellt. »Das war kein Kuss.«

»Okay, dann habe ich wohl halluziniert, als sich seine Hände in deinen Nacken gegraben haben? Er hat dich geküsst, als würde er sterben, wenn er dich loslässt.« Abwartend sieht sie mich an.

»Soll ich dazu etwa was sagen?«

»Ja, bitte!« In ihrem Blick tauchen Herzchen auf. »Es war gut, oder?«

»Ich kann mich nicht mehr erinnern. Ein Kuss wie viele.«

»Lügnerin! Warum fällt es dir so schwer zuzugeben, dass du total auf Ken stehst?«

»Weil ich total *nicht* auf Ken stehe.«

»Dein Verhalten sagt was anderes.«

»Mmpf«, mache ich nur. Mit meiner besten Freundin kann ich heute nicht reden. Sie ist auf Kens Seite, nicht auf meiner.

»Meinst du denn, auf unserer Hochzeit vertragt ihr euch?«, fragt April nach einer Weile. »Ihr seid unsere Trauzeugen. Ich will keinen Ärger an dem Tag.«

»Läuft die Planung denn endlich?« Sie sind zwar seit letztem Herbst verlobt, aber dass es einen Termin gibt, ist mir neu. »Du weißt, ich helf dir. Egal wobei.«

Cole lacht leise.

»Hey!«, macht April.

Ich sehe die beiden verwirrt an.

»Ja, die Planung läuft«, sagt meine beste Freundin.

»Und?«, frage ich, als sie nicht weiterspricht, Cole aber beinahe platzt vor Lachen, wohlweislich jedoch den Mund hält. *Das ist mal ein Kerl, der weiß, was sich gehört.*

»Ich kann mich noch nicht entscheiden, was ich will«, gesteht April und wirft Cole einen strengen Blick zu. »Und das ist nicht lustig, Mister.«

»Ich sag doch gar nichts, Baby.«

»Nicht mit den Lippen …« Sie dreht sich wieder zu mir. »Letzte Woche fand ich die Aussicht toll, am Strand zu heiraten, die Woche davor hab ich von einer Trauung im Schnee geträumt. Ich bin wirklich eine schreckliche Verlobte.«

»Aber dass ich und Ken Trauzeugen sind, das steht?« *Wenn sie so viel ändert, vielleicht ja auch das?*

»Sorry, aus der Nummer kommst du nicht raus«, zerstört sie meine Hoffnung. »Ihr werdet beide so großartig zusammen aussehen.«

»Pah!«, mache ich. »Du solltest heiraten, um Cole für immer an deiner Seite zu haben, nicht um mich mit Ken zu verkuppeln!«

»Aber wenn beides geht?«

»Du gibst es nicht auf?«

»Ich mag Ken.«

Ich schieße ihr einen warnenden Blick zu. Fehlt nicht mehr viel, und ich trete sie als beste Freundin an ihn ab.

»Und dich mag ich auch«, sagt April da. Cole räuspert sich, als hätte sie was vergessen. »Und dich am allermeisten, Mister.«

Wenn ich nicht wüsste, dass April nur mein Bestes will, könnte ich echt platzen. »Ich hab dich auch lieb«, sage ich. »Natürlich habe ich das.«

Als sie mich zu Hause absetzen und mit Verspätung in ihr Saunawochenende starten, ist alles gut zwischen uns. Wir sind nicht immer einer Meinung, aber es braucht schon einiges, um uns zu entzweien. Nicht mal die Horrorzeit in der Werbeagentur hat das geschafft.

Ich ziehe fröstelnd die Stiefel aus und telefoniere mit einem Abschleppdienst, der meinen Wagen aus dem Wald in eine Werkstatt zum Durchchecken bringt. Obwohl Wochenende ist, finde ich jemanden, der mir hilft. *Es lebe die Solidarität in Kleinstädten!*

Jetzt müsste ich Wäsche waschen, aber mir ist immer noch kalt. *Ken hat eine Frostbeule aus mir gemacht!* Ich lasse mir Wasser ein, gebe Rosenextrakt dazu und seufze, als ich in die Wanne steige und die Wärme mich komplett umgibt. *Herrlich!*

Zum ersten Mal wünsche ich mir, ich wäre jetzt nicht allein.

Ich nehme mein Handy und wähle schon wie automatisch Kens Nummer. Bevor er jedoch rangehen kann, lege ich auf. *Warum rufe ich ihn an? Ich will doch gar nicht, dass er kommt. Soll er lieber seine Technik im Gleiten und Wedeln im Schnee verbessern statt mit mir.*

Zu meiner Überraschung meldet er sich sofort zurück. »Alles okay, Mommy?«

Beim Klang seiner Stimme prickelt meine Haut, und das Wasser ist mir plötzlich zu warm. *Warum hat er diesen Effekt auf mich? Das war doch bisher nicht so … ähm … zumindest nicht so stark.* »Nenn mich nicht so, Ken!«

»Es gefällt dir.«

»Tut es nicht.«

»Doch, *Mommy*.«

Mehr Hitze durchdringt mich. Ken-Hitze. Er hat recht, mir gefällt das. »Aber ich bin noch keine Mutter, also lass es!«

»Was ist denn los? Was wolltest du? Sehnsucht?«

»Hab mich nur verwählt«, sage ich, richte mich auf und lasse etwas kaltes Wasser nachlaufen. Mir ist definitiv zu heiß.

»Fuck, Babe, bist du in der Wanne? Nackt?«, rät Ken da.

»Nein, im Bikini«, kontere ich trocken. »Sag mal, wer badet denn zu Hause nicht nackt?!«

»Darf ich nicht doch vorbeikommen?«

»Nein.«

»Bitte!«

»Bis du hier bist, habe ich mich im Wasser aufgelöst.«

»Wir trocknen dich ab, warten und wiederholen das.«

»Das ist Wasserverschwendung.«

»Nichts mit dir ist Verschwendung, Ivy.« Er atmet schwerer, erregter, und sein Verlangen nach mir heizt meines nach ihm an. »Lad mich zu dir ein, Babe!«

Das wäre ein Fehler. Ich könnte diesem Mann nicht widerstehen, würde ihm verfallen. Was dann passiert, weiß ich bei Kerlen wie ihm nur zu gut. Er hat irgendwann genug von mir, und ich darf mit den Konsequenzen klarkommen. »Lass uns einfach nur reden, Ken. Wie wäre das?« Das ist schon mehr, als ich je dachte, mit diesem Mann machen zu wollen.

»Was schwebt dir vor? Dirty Talk?«

Dieser Mann! »Normal Talk.«

»Ich mag dirty lieber. Wenn Mommy so richtig scharf wird.«

»Du bist unmöglich!«

»Das gefällt dir an mir. Zumindest ein bisschen. Gib es zu!«

»Ha, ha«, mache ich, könnte aber auch zustimmen.

»Also gut …« Er holt tief Luft, und ich stelle mir vor, wie er dabei nickt. Als müsste er sich selbst überzeugen. »Reden wir einfach nur.«

Wie konnte das bloß passieren?

April hat recht, etwas ist definitiv anders.

Ich gebe noch mal Badezusatz ins Wasser, und wir führen unsere erste echte Unterhaltung. Ken gibt zu, dass er mich gegoogelt hat, und stellt Fragen nach Gold Face Media und SMG, meinen bisherigen beruflichen Stationen, und auch zu meinem aktuellen Job in der Brauerei, dem Brews Brothers. Ich frage ihn umgekehrt nach seinen Playboy-Jahren aus und wie er zu Cole gekommen ist. Dabei drückt er sich vor keiner Antwort. Ich erfahre, dass er nur am Feiern war und Kokain genommen hat, wegen Drogenbesitzes sogar vorbestraft ist und dass es reiner Zufall war, dass sein alter Uni-Kumpel Cole ausgerechnet ihn für die neue Firma wollte und von New York nach Colorado verfrachtet hat.

»Was ist mit dem Tattoo? Eine Jugendsünde?«

»Eher eine Drogensünde. Ich hab es mir wohl in New York stechen lassen, kann mich aber nicht an die genauen Umstände erinnern.«

»Du bist echt ein Draufgänger, Ken.«

»Ich *war* einer.«

»Warum lässt du es nicht entfernen?«

»Weil es zu mir dazugehört, genau wie diese schwierige Zeit.« Er lacht.

»Und es gefällt dir?«, rate ich.

»Ja, wer auch immer mir das verpasst hat, hat was von seinem Handwerk verstanden.«

Das Gespräch ändert nichts daran, dass ich Ken nach wie vor für einen Frauenhelden halte. Aber zum ersten Mal ist er noch was anderes für mich: ein richtiger Freund. *Wie unerwartet!* Mit ihm habe ich andere Themen als mit April, trotzdem oder gerade deshalb ist es schön. Ken kennt außerdem viele Leute durch den Job und hat jede Menge Anekdoten auf Lager.

»Um deine Teenagerzeit machst du ständig einen Bogen«, sagt er schließlich. *Sehr aufmerksam!*

»Weil es da nichts gibt«, will ich das Thema im Keim ersticken.

»Du lügst, Babe.«

»Woher willst du das wissen?«

»Deine Stimme verrät dich.«

»Die ist wie immer!«

»Von wegen! Ich bin lange genug dabei, um den Unterschied zu bemerken. Falls du mir nicht glaubst, komm gerne mal in der Agentur vorbei. Wir haben Analysesoftware, die dir das schwarz auf weiß beweist. Also, wer hat dir wehgetan und wen muss ich verprügeln?«

Dass er so reagiert, bringt mich zum Lachen. Ken ist vieles, aber kein Schläger. »Du musst niemanden verprügeln«, sage ich. »Ich fand die Jahre nur schwierig. Das ist alles. Jetzt darüber zu reden würde die Stimmung ruinieren.« *Kleine Untertreibung, denn schwierig trifft es nicht mal im Ansatz.*

»Aber du besuchst deine Eltern noch?«

»Einmal im Jahr, ja. Manchmal auch öfter. Es ist wenig, aber für alle in Ordnung. Wir lieben uns, Ohio ist nur nie meine Welt gewesen.« Aus vielen Gründen, aber besonders aus *einem.* »Wie war denn deine Jugend?«

»Lagerfeuer am Strand, Rucksacktouren durch Südamerika, solche Sachen eben …«

»Das klingt ja brav!« Ich habe Ken eher an den Party-Hotspots der Welt gesehen. Cancún. Miami. Saint-Tropez. »Wie rutscht ein Pfadfinder wie du ins Drogenmilieu ab?«

»So wie du Geheimnisse hast, hab ich meine.«

»Jetzt bin ich neugierig.«

»Das ist gut. Das zeigt mir, dass du deine Meinung über mich änderst und ich nicht mehr der Vollarsch bin.«

»Stimmt, nur noch ein Halbarsch.«

»Ein Fortschritt. Ich nehme, was ich kriegen kann.«

Keine Ahnung, was vorhin mit mir los war und warum ich mich allein gefühlt habe, jetzt geht es mir besser. *Wegen Ken. Wie seltsam!* »Danke für deine Zeit«, sage ich, als ich dringend aus der Wanne rausmuss, das aber nicht mit Ken am Telefon machen werde. Irgendwie ist das so, als würde er mir dabei zuschauen. »Genieß dein Wochenende, solange du es noch kannst! Wenn deine Spermien was taugen und die Behandlung klappt, darfst du in Zukunft meine geschwollenen Schwangerschaftsfüße eincremen«, ärgere ich ihn.

»Gerne«, sagt er lachend, und wir legen auf.

Gerne? Wer ist dieser Mann und was hat er mit dem Aufreißer gemacht? Und warum gefällt er mir immer mehr? Das sollte er nicht. Das darf *er nicht.*

KEN

»Ich muss noch was bei der Post abgeben«, sage ich zu Cole, als wir am Montag die Abflughalle des Telluride Airports ansteuern, um über Denver nach New York zu fliegen.

Anders als am Wochenende trage ich einen meiner Anzüge. Auch Cole hat sich seriöser als üblich gekleidet. Der Kunde ist eine Anwaltskanzlei, es kann nicht schaden, bei diesen Leuten wie aus dem Ei gepellt auszusehen. Ich weiß das, ich bin mit zwei von denen aufgewachsen, meinen Eltern. Sehr erfolgreiche Strafverteidiger, zu denen ich seit der Trennung von meiner Ex nur noch unterkühlten Kontakt habe. In ihren Augen war Delilah eine gute Partie, und ich habe etwas falsch gemacht. Meinen Laptop und die Papiere, die ich durchgearbeitet habe, habe ich dabei. Genau wie das Paket mit meiner Samenspende für die Klinik.

»Was verschickst du da?«, fragt Cole und mustert neugierig den Karton in meiner Hand. »Kekse an deine Oma?«

Mein Sperma, denke ich, aber beiße mir auf die Zunge. »Richtig geraten, Cookies, selbst gebacken.«

Cole schnuppert am Paket. Ich muss mich sehr zusammenreißen, nicht laut zu lachen. »Riecht nicht nach Keksen«, sagt er.

»Natürlich vakuumverpackt.« Ich deute zum Paketshop. »Ich beeile mich, wir treffen uns am Gate.«

Im Gehen klebe ich das Empfängeretikett auf den Karton. Wenn Cole von der Klinik wüsste, hätte er mich so lange gelöchert, bis ich ihm verraten hätte, welches Projekt Ivy und ich am Laufen haben. Ich kann diskret sein, aber selbst ich knicke irgendwann ein.

Am Schalter wähle ich Express, dann ist die Sendung innerhalb einer halben Stunde zur Analyse in einem Labor in Ridgway. Das wiederum ist instruiert, die Ergebnisse an die Kinderwunschklinik in Los Angeles weiterzugeben, über die alles weitere läuft. Ivy schicke ich eine Kopie der Quittung, damit sie die Sendung verfolgen kann.

»Okay, jetzt will ich wirklich wissen, was da drin war«, sagt Cole, als ich zu ihm stoße. »Du glühst.«

»Ich glühe doch nicht«, rufe ich und verkneife mir, mein Gesicht zu befühlen.

»O bitte, ich arbeite seit Jahren mit dir zusammen. Du siehst so aus, als hättest du im Lotto gewonnen, was aber keinen Sinn ergibt, weil du schon reich bist und das Geld nicht brauchst. Also komm mir jetzt nicht mit deiner Oma.«

»Ich liebe Grandma McNamara. Zufrieden?« Ich deute zum Gate. »Das Boarding läuft bereits. Lass uns gehen.«

Damit rette ich mich vor einer weiteren Cole-Befragung. *Vorerst.*

Die Flugzeuge, die in Telluride starten, sind kleine Zubringermaschinen, und wie üblich bestellen wir uns nur Kaffee, sobald wir in der Luft sind. Für mehr bleibt keine Zeit. Erst als wir im Flieger nach New York sitzen, besprechen wir den Job für die Kanzlei, der mein Leben auf den Kopf gestellt hat. Quasi. Weil die Vorverlegung mir Ivy näher gebracht hat. Etwas, womit ich nicht mehr gerechnet hatte. Schon gar nicht auf diese Weise.

Wir reden leise und erwähnen keine Namen, weil das vertrauliche Informationen sind. Die Kanzlei hat uns hinzugezogen, um aus den aktuellen Juniorpartnern den nächsten Senior auszuwählen. Eigentlich eine überschaubare Aufgabe. Aber derjenige, der befördert wird, wird mit den wichtigsten Menschen des Landes verkehren. Neben Einzelgesprächen stehen deshalb auch Gruppenmeetings an, um herauszufinden, wer dem am ehesten gewachsen ist.

Getränke werden serviert. Ich bestelle für uns Wasser, auch wenn Cole nichts möchte. Viel zu trinken ist wichtig. Ich bin nicht nur sein Freund und seine rechte Hand, sondern nach wie vor dafür da, auf den Mann aufzupassen. Seit April seine Freundin ist, lebt er gesünder. Aber da ist noch Luft nach oben.

Als er sich schließlich durch die Tageszeitungen arbeitet, um auf dem neuesten Stand zu sein, nehme ich mir noch mal die Fakten zur Kanzlei vor. Je mehr ich im Kopf habe, desto besser. Beim Lesen driften meine Gedanken jedoch ab. Zu Ivy. Und was ich sie machen lassen könnte, um zu beweisen, dass sie eine gute Mutter ist – und um uns einander näher zu bringen.

Ganz neu ist die Situation nicht. Ivy spukt mir, seit sie in meinem Leben aufgetaucht ist, regelmäßig durch den Kopf. Aber dieses Mal steht so viel auf dem Spiel.

»Hier, iss was!«, sagt Cole da, reißt mich aus meinen Gedanken und schiebt mir mein Frühstück zu. Etwas, was eigentlich ich uns organisiere. »Alles okay bei dir? Du wirkst heute so, als bräuchtest du zur Abwechslung jemanden, der auf dich aufpasst.«

»Ich falle nicht gleich vom Fleisch«, sage ich, nehme den Bagel und esse.

»Du könntest dich auch einfach bedanken.«

»Danke.«

Das Essen tut gut. Danach widme ich mich wieder meinem Lieblingsthema: Ivy. Und meiner großen Chance: unserer Vereinbarung.

Ich hoffe, ich bin zeugungsfähig. *Jetzt lebe ich gesund, achte auf meine Ernährung und treibe Sport. Aber was, wenn ich wegen der Drogen keine Kinder mehr kriegen kann? Ich hab mir nie Gedanken gemacht, ob ein irreparabler Schaden entstanden ist.*

Sobald wir landen, fällt zumindest ein Teil der Anspannung von mir ab. Während mein Handy im Flugmodus war, kam eine Benachrichtigung von der Klinik. Sie haben die Laborergebnisse erhalten und werten sie als Nächstes aus. Sehr gut. Nicht mehr lange, und ich weiß Bescheid.

Ich leite die Nachricht an Ivy weiter, falls sie nicht informiert wurde. Dann konzentriere ich mich voll auf den Job.

Die Kanzlei liegt im Finanzdistrikt nicht weit von der Wall Street entfernt. Auf den Straßen tummeln sich Touristen und Geschäftsleute. Die ganze Stadt ist in Bewegung. Zeit ist Geld. Es gibt wenige Orte, wo man das so deutlich spürt wie hier.

Die Juniorpartner wissen, was heute auf dem Spiel steht. Wir beginnen mit den Einzelinterviews. Während Cole die Gespräche führt, achte ich auf die Körpersprache der Kandidaten. Auf zu hektische Gesten, auf Mikroexpressionen, auf eine veränderte Stimmung. Jedes Interview dauert eine halbe Stunde. Danach gleichen Cole und ich unsere Notizen ab, lassen unsere Analysesoftware laufen, lüften den Raum, machen uns kurz frisch und gehen zum nächsten Kandidaten über.

Heute stehen vier Gespräche an, morgen noch mal vier. Nach der Mittagspause folgen die Gruppensitzungen, bei denen ich mich zurückziehe, um Mails anderer Kunden zu beantworten.

Warum meldet sich niemand von der Klinik?, wundere ich mich, als ich fertig bin. *Was bedeutet das? Gab es einen Fehler bei der Probe? Ist sie unbrauchbar? Oder sind mehr Tests notwendig? Verliere ich Ivy, bevor ich eine Chance bekommen habe, ihr nahe zu sein?*

Ich suche mir eine ruhige Ecke, rufe in der Klinik an und frage nach, warum die Auswertung so lange dauert. Ich gebe zu, eine Spur ungehalten, aber mein Nervenkostüm ist ein wenig dünn.

»Sir, es warten eine Reihe anderer Leute vor Ihnen«, versucht mich die Mitarbeiterin abzuwimmeln. »Wir tun, was wir können.«

»Sie verstehen nicht, wie wichtig das ist.«

»Doch, Sir, das tue ich. Nur deshalb geht der Job nicht schneller. Bitte haben Sie Geduld.«

Normalerweise ist das meine große Stärke. Ich kann verdammt geduldig sein. Monatelang bin ich der Frau meiner Träume hinterhergerannt. Jetzt klettert mein Puls jedoch nach oben, als wäre mein Vorrat aufgebraucht.

»Ich werde Ihnen mal sagen, was …«

Stopp! Ich bremse mich im letzten Moment. So wie ich mich aufführe, wird man meinen Fall nicht schneller, sondern eher zur Strafe noch langsamer bearbeiten. So handhaben Cole und ich das zumindest mit Kunden, die uns trotz freundlicher Belehrung dumm kommen. Das kann ich mir, aber vor allem Ivy nicht antun.

»Tut mir leid«, entschuldige ich mich ruhiger. »Das hier ist neu für mich.«

»Schon gut, Sir«, sagt die Dame plötzlich sanfter. »Wenn ich Ihnen einen Tipp geben darf? Stellen Sie sich einen Timer. Spätestens morgen um diese Zeit wissen Sie Bescheid. Erst wenn Sie dann nichts gehört haben, nerven Sie mich bitte. Dann haben Sie jeden Grund dazu.«

»Danke, das mache ich.«

Ich lege auf und richte mir wie vorgeschlagen einen Alarm auf dem Handy ein, aber beruhigen konnte mich das Gespräch nicht.

Brauch dich hier, schreibt mir Cole auf dem Handy und rettet mich davor, weiter durchzudrehen.

Ich gebe mir einen Ruck und konzentriere mich auf das, was ich stattdessen tun kann. Meinen Job.

Als Cole und ich nach weiteren vier Stunden in Meetings abends im Hotel einchecken, bin ich durch. So fertig habe ich mich lange nicht gefühlt. Wir essen im Hotelrestaurant. Danach geht jeder auf sein Zimmer. Cole wird mit April telefonieren. Das machen sie so, seit sie zusammen sind. *Und ich?*

Als ich mein Zimmer betrete und die drapierten Hotelkissen sehe, muss ich an die Kissenwand denken, die Ivy zwischen uns errichtet hat, damit ich nicht auf ihre Bettseite komme. Ich vermisse sie – und meine Müdigkeit ist wie weggeblasen.

»Ich bin an der Bar«, informiere ich Cole und steuere die Location in der vierzigsten Etage an, wo sich sowohl Touristen, Geschäftsleute als auch New Yorker tummeln. *Ein bisschen Ablenkung wird mir guttun.*

Wie so oft genieße ich den fantastischen Ausblick auf das Häusermeer von Manhattan. So viel Leben auf so wenig Raum. Obwohl ich in der Stadt aufgewachsen bin, vermisse ich nichts. Meine Zeit hier ist vorbei. Da ist nur der Gedanke an Ivy und wie schön es wäre, sie jetzt an meiner Seite zu haben.

»Hey, das ist ja eine Überraschung! Der heißeste Mann der Welt lässt sich mal wieder blicken!«, begrüßt mich plötzlich eine bekannte Frauenstimme.

Ich fahre herum und ringe mir ein Lächeln ab. Vor mir steht die PR-Frau eines Getränkeherstellers, mit der ich regelmäßig auf Geschäftsreisen in New York im Bett war. Ihr Kleid sitzt wie angegossen und überlässt nichts der Fantasie, genau wie ihr Blick keinen Zweifel daran lässt, wonach ihr ist. »Claire! Wie schön!«, antworte ich und drücke ihr, so wie wir das früher gemacht haben, links und rechts ein Küsschen auf die Wange. Meine Freude hält sich jedoch in Grenzen.

»Allein in der Stadt?«, fragt sie, lässt ihren Zeigefinger über meine Brust gleiten und spielt mit dem Revers meines Anzugs. »Wir hatten letztes Mal viel Spaß.«

Ich brauche eine Weile, bis ich mich daran erinnern kann. Das müsste vor etwa einem Jahr gewesen sein, bevor Ivy nach Telluride gezogen ist. Es fühlt sich an wie in einem anderen Leben.

»Ich bin geschäftlich hier«, sage ich.

»Das bist du doch immer.« Statt zu gehen, rückt sie näher. »Wollen wir was trinken, und dann sehen wir einfach, wohin der Abend uns führt?«

Abwartend sieht sie mich an. Mit ihren exotisch großen Augen, die mir gleich bei unserer ersten Begegnung den Kopf verdreht haben. Aber dieses Mal regt sich bei ihrem Anblick nichts in mir. Was sie jedoch schafft, ist, dass mich Ivy etwas weniger in Gedanken verfolgt.

»Ach, verdammt«, fluche ich, weil ich mich dringend einkriegen muss. »Ein Drink, Claire, mehr nicht. Ich muss morgen fit sein.«

»Kein Drink«, unterbricht mich da Cole und rettet mich vor einer Dummheit, schließlich hat er mich in der Vergangenheit schon öfter bei Geschäftsreisen in New York auf mein Hotelzimmer verschwinden sehen.

»Ist das dein scharfer Kollege?«, säuselt sie, als hätte sie schon was getrunken, bevor wir uns begegnet sind. Offensichtlich erinnert sie sich nicht daran, meinem besten Freund schon mal begegnet zu sein.

»Das ist sein scharfer *Boss*«, knurrt Cole, packt mich am Arm und lotst mich raus auf die Terrasse. Am Tag waren es draußen noch zehn Grad, jetzt sind es höchstens fünf. Ich friere sofort, aber merkwürdigerweise hilft mir die Kälte. Sie erinnert mich an Telluride und an Ivy. Auf eine gute Art. »Geht's wieder?«, fragt er.

Ich atme tief ein und aus und werfe einen Blick auf meinen laufenden Handy-Timer. Es sind immer noch zwanzig Stunden, bis das Ergebnis der Untersuchung kommt. »Nein, tut es nicht.«

»Ivy?«

Ich nicke.

Cole stellt sich trotz der Temperaturen neben mich ans Geländer. New-York-Kälte ist erträglicher als Telluride-Kälte. »April hat recht, irgendwas ist anders bei euch.«

Ich lasse das unkommentiert. *Was soll ich auch dazu sagen?* Noch läuft ja nichts. Ich weiß nur, je mehr ich von dieser Frau kriege, desto mehr brauche ich. Nichts ist genug. *Was würde ich dafür geben, sie jetzt in meinen Armen zu halten! Mit ihr hier zu stehen und auf New York zu schauen, sie noch auf einen Drink an die Bar einzuladen – vielleicht der letzte, bevor sie schwanger wird, mit den Lippen über ihr Ohr zu streifen, zu spüren, wie sie erschauert …*

»Seit April und ich zusammen sind, fallen mir die Auswärtstermine auch schwerer«, redet Cole weiter. »Ich bin für jede Videokonferenz dankbar. Mit ihr zu telefonieren gleicht das nicht aus. Sie glaubt außerdem immer noch, mir könnte was passieren. ›New York ist groß und gefährlich‹, sagt sie. ›Dafür gibt es in den Rockys Bären‹, antworte ich ihr. ›Aktuell sind nur fünf unterwegs‹, hat sie mir vorhin verkündet.«

Ich muss lachen. »Fünf? Zählt das Tourismusbüro nach?«

»Ja, sie sind mit Jägern in Kontakt, die die Reviere überwachen. Die meisten Tiere halten noch Winterschlaf. Die fünf scheinen sich im Herbst nicht genug Fett angefressen zu haben. Sie sind auf der Suche nach Nahrung. Zum Glück gab es schon ein paar milde Tage, und sie finden was.«

»Danke.«

»Was mache ich denn?«

»Du redest mit mir über Bären. So schräg das auch klingt, das hilft.«

»Willst du mehr wissen?« Cole lacht leise. »April erzählt mir alles darüber.«

»Sie ist doch im Büro angestellt und nicht bei den Rangern.«

»Stimmt, aber sie haben ein neues Projekt. Die Natur der Rockys fördern. Ich weiß alles über die Viecher. Aprils Lieblingsthema ist Bärenkacke.«

Ich platze vor Lachen.

»Noch findest du das lustig! Bis sie dir einen Berg Mist auf den Tisch knallt und anfängt zu erzählen, was da drin ist. Dann vergeht dir das alles.«

»Auch die Lust auf Sex?«, frage ich amüsiert.

»Darauf werde ich nicht antworten«, meint Cole nur und antwortet mir damit doch. »Ruf Ivy an, wenn du nicht aufhören kannst, an sie zu denken«, sagt er schließlich. »Das ist der beste Tipp, den ich dir geben kann. Ich habe fünfzehn Jahre auf die Frau meiner Träume gewartet. Ein paar davon waren notwendig, aber unterm Strich waren es zu viele. Wir hätten uns schon viel eher haben können.«

»Also, ich bin froh, wie alles gekommen ist. Sonst wäre Ivy nicht hier.«

»Scheiße, hat es dich erwischt!« Cole grinst. »Ausgerechnet dich, unseren Dauerjunggesellen. Was für ein Verlust für die Stadt!«

»Wie meinst du das denn bitte?«

»Bist du nicht als eine der Sehenswürdigkeiten der Gegend gelistet?«, zieht mich Cole auf. »Jetzt werden weniger Leute nach Telluride kommen.«

»Blödmann!«, schnaube ich lachend.

»Stimmt, es kommen nicht weniger *Leute*, sondern weniger *Frauen*.«

»Megablödmann!«

Mitten in unserem Gelächter klingelt mein Handy.

»Hier McNamara«, gehe ich ran, ohne aufs Display zu schauen.

»Gute Nachrichten, Sir.«

»Sie wieder?!«, sage ich überrascht, als ich die Stimme wiedererkenne. Es ist die Frau von der Klinik.

»Sie taten mir leid. Deshalb wollte ich mich persönlich melden. Der Laborbefund ist da. Sie müssten eine Mail erhalten haben. Ihr Material ist ausgezeichnet. Alles Weitere können Ihre Freundin und Sie mit Dr. Moore besprechen.«

»Danke«, murmle ich erleichtert und lege auf. Plötzlich ernst. Aber auf eine gute Art. Weil das bedeutet, dass ich meine Chance bei Ivy bekomme.

»Wer war das?«, fragt Cole, dem meine veränderte Stimmung auffällt. »So strahlende Augen hattest du noch nie. Die sind wie Scheinwerfer.«

»Sehr poetisch.«

»Die Wahrheit. Also? Wer war das?«

»Meine Schwester.«

»Du hast keine Schwester.«

»Dann heißt das wohl, dass es dich nichts angeht. Wenn du mich jetzt entschuldigen würdest …« Ich will los, aber Cole hält mich am Ärmel fest. »Was ist?«

»Du stellst keinen Scheiß an, oder?«

Irritiert runzle ich die Stirn.

»Wir sind in New York, deine Dealer von früher sind noch aktiv, ich hab dir gerade die Nummer mit einer deiner alten Flammen versaut, mit Ivy läuft es … anders … Du bist anders …«

»Keine Sorge. Ich muss mich nur um was kümmern.« *Ivy ihre erste Testaufgabe schicken.* »Bis morgen.«

Noch bevor ich auf dem Zimmer bin, schreibe ich ihr.

ICH: Daddy ist startklar, jetzt liegt es an Mommy.

IVY: Was soll ich machen? Dir einen Pullover stricken?

ICH: Gerne :)
IVY: Das war ein Scherz, Ken.
ICH: Mir gefällt die Idee. Also bitte einen Pulli in XXL.
IVY: War es das?
ICH: Nein. Läuft dein Wagen wieder?
IVY: Ja, nur ein Blechschaden. Der Rest funktioniert.
ICH: Sehr schön, dann schick ich dir gleich die Zeiten von Coles und meinem Rückflug. Hol mich außerdem vom Flughafen ab.
IVY: Warum das denn? Betrinkt ihr euch im Flieger und könnt dann nicht mehr fahren?
ICH: Weil das Mommys machen.
IVY: Bei Kindern, nicht bei Männern!
Ich: Weigerst du dich? Denn dann weißt du ja, was passieren wird…
IVY: Arschloch!
ICH: Das heißt?
IVY: Halt nach einer Frau mit Stricknadeln und loderndem Blick Ausschau, und rechne damit, dass sie dich bei einer falschen Bemerkung absticht.
ICH: Ich freu mich. Ach, und noch was: Bitte trag richtige Winterkleidung.
IVY: Was glaubst du, was ich tue? Ich trage immer richtige Winterkleidung.
ICH: Ich meine welche, mit der du es länger als fünf Minuten im Schnee aushältst. Zeig mir, dass du das kannst. Dann weiß ich, dass du auch dein Kind nicht erfrieren lässt.
IVY: Vergiss es! Ich such mir einen anderen Spender!
ICH: Ha, ha! Bis morgen, Babe!

8. Kapitel

IVY

Meine Finger schmerzen, als ich morgens um acht die Geschäftsräume des Brews Brothers aufschließe, an meinen Arbeitsplatz gehe, die Winterstiefel gegen schicke Pumps tausche, meinen Mantel ausziehe und den Rechner hochfahre.

Warum nur habe ich gestern Abend vorgeschlagen, einen Pullover zu stricken? Hat mir der positive Befund den Verstand vernebelt? Ja, Mütter stricken ihren Kindern Pullover. Allerdings nicht die Mütter, die einen Vollzeitjob haben! Und schon gar keine, die aus der Übung sind und das zuletzt vor zehn Jahren gemacht haben. Wenn ich Ken das erkläre, komme ich aus der Nummer bestimmt raus. Aber eine Mom steht auch zu ihrem Wort und macht keine falschen Versprechungen. Ich muss das irgendwie hinkriegen.

Gestern Abend nach der Nachricht von Ken habe ich mich riesig gefreut. Er hat seinen Teil der Abmachung erfüllt, nun bin ich dran. Und dann werde ich hoffentlich bald Mutter. Ich habe mein altes Strickset aus den Kartons aus L. A. gekramt und mit der dicken Wolle, die ich noch hatte, angefangen, einen Pullover zu stricken. Mit möglichst großen Maschen, um Material und Zeit zu sparen. Ganz blöd bin ich nicht.

Fertig bin ich allerdings nicht geworden. Und als hübsch würde ich das Zwischenergebnis auch nicht bezeichnen. Ich habe die erste Stunde gebraucht, bis ich wieder im Rhythmus war, dann noch mal so lange, um auf Kens Maße zu kommen. *Warum muss der Kerl auch so breite Schultern haben?* Jetzt habe ich etwas, das immerhin als Weste durchgeht. Kens Flieger landet um 20 Uhr. Ich hoffe, in den Pausen und nach der Arbeit den Rest zu schaffen. Das ist knapp, aber machbar.

Wie jeden Morgen drehe ich die Heizung auf, damit die Gasträume bis zur Eröffnung warm sind. Ich kontrolliere die Sauberkeit der Tische und verteile heute getrocknete Gerstenhalme als Deko. Nachdem der Raum für die ersten Gäste vorbereitet ist, zapfe ich das Bier des Tages, arrangiere das Glas instagrammable, schieße ein Foto, lade es auf unserem Social-Media-Kanal hoch und verlinke den Ort, um Urlauber in der Gegend zu uns zu locken. *Fertig!*

»Morgen, Ivy!«, begrüßt mich Simon, mein Chef und einer der zwei Brüder, denen die Brauerei gehört. »Alles okay? Du siehst nicht gut aus.«

»Mir geht es blendend«, sage ich. »Ich hab heute nur ein anderes Make-up drauf.« *Sprich: reduziert, weil zeitsparend.* »Wieso fragst du?«

»Wenn du auch noch ausfallen würdest, hätte ich ein Problem. Janet hat sich krankgemeldet. Ich telefoniere schon herum, wer nachmittags im Service für sie einspringen kann. Sieht bisher schlecht aus. Stell dich auf einen langen Tag ein. Sorry, Ivy.«

»Kein Problem«, antworte ich mit einem Lächeln, dabei kann ich eine Extraschicht heute wirklich nicht gebrauchen.

Mal beim Kellnern mit anzupacken ist kein Ding. Das mache ich gerne. Aber stundenlang Tische zu bedienen bedeutet, dass ich meine normale Arbeit nicht schaffe – und nur durch ein Wunder so hier rauskomme, dass ich Ken abholen kann.

Er ist natürlich kein Kind, sondern erwachsen. Ich kann ihm bestimmt erklären, warum ich es nicht schaffe. Aber ich will ihm und vor allem mir beweisen, dass ich Job, Freunde und Familie unter einen Hut bekomme.

Eilig stelle ich den Serviceplan um. Zumindest für die Mittagsstunden kann ich noch Unterstützung organisieren, dann gehe ich mit Sally, die den ganzen Tag Dienst hat, und der Frühschicht die Besonderheiten der heutigen Karte durch. *Die aktuellen Brauungen, zwei Führungen durch den Bierkeller und neue Snacks an der Theke.* Wir sind startklar für die Urlauber, die sich nach einer Abfahrt im Schnee ein Bier in der Sonne gönnen wollen.

Ich überlasse Sally den Service und kümmere mich in meinem Büro um neue Shirts für das Personal und die Überarbeitung unserer Merchandise-Artikel, ein Projekt, das ich betreue, seit ich den Job übernommen habe. In puncto Marketing hat die Brauerei echt Nachholbedarf.

Fürs Erste läuft alles. Wenn das so bleibt, erfülle ich Kens Aufgaben …

»Wir brauchen dich!«, reißt mich da Sally am Nachmittag aus der Arbeit. »Eine Gruppe Collegestudenten ist gerade eingetroffen.«

»Und sie haben schon was getrunken?«

»Klingt so.«

»Bin sofort da!«

Ich verschicke noch schnell eine Anforderung für Probedrucke. Dann binde ich mir die Haare zu einem Zopf, schlüpfe in Sportschuhe, die ich beim Kellnern immer trage, und folge Sally in den Schankraum.

»Klasse!«, murmle ich, als ich die Gruppe erblicke. *Was ist schlimmer als Collegestudenten? Sportcollegestudenten!* Sie sind laut, pöbeln herum, stören die anderen Gäste – oder animieren die, sich ebenfalls rüpelhafter zu benehmen. »Was darf's denn sein, Jungs?«, frage ich die Meute und trete an den Tisch.

»Einmal dich«, antwortet ein Typ, der dafür von seinem Kumpel abgeklatscht wird. *Weil der Spruch ja auch ach so kreativ ist, Bürschchen!*

Am liebsten würde ich sie rauswerfen, aber das könnte schlechte Bewertungen geben, auch etwas, worauf ich als Marketingverantwortliche neuerdings ein Auge habe. *Stell dir einfach vor, du hast eine Gruppe Kens vor dir. Du schaffst das.*

»Also gut, ihr kriegt mich«, pariere ich. »Jedes Mal, wenn ihr was bestellt, schwinge ich meinen hübschen Hintern hierher. Wie ist das?« Ich drehe mich einmal um die eigene Achse, verkneife mir bei dem Gejohle ein Augenrollen und wiederhole meine Frage.

Endlich sagen sie, was sie wollen. Was bedeutet, sie kriegen schneller ihre Getränke, trinken schneller aus und sind schneller wieder hier weg. *So weit mein Plan.*

»Bis gleich, ihr Süßen!«, zwitschere ich und halte sie mit einem Extrahüftschwung bei Laune, als ich zur Theke verschwinde und die Bestellung eingebe.

»Wie schaffst du das nur, dass sie machen, was du willst?«, fragt mich Sally bewundernd.

»Ich hab Erfahrung mit Arschlöchern«, sage ich und zapfe die Biere, mittlerweile wie ein Profi, nicht wie in meiner ersten Woche mit mehr Schaum als Flüssigkeit. »Wie läuft es mit den anderen Gästen?«

»Die zwei Tische daneben haben schnell gezahlt.«

Ich drehe mich um und entdecke die freien Plätze.

»Mach bitte ein Reservierungs–« Ich breche ab, als eine zweite Gruppe Studenten kommt und sich genau dort hinsetzt. »Mist! Zu spät!« Ich hätte die Plätze gerne frei gelassen, damit die Feierwütigen irgendwann weiterziehen. Jetzt haben sie sogar Verstärkung. »Wenn weitere Tische frei werden, stell die Reservierungsschilder auf«, beende ich jetzt meinen Satz. »Noch sind die Jungs ja nur laut, hoffen wir das Beste.«

Ich stemme die Biergläser hoch und trage sie zum Tisch. Mit einem Lächeln verteile ich die Getränke, übernehme auch gleich den neu besetzten Nachbartisch und bleibe. Ich kann Sally auf keinen Fall mit diesen Leuten alleine lassen.

Ich hoffe, die Lage beruhigt sich.

Leider erfüllt sich meine Hoffnung nicht.

Während ich im Service aushelfe, schiele ich immer öfter auf die Uhr. Je weiter die Zeiger vorrücken, desto nervöser werde ich. Die Gruppe geht nicht, die Stimmung wird zunehmend aggressiver. Das wird kein normaler Tag. Ganz und gar nicht. Ich traue mich nicht mal, Pause zu machen, und halte mich mit Nüssen, die eigentlich für die Gäste sind, auf den Beinen.

Um sieben Uhr ist immer noch kein Ende in Sicht. *Wie soll ich Ken abholen? Was machen Moms in so einer Situation? Geld verdienen ist wichtig. Sich an Absprachen halten aber auch.*

Ich verschnaufe eine Minute, trinke ein Glas Wasser, denke nach und habe eine Idee. Ich verziehe mich in die ruhigste Ecke, die der Raum hat, zücke mein Handy und rufe April an.

»Du musst mir einen kleinen Gefallen tun«, mache ich das, was ich schon viel eher hätte machen sollen.

»Gott, was ist da los bei euch? Es klingt, als hättest du eine Horde Matrosen beim Landgang zu bewirten.«

»Ja, stimmt irgendwie.«

»Soll ich kellnern? Du weißt, ich bin eine lahme Ente, aber ich mach das für dich.«

Es rührt mich, dass sie das anbietet. Doch April hier zu haben wäre so, als hätte ich noch ein Kind zu betreuen. Sie hat viele Talente, kellnern gehört leider nicht dazu.

»Das ist lieb, aber es geht um was anderes«, sage ich. »Kannst du Ken vom Flughafen abholen?«

»Ist was mit seinem Wagen?«

»Keine Ahnung«, lüge ich, weil ich ihr nicht die Wahrheit sagen kann. »Kannst du einfach –?« Ein Kerl aus einer Gruppe Junggesellen klettert schwankend auf einen der Tische. »Runter da, Freundchen!«, brülle ich über die Geräuschkulisse hinweg zu dem Typen, immerhin das habe ich als Mom drauf, den strengen Tonfall. Er spurt, doch das bringt die Jungs dazu, sich neue Dinge zu überlegen, mit denen sie mich auf die Palme bringen können. »Bitte«, sage ich wieder zu April. »Ich wollte ihn abholen, aber ich kann hier nicht weg.«

»Klar mach ich das, und sag mir, wenn ich sonst noch was für dich –«

»Du bist ein Schatz«, kürze ich unser Gespräch hastig ab, um als Nächstes die Polizei anzurufen. Hoffentlich, bevor die Lage komplett eskaliert.

Die Gruppe Studenten vom Mittag ist lange weg, aber heute ist der Wurm drin. Ein Gelage folgt auf das andere. Ich weiß, dass sich in den Hütten weitaus heftigere Szenen abspielen. Doch wir sind die falsche Location für Partys. Unser Publikum ist gemischt, junge und alte Leute, Paare und kleinere Gruppen. Das geht einfach nicht.

Während ich der Polizei am Telefon die Situation schildere, höre ich das Klirren von zersplitterndem Glas. Mein Blick sucht den Raum ab, und zum ersten Mal, seit ich hier arbeite, wünschte ich, wir hätten eine Security.

Die Besitzer des Brews Brothers, Simon und Scott, haben am Nachmittag mitgeholfen, danach mussten sie zu den Braufässern. Jetzt rufe ich sie zurück. Sie sollten wissen, wenn ihr Schankraum auseinandergenommen wird.

Keine drei Minuten später leuchtet Blaulicht vor dem Laden, und eine Gruppe Polizisten betritt das Brews Brothers. Es entsteht Unruhe. Als ich Pete sehe, fällt mir ein Stein vom Herzen. Er ist mit Cole und den anderen befreundet, wir sind uns schon ein paar Mal begegnet. Ihm kann ich hastig die Lage erklären, und er stellt keine umständlichen Nachfragen, sondern hilft einfach.

Er und vier Kollegen fordern die Jungs auf, den Laden zu verlassen. Als die sich weigern, verfrachten die Beamten alle vor die Tür. Endlich beruhigen sich die Gemüter.

Ich folge Pete nach draußen und atme auf, als ich zum ersten Mal seit Stunden an die frische Luft komme. Es ist längst dunkel, aber die Außenbeleuchtung taucht die Winterlandschaft in ein warmes Licht. Der Mond scheint, und man sieht die umliegenden schneebedeckten Berge. Sehr idyllisch und Balsam für meine gestresste Seele.

Ich achte darauf, dass sich keiner der Krawallmacher aus dem Staub macht. Jeder von ihnen wird polizeilich erfasst und kriegt einen Platzverweis. Ob weitere Verfahren folgen, müssen die Besitzer entscheiden.

Vor lauter Adrenalin bemerke ich die Kälte kaum. Erst als einer der Beamten auch mich befragt, wird mir klar, dass ich nur in meiner hübschen dünnen Bluse draußen im Schnee stehe. *Super unvernünftig.* Ich höre förmlich, wie

Ken sich darüber aufregt. *Apropos* … Ich werfe einen Blick auf die Uhr und atme auf.

Der Pullover ist nicht fertig. Ich hab die falschen Klamotten an. Aber immerhin eine Sache klappt: Genau jetzt holt April Ken vom Flughafen ab. Sie bringt ihn nach Hause. *Damit habe ich den Test bestanden, richtig?*

KEN

Am liebsten würde ich sofort aus dem Sitz hochschnellen, sobald die Maschine in Telluride auf dem Boden aufsetzt. New York war anstrengend. Beruflich, und weil ich Ivy in jeder freien Minute vermisst habe. Jetzt halte ich es kaum noch aus ohne sie.

In Denver habe ich ihr noch kurz geschrieben.

Die Maschine fliegt planmäßig.
Der kleine Kenny freut sich auf dich.

Jetzt deaktiviere ich den Flugmodus und bin überrascht, keine Antwort von ihr zu finden. Normalerweise gibt sie mir immer Kontra. Ich hätte wenigstens einen Spruch erwartet wie: ›Der kleine Kenny darf gerne noch ein bisschen spielen, dann muss er ins Bett.‹ Ihr Schweigen erstaunt mich.

Wir sind gelandet, schreibe ich.

Sie antwortet wieder nicht. Seltsam. Ich kenne Ivy. Sie hat sich für diese Babysache durch einen Schneesturm zu mir durchgekämpft. Sie würde niemals einen Rückzieher machen.

»Hast du heute noch was vor?«, fragt Cole, der meine Unruhe bemerkt.

»Ja, hab ich«, sage ich und lasse seinen fragenden Blick unbeantwortet. *Soll er denken, was er will!*

Als die Flugzeugtür aufgeht, greife ich unsere Handgepäckkoffer, bin der Erste am Ausgang und auf der Treppe und ziehe Cole mit mir über das Rollfeld. Er kann kaum Schritt halten.

Eisiger Wind bläst uns entgegen. Aber mich stört die Kälte nicht. *Was, wenn Ivy es zum zweiten Mal innerhalb einer Woche geschafft hat, in einen Schneesturm zu geraten? Auf dass sie bitte in der Flughafenhalle auf mich wartet!*

»Hey, Baby, das ist ja eine Überraschung!«, ruft Cole da plötzlich neben mir, und der Mann, der eben noch eine lahme Ente war, überholt mich.

Er läuft zu seiner Freundin, nimmt sie in die Arme und küsst sie, als wären wir gottverdammte zwei Monate verreist gewesen, nicht zwei Tage.

»Meine Güte, nehmt euch ein Zimmer«, knurre ich übellaunig und suche die Halle nach einer Brünetten mit funkelnden blauen Augen und knallroten Lippen ab.

»Neidisch, Mister?«, witzelt Cole.

Ja, scheiße neidisch. So neidisch, dass meine Hände brennen, weil ich Ivy brauche. Jetzt. »Wo ist sie?«, frage ich April.

»Wo ist wer?«, erlaubt sie sich einen Spaß mit mir.

»Nicht witzig«, knurre ich.

»Ivy konnte nicht kommen. Irgendein Notfall in der Brauerei.« April sieht mich fragend an. »Ich soll dich für sie abholen.«

Da stimmt doch was nicht! »Du bist mit Coles Wagen hier, oder?«

»Ja, bin ich«, ruft sie mir nach, als ich beide stehen lasse und schon losrenne. »Kannst du mir mal erklären, was los ist?«

»Später!«

Ich bin heilfroh, dass Cole und ich gestern meinen Wagen zum Flughafen genommen haben, weil April seinen

Truck gebraucht hat. Der hat mehr Ladefläche. Ich setze mich hinters Steuer und gebe Gas. Mein bester Kumpel kann mit April nach Hause fahren.

Was zum Henker ist passiert? Ich muss mich zwingen, dem Wetter angemessen langsam zu fahren. Es gab neuen Schnee. Einen Unfall kann ich nicht gebrauchen.

Als ich den komplett mit Polizeiwagen zugestellten Kundenparkplatz des Brews Brothers erreiche, wird mir übel. *Gab es eine Schlägerei? Mit Ivy mittendrin? Bitte nicht!*

Ich parke am Rand des Spektakels, steige aus und suche die Menge nach Ivy ab. Dabei entdecke ich nur Leute in warmen Skianzügen oder mit dicken Wollmützen. Sie ist nirgends zu sehen.

»Hat einer von euch Ivy gesehen?«, frage ich zwei Frauen, die einen Sweater mit dem Logo der Brauerei tragen.

»Ja, sie ist bei den Polizisten.«

Sehr witzig. Hier wimmelt es nur so von Cops. »Welchen Polizisten?« Die Frauen wollen weiter, aber ich halte sie auf. Ich bekomme die üblichen heißen Blicke zugeworfen, nur dass sie absolut nichts in mir auslösen, außer dass Wut in mir aufsteigt, weil ich Zeit verliere. »Wo ist sie?«

»Oh … also …« Beide drehen sich suchend um und zeigen zu einem Polizeiwagen am Rand. »Dort drüben, bei Pete.«

Ich brauche einen Moment, um mich in dem Chaos zu orientieren. Dann entdecke ich Ivy. Nur in einer dieser dünnen Blusen, in denen ich sie schon zu oft gesehen habe. *War ja klar, dass sie die am leichtesten bekleidete Person weit und breit ist!*

Ich murmle ein Danke und lasse die Frauen stehen.

»Wo ist deine verdammte Jacke?!«, ranze ich Ivy an und unterbreche das Gespräch mit Pete.

»Huch, Ken!«, zuckt sie zusammen. »Warum bist du nicht zu Hause? Hat April dich etwa nicht abgeholt? Sie hat mir versprochen, sie übernimmt das.«

Beschäftigt sie meine dämliche Aufgabe? Kann sie bitte mal an sich denken! Ich öffne meinen Mantel, ziehe sie wärmend an mich und wünschte, sie würde sich nicht so kalt anfühlen. *Die Frau ist ein Eiszapfen.* »April hat mich abgeholt. Alles gut, Babe«, sage ich ruhiger, da sie bei mir ist. »Wo hast du deinen Mantel?«

»Meinen …?« Sie legt ihre eiskalten Arme um mich. »In meinem Büro«, sagt sie und schmiegt sich an mich. »Du bist aber auch gut.«

Die Frau macht mich echt schwach. Ich will ihr den Mantel holen, aber dazu müsste ich sie loslassen. *Keine Chance.*

»Was brauchst du noch von ihr?«, frage ich Pete.

»Nur noch Infos zur Bestellung von dem letzten Typen.« Er sieht endlich mal besorgt zu Ivy. »Ist das okay?«

»Klar, geht schnell.« Sie blickt kurz auf den Kassenbeleg und rattert dann eine Liste an Bieren runter.

»Komm, ab ins Warme mit dir!«, sage ich, sobald sie fertig ist, und schiebe sie in den beheizten Gastraum.

»Brrr«, schüttelt sie sich.

Auf sich zu achten ist nicht ihr Talent. Ihre Lippen sind blau verfärbt, zusammen mit dem roten Lippenstift wirken sie fast violett, und sie sieht müde aus. Kein Wunder, wenn sie seit heute früh hier ist. Bevor ich jedoch was sagen kann, winkt Simon sie zu sich. Sie löst sich von mir.

»Wir schließen zu neun Uhr«, teilt er ihr mit. »Wer noch drin ist, kriegt ein Geschenkpaket aufs Haus als Entschuldigung für die Unannehmlichkeiten, und dann kassiert bitte alle ab.«

»Ist gut, ich kümmere mich drum.«

Ivy verschwindet und taucht wenig später mit einer Sackkarre voller Geschenkboxen auf. Das alles muss locker hundert Pfund wiegen.

»Warum bittest du niemanden um Hilfe?«, fahre ich sie an. »Du musst doch nicht alles alleine machen.«

»Wen soll ich denn fragen? Meinen Boss, der schon wieder bei der Polizei ist? Oder Sally, die fleißig aufräumt? Oder einen der vielen anderen Leute, die beschäftigt sind?«, schießt sie zurück.

Kommt sie da echt nicht drauf? »Mich«, sage ich nur. »Frag doch mich, den Kerl, der hier völlig nutzlos rumsteht.«

»Ken, du trägst einen Zweitausend-Dollar-Anzug. So viel weiß ich noch aus meiner Zeit aus L. A., wo Typen wie du ständig in der Agentur ein und aus gingen. Das ist kein Blaumann. Nie im Leben ruiniere ich dir den. Ich hab hier noch einiges zu tun. Warum gehst du nicht nach Hause?«

»Babe …«, raune ich ihr zu, total geflasht von dieser Frau.

»Ernsthaft? Du hoffst auf Sex? Nur zur Info: Dann treibst du es mit einer Toten. Na, das wird ein Spaß! Sobald ich nachher Bettkontakt habe, falle ich ins Koma.«

»Babe …«, beginne ich wieder, während ich sie wie so oft rütteln, schütteln und gleichzeitig küssen möchte.

»Du kannst es echt nicht lassen, oder?«, unterbricht sie mich erneut, packt mich an der Hand und zieht mich mit sich. »Fein, wenn es unbedingt sein muss, dann treiben wir es eben jetzt.«

Wir betreten ein Büro, ihres, wie herumliegende High Heels und ihre Handtasche verraten. Sie schließt die Tür und nestelt an ihrer Hose herum.

Bevor sie die ausziehen kann und weniger statt mehr anhat, bremse ich sie. »Babe, du –«

»Wir müssen nicht reden, Ken. Das wirst du wahrscheinlich nicht oft zu hören bekommen, aber beeil dich einfach. Für Vorspiel hab ich keine Zeit.«

Glaubt sie echt, ich stehe auf hirnlosen Sex? Ich beuge mich tiefer, greife in ihr Haar und ziehe ihre Lippen zu mir. Sie sind kalt, erwidern aber den Kuss. Bis eben habe ich nicht an Sex gedacht. Jetzt werde ich hart und will diese Frau so lange lieben, bis statt der Gänsehaut ein Schweißfilm ihren Körper überzieht. *Eine schöne Vorstellung!*

Als sie leise stöhnt, breche ich den Kuss jedoch ab.

»Babe, wie soll man dir bitte helfen, wenn du niemanden zu Wort kommen lässt?«

»Das hast du dir gemerkt?!«, ruft sie und erkennt die Anspielung auf unsere allererste Begegnung, als sie ins Büro gestürmt kam und Cole sie ständig unterbrochen hat, so wie sie eben mich. »Wenn es nicht um Sex geht, was willst du mir dann die ganze Zeit sagen?«

»Wo ist dein Mantel?«

»Ich kann hier jetzt nicht weg, Ken«, sagt sie, als würde ich sie bitten, mit mir durchzubrennen. *Rede ich neuerdings Chinesisch? Oder sind ihre Ohren zugefroren?*

Statt zu antworten, schließe ich ihre halb offene Hose und werfe ihr einen finsteren Blick zu. *Kann sie bitte einfach die Frage beantworten?*

»Moment …« Sie löst sich von mir und geht zu einem Garderobenständer. Statt endlich ihren Mantel zu nehmen, bückt sie sich jedoch davor. »Hier ist übrigens dein Pulli. Oder das, was machbar war.«

»Ivy, der Mantel.«

»Ja doch!« Sie richtet sich auf und greift nach dem Kleidungsstück. Natürlich von allen Teilen, die sie besitzt, der hübsche Mantel, nicht der warme.

»Frau, du machst mich echt schwach.«

»Was denn? Du wolltest doch meinen Mantel, da ist er!«

»Zieh ihn an!«

»Bitte!«, tönt sie, schlüpft rein und fröstelt. »Und was jetzt?«

»Jetzt …« Ich schließe den Mantel und beruhige mich. »Jetzt sagst du mir, was mit den Geschenkboxen passieren soll.«

»Die gehen an die Kunden. Als Entschuldigung für die Unannehmlichkeiten.«

»Was hast du sonst noch zu tun?«

»Abkassieren, putzen, den Laden schließen.«

»Kann das nicht einer deiner Chefs übernehmen?«

»Das ist mein Job, Ken. Nicht ihrer.«

Wenn es nicht so spät wäre, würde ich darüber diskutieren, doch dann hat die Frau nie Feierabend. »Gut, kümmere du dich um die Gäste«, bestimme ich. »Ich fange an aufzuräumen.«

»In *den* Klamotten?«

»Ja, in den Klamotten.«

Wie für einen längeren Protest holt sie Luft, verzichtet schließlich jedoch drauf. *Endlich mal.* »Gut, folg mir.« Sie dreht sich noch mal um und grinst frech, jetzt mit gesunder Farbe im Gesicht. »Kann ja nicht schaden, wenn du ebenfalls zu müde für Sex bist.«

Sie will gehen, aber ich ziehe sie noch mal an mich und klemme ihr eine Haarsträhne hinters Ohr.

»Ja?«, sagt sie grinsend, weil sie sich für besonders clever hält.

»Dazu fällt mir nur eine Sache ein.« Ich streife ihre Lippen und mag ihren zittrigen Atem und wie sie für den Moment diese dämliche Brauerei und ihren Job mit den Überstunden vergisst. »So schnell werde ich nicht müde …«

9. Kapitel

IVY

Okay, es liegt am Schlafmangel. An der Erschöpfung. Daran, dass ich eine Schwäche für Anzug-Ken habe. Anders kann ich mir nicht erklären, warum mir plötzlich so heiß wird und ich nach diesem Horrortag Gefallen an der Vorstellung finde, nachher mit Ken Sex zu haben.

»Puh!«, kann ich nur machen und öffne den Mantel wieder, egal, ob Ken das gutheißt oder nicht. Ich glühe!

»Mehr fällt dir nicht dazu ein, Babe?«

»Nein.«

Ich kümmere mich um die verbliebenen Gäste und muss blinzeln, als Ken anfängt, den Sitzbereich aufzuräumen – mit ausgezogenem Jackett und hochgekrempelten Ärmeln und diesen tollen Händen, die anstelle der Tischplatte lieber mich bearbeiten sollten …

So als würde er merken, dass ich ihn beobachte, schaut er auf. Er lässt seinen Blick über mich gleiten, als würde er nicht die Sachen, sondern meinen nackten Körper sehen. Er verharrt auf meinen Brüsten, die reagieren und schmerzen, und er verweilt noch eine Sekunde länger als bei jedem anderen Körperteil auf meinem Schritt. *Perversling!*

Erregt presse ich die Schenkel zusammen, spüre Feuchtigkeit und wie bereit ich für diesen Mann bin. Von *einem* Blick. Keine Ahnung, wie er es schafft, immer wieder diesen Hunger in mir zu wecken. *Normal ist das nicht.*

»Sally, danke für deinen Einsatz, du kannst gehen«, verabschiede ich meine Kollegin, als das Gröbste erledigt ist. Sie hat genug Überstunden für einen Tag angehäuft. »Den Rest schaff ich alleine.«

»Unsinn! Ich helf dir weiter. Du bist auch schon viel zu lange hier.«

»Oh, wie lieb! Danke.« Das hat sie noch nie gemacht, erleichtert nehme ich jede Hilfe an. Bis mir aufgeht, dass sie nicht meinetwegen bleibt, sondern um Ken anzustarren. Beziehungsweise, sie geht zu ihm, um ihn für sich zu gewinnen. *Wundervoll!*

»Du musst das so machen«, sagt sie, nimmt ihm den Mopp ab und vollführt eine Acht auf dem Boden. »Mit Gefühl.«

»Ist es jetzt richtig?«, fragt er und macht konzentriert etwas, das mich an sein Gleiten-und-Wedeln-Manöver erinnert.

»Mehr so!«, sagt sie, legt ihre Hand auf seinen Unterarm und führt ihn. Lange. Sehr lange. *Als wäre das ein hochkomplexer Ablauf, der intensiver Betreuung bedarf.*

Ich warte, dass Ken sich löst. Aber das tut er nicht.

Was hab ich mir eben gedacht? Dass Ken nur auf mich steht? Ich bin eine von vielen, er ist ein Aufreißer. Wie konnte ich das vergessen? Nun, diese kleine Show holt mich wieder in die Realität zurück.

Eine Weile ertrage ich das Spektakel, dann reicht es mir. »Sally, wir haben noch ein zweites Wischset. Warum schnappst du dir das nicht und unterstützt Ken? So sind wir schneller fertig!«

»Oh, klar.«

Mein Eingreifen stört sie nicht. Sie geht mit dem einladendsten Hüftschwung, den ich je an ihr gesehen habe, davon. *Unfassbar!*

Als ich wieder zu Ken schaue, trifft mich sein Blick. »Was ist? Störe ich eure Liaison und soll euch alleine lassen?«, zicke ich herum, müde – und verletzt.

»Hab ich was Falsches gemacht, Babe?«

»Wenn man danach fragen muss, dann lautet die Antwort wohl Ja.«

»Und jetzt soll ich raten? So laufen Beziehungen nicht.«

»Wir haben ja auch keine.«

Ken will darüber diskutieren, aber in dem Moment kommt Sally zurück – und zeigt ihm nun an ihrem Mopp ihre Moves. *Kaum zu ertragen!*

Ich reinige die Zapfanlage und die Spüle. Dabei schwenkt mein Blick immer wieder zu den beiden. Ich will nicht, aber ich kann es nicht lassen. Anscheinend quäle ich mich gerne selbst.

Sally moppt in Schlängellinien Richtung Ken. Ich muss an den Biologieunterricht denken und an den Schwänzeltanz der Bienen. Meine Kollegin beherrscht den offensichtlich perfekt und bezirzt Ken. *Ihr* kann ich keinen Vorwurf machen. Ken ist im Ort bekannt dafür, Frauen abzuschleppen. Sally wittert ihre Chance, bei ihm zu landen. Wem ich jedoch einen Vorwurf mache, ist Ken, dass er das nicht unterbindet. *Sollte er das nicht, wenn er es ernst mit mir meint?*

Bevor meine Augen anfangen, Blitze zu schleudern, wende ich mich ab und bringe den Müll raus. Der letzte Akt für heute. *Endlich!* Ächzend ziehe ich den Abfallsack hinter mir her und reagiere meinen Frust an dem Teil ab. *Warum habe ich auch plötzlich Gefühle für Ken?!*

Draußen ist es noch mal kälter geworden. Sterne prangen am Himmel. Wenn man in den Bergen zeltet, kann man sogar die Milchstraße sehen. Ich schaue nach oben, und wie immer fühle ich mich leichter. Das Universum ist so groß, meine Probleme sind im Vergleich dazu unglaublich klein.

»Warum kannst du nicht *ein* Mal um Hilfe bitten?«, höre ich da Ken hinter mir. Bevor ich was dazu sagen kann, dass er ja gar keine Jacke trägt – oder dass Müllmann nun echt keine Tätigkeit für jemanden in solch teuren Klamotten ist –, hat er die Tonne schon aufgeschoben, mir den Müllsack aus der Hand genommen und reingewuchtet. »Komm, jetzt war ich perfekt«, sagt er, als er meine finstere Miene sieht.

»Willst du auch noch ein Lob dafür, dass du dich normal benommen hast?!«, überspiele ich mein Gefühlschaos.

»Nein, ich will *diesen* Blick von dir.«

»Welchen? Glaubst du, mir ist gerade nach Sex?«

»Den ›Ich erdolche dich, will dir aber gleichzeitig an die Wäsche‹-Blick.«

»Den beherrsche ich nicht.«

»Von wegen!« Er nimmt mich in die Arme und drückt mir einen Kuss ins Haar. »Du, Babe, bist eine Meisterin dieses Fachs.«

»Was wird das?«, frage ich und luge zu ihm hoch.

»Ich benutze dich als Heizkissen.«

»Sehr witzig.«

Er grinst. »Siehst du? Schon besser!«

Unfreiwillig muss ich lachen. Ken weiß mich zu nehmen. Ich kann diesem Mann nichts vormachen. Ich will ihm an die Wäsche. Dringend. Aber da ist mehr als diese sexuelle Spannung zwischen uns. Er wird mir immer wichtiger. Was mir bei einem Mann wie ihm eigentlich nicht passieren sollte …

»Komm, du reicher Sack, lass uns reingehen. Nicht dass dir hier noch was abfriert.«

»Hat da jemand Angst um den Kennolithen?«

»Panische«, sage ich, dabei hatte ich ganz harmlos an Finger und Zehen gedacht. Weil er mich aufgezogen hat, muss ich jetzt aber auch kontern, das Kräftemessen für mich entscheiden. »Ken? Du solltest übrigens auch Angst um den Kennolithen haben. Wenn ihm was passiert, platzt unser Deal.«

»Oh, stimmt! Abmarsch, rein mit dir!«, treibt mich Ken plötzlich zur Eile an und schiebt mich vor sich her. »Puh, das war knapp!«, sagt er, als wir wieder drinnen sind. Er beugt sich zu mir herunter und knabbert an meinem Nacken. »Und jetzt ist Feierabend!«

»Leider nein.«

»Was fehlt denn noch?«

»Ich muss meine Mails checken. Dazu bin ich seit Stunden nicht gekommen.« In meinem Postfach muss die Hölle los sein.

»Das kann warten. Du hattest genug für heute.«

»Das hast du nicht zu bestimmen.«

»Babe, ich weiß, wovon ich rede. Rein zufällig gehört das zu meinem Job.«

»Was? Cole nerven?«

»Nein, einen Burn-out verhindern.« In Kens Augen blitzt es, er drückt mich an die Wand, und sofort geht mein Atem schwerer. Ich könnte diesen Mann wegstoßen. Mühelos. Aber ich tue es nicht. Ich könnte mich ihm einfach entwinden. Aber ich bleibe stehen. »Kennst du die ganze Geschichte?«, fragt er.

Ich nicke. April hat mir davon erzählt. Dass Cole noch vor seinem dreißigsten Geburtstag einen Zusammenbruch hatte. Weil er nicht auf sich achtgegeben hat. Aber ich bin nicht Cole.

»Frauen sind viel robuster als Männer«, sage ich. *Zumindest behaupten das neueste Forschungen. Ergibt ja auch Sinn. Männer verteilen nur ihr Sperma, wir pressen einen ganzen Menschen aus uns heraus. Hallo! Da muss man robuster sein.* »Du musst mich nicht retten, Ken.«

»Tue ich aber liebend gerne.«

Langsam erweicht er mich. *Wie kann das sein?* »Die Mails sind wichtig«, bleibe ich standhaft.

»Okay, ich erlaube dir, sie zu lesen.«

»Du *erlaubst* mir das?! Ich höre wohl nicht richtig.« Jetzt versuche ich doch, mich zu befreien, aber Ken verhindert das mit seinem massiven Körper. »Weißt du, bis eben habe ich dich beinahe nett gefunden, jetzt bist du wieder ein Arsch!«

Ken lächelt nur, als hätte ich ihm ein Kompliment gemacht. »Du willst mehr? Verhandle!«

»Wenn ich dein Sperma nicht so dringend haben wollen würde …«, fluche ich leise, weil ich nicht will, dass Sally was mitbekommt.

»Ivy, ich geh jetzt!«, höre ich sie da aus dem Schankraum.

Ken drängt sich weiter an mich, als würde ich ausgerechnet Sally um Hilfe bitten, die Frau, die ihm an die Wäsche will.

»Ist gut!«, rufe ich zurück. »Bis morgen.«

»Hast du Ken gesehen?«

»Nein, wieso?«, frage ich, während er sich zu mir beugt und an meinem Hals knabbert – und damit prickelnde Schauer über meinen Rücken jagt.

»Ich wollte mich noch von ihm verabschieden.«

»Sicher wolltest du das«, murmle ich finster, was Ken ein Lachen entlockt. »Scht!«, mache ich und sage dann lauter:

»Er ist bestimmt schon gegangen. Irgendwo was aufreißen. Au!« Dafür hat Ken mich gebissen. »Gute Nacht, Sally!«

Sie verabschiedet sich, und mir wird bewusst, dass ich jetzt mit diesem Mann allein bin. Idiotischerweise schlägt mein Herz schneller. *Als wäre das was Schönes. Als hätten wir beide, mein Herz und ich, heute noch nicht genug Aufregung gehabt.*

Ich stemme die Hände gegen Ken. »Rück zur Seite. Ich muss zu meinen Mails.«

»Verhandle!«, sagt er wieder.

»Was willst du? Einen Blowjob pro beantworteter E-Mail?«

»Nicht heute, Babe.«

Sein Schwanz zuckt. »Sicher? Ein Teil von dir mag meinen Vorschlag.«

»Das Teil denkt nur kurzfristig, ich dagegen langfristig.«

Meine Knie werden weich. *Wie weit im Voraus? Eine Woche? Einen Monat? Ein Leben?* Ich schließe die Augen und gehe in mich, ob ich die Mails nicht doch einfach liegen lassen kann. Nein, das geht nicht. Ich muss die Sachen heute erledigen. Morgen stehen neue Aufgaben an. Den Rückstand kann ich sonst niemals aufholen. Und vielleicht … nur vielleicht … mag ich ja dieses Spiel mit Ken. Die Entscheidung ist gefallen. Ich sehe ihn an. Bereit für Verhandlungen. »Ich will keinen Sex mit dir«, stelle ich vorab klar. »Nicht heute. Das war vorhin ernst gemeint, ich bin echt müde.«

»Glaubst du, das wäre mir entgangen?«, fragt er gekränkt. »Hältst du mich immer noch für so ein Arschloch?!«

»Einmal Müll rausbringen reicht nicht, um mich vom Gegenteil zu überzeugen.«

Er knurrt etwas, das ich nicht verstehe, und weicht zurück. »Los, Ivy, dann lies deine ach so wichtigen Mails.«

In meinem Magen drückt es. *Was ist jetzt wieder los? Ich habe Ken noch nie sauer erlebt, zumindest nicht sauer auf mich.* Ein

Teil von mir weiß, dass ich ihm unrecht tue, ein anderer hält dagegen, dass er selbst daran schuld ist. Ich habe seinen Ruf nicht erfunden, den hat er sich selbst eingebrockt.

Ich nutze meinen neu gewonnenen Freiraum aus, gehe in mein Büro und öffne mein Postfach. Es quillt über vor ungelesenen Mails.

»Und? War's das? Können wir los?«, fragt Ken nur.

»Nein, auf ein paar Sachen muss ich antworten. Sieh selbst!«, sage ich. Ken kennt sich mit Projektmanagement aus. Wenn er einen Blick auf die Nachrichten wirft, müsste er meine Situation verstehen. Ich spiele mich hier nicht auf und benutze die Arbeit, um ihm aus dem Weg zu gehen. Die Sachen sind wichtig.

Er kommt zu mir, stellt sich hinter mich, beugt sich tiefer, sodass sein Körper meinen Rücken berührt, und scrollt durch die Mails.

»Fuck, Babe! Warum hast du so irre viel zu tun?«

»Meine Vorgängerin hat einiges schleifen lassen, was zum Saisonstart hätte fertig sein sollen. Seit ich den Job übernommen habe, hole ich auf, was aufzuholen geht.«

»Darf ich?«, fragt er und will nach der PC-Maus greifen.

»Nur zu!«

Ich überlasse Ken den Computer, und er sichtet die Nachrichten. Eine dringender als die andere.

»Lass mich die wichtigsten beantworten«, sage ich, als wäre das ein guter Kompromiss. »In einer halben Stunde bin ich fertig.«

»Das klappt doch nie!«

»Ich bin schnell.« *Keine bloße Behauptung, sondern Fakt, das hab ich in meinen vorherigen Jobs gelernt.*

»Wir werden sehen …« Seine Finger wühlen sich durch meine Stoffschichten, allerdings nicht erotisch, sondern wie bei einer Inspektion. *Seltsam.* »Für jede Mail, die du beantwortest, fällt nachher ein Stück Stoff. Und mogeln ist nicht erlaubt. Ich prüfe deinen Postausgang.«

»Das kannst du nicht einfach so bestimmen.«

»Doch, das kann ich, oder unser Deal ist gelaufen.«

Sprachlos starre ich ihn an und reiße meine müden, kleinen Augen schockiert auf. *Nicht sein Ernst!*

»Wenn du nicht bald anfängst, bin ich sofort raus, Ivy.«

Doch, er meint es ernst! Arschloch! Er weiß genau, wie ich reagieren werde. »Gut, aber dann lass mich allein«, gebe ich nach. »Ich bin schneller, wenn du nicht an meinem Nacken herumknabberst. Wenn du Hunger hast, nimm dir ein paar Nüsse!«

Er will nicht grinsen, aber seine Mundwinkel zucken zufrieden. *Wie vorhersehbar, dass ihm dieses Geständnis gefällt.* »Einverstanden, Babe. Ich warte draußen.«

Er geht, und ich atme tief durch, als hätte der Mann, wenn er in meiner Nähe ist, allen Sauerstoff für sich beansprucht.

Sobald ich wieder klar denken kann, priorisiere ich die Mails und bearbeite die allerwichtigsten. *Druckfreigaben für neue Bierdeckel. Feedback für den Schriftzug auf den Sweatern. Ein Foto für ein regionales Foodmagazin, das einen Beitrag über die Brauerei bringt …*

Als ich fertig bin, komme ich auf sechs Nachrichten. Ich gehe die Sachen durch, die ich anhabe, und spare mir, Schmuck mit dazuzurechnen. Den würde Ken nie gelten lassen. Für Nummer eins fällt mein Mantel, für Nachricht zwei die Bluse. Für drei und vier müssen meine Strümpfe dran glauben. Für fünf die Hose, und Nummer sechs kostet mich ein Teil meiner Unterwäsche, entweder den Slip oder den BH. *Mist! Warum habe ich nicht auf Ken gehört und trage wie alle im Winter einen Zwiebellook? Er hat recht, wenn er sich über meine Sachen aufregt. Ich laufe halb nackt herum!*

Schnell ändere ich noch was. So müsste es gehen ... »Bin fertig!«, rufe ich.

Mit einem Grinsen taucht Ken auf.

»Es sind fünf Mails!«, verkünde ich stolz und kreuze unter dem Tisch die Finger in der Hoffnung, dass meine Lüge nicht auffliegt.

»Mal sehen!«

»Du glaubst mir nicht?«

»Ich halte dich für gewieft und denke, dass du alles tun würdest, um mir deine Reize vorzuenthalten.«

Er kennt mich echt gut. »Bitte, schau ruhig nach!«, töne ich dennoch selbstsicher und überlasse ihm den Computer.

Ken prüft den Postausgang und sieht die fünf von mir verschickten Nachrichten. Aber er stutzt. Ein durchdringender Blick trifft mich, und ich komme ins Schwitzen. »Das wäre ja auch zu einfach gewesen«, murmelt er und durchsucht daraufhin wie ein Spürhund meinen Rechner.

»Ist was?«, frage ich gespielt ahnungslos.

»Abwarten, Babe.«

Er fängt mit dem Desktop an, dann klickt er sich zum Papierkorb. Ohne Erfolg. Ich habe die Nachricht gesichert und in den Tiefen des Laufwerks versteckt. *Die findet er nie. Ich bin gerettet!* Erleichtert entweicht mir die Luft. *Ein Fehler!*

Ken sieht mich an, und obwohl er gerade alles schließen wollte, schwebt sein Zeigefinger noch immer einsatzbereit über der PC-Maus. »Wie viele Mails hast du gelöscht, Ivy?«

»Keine«, lüge ich, mit vor Anspannung jetzt piepsiger Stimme. *Es geht um meine verdammte Unterwäsche!*

»Ich sitze hier die halbe Nacht, um dir auf die Schliche zu kommen. Willst du das?«

»Meinetwegen! Ich geh derweil schlafen.«

»Babe!«, donnert er, während er in Windeseile auf meinem Computer mit Suchparametern hantiert, von deren Existenz ich bisher nie was gehört habe. »Ha!«, macht er plötzlich triumphierend und findet die Mail. »Es sind also sechs Sachen.« Er mustert mich und zählt meine Klamotten so wie ich durch. »Wofür entscheidest du dich? Was behältst du an? Den Slip oder den BH?«

Meine Brustwarzen brennen. Meine Mitte auch. Jedes Teil würde sich verdammt gerne für diesen Mann entblättern. ›Für dich, *weder* Slip *noch* BH‹, flöten sie. *Danke, lieber Körper, dass du mich so hintergehst. Aber so wird dieser Abend nicht enden.*

»Lass dich überraschen«, sage ich frustriert davon, das Spiel verloren zu haben. Ich schiebe Ken zur Seite, fahre den Computer herunter, tausche meine Laufschuhe gegen warme Fellstiefel und schwenke vor ihm die Autoschlüssel. »Kommst du?«

Ich tue so stark, aber mein Herz rast bei dem Gedanken, gleich neben Ken zu schlafen, wie es sich für eine feste Freundin gehört, so wie wir es vereinbart hatten. Ich habe mehrmals betont, dass ich zu müde für Sex bin. *Ob er sich daran hält?*

Wir verlassen die Geschäftsräume, und ich werde zunehmend nervös.

»Wieder zu dir, richtig?«, frage ich, als wir den Parkplatz erreichen, wo jetzt nur noch zwei Wagen stehen, meiner und seiner.

»Nein, zu dir«, antwortet Ken überraschend. »Liegt näher.« *Damit er noch weiter in mein Leben vordringt?* »Das geht nicht.«

»Warum nicht?«

»Ähm … Mein Bett ist zu schmal.«

»Denkst du dir das gerade aus, Babe?«

»Es ist nur ein Meter vierzig breit. Bei deinen Körpermaßen brauchst du das fast für dich allein. Dann ist kein Platz mehr für mich.« *Ja, etwas übertrieben, allerdings auch nicht ganz an den Haaren herbeigezogen.*

»Besitzt du ein Sofa?«, fragt er da.

»Sicher«, gebe ich notgedrungen zu.

»Gut, dann fahren wir zu dir.« Ken macht drei Schritte auf seine Angeberkarre zu. Ich rühre mich nicht. »Babe, was noch?«

»Ich hab nicht geputzt«, sage ich und spiele mit dem Schlüssel in meiner Hand.

Im Stillen gehe ich durch, wie es bei mir aussieht. Obwohl das Wochenende keine zwei Tage her ist, türmen sich in jedem Zimmer Wäscheberge. Mal mit Schmutzwäsche, mal mit sauberen Klamotten, die ich für das Zusammenstellen meines Outfits anprobiert habe. Ken wollte ja, dass ich was Warmes anziehe, und ich habe es versucht. Schuhe liegen kreuz und quer in der Wohnung verteilt herum. Weil ich erst Stiefel im Büro tragen wollte, mich dann aber doch für Pumps entschieden habe. Dazu kommen die Reste vom Frühstück. Es sieht nicht aus, als hätte ich wochenlang nicht geputzt, aber weit entfernt von etwas, das man Ordnung nennen könnte. »Bei dir ist es bestimmt sauberer.«

»Mich stören beim Schlafen keine Krümel am Rücken, falls die in der Sofaritze klemmen. Sonst noch was?« Er seufzt und reibt mir wärmend über die Arme. »Nur zur Info: Jede Sekunde, die wir hier reden, kriegst du weniger Schlaf und größere Frostbeulen. Außerdem, Ivy …«

»Was denn noch?«, zische ich, weil ich eine echt schlechte Verliererin bin. »Du hast den Penis, also bestimmst du?«

»Außerdem habe ich nicht nur den Penis, sondern durch die Geschäftsreise auch einen Koffer mit Übernachtungssachen dabei. Du solltest dich freuen, dass du bei dir bist, bei deinem Zeug. Du sparst morgen Zeit, wenn du zur Arbeit musst. Und ehrlich, Babe, wenn du nicht gleich losfährst, ich schwöre, dann stecke ich dich in meinen Wagen und fahr dich selbst.« Er sieht mich abwartend an.

»Du weißt, wo ich wohne?«, maule ich geschlagen und öffne endlich die Wagentür.

Er nickt.

»Gut, folg mir und halt dich ran. Wenn du bummelst, kannst du auf der Straße übernachten.«

Er bummelt nicht, sondern joggt zu seinem Truck. Sobald ich losfahre, klebt er förmlich am Heck meines Wagens – zwei der wenigen Leute, die um die Zeit noch unterwegs sind. Ein Schauer durchdringt mich. *Aber das kann doch wohl keine Vorfreude sein? Bitte nicht!*

Als wir vor meinem kleinen eingeschneiten Haus halten, werde ich richtig nervös. Ich parke auf meinem Stellplatz. Ken quetscht sich mit seiner fetten Karre direkt neben mich.

Und mir gefällt der Anblick, wie unsere beiden Autos so friedlich nebeneinanderstehen. *Ich muss ja echt erledigt sein!*

»Das Bad ist da hinten links«, erkläre ich, als wir das Chaos betreten, das ich heute Morgen zurückgelassen habe. »Ich mach dir das Sofa fertig und …«

»Ich komm schon klar, Ivy. Du hast was anderes zu tun.« Er grinst. »Sechs Sachen ausziehen.«

»Das hast du nicht vergessen?«

»Jetzt, Babe. Oder brauchst du Hilfe?«

Offenbar nicht. »Keine Sorge, ich hab es allein geschafft, die Sachen anzuziehen, also werde ich sie auch allein ablegen können.« Damit lasse ich ihn stehen und verschwinde ins Bad. Erregter denn je, von dem Mann, von dem ich nie erregt sein wollte.

KEN

Fuck, macht mich die Frau schwach. Ich sage mir heute zum wiederholten Mal, dass ich nicht mit ihr Sex haben werde. Laut Deal dürfte ich es, aber so ein Kerl bin ich nicht. Der Tag war lang. Wir brauchen beide unseren Schlaf. *Benimm dich, Ken McNamara. Jetzt mehr denn je.*

Sobald Ivy im Bad verschwunden ist und den Geräuschen nach duscht, sehe ich mich um.

Das Haus hat nur eine Etage und neben dem Wohnzimmer mit Wohnküche nur noch zwei weitere Räume. Einer ist ihr Schlafzimmer, der andere so was wie eine Abstellkammer. Nicht verwunderlich. Bei den Immobilienpreisen ist die Miete für größere Häuser von einem alleine nicht zu stemmen. Man braucht in der Gegend schon echt Geld.

Eine Spur aus Klamotten verrät, wie sich Ivy bewegt hat. BHs liegen herum, Blusen, Wäscheberge, Zettel an Kleiderhüllen, als würde die jemand abholen oder hätte sie gebracht.

Dafür, dass diese Frau verdammt organisiert arbeitet, ist ihre Bude das reinste Chaos.

Ich muss plötzlich daran denken, was das für unser Kind bedeutet: nie passende Socken, kunterbunte Kleidungsstücke. Eigentlich ein Grund, Ivy nicht zu helfen, Mutter zu werden. Aber Mist, ich gestehe: So ein verrückt angezogenes Kind wäre niedlich. *Wie eine amerikanische Pippi Langstrumpf.*

Ich gebe mir einen Ruck, räume die Kissen vom Sofa, durchstöbere Ivys Chaos, bis ich Bettzeug gefunden habe, bereite alles für die Nacht vor und hole aus meinem Koffer die Waschtasche. *Fuck, bin ich müde.* Je älter ich werde, desto mehr machen mir die Dienstreisen mit Zeitverschiebung zu schaffen. Ich, der Aufpasser, muss anfangen, auch auf mich aufzupassen.

»Das Bad ist jetzt frei!«, verkündet Ivy.

Neugierig, ob sie sich an unsere Abmachung gehalten hat, drehe ich mich zu ihr und muss grinsen. »Du hast die Bluse anbehalten?«

»*Ein* Kleidungsstück war erlaubt. Das geht doch dann, oder?«

»Clever, ja, akzeptiere ich, Babe.«

Der Stoff bedeckt ganz knapp ihre Mitte. Als sie sich dreht, sehe ich jedoch ihre Pobacken. *Seit wann sind Blusen so verführerisch?*

»Komm her!«, sage ich.

»Du hast versprochen, dass wir keinen Sex haben.«

Hab ich, aber das ändert nichts daran, dass ich sie für mich gewinnen will, bevor sie wieder Miss Unnahbar wird. »Ich will nur überprüfen, ob du wirklich nur das Oberteil trägst.«

»Bitte!« Sie tritt selbstbewusst zu mir, zittert jedoch, als ich die Hände unter die Bluse schiebe und auf ihren Hintern lege.

»Kein Stoff«, sage ich schwer atmend und streichle ihre Pobacken.

»Kein Stoff«, bestätigt sie heiser und hält sich an meinen Schultern fest.

Langsam lasse ich die Hände höher gleiten, folge Ivys Silhouette, taste mich über ihre Hüfte, ihre Taille, sexy viel nackte Haut … Als wüssten wir nicht beide, dass sie nichts weiter unter dem Oberteil trägt.

»Auch hier ist kein Stoff«, sage ich und fahre über ihre Schulterblätter.

»Nein«, seufzt sie erregt.

Mit sanftem Druck ziehe ich sie näher. Ich könnte jetzt aufhören, stattdessen greife ich an ihre Brüste. Als ich ihre Nippel streife, keucht sie, aber hält ungewohnt still. Nur ihr Brustkorb hebt und senkt sich hektisch.

Ich spiele mit den kleinen hart gewordenen Perlen, zwirble sie und bringe Ivy dazu, mich anzusehen. Denn eine Stelle habe ich bisher ausgespart. »Mehr?«

»Du solltest gründlich sein. Nicht dass ich schummle.«

Ohne Ivy aus den Augen zu lassen, schiebe ich meine Hand tiefer Richtung Schritt. Sie nickt kaum merklich. Das genügt mir. Ich dringe weiter vor, fahre über ihre Klit, folge ihrer Hitze und muss mit mir kämpfen, langsam zu machen, als ich ihre Feuchtigkeit spüre.

Kommt das alles nur von meinen wenigen Berührungen? Steht sie so sehr auf mich? Und falls ja, wie viele Slips habe ich ihr dann bitte schon ruiniert, ohne dass sie mich das hat wissen lassen?

»Hier ist auch kein Stoff«, sage ich und streiche sanft über ihre weichen, perfekten Pussylippen, die unter meinen Fingerspitzen immer heißer und voller werden.

»Zufrieden?«

»Ja und nein.« Sie hat getan, was ich wollte, aber es ist zu wenig. Trotzdem nehme ich die Finger weg. »Gute Nacht, Babe. Lass uns schlafen gehen.«

»Oh! Du benimmst dich echt?« Sie klingt überrascht – und enttäuscht.

»Ob du es glaubst oder nicht, ich kann mich tatsächlich beherrschen. Selbst bei dir.«

»Ähm … danke. Schlaf gut, Ken.« Sie löst sich mit wackligen Beinen von mir und verschwindet ins Schlafzimmer. *Adieu, Versuchung!*

Ich gehe ins Bad. Sämtliche Ablagen sind voller Kosmetikprodukte und Make-up. Angefangen bei Cremes, Ölen und Lotions, über Haarprodukte bis hin zu Wimperntuschen, einer Kiste mit Nagellacken und Lippenstiften und Bechern mit Puderpinseln und Eyelinern. Plus jeder Menge Zeug, das ich auf den ersten Blick nicht einordnen kann.

Kein Wunder, dass sie wollte, dass wir zu mir fahren. Das Bad verrät mehr über sie, als ich wohl wissen soll.

Ich putze mir die Zähne und dusche, was eine Herausforderung ist, weil Ivys Duschkabine so winzig ist, dass der Duschvorhang ständig an mir kleben bleibt.

Als ich fertig bin und das Bad in Boxershorts und einem Shirt verlasse, stutze ich, weil Ivy auf dem Sofa liegt. Schon schlafend.

Hatten wir nicht vereinbart, dass ich das Sofa nehme? Irritiert gehe ich in ihr Schlafzimmer und finde ein frisch bezogenes, einladend aufgeschlagenes Bett. *Die Frau macht mich echt schwach! Tritt sie ihr Bett an mich ab, weil das Sofa zu klein für mich ist! Wie lieb!*

Ich mache das Licht aus, lege mich hin, nehme Ivys Duft vom Kissen wahr, hätte sie gerne bei mir, aber gebe mich zufrieden mit dem, wie sich alles zwischen uns entwickelt. Ich konnte ihr zeigen, dass ich anständig bin. Das Geflirte von Sally habe ich hingenommen, nicht ausgenutzt. Und ihr geht es gut. Das ist das Wichtigste.

»Ken?«, höre ich da Ivy das Zimmer betreten, als ich gerade wegdöse.

»Ja, Babe? Brauchst du was?« Ich richte mich auf und knipse das Nachtlicht an. Bisher gab es nur einen Grund, dass Ivy mich nicht mit ihren Krallen attackiert hat: wenn es ihr schlecht ging.

Mein Blick gleitet prüfend über sie. Sie steht im Türrahmen und trägt immer noch die Bluse. Ihr muss kalt sein ohne Decke.

»Nein, ich … Das ist verrückt … Ich wollte dich nicht wecken«, druckst sie herum und wendet sich zum Gehen ab. »Schlaf weiter.«

Als könnte ich das jetzt. Irgendwas hat sie doch! »Warte! Was wolltest du? Noch ein Kissen?« Schon greife ich nach einem, dabei gab es auf dem Sofa genug. »Eine zweite Decke?« Ich sehe mich um, ob ich eine finde. Sie soll nicht frieren, vor allem nicht meinetwegen. »Sag schon!«

»Kein Sexangebot?«, fragt sie.

Mein Penis will sich aufstellen, aber ich unterdrücke das Gefühl. Wenn ich es auf Sex angelegt hätte, hätten wir Sex gehabt. Schon vorhin im Wohnzimmer, als ich gespürt habe, wie feucht sie war, hätte ich sie leicht dazu kriegen können. Ich hätte sie nicht mal bitten müssen, sie war bereit. Doch Sex kann ich viel haben, Ivy in meinem Leben nur ein Mal. Ich darf das hier nicht versauen.

»Babe, es ist mitten in der Nacht. Ich liebe Sex, aber auch ich brauche meinen Schlaf.« Ich reibe mir übers Gesicht. »Willst du das jetzt diskutieren? Du solltest dich wieder hinlegen.«

»Ich bin dir echt wichtig?«, fragt sie, als hätte ich das nicht schon oft genug bewiesen.

»Ja, das bist du. Also verrat mir, was los ist.«

»Ich fang an, dich zu mögen«, sagt sie, kommt zum Bett, löscht das Licht und schlüpft zu mir unter die Decke. Dieses Mal ohne Kissenmauer. »Aber bild dir darauf bloß nichts ein.«

»Zu spät«, sage ich, ziehe sie an mich und schiebe die Hände unter die Bluse, so wie sie ihre unter mein Schlafshirt schiebt. *Viel zu spät, Babe. Wenn mich die Frau nicht schon längst umgehauen hätte, spätestens jetzt wäre es um mich geschehen.*

10. Kapitel

IVY

Etwas ist anders, das weiß ich, als ich wach werde. Ich fühle mich Ken näher, weil er sich zurückgehalten hat. *Aber ich kann ihm das nicht sagen.*

Draußen wird es langsam hell. Vorsichtig drehe ich mich in seinen Armen, gebe meine gemütliche Löffelchenposition auf, stütze den Kopf auf und betrachte ihn ungestört.

Ken sieht aus wie ein schlafender Gott. Anbetungswürdig. Ich mag seine kräftigen Arme, seine großen Hände, sein kantiges Gesicht, die sexy halb offenen Lippen, das leichte Lächeln darauf, als würde er einen schönen Traum träumen, das Tattoo, das von seinem Nacken bis über seine Schultern geht. Und ich mag, dass ich diesem Mann so wichtig bin. Keine Ahnung, warum ich offensichtlich die Letzte in unserem Freundeskreis bin, die das bemerkt.

Meine Finger brennen, weil ich mit ihnen durch seine Haare fahren möchte, aber ich will Ken nicht aufwecken. Nicht nur mein Tag war furchtbar anstrengend, seiner auch. Mit dem Flug aus New York.

Wow, Ivy, du achtest sogar auf Ken. Nicht nur er auf dich. Was ein Tag und eine Nacht alles ändern können!

Ein Teil von mir ist immer noch auf der Hut. Alte Gewohnheiten lassen sich nicht so schnell ablegen. Aber ich weiß, dass ich bei Ken in den besten Händen bin. Jeder Moment mit ihm ist auf seine Art schön. Selbst unser erster Sex, auch wenn er unter merkwürdigen Umständen stattfand, war es.

»Hey, Babe«, murmelt er plötzlich rau, packt mich fester und reibt mit der Hand über meinen nackten Hintern.

Lust durchfährt mich und Sehnsucht nach diesem intensiven Kribbeln in meinem Bauch. Ich will ihn. Über mir, in mir, auf mir. Wirklich dringend. Allein der Gedanke an ihn macht mich feucht. Sobald seine Lider flattern, weiche ich jedoch zurück, weil mir das alles zu schnell geht. *Ja, etwas zwischen uns ist anders, aber das reicht nicht, um was mit diesem Mann anzufangen.* »Ich muss zur Arbeit«, verkünde ich und stehe auf. »Schlaf weiter.«

»Ich denke, du bist jetzt meine Freundin.«

»Und?« Ich drehe mich an der Tür noch mal um.

»Kriege ich da keinen Gutenmorgenkuss?«

Aus dem mehr wird? »Ich hab mir noch nicht die Zähne geputzt«, rede ich mich heraus.

Ken grinst breit. »Ich mir auch nicht. Und?«

»Das ist eklig, Ken.« *Eine glatte Lüge.*

Er grinst breiter.

»*Du* bist eklig«, setze ich hinterher.

»Damit kann ich leben. Du magst mich immer noch. Trotzdem oder gerade deswegen. Das ist das Wichtigste.« Jetzt strahlt er mich richtig an, und dunkel ist mir bewusst, dass mir die Worte letzte Nacht laut über die Lippen gekommen sind. *Wie konnte das bitte passieren?*

»Stimmt, ich mag dich, jetzt aber schon wieder weniger«, kämpfe ich um das letzte Wort und verlasse erhobenen Hauptes das Zimmer. Ken folgt mir und holt mich ein.

»Glaube ich dir nicht«, sagt er und schlingt von hinten die Arme um mich. Was schön ist, richtig schön. Wie die Löffelchenstellung im Stehen.

»Was wird das?«, tue ich cool, dabei spüre ich seine Erektion am Rücken.

»Na, ich putze mir die Zähne«, antwortet er, als wäre das klar, und lotst mich ins Bad. »Weil ich unbedingt einen Kuss will.«

Wenn er so weitermacht, gibt es nach Anzug-Ken eine Seite an ihm, die mich noch schwächer macht: Out-of-Bed-Ken. Ich denke nach, aber mir fällt absolut kein Weg ein, ihn von diesem Manöver abzubringen. Außerdem muss ich mir wirklich die Zähne putzen und wirklich zur Arbeit. Mit meiner Zahnbürste in der Hand mache ich ihm am Waschbecken Platz, womit mein Bad quasi ausgefüllt ist.

»Gott, bist du sexy!«, raunt mir Ken zu, zupft an meiner Bluse, küssbeißt mich in den Nacken und gibt Wasser in seinen Zahnputzbecher.

»Lass das!«, fauche ich und greife mir an den Nacken, von wo aus sich Hitze bis in meine Mitte ausbreitet. Hitze, die mir signalisiert, dass dieser Körper nicht arbeiten, sondern mit Ken schlafen möchte.

»Du bist jetzt meine Freundin, da darf ich das.«

Mich beißen? Das würdige ich keiner Antwort.

Ken grinst zufrieden, zieht sich sein Shirt aus, stellt sich mit der Zahnbürste hinter mich, putzt sich die Zähne und tut, als wäre nichts.

Mir gelingt das nicht. Er ist nun überall, in echt hinter mir, im Spiegelbild vor mir. *Einem Ken kann ich schon schwer widerstehen, aber zwei Kens?*

Wie hypnotisiert lasse ich meinen Blick über ihn gleiten. Als mir Zahnpasta aus dem Mund läuft, wasche ich mir das Gesicht. Kens Bann entkomme ich nicht. »Kannst du dir das Shirt bitte wieder anziehen?«

»Der Plan ist eigentlich, als Nächstes die hier auszuziehen und zu duschen.« Er spielt am Saum seiner Shorts und lächelt hitzig. »Du könntest mir Gesellschaft leisten.« Sein Blick geht zu meiner Baduhr, und er zuckt zusammen. »Mist, so spät?! Ich nehme das zurück. Miese Idee. Richtig miese Idee. Du musst zur Arbeit«, erklärt er zerstreut. »Ich im Übrigen auch«, fügt er hinzu, als wäre ihm das erst jetzt eingefallen. »Mach du dich hier fertig, ich zieh mich draußen an.« Er schnuppert unter seiner Achsel. »Ich kann auch heute Abend duschen.«

Die Mauer, die ich gegen Typen wie Ken um mein Herz errichtet habe, bröckelt. Bevor sie einstürzen kann, verlässt er das Bad. *Das war knapp.*

Ich stütze mich auf das Waschbecken, atme tief durch und schalte auf Autopilot. In Windeseile mache ich mich fertig, durchwühle dann frisch geduscht meine Klamotten und entscheide mich für eine Stoffhose, ein passendes Top und ein Jeanskleid, das ich offen darüber trage. Im Gehen stecke ich mir Kreolen an und halte inne, als ich in die Küche komme und Ken die Kaffeemaschine bedienen sehe, so perfekt zurechtgemacht, als hätte meine Wohnung noch ein zweites Bad. Er trägt ein faltenfreies Hemd, hat sich den Schlips über die Schulter gelegt, damit er nicht stört, und sieht absolut göttlich aus. *Viel zu gut für meine chaotische Wohnung. Für mein chaotisches Leben. Für mich. Und doch passender als jeder Mann vor ihm.*

So wie ich Wert auf mein Äußeres lege, macht das Ken auch bei sich. Mehr, als nötig ist, für Telluride und seinen Job. Cole läuft nie so gestriegelt durch die Gegend. Es sei denn, er hat mit hochkarätigen Kunden zu tun.

Verdammt, wir haben echt eine Gemeinsamkeit!

Fasziniert sehe ich ihm zu, wie er die Knöpfe der Maschine drückt. Wenn ich nicht aufpasse, wird Ken nicht nur immer wichtiger für mich, sondern ich verliebe mich endgültig in diesen Mann.

»Können wir über gestern sprechen?«, frage ich, nehme den fertigen Kaffee, kriege allerdings vor Aufregung keinen Schluck runter.

»Bereust du es?«

»Was bereuen?« Ich gehe durch, was er meinen könnte, und bleibe in Gedanken bei Sally hängen. »Dass ich meine Kollegin nicht sofort in den Feierabend geschickt habe? Ja.«

»Immer noch eifersüchtig?« Ken lächelt – und das sollte bei ihm nicht so sexy aussehen. »Zu Recht! Bei euch arbeiten echt heiße Frauen.«

Er zieht mich nur auf. Trotzdem sehe ich rot. »Unglaublich! Du wolltest ihr tatsächlich an die Wäsche?! Hast du noch mehr saubere Hemden in deinem Koffer?«

»Ähm … nein. Wieso?«

»Dein Glück, sonst hätte das hier ein Rendezvous mit meinem Kaffee.«

Es ist offiziell: Ich verliere den Verstand. Sauer kehre ich Ken den Rücken zu und nehme mir was zum Essen, da legt er von hinten seine Arme um mich, beugt sich tiefer und streift mit den Lippen meinen Hals.

»Das ändert gar nichts«, stelle ich grantig klar – während ich schneller schmelze als Schnee in der Sonne. »Lässt du mich bitte los?«

»Antworte mir erst, Ivy. Das ist wichtig. Ich hab nicht vom Abend in der Brauerei geredet. Bereust du, dass du gestern Nacht zu mir ins Bett gekommen bist?«

Lüg ihn an!

Box ihm scharf in die Seite!

Zicke herum!

Ich öffne den Mund für ein Ja, aber es kommt das Gegenteil heraus. »Nein, das bereue ich nicht.« Ich sehe ihn über die Schulter an. »Bereust du, dass du keinen Sex mit mir hattest?«

»Nein, das bereue ich auch nicht.«

»Du musst mir nicht nach dem Mund reden.«

»Würde ich nie.«

»Warum bereust du es nicht?«, frage ich, dabei ahne ich schon die Antwort. Schnell lege ich ihm die Hand auf den Mund. »Nein, sag es nicht.«

Er küsst meine Finger, nimmt sie weg, aber geht dem Konflikt nicht aus dem Weg. *Weiterer Pluspunkt für ihn.* »Ich bereue es nicht, weil du endlich anfängst, mich zu mögen, Babe. Dafür verzichte ich gerne auf Sex.«

»Auch wenn es noch hundert Jahre dauert, bis ich dich wieder ranlasse?«

»Sogar dann«, sagt er, dabei wissen wir beide, dass es nicht mal hundert Tage sein werden, bis das passiert. So wie ich mich fühle, nicht mal hundert Stunden. Noch so ein Abend wie gestern, nur dass ich wacher bin, und wir landen im Bett … Wenn er nicht die Initiative ergreift, dann ich. *Verdammt, genau jetzt will ich ihn ja schon küssen!*

Bevor ich über Ken herfalle, mache ich mich frei und gehe zum Tisch. »Schön, dass wir das klären konnten. Gibst du mir jetzt dein Sperma?«, frage ich Ken, als gälte es, mir Milch zum Kaffee zu reichen.

Er mustert mich eindringlich, als ginge ihm durch den Kopf, was er mir alles gern geben würde. Momentan hätte das nichts mit seinem Sperma zu tun. »Ich bin noch nicht ganz überzeugt«, sagt er schließlich.

»Ich hab mich gestern den Umständen entsprechend gut angestellt.«

»Das hast du, aber es reicht noch nicht, Ivy. Das war *ein* Tag. *Ein* Moment. Eine *einzige* Situation. Was sagt die schon aus? Mom ist man pausenlos.«

Was soll ich bitte darauf antworten? Ich bin für April da, für meine Freunde, für meine Kollegen. Denkt er, ich würde meine Verantwortung auf die leichte Schulter nehmen und mir wäre die Tragweite meiner Entscheidung nicht bewusst? Ich will ein Kind, keine Zimmerpflanze.

»In Ordnung«, gehe ich der Diskussion, die ich im Moment nur verlieren kann, aus dem Weg. Da werden meine Augen schon feucht.

»Hey, nicht doch, Ivy! Ich weiß, dass du dir das reiflich überlegt hast. Aber was du verlangst, ist viel. Ich muss mir sicher sein«, erklärt Ken sichtlich betroffen.

»Mir geht's gut«, schüttle ich ihn ab und blinzle gegen die Tränen an. »Ich muss zur Arbeit, du auch.« Ich packe mein Handy, mein Kosmetiktäschchen und die High Heels, in die ich im Büro steigen werde, in einen großen Shopper und schlüpfe in meinen Wollmantel. »Zieh die Tür einfach hinter dir zu, wenn du fertig bist, und schreib mir, wenn du weißt, was ich als Nächstes machen soll.«

Mit den Worten gehe ich nach draußen, dankbar für die kalte Winterluft, die den Rest Wärme, die dieser Mann in mir ausgelöst hat, vertreibt.

Verdammt, geht mir diese Babysache nahe!

Blödsinn, diese Ken-Sache geht mir nahe …

Ich fahre mir übers Gesicht. Dann über die Lippen.

Bereue ich gestern Abend? Nein.

Aber ich bereue, Ken nicht geküsst zu haben. Ziemlich heftig sogar. Was wirklich seltsam ist, wenn man bedenkt, wie wir gerade auseinandergegangen sind. Als könnte mir dieser Kuss etwas geben, das ich brauche, ohne dass ich wüsste, was genau das sein soll.

Ich will noch mal umkehren, meinen Fehler wiedergutmachen, da sehe ich Ken mein Haus bereits verlassen. Jetzt ist es zu spät.

Vielleicht ist es besser so.

KEN

Ivy hat Gefühle für mich. Nur deshalb reagiert sie so heftig. Die historischen Häuser in der Main Street, die von der aufgehenden Sonne angestrahlten San-Juan-Berge und den klaren Winterhimmel nehme ich auf dem Weg zur Arbeit nur am Rande wahr.

Wem mache ich was vor? Ich habe es versaut.

Wir hatten diesen tollen Abend, und das sogar, obwohl kein Sex im Spiel war, und ich Trottel habe es geschafft, ihre Gefühle zu verletzen. *Sie hat deswegen beinahe geweint! Was stimmt nicht mit mir?*

Fairerweise: Sie verletzt auch meine Gefühle. Für sie bin ich immer noch ein Frauenheld, nur an Sex interessiert, nicht an einer ernsthaften Beziehung. *Gott, wie mich das nervt!*

Obwohl die Temperaturen unter dem Gefrierpunkt liegen, wird mir so warm, dass ich den Schal abnehme.

Der Punkt ist: Trotzdem will ich sie. Ich will, dass Ivy mir *diese* Blicke zuwirft. Ich will ihren Puls in die Höhe treiben, so wie sie meinen in die Höhe treibt. Und dann will ich mit ihr darüber lachen, mit ihr glücklich sein, mit ihr die nächste Minute, die nächsten Stunden, den nächsten Tag erleben. Bis daraus ein Leben wird. Dafür muss ich mir einen weiteren Test ausdenken. *Vielleicht sollte sie ein paar Kinderreime einüben? Nein. Es muss was wirklich Gutes sein, das uns einander näher bringt.*

»Du lebst«, begrüßt mich Cole, als ich mit minimaler Verspätung das Büro betrete, und stellt mir mit einem Grinsen eine Tasse auf den Schreibtisch.

»Hast du gedacht, sie bringt mich um?«

»Nein, eher dass du einen Herzinfarkt bekommen hast. Hätte ich nicht cool gefunden.«

»Keine Sorge, dein Aufpasser ist fit.« Ich nehme die Tasse. »Was soll das? Willst du neue Kundengeschenke herstellen lassen? Unsere Notizblöcke und Kugelschreiber reichen doch.« Von der Arbeit, die drinsteckt, mal abgesehen. Ich drehe die Tasse und lese den Schriftzug. *Bester Casanova der Welt.* »Ha, ha«, mache ich humorlos, weil das das Letzte ist, was ich brauche: meine Vergangenheit, spülmaschinenfest. »Dir ist schon klar, dass du nächste Woche ebenfalls eine Tasse geschenkt bekommst. Aufdruck: *Böser Boss.*«

»Das ist nur ein Folienaufkleber. Wenn er dir nicht gefällt, zieh ihn ab.«

Sofort fummeln meine Nägel an dem Sticker herum.

»Da hätte ich wohl auf April hören sollen«, murmelt Cole. »Sie hat *Bester Ken der Welt* vorgeschlagen.«

»Warum hast du nicht? *Das* gefällt mir.« Zufrieden löse ich den Sticker, werfe die Folie weg und grinse. »Und dazu eine Tasse mit dem Aufdruck: *Beste Ivy der Welt.*«

»Also lief es gestern gut?«

»Wie immer«, sage ich ausweichend. Unterm Strich nicht gelogen, wenn man bedenkt, wie wir heute Morgen auseinandergegangen sind. »Können wir jetzt anfangen?«

»Müssen wir. Es steht einiges an.«

Wie jeden Morgen sprechen wir den Tag durch. Danach trennen sich unsere Wege. Cole hat Termine und verschanzt sich im Büro. Ich achte auf seinen Zeitplan, beantworte Mails, informiere Leute aus unserem Bewerberpool über neue offene Stellen, werte die Bewerbungen unserer B-Kunden aus und kontrolliere Coles Analysen. Es ist viel, aber zu schaffen.

Als ich zwischen zwei Aufgaben hänge, taucht Ivy wieder in meinen Gedanken auf. *Fuck, ich vermisse sie.* Es gab vorher schon Tage, an denen sie mir nicht aus dem Kopf ging. Meist wenn April im Büro vorbeigeschaut hat und sie Cole angelächelt hat, als wäre er ihre Welt. Dann habe ich mir gewünscht, Ivy würde ebenfalls kommen und mich so ansehen. Heute ist es schlimmer.

Sie arbeitet in der Brauerei, aber sie könnte genauso gut auf dem Mond sein.

Läuft es heute besser als gestern?, schreibe ich ihr, bevor mir klar ist, was ich da eigentlich tue.

Ganze fünf Minuten warte ich auf ihre Antwort. Als die nicht kommt, mache ich mir Gedanken. *Hat Ivy Stress und schreibt deshalb nicht zurück? Ist sie ernsthaft sauer auf mich? Oder ist ihr was passiert?*

Fuck, ich mutiere schon zu April, die Panikattacken kriegt, wenn ein geliebter Mensch in Gefahr sein könnte. Dass ich überhaupt meine Arbeit schaffe, grenzt an ein Wunder.

»Los, mach du auch Pause«, sagt Cole, als er zur Mittagszeit sein Büro und die Videokonferenz verlässt und völlig untypisch zu mir kommt, während sonst ich es bin, der auf die Einhaltung der Pausen achtet.

»Später!«

»Nicht dass du der nächste Burn-out-Kandidat wirst.«

Denkt er, ich bin so drauf wegen der Arbeit? »Ich werde eher der Ivy-macht-mich-wahnsinnig-Kandidat.«

»Was hat sie getan?«, fragt Cole, während er isst.

»Nichts. Das ist ja das Schlimme. Hast du da auch einen Tipp? Denn glaub mir, von allen Dingen auf der Welt, die ich gerade brauche, ist es ganz sicher keine Pause, in der ich mir noch mehr Gedanken um diese Frau machen kann.«

Cole grinst breit. »Wo ist der ruhige, abgeklärte Typ hin, den ich eingestellt habe?«

Suchend öffne und schließe ich mehrere Schubladen. »Hier steckt er nicht.«

Cole reicht mir eine Papiertüte. »Atme, Kumpel.«

»Ich habe keine Panikattacke.«

»Nein, eine Ivy-Attacke. Ich bin mir sicher, da hilft die Tüte auch.« Er schwenkt das Teil. »Komm schon, tu es für mich, deinen Boss. Du bist da, um mir zu helfen, ich wiederum trage die Verantwortung für dich als Mitarbeiter. Also sei brav!«

Ich funkle ihn kurz an, nehme aber dann die Tüte und atme, wobei sie sich heftig zusammenzieht und entfaltet. »Glücklich?«

»Du stehst immer noch neben dir.«

»Tja, was soll ich sagen: Bei einer Panikattacke mögen Tüten helfen. Bei einer Ivy-Attacke nur Ivy.«

Er zückt sein Handy und scrollt durch ein paar Bilder. »Hier, wie wäre es mit einem Video von ihr?«

Ich knurre, nicht zu Späßen aufgelegt. Dann erhasche ich einen Blick auf den Clip. »Von wann ist das?« Ivy und ich tanzen. Etwas, zu dem ich sie nur selten überreden kann. Die paar Male kann ich an einer Hand abzählen. Mir war gar nicht klar, dass es solche Aufnahmen von uns gibt.

»Das war bei der Sommerabschlussparty, auf der April bestanden hat. Draußen beim Silver Lake«, sagt Cole. »Als die Abende noch mild waren.«

Wir schauen beide auf das Video.

Jetzt erkenne ich im Hintergrund das Wasser, in dem sich der Himmel und die schroffen Gipfel der Rocky Mountains spiegeln. Nicht mein Lieblingsausflug, weil ich in den Bergen lieber zum Skifahren als zum Wandern bin. Nur Ivy hat mich dafür begeistern können. Sie und ausgefranste Jeansshorts, die ihren Hintern nur knapp bedeckt haben.

Sie lehnt sich an mich, lacht und sagt, die Augen verdrehend, was zu April, was man nicht verstehen kann, was den Lippenbewegungen nach aber nur eines heißen kann: ›Was für ein Vollidiot!‹

Ich erinnere mich, wie ihr Körper meinen berührt hat. Anders als unsere ständigen Streits vermuten lassen, haben wir uns im Einklang mit der Musik bewegt. Wir sehen verdammt gut zusammen aus. Glücklich. *Wie ein richtiges Paar.* Als Ivy das bemerkt, zieht sie ein Gesicht und löst sich bei der nächsten Drehung von mir.

»Und? Geht's dir besser?«, fragt Cole.

»Ja, das hilft«, lüge ich, dabei will ich sie jetzt sogar noch dringender.

»Dann schenk mir ein Lächeln, großer, starker Mann«, witzelt er.

Ich fletsche die Zähne – mit Absicht verkrampft.

»Wunderschön«, säuselt er und isst auf. Als er zurück in sein Büro geht, um die Konferenz fortzusetzen, dreht er sich noch mal um. »Du kommst klar, Ken?«

»Natürlich. Ich bin ein großer Junge, Daddy.«

»Wenn was ist, unterbrich mich, Kennylein.«

»Mach ich.« *Also, falls der Laden in Flammen aufgeht. Ansonsten behalte ich meine Probleme für mich.*

Ich schaffe es, mich zusammenzureißen, und sobald ich im Flow bin, arbeite ich wie ein Tier durch. *Bloß keine Pause einlegen.* Zum einen, um fertig zu werden, zum anderen, um nicht erneut darüber nachzudenken, warum Ivy sich nicht meldet.

Als ich mit der Arbeit durch bin, ist Cole es auch.

»Wir treffen uns alle nachher bei Nick und Thea zum Dartspielen«, sagt er und schwenkt die Tasse von heute Morgen mit einem neuen Sticker. »Los, *Bester Ken der Welt*, schwing deinen süßen Hintern da auch hin.«

»Aber Ivy …«

»Ist schon mit April da. Jetzt Interesse?«

»Du kennst die Antwort.« *Wo Ivy ist, da bin ich auch.* »Ich muss nur noch mal nach Hause, mich umziehen.« Ivy hält mich eh schon für einen Aufreißer. Im Anzug wäre ich völlig overdressed. »Bis nachher …«

Auf dass bei ihr alles in Ordnung ist.

11. Kapitel

IVY

»Was war gestern los im Brews Brothers?«, fängt mich April ab, sobald ich einen Fuß in die Männerhöhle setze, wie Thea den Anbau an ihr Haus nennt, der als Partyraum dient.

»Ähm … Ingwertee?«, antworte ich fröstelnd, als mich eine arktische Böe trifft und ins Warme schubst.

April hakt sich bei mir ein und schleppt mich zu den Getränken. Sie gießt mir ein und drückt mir die Tasse in die Hand. »Rede, liebste Freundin!«

»Oh, das will ich auch wissen«, gesellt sich Reese zu uns und stößt mit Wein an, während die Männer das Dartboard umzingeln. »Ich hab gehört, die Gruppe war schon auf der Piste auffällig.«

»Die Gruppe?«, echoe ich, weil ich bis eben dachte, es ginge um Ken.

»Die ultraheiße Gruppe«, verbessert sich April mit einem Grinsen.

»Heiß?«, wiederhole ich immer noch nicht ganz im Thema.

»Eishockeyspieler vom College in Denver«, erklärt Reese mit einem sehnsüchtigen Seufzen.

»Zu jung für dich«, sagt April. »Und zu wild.«

»Ich weiß, ich weiß. Trotzdem!«

»Und viel zu kindisch«, ergänzt sie. »Los, Ivy, sag ihr das!«

In meinem Kopf rattert es. Der gestrige Tag ist nur so an mir vorbeigerauscht. Bis Ken kam. Ab da verlief mein Leben in Zeitlupe. So langsam, dass ich mich an jede Sekunde, jedes Wort, jeden Blick und jede verdammte Berührung erinnere.

»April hat recht«, fange ich mich. »Die Gruppe hat sich benommen, als würde ihnen der Laden gehören. So jemanden willst du nicht an dich ranlassen.«

»Nicht für immer. Aber für eine Nacht?«

»Die waren so voll, Reese. Keiner konnte mehr gerade stehen.« Ich grinse. »Jede Wette, das hat auch für die wichtigen Teile von ihnen gegolten.«

»Also soweit ich weiß, vertragen diese jungen Kerle einiges.«

»Selbst wenn«, sage ich. »Würdest du wirklich Probleme beim Einlochen in Kauf nehmen?«

»Ivy, du bist schrecklich!«, kreischt April.

»Ich will nur, dass Reese auf ihre Kosten kommt.«

»Mädels, alles macht mehr Spaß, als alleine das Laken zu wärmen.«

»Dafür gibt es Bettpfannen.«

»Die in ein Museum gehören, nicht in mein Schlafzimmer!«

»Also soll ich dich das nächste Mal anrufen, wenn eine Horde heißer Rambos das Brews Brothers aufmischt?«

»Unbedingt«, ruft sie, definitiv nicht mehr ganz nüchtern.

April nimmt mich beiseite. Wir drängen uns zum Kamin, wo das Feuer romantisch knistert. Das und der Tee tauen mich endlich auf. »Und was lief gestern mit Ken?«

Gestern? Wohl eher heute. Denn ich will immer noch diesen Kuss.

Ich kann an nichts anderes denken als daran. Den ganzen Tag habe ich gehofft, dass Ken vielleicht in der Mittagspause vorbeikommt, nach mir schaut … mich küsst. Unter einem Vorwand ist er in der Vergangenheit öfter aufgetaucht. *Weil nicht viel los wäre. Oder wir so eine Taco-Aktion hätten. Oder die schönere Sonnenterrasse.* Nur heute, da ich mich gefreut hätte, hat er sich nicht blicken lassen, sondern mich nur kurz gefragt, ob alles okay ist.

Liebloser geht es kaum.

»Natürlich läuft da nichts«, sage ich schnell. *Zu schnell.*

»Warum wolltest du ihn vom Flughafen abholen?«

»Weil ich … seine Hilfe … brauche«, erfinde ich.

»Hilfe, wobei?«

»Süße, verhörst du mich gerade?«

»Weichst du mir etwa aus?«

Was soll ich ihr nur sagen? Von meinem Babyplan kann ich April nichts erzählen. Sie würde mich mit Fragen löchern, und dann müsste ich mit ihr über Dinge sprechen, die ich noch nie mit jemandem besprochen habe. Das kann ich nicht.

»Ken organisiert doch immer alles für Cole. Ich brauche Hilfe beim Papierkram. Seit dem Umzug ist einiges liegen geblieben«, erfinde ich.

»Papierkram?«, hakt sie mit einem Grinsen nach. »Und da fragst du den Kerl, den du normalerweise meidest wie der Teufel das Weihwasser? Nicht mich?«

»Er ist äußerst kompetent«, betone ich.

»Und jetzt lobst du Ken auch noch! Da steckt doch mehr dahinter.«

»Er kann ein Aufreißer und gleichzeitig ein Genie sein.«

April mustert mich unzufrieden. »Ivy, Ken mag dich wirklich sehr, du musst ihn netter behandeln.«

»Ich bin nett! Er übertreibt es doch ständig. Und … und …« Ich suche nach Argumenten, die für mich sprechen, da entdecke ich ihn, gerade angekommen, in Jeans und einem einfachen Sweater, sexy, lässig, cool. Und er spricht mit Reese. Für meinen Geschmack übertrieben vertraut. Sie berührt ihn am Arm, und Eifersucht steigt in mir auf.

»Ihr solltet alle echt aufhören, mich mit Ken verkuppeln zu wollen«, schimpfe ich und zeige zu Reese und ihm. »Sobald ich ihm den Rücken zukehre, gräbt er eine andere an.«

»Das stimmt doch gar nicht!«, ruft April. In dem Moment beugt sich Ken zu Reese. Er lässt sich was ins Ohr flüstern und lacht so gelöst, wie er es bei mir noch nie gemacht hat. Glaube ich.

Scheiße, tut das weh. Und mir hat er noch nicht mal Hallo gesagt! Dabei tut er so, als sei ich sein Ein und Alles. Bin ich bescheuert, mir den ganzen Tag lang einen Kuss mit ihm ausgemalt zu haben?

»Wenn das nächste Mal die Polizei Leute von der Brauerei abholt, lasse ich ihn mit verhaften«, grummle ich mehr zu mir als zu April.

»Hey, kannst du bitte mal aufhören, auf Ken herumzuhacken?! Ich weiß von Cole, dass er auch schon einiges mitgemacht hat.«

»Was denn? Den Rekord verpasst, eine Villa voller Playboy-Bunnys in einer Nacht flachzulegen?«, gebe ich giftig zurück, verkneife mir jedoch die nächste Gemeinheit. Ich bin frech, aber normalerweise nicht bösartig. *Was ist nur los mit mir?* »Sorry, das war fies. Ich hol mir mal …« Ich schwenke meine leere Tasse. »Nachschub.«

Bei den Getränken liebäugle ich mit den Shots. Doch wenn ich mir einen gönne, kann ich nicht mehr Auto fahren. Jemand muss mich bringen, und ich weiß, wer sich dafür melden würde. Der Mann, der mich gerade tierisch nervt.

Nein, danke. Ich begnüge mich mit Tee und verdrücke mich ans Büfett.

Es ist ungewöhnlich für mich, dass ich mich so zurückziehe. Genauso ungewöhnlich ist es für Ken, mich nicht zu belagern. Das war doch immer sein Ding. Mir auf den Pelz rücken, mich aus der Reserve locken, sich mir aufdrängen.

Was, wenn Ken das Interesse an mir verloren hat?

Verdammt, und warum ist das so schlimm?

Weil ich dabei bin, mich in diesen Mann zu verlieben.

Unter großem Jubel gewinnt Ken die Dartrunde souverän. Als hätte er nie was anderes gemacht, als Pfeile zu werfen. Dann steht er plötzlich vor mir. »Was gibt es denn hier?«

»Für dich nichts«, antworte ich frostig.

»Aber es riecht doch wie beim Mexikaner.«

Er redet vom Essen? »Bitte!« Ich drücke ihm einen Teller in die Hand. »Bedien dich einfach, das ist ja eh dein Ding.« Ich will los, wieder zu den Frauen, aber er hält mich am Ellenbogen auf. »Was soll das, Ken?«

»Sieht so aus, als würde ich dich nicht gehen lassen.« Ein Arm bleibt um mich geschlungen. »Los, öffne mal die Abdeckung und schaufel mir was von den Enchiladas auf den Teller.«

»Schaufle dir selbst was rauf!«

»Ich habe leider die Hände voll.«

Mit mir und dem Teller. »Lass mich halt los.«

»Hilf mir halt, Babe.«

Mit einem Schnauben gebe ich nach – und will ihn küssen. Genau jetzt, hier, vor allen Freunden. Damit sie sehen, dass er zu mir gehört. Und ich zu ihm. *Verrückt!*

Nervös blinzle ich zu Ken hoch. Sein Blick ist auf das Essen fixiert. Er gibt mir zu verstehen, dass er mehr Soße möchte. Sobald ich die Haube schließe, lotst er mich zum Ledersofa. Er setzt sich, mit mir auf dem Schoß, dem Teller auf meinem Schoß und macht sich übers Essen her.

»Mmh, lecker.«

»Keine Mittagspause eingelegt?«, frage ich, fahre ihm durch die Haare und nehme meine Finger schnell weg, weil ich absolut keine Ahnung habe, was ich hier tue. *Mich um ihn kümmern? Seit wann bin ich so?*

Ken hält mitten im Kauen inne.

»Was?«, tue ich ahnungslos.

»Hast du mich gerade gestreichelt, Babe?«

Er sagt das so, als hätte sich die Erde aufgetan. »Hab ich nicht«, behaupte ich und starre ihn genauso fest an wie er mich – während mein Herz rast.

»Aha.« Er nimmt sich den nächsten Bissen, aber schaut nun mehr zu mir als zum Essen. Soße von der Enchilada tropft auf meine Hose.

»Pass doch auf!«, beschwere ich mich.

Ken bringt das nicht aus der Ruhe. »Was ist los, Ivy?«

»Nichts. Ich warte nur darauf, dass du deinen Arm von mir nimmst, damit ich aufstehen und zu den anderen gehen kann. Das Dartbrett wartet.«

»Okay!«, sagt er zu meiner Überraschung und macht erneut das, was er sonst nie tut: Er gibt nach. »Hopp, Babe!« Er hebt den Teller von meinen Oberschenkeln. »Steh schon auf.«

Ich zögere. Verblüfft! Aber nun muss ich. Ich springe auf, und sofort fehlt mir Kens Wärme.

Das habe ich jetzt davon.

Notgedrungen stelle ich mich zu April und Reese, die gerade Pfeile aus dem Dartbrett ziehen.

»Alles okay?«, fragt April. »Lebt Ken noch?«

»Natürlich! Was soll die Frage?«

»Es war so ruhig bei euch. Normalerweise diskutierst du immer so lautstark mit dem Kerl, dass das die halbe Stadt mitbekommt.«

»Tja …«, mache ich nur, selbst ratlos.

Ich drehe mich zu ihm um. Er sitzt noch auf dem Sofa, aber sieht zu mir. Wärme durchdringt mich. Nur von seinem Blick. Und wieder will ich ihn küssen, so heftig, dass meine Lippen brennen und mir heiß wird. Schwitzend lege ich mein Halstuch ab.

In Kens Augen blitzt es warnend. Ich und meine Sachen regen ihn nach wie vor auf. Provozierend ziehe ich mir noch das Jeanskleid aus, das ich über meinem Outfit wie einen Sommermantel trage. Kens Blick verändert sich, und mir gefällt das. Sehr sogar. Aber er pirscht sich nicht an mich ran. *Mist! Irgendwas ist anders zwischen uns. Nicht gut.*

KEN

Ich höre auf zu zählen, wie oft mir Ivy heiße Blicke zuwirft. Das muss jetzt der zehnte oder elfte sein. Keine Ahnung, was ihr durch den Kopf geht, aber ich spüre immer noch, wie mir ihre Finger durch die Haare fahren. *Eine liebevolle, intime Geste.*

Alles in mir will ihr näher sein, aber ich zwinge mich, die Ruhe zu bewahren und zu Ende zu essen.

Als weitere Blicke folgen, bin ich mir erst unsicher. *Will sie mich oder will sie mich nicht?* Für die Signale dieser Frau könnte ich ein Handbuch gebrauchen. *Ivy Rivers kinderleicht verstehen.* Dann legt sie ihr offenes Jeanskleid ab. Sie provoziert mich. Mit Absicht. Etwas, das sie vorher noch nie gemacht hat. Mein Plan geht auf, und ich weiß, was ich tun muss. Heute noch mehr denn je. Die kleine Provokation ignorieren. Auch wenn die Einladung, meine Hände unter ihre Klamotten zu schieben und sie zu wärmen, verführerisch ist.

Gesprächsfetzen dringen zu mir.

Reese unterhält alle mit Geschichten über die Bärenfamilie. Einer hat wohl einen Riesenhaufen direkt auf dem Grundstück einer Promi-Villa hinterlassen. April diskutiert über einen geplanten Hotelbau. Unsere Pisten können mehr Besucher vertragen, aber hoffentlich nur vernünftige Leute. Nicht dass der Ort zu einem Party-Hotspot verkommt. Cole bietet sofort seine Hilfe bei der Personalsuche an. April warnt ihn, sich nicht zu übernehmen. Er soll erst mal die nächste Geschäftsreise meistern. Für ein Kreuzfahrtunternehmen ist er fast eine Woche in der Karibik, und was wie Urlaub klingt, ist richtig viel Arbeit.

Mein Blick klebt dagegen an Ivy.

Jedes Mal, wenn sie lacht, macht das was mit mir. Ich möchte so gerne derjenige sein, dem sie sich anvertraut. Ich will wissen, was heute bei ihr im Büro los war. Was sie denkt, was sie fühlt. Alles. Ich will alles von ihr. Aber das muss warten.

Ich esse auf, erhebe mich und werfe den Pappteller weg.

»Ich mach mich vom Acker, Leute!«, rufe ich in die Runde, nach nur einer Partie Darts. Dabei bleibe ich immer so lange, bis einer betrunken anfängt, Witze darüber zu reißen, wie geschickt ich im Einlochen bin.

»Schon? Bist du krank?«, ruft Cole und mustert mich prüfend. Fehlt nur noch, dass er Fieber messen will.

»Ich hab für heute einfach genug.«

»Du bist krank!«, witzelt er. »Du hast noch nicht mal der Liebe deines Lebens richtig nachgestellt.«

April stößt ihm den Ellenbogen in die Seite.

»Au! Ich meine natürlich, Prinzessin Ivy den Hof gemacht«, korrigiert er sich schnell, wodurch er einen zweiten Hieb von April kassiert – und einen Kuss.

Ivy und ich wechseln einen Blick. Wenn sie jetzt sagt, dass ich bleiben soll, bleibe ich. Eine Sekunde verstreicht, dann noch eine. Das, was ich hören will, kommt ihr nicht über die Lippen.

»Meine Reihe an Belästigungen reicht locker aus, um mal einen Tag zu überbrücken, oder?«, flachse ich. »Bye, Leute!«

Ich drehe mich um und gehe. Dabei hoffe ich wider besseres Wissen, dass Ivy mir folgt. Nach allem, was in den letzten Tagen passiert ist, sollte sie mir folgen. Folgen wollen. Nicht wegen des Deals, sondern weil sie erkennt, dass wir beide zusammengehören. *Fehlanzeige!*

»Endlich ist der Blödmann weg«, höre ich sie in ihrem typisch streitlustigen Tonfall sagen. »Hätte nie gedacht, dass ich das mal erlebe! Meine Gebete wurden erhört!«

Okay, ich sollte echt nach Hause, denn scheinbar habe ich die Situation völlig falsch eingeschätzt. Ivy ist scharf auf mein Sperma, aber nicht auf mich. Das hier läuft überhaupt nicht wie geplant.

Statt mich zu beruhigen, bin ich noch frustrierter, als ich zu Hause ankomme. *Warum fällt es ihr so schwer, sich auf mich einzulassen?*

Ich ziehe mir Sportklamotten an und arbeite konzentriert an meiner Schultermuskulatur, um den Kopf freizubekommen. Als mein Handy eine eingehende Nachricht ankündigt, unterbreche ich meine Übungen.

Lass es Ivy sein, bete ich stumm, wische mir mit dem Handtuch den Schweiß ab und gehe zum Telefon.

Es ist Ivy. Aber die Nachricht ist nicht unbedingt das, was ich erwartet habe. Kein: ›Wie geht's?‹ Kein: ›Ich vermisse dich.‹ Stattdessen drei Zeilen zu unserem Geschäft.

Steht unser Deal noch?
Dann sag mir, was ich als Nächstes tun soll.
Ich bin eine gute Mom, lass es mich beweisen!
Ivy

Autsch. Das ist wie ein Schlag ins Gesicht. Und in die Magengrube. Und in die Eier. Ich will ihr schon antworten und eine weitere Aufgabe stellen, aber wozu? Dieser Deal sollte helfen, damit wir uns näherkommen. Scheinbar habe ich mir da was vorgemacht, denn zwischen uns ist alles beim Alten.

Ich könnte älteren Herrschaften die Einkäufe hinterhertragen, Bäume pflanzen und jeden Sonntag in die Kirche gehen, und sie würde mich trotzdem noch für ein Arschloch halten. *Fein, soll sie. Wir sind hier fertig. Ich bin nicht mehr der Alte, Ivy.*

Für eine Sekunde war ich bereit mitzuspielen. Ein Kind in die Welt zu setzen und jegliche Verantwortung abzugeben. Für sie. *Verrückt!* Zeit, diesen Wahnsinn zu stoppen, bevor es zu spät ist.

Statt Ivy die nächste Aufgabe zu schicken, schreibe ich ihr zurück, dass ich unsere Vereinbarung aufhebe und dass es mir leidtut für sie. Ich kann ihr nicht helfen.

Keine Minute später meldet sie sich und will wissen, warum.

Warum, Ivy? Weil du mich verrückt machst. Du mit deinen rot geschminkten Lippen und den ständig manikürten Fingernägeln und diesen wilden dunklen Haaren und den sexy unpraktischen

Outfits. Du, die nicht sehen kann, dass ich mehr bin, so wie du ja auch mehr bist als nur deine hübsche Hülle! Du mit deinem Problem mit Männern wie mir, die nicht darüber reden kann, aber die nicht mal fragt, wer ich überhaupt bin. Du, Ivy, nur du.

»Fuck!« So wütend war ich nur auf meine Ex. Als sie alles ruiniert hat.

Wie konnte ich Ivy bloß so lange nachlaufen? Warum habe ich es nicht kapiert? All die spitzen Kommentare waren kein Zeichen für unsere besondere Verbindung. Sie waren das, was sie waren: verbal ausgestreckte Mittelfinger in meine Richtung. Ich habe unsere Reibereien für ein Spiel gehalten. Aber es war keines. Ich bin das Letzte für sie. Dieser Frau kann ich nicht helfen.

Ich setze mein Work-out fort, verbissener denn je.

Los, Babe, verschwinde aus meinen Gedanken.

Als das nichts bringt, arbeite ich vor und frage Cole schließlich, ob ich die anstehende Geschäftsreise von ihm übernehmen kann. Ich brauche Abstand zu Telluride und noch dringender zu der Frau. *Sofort.*

12. Kapitel

IVY

Reese textet mich die ganze Zeit zu. Sie redet über neue Skilehrer, eine Gruppe heißer Studenten, einen Typen an der Bar. Es geht darum, warum er sich nicht meldet. Ob sie nachhaken sollte. Wieso Männer nicht erwachsen werden.

Ich höre ihr nur halb zu. In Gedanken bin ich bei Ken.

Er ist wirklich gegangen. Ich kann das gar nicht fassen. *Liegt es an mir? Ich ziehe ihn doch ständig auf. Das ist unser Ding.*

Nur dass heute irgendwie nichts wie immer war.

Sicherheitshalber schreibe ich ihm, ob unsere Vereinbarung noch gilt. Keine Sekunde später sagt er alles ab.

Mir wird ganz anders.

Das muss ein Missverständnis sein!

Ich frage sofort nach, will verstehen, was passiert ist.

Eine Erklärung bleibt aus.

»Los, antworte!«, murmle ich.

»Was meinst du?«, fragt mich Reese.

»Nichts, nichts«, fange ich mich und wühle in meinem Kopf nach der letzten Info, die ich aufgeschnappt habe. »Was hast du gesagt? Der Kuss mit dem bärtigen Typen war wie ein Rendezvous mit einem Dornbusch?«

»Hab ich. Vor fünf Minuten.« Sie zeigt auf mein Handy. »Alles okay?«

Ich werfe einen Blick aufs Display. Noch immer keine Antwort. Panik steigt in mir auf. Nicht nur, weil mein Babyplan in weite Ferne rückt, sondern auch, weil Ken es ebenso tut. Mir liegt auf der Zunge, Reese mein Herz auszuschütten. Sie ist nicht April. Sie kennt Ken schon viel länger als meine beste Freundin. Außerdem hat sie einen neutralen Blick auf mich und diesen verwirrenden Mann. Bestimmt hätte sie gute Tipps. Aber ich bringe es nicht über mich.

»Ich muss mal kurz telefonieren«, entschuldige ich mich und suche mir eine ruhige Ecke. Ich wähle Kens Nummer. *Wenn er mich auf dem Display sieht, wird er doch wohl rangehen, oder?*

Zu meiner Überraschung ignoriert er den Anruf.

Oder er bemerkt ihn nicht. Das muss es sein. Alle anderen Erklärungen gefallen mir nicht.

»Wir gehen«, ruft April da breit grinsend mit Cole an ihrer Seite. Es durchzuckt mich schmerzhaft, weil sie so glücklich sind, was mir plötzlich klarmacht, wie weit ich davon entfernt bin, jemals eine Familie zu haben.

»Ich komm mit«, sage ich. Mir ist nicht nach Darts. Ich muss die Info von Ken erst mal sacken lassen.

Pausenlos versuche ich, Ken für eine Erklärung zu erreichen, aber er ist wie vom Erdboden verschluckt. Am Montag reicht es mir. *Okay, er hilft mir nicht. Aber ich habe mehr als eine Absage per Handy verdient.* Obwohl mein Schreibtisch unter der Arbeit bald zusammenbricht, mache ich früher Mittagspause und fahre in die Stadt zu Coles Büro.

Ich mag den historischen Bau mit den zur Straße hin verglasten Büroräumen und dessen Lage, nur wenige Minuten von der Seilbahn und ein paar Restaurants entfernt.

»Hi, Cole, ist Ken da?«, frage ich, als ich die Agentur betrete und Aprils Freund beim Signieren seiner Ratgeber antreffe. Suchend sehe ich mich um.

»Nein, er ist nicht hier, wieso?«, sagt Cole. »Worum geht es?« Er grinst. »Um Papierkram?«

Verwirrt starre ich ihn an.

»April meinte, Ken hilft dir dabei.«

»Ach so … ja, ja«, begreife ich. »Wann kommt er denn wieder?«

»Hat er dir nichts gesagt? Er hat für mich den Job in der Karibik übernommen, damit ich den Bücherkram erledigen kann.«

»Er ist nicht hier?«

»Genau. Das sagte ich ja schon.« Er richtet sich auf. »Ivy, was ist los? Kann ich dir vielleicht helfen?«

Ich setze meine neutralste Miene auf. Cole ist nicht nur Kens Freund, er ist als Personaler auch verdammt gut darin, Menschen zu lesen. Die Geschichte, die mein Gesicht erzählt, soll er jedoch nicht erfahren. Sie ist zu verwirrend, und ich weiß selbst noch nicht, welches Ende ich mir überhaupt wünsche. Nur definitiv nicht das, das es gerade mit Ken hat.

»Weißt du, Cole, das ist kein Problem. Ich warte einfach, bis Ken wieder zurück ist.« Ich lächle optimistisch. »Wann ist das denn?« *Die Dienstreisen sind meist recht kurz.*

»Am Samstag.«

»Samstag?!«, quietsche ich und räuspere mich gleich darauf, als könnte ich meine Überraschung noch verbergen.

»Er hat dir echt nichts gesagt?«, wundert sich Cole.

»Du weißt ja, so dicke sind Ken und ich nicht. Das passt schon«, spiele ich meine Enttäuschung herunter. »Also ist er auch nicht beim Pizza-Abend dabei, morgen, bei Kim?«

»Wie gesagt …«

»Schon klar, er ist weg.«

Statt zu gehen, sehe ich mich im Büro um. Ich muss daran denken, wie ich das erste Mal in diese Räume reingestürmt bin. Mein einziger Gedanke war, dass April Hilfe braucht und hier der Mann arbeitet, der ihr helfen kann. Und dann saß da dieser unheimlich attraktive Kerl mit diesem humorvollen Funkeln in den kaffeefarbenen Augen, der mich von Kopf bis Fuß gemustert und jede Pore von mir zum Schwitzen gebracht hat. Wäre es April nur etwas weniger schlecht gegangen, ich hätte mich auf Ken gestürzt und mir dann erst ihren Freund vorgeknöpft. Jetzt ist der Platz hinter dem Empfangstresen unbesetzt. Selten hat mich ein Anblick so irritiert.

»Kann ich noch was für dich tun?«, fragt Cole.

»Ihr sprecht euch ab, richtig?«

»Ja, wieso?«

»Kannst du ihm sagen, dass …« Ich krame in meinem Kopf, was ich ausrichten lassen kann, das unverfänglich ist. *Sag deinem besten Freund, dass ich ihn küssen will? O bitte, das würde Cole für einen Scherz halten. Oder sag ihm, dass ich jetzt Thermounterwäsche trage? Eine glatte Lüge und selbst wenn nicht, auch merkwürdig.* »Sag ihm einfach, er soll sich bei mir melden.«

»Wegen des Papierkrams?«, hakt Cole mit einem seltsamen Lächeln nach.

»Genau, wegen des Papierkrams.«

»Klar, mache ich.«

Ich murmle ein Danke und fröstle mehr als sonst, als ich das Büro verlasse. Langsam kommt der Frühling nach Telluride, aber nach diesem gefühlt heißen Winter ist mir so, als wäre es jetzt kälter. Weil Ken weg ist.

Was ist denn nur passiert? Wieder versuche ich, ihn anzurufen. Wieder schreibe ich Nachrichten. Wieder meldet Ken sich nicht.

Ich brauche Antworten – und seltsamerweise noch dringender als das immer noch diesen Kuss, den ich mir doppelt und dreifach geholt hätte, wenn ich gewusst hätte, dass mein erster gemeinsamer Morgen mit Ken gleichzeitig mein letzter war. *So ein Mist.*

KEN

Das könnten Ivy und ich sein, denke ich, als ich ein Paar beobachte, das an der Schiffsbar der Coconut Princess flirtet.

Die Reederei hat Cole eingeschaltet, weil es auf einem ihrer Kreuzfahrtschiffe ständig Beschwerden über das Personal gibt. Eine Mitarbeiterbefragung hat nichts ergeben. Nun sollen wir dem auf die Spur kommen.

Im Vorfeld haben wir sämtliche Personalakten analysiert. Ich habe für die Dauer eines fünftägigen Trips nach Puerto Rico die Aufgabe, mir vom Servicepersonal bis hin zum Kapitän jeden genauestens anzuschauen.

Und nicht an Ivy zu denken.

Fuck, der Abstand sollte helfen. Tut er aber nicht. Ich will den Deal nicht zurück, dabei bleibe ich. Aber ich will Ivy.

Ich wende mich von der Bar und dem Paar ab, steuere das ruhigere untere Deck an und stelle mich an die Reling. Der Wind zerrt an meiner Stoffhose und dem Polohemd. Die Gedanken an Ivy kann er nicht vertreiben.

»Brauchen Sie bei etwas Hilfe?«, fragt mich Freddie Lincoln, der stellvertretende Personalvorstand von Coconut Cruises und mein Ansprechpartner an Bord.

»Bisher läuft alles nach Plan.« Ich zücke mein Handy, sehe drei verpasste Anrufe von Ivy, fühle mich mies, aber ignoriere sie weiter und öffne den Kalender. »Gleich habe ich Tanzstunden.«

»Wie ist bislang Ihr Eindruck von der Crew?«

»Sie erhalten den Bericht nach Abschluss der Reise.«

»Das heißt, Sie haben schon Schwachstellen gefunden?«

Ich lächle höflich, um mich nicht zu wiederholen. Der Auftrag war klar. Ich beobachte jeden. In gewisser Weise auch Lincoln.

»Na dann viel Spaß beim Cha-Cha-Cha«, wünscht er mir, als er begreift, dass aus mir nichts rauszukriegen ist, und geht.

Die Auffrischung meiner Tanzkenntnisse macht tatsächlich Spaß, die folgenden Programmpunkte auf meiner Agenda eher weniger. Die Beschwerden konzentrieren sich vor allem auf den Dienstleistungsbereich, also muss ich genau den exzessiv durchprobieren – und mich dabei immer wieder besonders dumm anstellen. Schließlich bemerkt man guten Service erst, wenn man ein Problem hat. *Sehr anstrengend.*

Am Abend bin ich fertig von dem, was für andere Urlaub ist. Ich habe zahlreiche Kursbuchungen storniert und neu vereinbart, verschoben, überzogen – und den Ärger noch regelmäßig mit einer defekten Kreditkarte auf die Spitze getrieben. Ich hätte mich selbst längst über Bord geworfen als den schlimmsten Passagier aller Zeiten. Dafür waren die meisten sehr verständnisvoll.

Ein paar Personalien habe ich mir dennoch gemerkt. Zum Beispiel die Empfangsdame im Wellnessbereich, die mich beiseitegeschoben hat, um erst mal einen anderen, unkomplizierteren Kunden abzufertigen. Oder die Security, die mich festgehalten hat, als ich zum Begleichen meiner Casinoschulden eine zweite Kreditkarte aus meinem Zimmersafe holen wollte.

Dazu kommt, dass sehr auffällig ist, wie unterschiedlich ich behandelt werde, wenn ich mal einen Anzug und mal nur bunte Shorts und ein Shirt anhabe. Die Coconut Princess hat Probleme. Definitiv. Ich habe mehr als eine Position gefunden, die ich neu besetzen würde.

Das einzig Gute ist das Wetter. Es ist sonnig, und ich bekomme etwas Farbe.

»Und, wie ist der bezahlte Urlaub?«, begrüßt mich Cole am Abend, als wir die vorläufigen Ergebnisse in einer Videokonferenz durchsprechen.

»Sehr witzig«, knurre ich. *Er weiß, dass das kein Wellnesstrip ist.*

»Ich hab was, das dich aufheitern wird. Ivy kam heute in ihrer Mittagspause ins Büro, um nach dir zu schauen.«

Völlig bescheuert schlägt mein Herz heftiger. »Was wollte sie?«, frage ich möglichst neutral.

»Sie hat was von Papierkram gemurmelt. Aber mal unter uns: Was ist wirklich passiert? Sie hat schon hunderttausend Mal Nein zu dir gesagt, und das hat dich nicht abhalten können, dieser Frau hinterherzulaufen. Endlich will sie dich, und du weichst ihr aus. Was stimmt nicht mit dir?«

Das Wort ›Papierkram‹ zerstört meine Hoffnungen, dass ich mehr für Ivy sein könnte. *Es geht ihr also immer noch um den Vertrag. Unglaublich!*

»Cole, wir sollten jetzt unseren Job machen«, presse ich heraus, kurz davor zu explodieren.

»Was hat sie getan, dass du so sauer auf sie bist? Monatelang konnte sie dir sonst was an den Kopf knallen, und es hat dich zum Lachen gebracht. Das möchte ich bitte noch wissen.«

»Sie hat mich verarscht«, knurre ich. »Reicht dir das, damit wir endlich weitermachen können? Sie hat mich richtig heftig verarscht.« *Weil sie sich für kurze Zeit echt so benommen hat, als wäre ich ihr wichtig. Von wegen! Es ging ihr nach wie vor nur um mein Sperma. Danke.*

»Aber sie wollte mit dir reden. Meinst du nicht, es geht um mehr?«

»Nein, das machen Frauen wie sie. Damit sie einen wieder und wieder verarschen können.«

Mehr sage ich nicht, muss ich auch nicht, Cole kennt meine Vorgeschichte mit Delilah. »Okay, dann schieß mal los, was für Probleme die Coconut Princess hat.«

»Endlich! Danke.«

13. Kapitel

IVY

Ich schaffe nur die Hälfte meiner Arbeit, weil ich pausenlos versuche, Ken zu erreichen. Dringender denn je. Dass ich mal so durchdrehe wegen dieses Mannes, hätte ich nicht für möglich gehalten. *Von Miss Unberührbar zur Klette innerhalb weniger Tage. So gut war der Sex nun auch wieder nicht.*

Doch, der Sex war so gut. Aber darum geht es nicht.

Je länger ich nichts von ihm höre, desto klarer wird mir, wie sehr ich unsere Reibereien genossen habe. Mit April hierherzuziehen war die richtige Entscheidung. Wirklich angekommen bin ich allerdings erst dank Ken. Von Tag eins an hat er es sich zur Aufgabe gemacht, mich für diese Kleinstadt zu begeistern. Er hat mich auf alles hingewiesen, was irgendwie spannend ist – und hat nie zugelassen, dass *ich* mich drücke. Doch jetzt drückt *er* sich.

Frustriert wälze ich die Kataloge mit den Samenspendern. Meine biologische Uhr bleibt bald stehen, ich muss nach vorne schauen. Aber keiner der Kandidaten kann Ken das Wasser reichen. Und selbst wenn … Ich kann das gerade nicht entscheiden.

»Dort siehst du die San-Juan-Berge, eine mehr als hundert Meilen lange Gebirgskette. Besonders hervorzuheben sind Mount Wilson und Mount Sneffels«, mimt April die Fremdenführerin und gibt mit ihrem Schulwissen an, das sie auf unzähligen Ausflügen gesammelt hat.

Ich bücke mich und streichle abwechselnd Aprils Hunde. Ich kämpfe mit Colorado, der bunten Promenadenmischung, um den roten Ball, werfe ihn, und eine Pulverschneewolke hinterlassend rennen beide Hunde los. Colorado gut zu erkennen, Alaska mit seinem weißen Fell fast unsichtbar in der Landschaft.

»Und dort«, April zeigt gen Norden, »hat sich Cole bei einem Schulausflug in die Schusslinie gestellt und Schneebälle für mich abgefangen.«

»Echt?«, staune ich.

»Echt«, sagt sie.

»Und du hast ihn trotzdem nicht mal angelächelt?«

Sie zuckt mit den Schultern. »Ich hatte ihn ja nicht darum gebeten.«

»Gemein.«

Sie wird ernster. »Ich konnte einfach nicht. Du weißt ja mittlerweile, warum.«

»Also hat dein Magen geflattert?«

»Bei jedem einzelnen Ball, den er abgefangen hat, und immer wenn er sich mit diesem stolzen Grinsen zu mir umgedreht hat, als hätte er einen wilden Bären davon abgehalten, sich auf mich zu stürzen.«

Die Hunde hechten zurück. Nur zum Spaß formt April Schneebälle und wirft sie, doch sie zerfallen, bevor die Hunde sie erreichen. Beide drehen sich verwirrt um die eigene Achse, kehren zu mir zurück, und ich werfe den richtigen Ball.

»Alles okay, Ivy? Du wirkst mit den Gedanken woanders. Gibt es neuen Ärger im Brews Brothers?«

»Uff«, stoße ich eine Atemwolke aus. »Es ist so viel zu tun, ich komme kaum hinterher.«

»Aber das kennst du doch von Gold Face Media.« Sie grinst. »Was ist wirklich los?«

»Es ist wegen Ken«, gestehe ich. »Ich glaube, ich hab Mist gebaut.«

»Was hast du angestellt?«

»Keine Ahnung.«

»Von wegen! Du bist doch die Clevere von uns beiden. Zumindest in Bezug auf Ken. Cole meinte auch, dass er sich komisch verhält. Also sag schon!«

Die beiden Racker wollen, dass ich den Ball und nicht wie April Schnee werfe, und umkreisen mich. Ich bücke mich, kraule sie, wärme mir kurz die kalten Fingerspitzen an ihrem warmen Fell und werfe den völlig angesabberten Ball erneut. *Ich könnte April jetzt alles erzählen. Von meinem Kinderwunsch, der Samenbank, der Bitte an Ken … Aber wie soll das helfen? Irgendwas ist passiert, doch darüber muss ich mit Ken reden, nicht mit ihr.*

»Ich weiß nicht, was los ist. Seit Tagen versuche ich, den Mann zu sprechen, aber er geht mir aus dem Weg.« Ich sehe April an, und mir wird ganz flau. »Meinst du, er hat eine andere?«

»Ken?!«, quiekt sie ungläubig. »Der Ich-kann-meinen-Blick-nicht-von-Ivy-lassen-Ken? Nein, auf keinen Fall. Er war auf Geschäftsreise, irgendwas Längeres, Aufwendiges. Vielleicht liegt es daran.«

»Er ist zurück?«

»Ja, seit gestern. Cole und er haben noch eine Schicht am Wochenende eingelegt, mit dem Kunden gesprochen und Stellenanzeigen ausgeschrieben. Das muss wirklich was Dringendes gewesen sein. Du weißt ja, wie sehr die beiden normalerweise darauf achten, keine Überstunden zu machen.«

In meinem Kopf überschlägt sich alles.

Ken ist zurück. *Meine Anrufe mag er ignorieren, aber mich? Damit ist jetzt Schluss.* Ich muss ihn sehen. Ich will eine Erklärung von ihm, was los ist. Aber vor allem will ich ihn einfach spüren, sein Lachen hören, seinen Geruch aufnehmen – und ihn endlich küssen.

»Ich muss zurück«, sage ich zu April.

»Zu ihm?«, fragt sie grinsend.

Ich packe sie am Arm und ziehe sie mit mir. Sie stemmt die Fersen in den Schneeboden und hinterlässt eine weiße Furche.

»Sag schon, ich will es wissen!«

»Ja, zu ihm.«

»Dann los!«, sagt sie und rennt plötzlich durch den Schnee hüpfend voraus. »Schneller, du lahme Ente!«

Als ich wenig später vor Kens Haus halte, bin ich nervös. Ich habe mir extra sexy Sachen angezogen, trage aber eine warme Winterjacke darüber. Ganz lebensmüde bin ich nicht. Der Schnee taut zwar mittlerweile mehr, als dass neuer nachkommt, aber von echtem Frühling, geschweige denn Sommer sind wir noch weit entfernt.

Aus dem Schornstein des Hauses steigt Rauch. Drinnen ist Licht an. Alles sehr einladend. Nur dass kein Ken nach draußen kommt, um mich zu begrüßen, dabei bin ich mir ziemlich sicher, dass er meinen Wagen bemerkt hat. *Wie viele Fremde parken schon vor seinem Haus?* Ich raffe all meinen Mut zusammen, steige aus und gehe zur Tür. Dieses Mal lasse ich mich nicht abwimmeln. Wir reden, und wenn es das Letzte ist, was wir tun. »Ken, ich bin's. Mach auf!«, rufe ich und klopfe.

Ich höre Geräusche, dann fliegt die Tür auf, und Ken steht vor mir. In einem durchgeschwitzten Tanktop, das seine kräftigen Schultern viel zu sehr betont und viel zu viel von seinem Tattoo zeigt, und einer sexy tief sitzenden Jogginghose, in der ich den Kennolithen erahnen kann. Für einen Moment verschlägt es mir die Sprache. Ich weiß, wie Ken aussieht, aber ich hatte vergessen, was für eine Wirkung er auf mich hat.

»Was willst du hier?«, fragt er, ohne zur Seite zu weichen, damit ich hereinkann. *Sehr einladend.*

»Darf ich reinkommen?«

»Nein, darfst du nicht.«

Das läuft schlechter, als ich dachte. »Ha, ha!«, mache ich mutig, als wäre das ein Scherz, drücke mich an ihm vorbei ins Innere des Hauses und schließe die Tür hinter mir.

»Das war ernst gemeint, Ivy. Es gibt nichts zu besprechen. Geh!«

Was habe ich ihm nur angetan? Nach wie vor sehe ich die Hitze in seinem Blick, und ich bin mir ziemlich sicher, dass sie mir gilt. Aber der Rest von ihm ist so abweisend wie ein Eisblock.

»Schmeißt du mich etwa raus?«, frage ich schockiert.

»Warum nicht? Das machen doch Typen wie ich, oder?«

Huch! Wo kommt denn der Tonfall her? »Also, Typen wie du würden wohl eher ausnutzen, wenn eine sexy Frau bei ihnen auftaucht«, versuche ich es mit Humor, so wie immer. Das ist unser Ding.

Etwas in Kens Blick flackert, aber er lässt die Vorlage ungenutzt. »Sag schon, was du willst, Ivy. Wie du siehst, bin ich beschäftigt.«

Seine Hanteln bedeuten ihm mehr als ich?

Nett!

»Ich habe mir Sorgen gemacht«, bleibe ich bei der Wahrheit. »Du hast nicht auf meine Nachrichten geantwortet.« Ich schlucke. »Waren vielleicht über hundert«, druckse ich herum. *Genau genommen 134.* Ich habe jede einzelne im Kopf.

»Und?«

Statt sich dafür zu entschuldigen, mich zu ghosten, wartet er einfach ab. Aber ich werde nicht wütend auf ihn, ich will ihn nur noch heftiger. April hat recht, Ken ist anders als sonst.

Verletzt.

»Ich hab mich nicht verlesen: Du löst den Deal auf?«, frage ich, obwohl seine Worte klar und deutlich waren. *Formulieren kann der Mann.*

»Ja, das tue ich.«

»Warum?«

»Geht dich nichts an.« Er presst die Zähne so fest zusammen, dass sein Kiefer knackt. »War es das jetzt?«

»Das reicht mir nicht.«

»Pech.« Er nickt zur Tür. »Geh schon, Ivy.«

»Ich kann nicht.«

Als ich Ken gebeten habe, mir zu helfen, ist mir nie in den Sinn gekommen, dass sich dadurch auch unser bisheriges Verhältnis ändert. Hätte man mich gewarnt, hätte ich noch gelacht, dass es wohl kaum schlimmer werden kann. Erst jetzt erkenne ich, was wir die ganze Zeit schon hatten. Und ich habe es kaputtgemacht. Ich will immer noch ein Baby, und gerne auch von Ken, aber viel dringender als das will ich den Mann nicht verlieren. *Wir sind … Keine Ahnung, was wir sind, aber ich will es wiederhaben.*

»Ivy, ich werde meine Meinung nicht ändern.«

»Auch nicht, wenn ich für dich strippe?«, frage ich gespielt keck, öffne mit zittrigen Fingern meine Jacke und zeige mein bauchfreies Oberteil. Der Kombination mit knallengen Jeans konnte Ken bisher nicht widerstehen. *Bingo! Die Beule in seinem Schritt wird größer. Er will mich. Immer noch. Gott sei Dank.*

»So gut war der Sex nicht«, dämpfen seine Worte meine Euphorie. »Du kannst die Klamotten anlassen.«

»Scheiße!«, fluche ich und lehne den Kopf an die Tür, unschlüssig, wie ich das hier geradebiegen soll, wenn ich nicht verstehe, warum es überhaupt so schiefgelaufen ist. »Warum bist du so?«

»Wie denn?«

»So ein Arschloch.« Ich schlucke. »Dieses Mal wirklich.«

Er schnaubt nur, mehr nicht.

»Es tut mir leid«, sage ich ernst, bis es mit mir durchgeht. »Ist es das, was du hören willst?« Mein Puls klettert in die Höhe. »Bitte, ich entschuldige mich. Nicht du bist das Arschloch, ich bin hier die Böse. Ehrlich, ich hab's kapiert. Zufrieden?«

»Wenn ich dich jetzt rauswerfe, mir eine Touristin aufreiße und sie in fünf Minuten durchvögle, findest du das also plötzlich okay?«

»Ja!«, rufe ich, ohne zu zögern, als gälte es, einen Test zu bestehen. Dabei zieht es unangenehm in meiner Brust. »Nein, finde ich nicht«, korrigiere ich mich sanfter. »Du … ich … wir …« Ich lasse mir das letzte Wort auf der Zunge zergehen. »Wir, Ken.«

»Wir, was?«

»Verdammt, warum fällt mir das so schwer?«, fluche ich, dabei weiß ich, warum. Weil ich mich in einen Frauenhelden verliebt habe, obwohl ich mir geschworen habe, dass mir das nie wieder passiert. Aber wenn ich jetzt nichts sage, verliere ich ihn. Und das will ich nicht. »Ich kann nicht aufhören, an dich zu denken. Eigentlich schon immer«, gestehe ich. »Ich bin mir sicher, dass ich dich nicht liebe. Ich bitte dich! Du bist niemand, in den ich mich verlieben will. Aber du machst was mit mir, selbst wenn du so wie jetzt nichts machst. Das ist übrigens unfair. Ich stammle hier rum, und du stehst einfach nur da.« *Heiß, verschwitzt, aber hart wie ein Eisberg.* Meine Finger brennen, weil ich ihn berühren will. »Kannst du mal herkommen«, bitte ich.

Zu meiner Überraschung setzt sich Ken in Bewegung.

»Näher!«, sage ich und warte. »Noch näher, Ken!«

Mit jedem Schritt, den er auf mich zukommt, werde ich nervöser. Einen Meter vor mir bleibt er stehen.

»Du könntest auch zu mir kommen«, sagt er und sieht mich abwartend an.

»Kann ich nicht.« Keine Koketterie. Meine Beine sind zittrig. »Würdest du bitte noch zwei Schritte auf mich zu machen?«

Er macht zwei kleine.

»Du!«, krächze ich warnend, mit den Nerven am Ende, aber gleichzeitig plötzlich voller Hoffnung, weil er mitspielt.

Seine Mundwinkel zucken.

»Was soll das, Ken? Die Rache für meine frechen Kommentare?«

»Vielleicht …« Bevor ich noch mal was sagen muss, rückt er endlich so dicht zu mir, dass ich den Kopf in den Nacken legen muss, um ihn anzusehen. »Jetzt zufrieden?«

»Mmh«, mache ich, strecke die Hände aus und packe ihn an der Hüfte, was uns beide plötzlich schwerer atmen lässt. Und was mich unendlich erleichtert, weil das heißt, dass mich dieser Mann noch will. Ganz eindeutig. Er war nur sauer auf mich. Ist es noch. Aber das lässt sich klären. »Es tut mir wirklich leid«, nutze ich meine Chance und rede weiter. »Nach unserer letzten Nacht war alles so anders.« Ich sehe ihn vorwurfsvoll an. »Du warst anders. Und beim Dartabend bist du einfach gegangen. Du hast dich nicht mal von mir verabschiedet.« Erneut spüre ich den Stich.

»Soweit ich mich erinnere, warst du froh darüber, dass der Blödmann endlich weg ist.« In seinen Augen blitzt es, nicht vor Wut, sondern vor Schmerz.

»Du hast dich bestimmt verhört.«

»Hat der Blödmann nicht.« Sein Blick wird wieder kühl. »Lügst du mir etwa gerade ins Gesicht, Ivy?«

Liebes Gedächtnis, habe ich mich echt so danebenbenommen? In Gedanken gehe ich zurück zu dem Abend, der jetzt schon gefühlt ewig her ist. Mist, ich erinnere mich plötzlich, dass ich genau das gesagt habe. Weil Ken mich verletzt hat. Aber nicht, weil ich es ernst gemeint habe. Wenn ich gewusst hätte, dass er das hört, hätte ich es für mich behalten.

Nervös packe ich Ken fester. *Als könnte ich ihn zurückhalten, wenn er sich losreißen wollte!* »Dafür werde ich mich nicht entschuldigen«, sage ich.

»Ach nein?«, knurrt er finster.

»*Du* bist gegangen.«

»Und ist das nicht gut, wenn der Blödmann geht?«

»Du verstehst das nicht, Ken.« Ich brenne, will seine Hände auf mir spüren, aber er hat sie nach wie vor an die Tür gestützt und sieht mich einfach nur an. »Seit diesem Abend kann ich an nichts anderes denken als daran …« Ich stocke.

»Woran, Babe?«

»Als daran, dich zu küssen, bis aus Küssen mehr wird. Jede deiner Berührungen macht mich verrückt, jeder deiner

Blicke schwach. Ich wünschte, ich hätte schon neulich Morgen den Mut dazu gehabt, aber du warst so perfekt, und ich konnte nicht.«

»Weil ich perfekt war?« Er klingt skeptisch, löst jedoch eine Hand und fährt mir durch die Haare. »Das Arschloch war also perfekt?«

»Gott sei Dank! Du verstehst es! Genau das ist der Punkt.« Ich lehne mich in seine Berührung, als könnte ich mehr bekommen als das, was er mir gibt. Aber er bleibt auf Distanz. »Den ganzen Tag musste ich an dich denken, und dann treffen wir uns, und du behandelst mich fast wie eine Fremde.«

»Ich war nett, Babe. Ganz normal nett. Anders als du.«

»Tja, ich war verwirrt und sauer. Und als du einfach so gegangen bist, war ich richtig fertig.« Gekränkt sehe ich ihn an. »Ich will das Kind von dir, nach wie vor, aber noch mehr als das wollte ich dich.« Ich schlucke. »Und dann sagst du alles ab und tust obendrein so, als hättest du das Interesse an mir verloren.«

»Das habe ich nicht«, sagt er und lehnt sich gegen mich, warm und erregt. »Ich will dich, Ivy. Aber wenn du mich nicht willst, dann muss das zwischen uns aufhören, und ich schwöre, ich schicke dich hier und jetzt raus in die Kälte.«

»Darum geht es?«

Er nickt und legt seine warme Hand an meine Wange. »Babe, ich wollte, dass du siehst, wer ich bin. Nicht nur ein Kerl, der mit dem Schwanz denkt, sondern jemand, dem seine Freunde wichtig sind. Der sich wirklich kümmert. Die Affären waren nur eine Phase.«

Eine Spur misstrauisch sehe ich ihn an. Seine Abenteuer bieten Stoff für mehrere Staffeln, sollte sie jemand verfilmen.

»Wusstest du, dass ich verlobt war?«, sagt er da.

»Du?!«, entweicht mir überrascht, weil ich dachte, er hätte mir neulich schon alles erzählt. Das finde ich krasser als die Drogensachen.

»Also hat sich das noch nicht herumgesprochen.« Er lächelt zufrieden. »Nun, es stimmt aber.«

»Willst du … Kannst du darüber reden?«

Er will nicht, obwohl die Beziehung zu der Frau Jahre her sein muss. Für mich reißt er sich zusammen und erzählt von seinem Leben in New York, bevor er sich in Partys und Drogen verloren hat, seinem Leben mit Delilah – und wie sie alles ruiniert hat. Die Geschichte ist nicht schön. Am Tag vor der Trauung ist sie fremdgegangen. Er weiß bis heute nicht, warum. Ich gebe zu, da wäre ich auch durchgedreht. Vielleicht nur, ohne mir ein Tattoo stechen zu lassen.

»Du wolltest wirklich heiraten?«, frage ich bei der einen Sache nach, die ich nicht für möglich gehalten hätte. Der Mann vor mir sieht einfach nicht aus wie jemand, der davon träumt, ein traditionelles Familienleben zu führen. Aber er nickt.

»Die Vertrautheit, die du mit jemandem hast, der jeden Tag an deiner Seite ist, wiegt keine Affäre der Welt auf«, sagt er. »Ich habe das genossen.«

»Du warst wirklich gut in diesem Beziehungskram?«

»Ich bin es noch. Wie ist das bei dir?«

Gute Frage. Ich stand noch nie an diesem Punkt, an dem Ken schon mal gestanden hat. Wenn ich mich jemandem verbunden fühle, dann April. Aber das ist mit einer Ehe wohl kaum zu vergleichen. »Das ist kompliziert«, murmle ich.

»Erklärst du es mir?«

Ich will nicht, aber ich muss. Das bin ich ihm schuldig. »Ja«, sage ich nach kurzem Zögern. »Aber nicht jetzt, Ken.« Ich lehne mich an ihn. »Jetzt will ich dich küssen. Und ich will, dass du mich küsst.« Ich belecke mir die Lippen. Er rührt sich nicht. »Bitte.«

»Es wird nicht bei dem Kuss bleiben.«

»Und? Wäre das schlimm?« Ich recke mich schon und befeuchte mir die Lippen. »Mach schon! Sonst suche ich mir jemand anderen. Reese kennt eine Menge Leute, sie hilft mir bestimmt dabei, und –«

Ken beugt sich zu mir, seine Lippen verschließen meinen Mund, und der Rest ist mir ziemlich egal.

Als er seine Hände unter meinen Mantel schiebt, winde ich mich, damit er ihn mir schneller auszieht. Kurz darauf führt er sie unter mein Oberteil, und ich bin im Himmel. Wir spüren uns Haut auf Haut. Nur er und ich.

Unsere Lippen tanzen nicht, necken sich nicht, unsere Lippen nehmen. Ohne Hemmungen. Er küsst mich, so wie er mich noch nie geküsst hat. Oder vielleicht hat er das, aber es fühlt sich anders an als sonst. *Intensiver. Besser. Richtiger.*

Je länger wir uns küssen, desto mehr will ich ihn. Seine Erektion drückt gegen mich. Bedürftig stelle ich mich auf Zehenspitzen, hebe ein Bein und drücke mich an ihn. Ken hebt mich an, ich kann beide Beine um ihn schlingen und seine Härte dort spüren, wo ich sie brauche, und ich stöhne. *Ja, bitte mehr von dieser Hitze!*

Hilflos zerre ich an Kens Shirt. Wenn ich könnte, würde ich es zerreißen. *Warum bin ich nicht stärker?* Mein Verlangen macht ihn noch wilder. Seine Lippen verlassen meinen Mund, küssen sich über meine Wange zum Ohr und wandern tiefer zu meinem Hals. Er knabbert an mir, und ich kann mich nicht mehr halten. Bevor ich falle, packt er mich.

Warum zum Henker habe ich nur Jeans an? Auch wenn Ken Miniröcke im Winter unpraktisch findet, genau jetzt könnte ich für so ein Teil morden.

»Ken!«, wimmere ich, kurz davor, den Verstand zu verlieren. »Bitte, ich brauch dich. Nur dich.«

Schwer atmend hält er inne, dabei kann er mich meinetwegen direkt an der Tür nehmen, im Flur, neben den Winterstiefeln. Hauptsache, er tut es.

Unsere Blicke verbinden sich, er zwackt mich in die Lippen. »Sag es noch mal, Babe!«

»Ich will dich.«

»Sag mir, warum.«

»Weil du meine Unterwäsche ruiniert hast.«

Er lacht zufrieden. »Und warum noch, Babe?«

»Weil ich dich …« Ich breche ab, weil ich es nicht sagen kann. Ich will schon, ich mache über vieles Witze, aber nicht über die Liebe. »Weil du mir wichtig bist.« Provozierend sehe ich ihn an. »Wehe, das reicht nicht!«

Tief stöhnend presst er sich an mich und beugt sich an mein Ohr. »Reicht, Babe. Reicht für den Moment.«

KEN

Wer hätte gedacht, dass ich am Ziel meiner Träume lande, wenn ich mich zurückziehe? Ivys Beine sind so fest um meine Hüfte geschlungen, als könnte mein Schwanz meine und ihre Hose durchbrechen und direkt in sie dringen. *Gott, schön wär's!* Langsam lasse ich sie zu Boden, küsse sie weiter, aber stütze die Hände wieder an die Tür.

»Bin ich dir zu schwer?«, fragt sie frech.

»Du bist mir zu angezogen«, sage ich und küsse sie weiter. »Zieh dich aus, Babe.« Weitere Küsse. »Schnell.«

Ihre Hände greifen zu meinem Shirt.

»Nein, dich, nicht mich. Wird's bald?!«

»Ich brauch Hilfe, Ken.«

Ihr Tonfall entlockt mir ein Lächeln. So bedürftig erlebe ich Ivy selten. »Pech!«, sage ich nur und küsse sie weiter. »Wenn du das nicht schaffst, kann ich dich nicht überall küssen.«

Stöhnend nestelt sie an ihrer Hose herum. Sie tritt sich die Stiefel von den Füßen, schiebt den Stoff tiefer und schält sich aus den Hosenbeinen.

»Gut gemacht«, hauche ich ihr ins Ohr, küsse mich an ihr hinab, bis ich knie, schiebe den Slip beiseite und presse meine Lippen auf ihre heiße, feuchte Pussy. »Jetzt die anderen Sachen.«

»Mmh!«, keucht sie nur, greift Halt suchend nach meinen Schultern und sinkt gegen die Tür.

»Weitermachen!«, sage ich, lege eines ihrer Beine über meine Schulter, öffne sie und lecke über ihre Spalte. »Das Oberteil muss auch weg.«

Keine Ahnung, ob sie mitspielt. Ich presse die Lippen an ihre intimste Stelle und streife mit der Zunge fest über ihre weiche Haut. Ihr Geruch ist sexy, und sie ist bereit für mehr.

»O Gott!«, stöhnt sie plötzlich und kommt an meinem Mund. Ihr Körper sackt überwältigt über mir zusammen. Ich kann sie gerade noch packen, bevor sie fällt – immer noch in ihrem bauchfreien Top.

»Da hat jemand nicht gemacht, was er sollte«, sage ich und zupfe an ihrem Oberteil.

»Ja, bitte, bestraf mich!«, murmelt sie erschöpft, aber mit diesem frechen provozierenden, scherzhaften Unterton. »Gib es mir richtig.«

»Durchtriebene Frau!«

Ich packe sie und stehe mit ihr auf. Ihre Hitze dringt durch den Stoff meiner Sporthose zu meinem Schwanz. Ich will mit ihr ins Bett, aber ich schaffe es nur bis zum Sofa. Ich lege sie ab und pelle sie aus den restlichen Sachen, bis sie nur noch den ruinierten Slip trägt. *Das hier passiert wirklich. Wir wollen uns. Sie schnell. Ich langsam.*

Sie spreizt die Beine und zieht mich zu sich. Ich gleite zwischen ihre Schenkel und lasse sie meinen Schwanz spüren. Immer noch in der Hose.

Frustriert zerrt sie an meinem Shirt. *Herrlich verrückt nach mir.* Ich ziehe mir mein Oberteil über den Kopf, und wir zittern, als ich mich wieder zu ihr beuge und ihre Nippel an meiner Brust reiben. Sie spürt meine Hitze, ich ihre. So gut, und doch nicht genug.

Ich ziehe an ihrem Slip, lasse den Stoff an ihrer Mitte einschneiden und liebe es, wie sie davon noch heißer wird.

Ihre Rache folgt prompt. Ihre Lippen wandern zu meinem Hals, und ihre Nägel krallen sich in meinen Hintern. Ich platze gleich, da schiebt sie meine Hose tiefer, kommt mir mit dem Becken entgegen, und ich spüre sie. Nur sie.

»Fuck, Ivy!«, entfährt mir, und ich dringe ganz in sie. »Fuck, fuck, fuck!«

Ich befreie mich von der Hose und liebe, wie Ivy sich windet, weil sie mehr will, aber nicht genug bekommt. Ihr beiseitegeschobener Slip reibt an meinem Schwanz und steigert meine Lust und auch ihre. Gekonnt wiege ich die Hüften, setze nicht nur auf Reibung, sondern auch auf Druck und gleite vor und zurück. Ivy hat keine Chance.

»O Ken!«, stöhnt sie und sieht mich um Erlösung bittend an. »Gott, ja, genau so!«

Ich will mich schneller bewegen, aber für sie halte ich mich zurück.

Das hier muss unglaublich gut werden. Damit diese Frau für immer an meiner Seite bleibt.

»Ja!«, stöhnt sie. »Ja, ja, ja.«

Sie kommt, und erst jetzt gebe auch ich nach. Sie gehört mir. Endlich.

Als die Welle abklingt, greife ich in Ivys Nacken, küsse sie und verlängere dieses Gefühl, mit ihr verbunden zu sein. Sie erwidert den Kuss, gräbt ihre Finger in mein Haar, als könnte ich zu früh aufhören. Dabei habe ich heute Abend gerade erst angefangen.

Ich drehe uns, bis sie auf mir liegt, lasse die Hände über ihren Rücken gleiten, streiche ihr Haare aus dem Gesicht und kriege nicht genug davon, sie zu halten.

»Das ist schön«, murmelt sie und seufzt, als meine Fingerspitzen Kreise auf ihren Schulterblättern ziehen. Sie reckt sich, und wir spüren beide, dass wir noch verbunden sind. Wir stöhnen, und sie küsst mich wieder, lang und träge und voller Gefühl. Dann boxt sie mich.

»Au!«, beschwere ich mich und revanchiere mich mit einem Klaps auf ihren Hintern, den ich danach sofort tätschle.

»Das hattest du verdient«, sagt sie grinsend.

»Hatte ich das?«

Sie nickt.

»Und wofür?«

»Weil du mich glücklich machst. Das war so nie vorgesehen.«

»Hat der Sex dir also gefallen?«

»Nein, *du* gefällst mir, Ken«, sagt sie mit leicht zittriger Stimme. »Keine Ahnung, wie dir das gelungen ist, aber es ist so.«

14. Kapitel

IVY

Hätte ich mehr Energie, ich würde noch mal mit Ken schlafen, ihn in mir spüren, genießen, wie unglaublich gut unsere Körper harmonieren. So schaue ich nur in seine Augen, die voller Verlangen glänzen – und voller Liebe.

Ich verstehe nicht, wie ich sein gutes Benehmen nur für eine Masche halten konnte. April hatte recht, Ken hat seine eigene Geschichte, und die wilde Zeit war nur eine Phase. Er weiß, worauf es im Leben ankommt. Jemand wie Cole hätte ihn sonst auch nie eingestellt. Alle haben ihm vertraut, nur ich konnte das nicht. Wegen meiner Vergangenheit. Aber jetzt in dieser Sekunde fühle ich mich so sicher wie nie zuvor. Dieser Mann wird mir nicht wehtun. Niemals.

Er knabbert an meinem Ohrläppchen. Lust durchdringt mich, doch ich kann keinen Finger rühren. Erschöpft schmiege ich mich in seine Arme und liebe, dass dieser Mann mich hält, als gälte es, mich vor der Welt da draußen zu beschützen. Ich döse ein, bis ich merke, wie Ken mich hochhebt.

»Was ist los?«

»Schlaf weiter, Babe, wir wechseln nur ins Bett.«

Noch vor Kurzem hätte ich protestiert, jetzt kommt mir nur über die Lippen: »Ich hoffe, das ist ohne Sexspuren deiner Affären.«

»Nein, mit, die Laken sind total eingesaut«, reagiert er cool und setzt mich ab.

Glücklich schmiege ich mich wieder an ihn, bin sein Löffelchen und genieße, wie wir uns aufziehen. Das Bett riecht nach Ken und Waschmittel, beinahe wie frisch bezogen.

Als wäre der Mann in meinem Rücken noch nicht genug, verschränke ich unsere Finger und halte seinen Arm vor meiner Brust.

»Alles okay?«, fragt er und erobert mich damit noch ein bisschen mehr.

»Mmh, alles total okay, Ken«, murmle ich beim Einschlafen. *Weil ich dich liebe.* Keine Ahnung, wie das passieren konnte. Ich schätze, schleichend. Seit der ersten Minute, in der wir uns begegnet sind. Bis genau zu diesem Moment, als er mich fragt, ob es mir gut geht, und mir dabei Haare hinters Ohr klemmt.

Ein Wecker reißt mich aus dem Schlaf. *Elende Höllenmaschine!* Mir entweicht ein Grunzen, dann höre ich Ken lachen.

»Was ist daran bitte so lustig?«, fauche ich. »Wie spät ist es?«

»Punkt sieben.« Er knabbert an meiner Schulter. »Wach werden, Babe, du musst zur Arbeit.«

»Und jetzt willst du vorher noch Sex?«

»Ich bin ein netter Kerl. Mir würde ein Kuss reichen.«

Ich drehe mich um, sehe ihn an und muss lächeln. »Verdammt, das bist du.« Ich räuspere mich. »Mist, das sollte gar nicht so überrascht klingen. Ja, du bist ein netter Kerl.«

Ken grinst, doch das Lächeln verschwindet unerwartet schnell. *Nanu?* »Sagst du mir, an wen ich dich die ganze Zeit erinnert habe?«

Ich verziehe das Gesicht. An den Mann wollte ich gerade nicht denken. Auch wenn er mein Leben bis heute beeinflusst. Aber Ken muss es erfahren.

»Er heißt Jared«, sage ich und fange an zu erzählen, obwohl ich dafür eigentlich keine Zeit habe.

»Er sah gut aus?«

»Irre gut. Wie ein Mitglied einer Boyband. Die Art von sexy, die du dir als Poster an die Wand hängen willst.«

»Muss ich mir Sorgen machen?«

»Mal überlegen …« Prüfend lasse ich meinen Blick über Ken gleiten und kann wieder nicht glauben, wie gut dieser Mann aussieht. *Selbst jetzt, kurz nach dem Aufwachen!* Wenn ich Fotos von ihm machen würde, könnte ich die teuer verkaufen. Noch dazu mit dem Tattoo auf seinem Rücken. »Also deine Schultern könnten muskulöser sein«, täusche ich Makel vor, die es nicht gibt, und drücke seinen Bizeps. »Und diese Spaghettiarme stehen dir gar nicht.«

»Na warte!«, ruft Ken und nimmt mich mit eben jenen Spaghettiarmen, die eher wie Ambosse sind, gefangen.

»Ich gestehe, du bist viel heißer.«

»Darauf kannst du wetten«, knurrt er und schaut mir tief in die Augen. »Was war so toll an ihm?«

»Er hatte all diese altmodischen Gesten drauf, hat uns Mädchen die Tür aufgehalten, Komplimente gemacht, manchmal sogar Rosen verteilt.«

»Darauf standest du?!« Ken sieht mich an, als wäre ich eine andere Ivy.

»Entschuldige, Mister, ich war sechzehn und umgeben von Jungs, die cool sein wollten. Da stach Jared mit seiner

Masche heraus. Ich hielt das für Romantik. Was wusste ich schon!«

»Ich gebe zu, dumm war das nicht.«

Ich boxe Ken. *Bewunderung für meinen Ex ist wirklich fehl am Platz.*

»Au!« Statt sich zu beschweren, beugt er sich an mein Ohr und küsst mich sanft. »Ich meine ja nur, wären wir auf der gleichen Schule gewesen, hätte ich vermutlich auch alle Register gezogen, um dich zu bekommen.«

Kens tiefer Blick durchbohrt mich. Es fällt mir überhaupt nicht schwer, mir vorzustellen, wie dieser Mann die Herzen aller Mädchen bricht. Seine Art ist bestechend.

»Ich hätte dich bestimmt abblitzen lassen«, ärgere ich ihn ein bisschen.

»Du vergisst, wie hartnäckig ich sein kann.« *Das stimmt.* »Wie hat Jared es vermasselt?«

Vermasselt? Das klingt zu harmlos. Ich will nicht an damals denken. Jedes Mal wird mir dabei ganz anders. Ich spüre Panik, Freude, Angst, Hoffnung. Das gesamte Gefühlschaos. Fest kneife ich die Augen zusammen. Aber ich muss mich der Vergangenheit stellen.

»Wir waren drei Monate zusammen. Zu Highschool-Zeiten galt man da schon als so gut wie verheiratet. Dann … hat er das Interesse an mir verloren«, sage ich nur, kann Ken nicht in die Augen sehen, mache mich von ihm los und gehe ins Bad.

Das sollte ihm reichen, oder? Es ist keine besonders dramatische Erklärung, aber plausibel. Naivem Mädchen wird das Herz gebrochen. Mädchen leidet. Ende. Mehr muss er nicht wissen.

Ich dusche, ziehe mir meine Klamotten vom Vortag an und mache mich zurecht. Kaffeeduft liegt in der Luft. Ich folge dem Aroma und entdecke Ken angezogen in bequemen Sachen in der Küche. Eine Tasse Cappuccino steht für mich bereit, und er brät Spiegeleier.

War mir eben noch kalt, so wird mir jetzt warm. Ken ist definitiv nicht wie Jared. Er kümmert sich um seine Mitmenschen, er ist anständig, er weiß, was sich gehört. Und er sieht nicht nur besser aus, er hat auch mehr im Kopf.

»Hey!«, mache ich nur, und als er sich umdreht, falle ich ihm um den Hals. Ich brauche das einfach, obwohl ich bisher nicht besonders anhänglich war.

»Hey«, antwortet er überrascht, legt einen Arm um mich, drückt mich an sich und haucht mir einen Kuss ins Haar. »Alles in Ordnung?« Er schaut mich schräg von der Seite an, und unter seinem Blick zerfließe ich wie Butter. Ich, die ich immer einen flotten Spruch auf der Zunge habe, bringe kein Wort heraus. »Okay, erst mal kein Frühstück, beruhige dich, Babe!«

Ich presse mein Gesicht an seine Brust und kann nicht fassen, dass ich an dem Mann zweifeln konnte. Jared und seine Nachfolger haben eindeutig mehr bei mir kaputtgemacht, als ich gedacht hatte.

Ken reibt mir über den Rücken, und ich spüre, wie sich Tränen in meinen Augen sammeln. Bevor ich sie aufhalten kann, heule ich los. *Nicht der Auftritt, den ich hinlegen wollte!*

»Verdammt, das ist deine Schuld!«, rufe ich gespielt sauer und wische sie weg, aber es folgen neue. »Ich ruinier dir dein Shirt.«

»Es gibt Waschmaschinen, die deine Mascara da locker rauskriegen.«

»Das ist keine gute Antwort«, schluchze ich. *Dabei ist sie perfekt.*

»Gut, du Heulboje, dann hör sofort auf, oder es setzt was!«, sagt er ernst und nimmt die Eier vom Herd. »Ist das besser?«

Ich schüttle den Kopf und lasse mich von Ken zu einem der Küchenstühle lotsen. Er setzt sich, zieht mich auf seinen Schoß und umarmt mich liebevoll.

»Das ist mir so peinlich«, krächze ich. »Schau mich doch an, ich bin erwachsen und heule Rotz und Wasser wie eine Dreijährige.«

»Ich lieb dich trotzdem.«

»Das musst du ja jetzt sagen!«

Statt sich zu streiten, küsst Ken mich. Er hat mir schon viele Küsse gegeben, aber dieser ist süß und sanft und zärtlich und tröstend und so voller Liebe, dass … ich noch mehr heule. Das war bestimmt nicht seine Absicht.

»Scht«, macht er nur, gräbt die Hand in mein Haar und hält mich wie ein Kind, das er beruhigen muss. »Fuck, Babe, du gehst heute nicht zur Arbeit.«

»Doch!«, hickse ich protestierend.

»Keine Chance.«

»Das hast du nicht zu bestimmen.«

»Ehrlich, Ivy, ich sperre dich ein, wenn du glaubst, so in die Brauerei gehen zu müssen.« Er regt sich. »Wo ist dein Handy? Ich ruf für dich an.« Ein entschlossener Blick trifft mich, und ich bin so aufgelöst, dass ich dem nichts entgegensetzen kann.

»Mist!« Ich wische mir über die Augen und sehe mich um. »Dort drüben in meiner Tasche.«

»Warte!«

Angenehm erstaunt nehme ich hin, dass Ken aufsteht und mein Handy holt. Ich höre zu, wie er meinem Boss Simon absagt, weil ich krank bin. Eine glatte Lüge, finde ich, aber so richtig dann auch wieder nicht, denn ich fühle mich definitiv nicht wie ich selbst. »Was kam nach Jared?«, fragt Ken mich, als er aufgelegt hat.

Erneut durchdringt mich Kälte. Mir ist, als wäre die Temperatur im Zimmer um fünf Grad gefallen. »W-w-was meinst du?«

»Na w-w-was wohl?«, ahmt er mich nach. »Du bist wohl kaum wegen deiner ersten Liebe so fertig. Falls doch, muss ich mich weit mehr ins Zeug legen, als ich dachte. Komm mit!« Er lotst mich zum Sofa. »Setz dich, und jetzt erzähl mir, was noch war.«

Das ist sie also, die Stunde der Wahrheit. Er muss erfahren, was war, aber allein daran zu denken tut unglaublich weh. »Jared hat mich …« Ich atme tief durch und habe Angst, wie Ken gleich reagieren wird. »Er … also …« Ich stocke und rüge mich innerlich. *Was stelle ich mich nur so an? Los, auf ex. Wie eine bittere Pille schlucken.* »Wir haben beim Sex nicht immer aufgepasst. Ich bin schwanger geworden. Sobald ich es wusste, hab ich es ihm gesagt, und er hat mich überredet, unser Baby abzutreiben.« *Größter Fehler meines Lebens!*

KEN

»Er hat was?!« Bis eben konnte ich Jared einfach nur nicht ausstehen, weil er Ivy verarscht hat. Jetzt könnte ich den Kerl erwürgen.

»Wir waren jung, es war die beste Lösung«, wirft Ivy mit Sätzen um sich, die nicht nach ihr klingen, sondern so, als würden sie von diesem Wurm stammen.

»Du wolltest das nicht?«, frage ich nach.

»Nein, natürlich nicht. Aber er hat mich bedrängt, gesagt, dass es das Richtige ist. Ich soll an meine Zukunft denken, meine Chancen.«

»Ganz unrecht hatte er damit leider nicht. Das wäre ein Einschnitt gewesen.«

»Hey!« Mich trifft ein finsterer Blick, der wahrscheinlich nicht mal annähernd widerspiegelt, wie sehr sie das getroffen hat.

»Aber es stimmt, du wärst heute eine andere, wenn du das Kind behalten hättest.« Ihr ganzes Leben wäre anders verlaufen. »Das tut mir so leid«, sage ich und wünschte, April wäre hier. Als Ivys beste Freundin weiß sie eher, was zu tun ist. »War er wenigstens bei der Abtreibung dabei?«

Ivy sieht mich an, als hätte ich nicht begriffen, was für ein Kerl Jared war. *Also war er es nicht. Klasse.*

»Und er hat den Eingriff auch nicht bezahlt?«, rate ich.

»Nein.«

»Was für ein Schwein!«

»Ja, was für ein Schwein!«

»Was haben deine Eltern gesagt? Wissen sie davon?«

»Nein. Sie denken bis heute, Jared hätte mich einfach nur betrogen.«

Heftig!

Ich ziehe Ivy an mich und fahre ihr durch die Haare, bis sich ihre Schluchzer beruhigen. Endlich kann ich ihre Abneigung gegen Typen wie Jared nachvollziehen. Sie verarschen Frauen nicht nur, sondern lassen sie am Ende auch allein mit Problemen, an denen sie selbst einen Anteil haben. Ich war ganz sicher kein Heiliger, aber so verantwortungslos habe ich mich nie verhalten.

»Alles gut, Babe, immerhin ist es vorbei.«

Ihre Schluchzer werden wieder lauter.

Fragend sehe ich sie an.

»Ich kann dir das nicht sagen, Ken«, murmelt sie.

»Aber wir sind doch jetzt zusammen. Da erzählt man sich alles.«

»Du willst was über meine Darmparasiten hören?!«

Halleluja! Die Frau, die kein Blatt vor den Mund nimmt, ist zurück! »Also, ich will vor allem hören, wie toll du mich findest. Davon kriege ich nicht genug.« Ich küsse sie flüchtig. »Und der Kennolith braucht auch regelmäßig Lob, also nur zu!«, sage ich, lehne mich zurück, spreize so wie manche Typen in der Öffentlichkeit die Beine, als müssten die Eier mal an die Luft, und deute auf meinen Schritt.

Lächelnd fährt sie über meinen Schwanz, und die Berührung reicht, damit das Monster erwacht. *Fuck, das war gar nicht meine Absicht.*

»Was tust du nur?«, keuche ich.

»Der Darmparasit hat dich ja nicht interessiert!«

»O Gott, hast du etwa wirklich –?«

»Igitt, nein!«, quiekt sie und schmiegt sich wieder an mich, was für mich okay ist, was meinen Schritt aber enttäuscht.

»Sag schon, was ist noch, Ivy?«

»Das ist sehr persönlich.« Sie kaut auf ihrer Lippe herum, befindet sich weit außerhalb ihrer Komfortzone. »Das ist vielleicht zu viel für den Start einer richtigen Beziehung. Und es setzt dich unter Druck.«

»Ich kann mit Druck gut umgehen, Cole kann dir das bestätigen. Trau dich! Ich bin für dich da.« Das erweicht sie, aber ganz wohl ist ihr immer noch nicht dabei.

»Weißt du, ich hatte mit alldem fast abgeschlossen.«

Ich runzle die Stirn. *Alldem? Was meint sie?*

»Vor drei Monaten hatte ich meine jährliche Vorsorgeuntersuchung bei meiner neuen Frauenärztin Dr. Kendall und –« Sie sieht mich schräg an. »Möchtest du das wirklich hören?«

»Ich gebe zu, das ist das erste Gespräch dieser Art, das ich seit Langem führe. Aber ja, wenn es um dich geht, will ich alles wissen.«

Das überzeugt sie. Ivy erzählt mir davon, wie herauskam, dass sie kaum noch Eizellen hat und dass sie, wenn sie schwanger werden will, das jetzt versuchen muss, mit einer künstlichen Befruchtung. Auf natürlichem Weg wird das eher nicht klappen, unser ungeschützter Sex blieb bisher auch folgenlos. »Ich wollte immer Mutter werden, also bin ich zur Kinderwunschklinik gegangen, hab mir alles erklären lassen und dann dich um Hilfe gebeten. Bis du einen Rückzieher gemacht hast.« Mit Tränen in den Augen sieht sie mich an. »Ich hätte mir einen Spender aus dem Katalog aussuchen müssen, aber ich konnte nicht. Da wurde mir klar, egal, wie sehr ich ein Kind will, dich will ich noch mehr. Verrückt, oder?«

Fuck, Liebe ist kein Ausdruck für das, was ich für diese Frau empfinde! Sie so glücklich und gleichzeitig unglücklich zu sehen tut mir richtig weh. »Du weißt, dass noch alles möglich ist, oder, Babe?«

Irritiert sieht sie mich an.

»Ich hab den Deal abgeblasen, weil du so fies zu mir warst. Ich hab den Rückzieher gemacht als Kerl, der dich haben wollte, aber den du nicht wolltest. Als Kerl, der ein Kind in die Welt gesetzt hätte, für das er nie verantwortlich gewesen wäre. Aber jetzt? Babe, wenn du das mit mir gemeinsam willst, gehen wir das an. Und zwar richtig. Als Paar.«

»Darüber solltest du keine Witze reißen, Ken.«

»Mache ich nicht.« Würde ich noch ernster schauen, könnte man meinen, jemand sei gestorben. »Wenn die Zeit so drängt, dann sollten wir uns ranhalten.«

Wieder weint sie.

»Scheiße, Ivy, was denn noch?« *Wenn sie noch länger so fertig ist, fange ich womöglich auch an zu heulen.*

»Das ist alles deine Schuld!« Sie boxt mich. »Seit wann bist du so fantastisch?«

Ah, das sind Freudentränen. »Seit wann?«, wiederhole ich und streiche ihre Wangen trocken. »Seit eine forsche brünette Frau in die Agentur gestürmt ist und lautstark darauf bestanden hat, auch mal zu Wort kommen zu dürfen.«

»Echt, du hattest seitdem keinen Sex mehr?«, zieht sie mich auf, weil unsere erste Begegnung über ein Jahr zurückliegt.

»Doch, aber du bist mir seitdem nicht mehr aus dem Kopf gegangen.«

»Oh, sei nicht enttäuscht, aber ich habe keine Sekunde an dich gedacht.« Ihre Augen funkeln verräterisch, als sie das sagt.

»Lügnerin!« Weiter locke ich sie nicht aus der Reserve. Ich will uns, einfach nur uns. Sanft lege ich meine Hand auf ihren Bauch, und mir wird ganz anders bei der Vorstellung, dass wir Eltern werden könnten. *Sie und ich zusammen.*

»Ich liebe dich«, sagt sie da plötzlich.

»Wie bitte?«, antworte ich überrascht.

»Ich liebe dich, Ken.«

»Bist du dir da sicher?«

Sie boxt mich wieder, weshalb ich mir, sollte das zu ihrer Gewohnheit werden, früher oder später einen Armschoner zulegen muss.

»Das heißt dann wohl Ja«, sage ich.

»Ganz genau.« Sie grinst frech, weil gleich wieder einer ihrer Kommentare kommt. »Ich meine, was soll das sonst sein, wenn ich nicht ohne dich und den Kennolithen leben kann?«

»Du!«, rufe ich nur, greife in ihren Nacken und ziehe sie für einen Kuss zu mir.

»Du gibst mir also recht«, antwortet sie an meinen Lippen lachend. »Puh! Ich bin erleichtert.« Sie küsst mich noch mal und fährt mir durch die Haare. »Dann sollte ich jetzt doch ins Büro gehen.«

»Schon vergessen? Du bist krank.« Ich grinse. »Und du musst unbedingt das Bett hüten.«

»O bitte, ich bin wieder fit!«

Sie will aufstehen, aber davon mal abgesehen, dass ich mir nichts Schöneres vorstellen kann, als meinen freien Tag mit Ivy zu verbringen, geht es um mehr. »Babe, ich glaub dir, dass du arbeiten kannst, dennoch solltest du dich ausruhen. Das eben war viel. Lass es sacken. Du hast vielleicht keine Erkältung, aber du bist emotional angegriffen.«

Erstaunt sieht sie mich an. »Du bist nicht nur kein Vollidiot, sondern sogar ein Mann mit einem wahnsinnig hohen EQ.« Sie schlägt sich selbst an die Stirn. »Hätte mir eigentlich klar sein müssen, schließlich arbeitest du als Recruiter.« Sie mustert mich. »Euer Job ist es, Menschen zu durchschauen.«

»Also bleibst du?«, frage ich, denn wenn sie wirklich unbedingt gehen will, werde ich sie nicht aufhalten. Ich kenne ihr überfülltes Postfach. Aber lieber wäre mir, sie übertreibt es nicht.

»Ja, ich bleibe.«

15. Kapitel

IVY

Das Flattern in meinem Bauch wird immer heftiger. *Meine Güte!* Ken und ich frühstücken, halb in der Küche und halb im Bett. Wir lieben uns wieder, und ich genieße die Höhepunkte genauso wie diese erschöpfte Ruhe, die mich danach in Kens Armen erfasst.

Ich liebe diesen Mann. Er nimmt mich, wie ich bin. Er kennt meinen schlimmsten Moment und zeigt Verständnis dafür. Er teilt meine Träume, und aus irgendeinem Grund kann er mit seinen Händen machen, was er will, es fühlt sich immer richtig an. So wie jetzt, als er meinen Hintern streichelt.

Ich rege mich, nur um zu schauen, was passiert, und sofort packt mich seine Hand fester. Ich muss lachen.

»Na, womit willst du mich jetzt wieder ärgern?«, fragt Ken.

Ich wiederhole die Bewegung, und seine Hand reagiert wie eben. »Deine Hand hat irgendein Problem mit meinem Hintern«, sage ich. »Immer wenn ich das hier mache …«, ich tue es wieder, »… packt sie zu.« Was prompt erneut passiert.

Ken lacht leise und tätschelt meinen Hintern. »Meiner Hand gefällt es dort.« Er zieht mich an sich. »So wie ich nie wieder einen Kamm brauche, sooft wie deine Finger mir durch die Haare fahren.«

»Kann ja gar nicht sein!«, poltere ich, bis ich merke, wo meine Finger sind, in seinen Haaren. »Ts!«, mache ich, aber lasse sie dort. »Das ist eben Neuland, das sie erkunden.«

Ken nimmt mich unter sich gefangen.

»Kommt jetzt wieder was, was ich nicht hören will?«, frage ich amüsiert.

»Gut erkannt, Babe: Das hat deine Hand von Sekunde eins an gemacht, sobald ich in Reichweite war.«

»Ja, in deiner Fantasie!«

»Nein, in echt. Warum sonst haben uns alle anderen ständig damit aufgezogen, dass zwischen uns was läuft?«

Das ist der Grund? »Ich hab ganz sicher keine Signale gesendet.«

»Also waren die extra einladenden Hüftschwünge für Cole gedacht?« Ken lächelt. »Oder für April?«

»So was mach ich nicht!«

»Stimmt, Babe, nie«, tönt er und gibt mir recht, obwohl er kein bisschen überzeugt ist. »Und deine Outfits?«

»Was ist mit denen? Ich ziehe mich gerne modisch an. Du übrigens …« Ich fahre über seine breiten Schultern, die sonst in diesen unverschämt gut sitzenden Anzügen stecken. Oder in modischen Sweatern oder lässigen Shirts. »Du auch.«

»Willst du wirklich behaupten, deine Outfits sollten mich nicht schwachmachen?«

»Ich hab mich nie für dich so angezogen.« *Glaube ich.*

»Warum wurden sie dann immer knapper? Obwohl der Winter immer kälter wurde?«

»Ähm …« *Da gab es einen Zusammenhang?* Ich wünschte, ich hätte eine schlagfertige Antwort, aber da ist nichts. *Könnte sein, dass Ken recht hat. Aber das werde ich nicht zugeben.* »Ich musste sparen«, erfinde ich als Grund. »Knappere Sachen haben weniger Stoff und sind billiger. Außerdem ist Ressourcenschonung total im Trend.«

»Weltrettung mit Miniröcken?«

»Ich leiste eben meinen Beitrag. Was ist mit dir?«

»Soll ich im Büro einen Stringtanga tragen?«, witzelt er. »Dann würde ich ja quasi jedem den Kennolithen präsentieren.«

Hui! Das Bild, das in meinem Kopf entsteht, ist so peinlich und gleichzeitig sexy, dass ich nach seinem Penis taste. Ich fahre seine Länge entlang und atme schwerer, als er in meiner Hand größer und härter wird. »Ich will, dass du gar keine Klamotten trägst«, säusle ich. »Ist noch besser für die Umwelt.«

»Was mache ich, wenn mir kalt wird?«

»Na, was wohl? Mich nehmen.« Einladend öffne ich die Beine und seufze, als er mit seiner Härte gegen meine Mitte drückt und mich für ihn feuchter macht. »Gute Lösung?«

»Sehr gute.«

Wir lieben uns erneut. Langsam, genüsslich, zärtlich. Der Höhepunkt ist genauso schön wie das Ankommen in Kens Armen. Er zeigt mir auf so viele Arten, wie sehr er mich liebt, dass ich nicht verstehe, wie mir das entgehen konnte. Sein Äußeres hat mich geblendet, dabei hasse ich es selbst, wenn mich Leute auf mein Aussehen reduzieren. Zum Glück sehen meine Augen jetzt wieder klar. Als wäre der Grauschleier der Vergangenheit weg, oder ein Instagram-Filter würde über meinem Leben liegen. Alles ist plötzlich strahlender, schöner. Nur dass das die Realität ist.

»Was hättest du heute gemacht, wenn ich nicht vorbeigekommen wäre?«, frage ich neugierig.

»Ich hätte dich in deiner Mittagspause genervt«, sagt Ken, worüber wir beide lachen müssen, weil er das wirklich schon oft gemacht hat.

»Gut, ich hätte geduldet, dass du in meinem Schatten was isst, und dich dann stehen gelassen. Und dann?«

»Dann wäre ich zur Bergwacht gefahren und hätte entweder den Skilehrern oder den Leuten von der Snow Control geholfen. Dafür verteilen sie gratis Skipässe.«

»Als müsstest du sparen!« Cole ist der Multimillionär von uns, aber Ken ist auch nicht gerade knapp bei Kasse. Sein Haus ist, soweit ich weiß, abbezahlt, und von den teuren Anzügen besitzt er ein gutes Dutzend.

»Mir geht es nicht ums Geld«, sagt er. »Es ist eine nette Anerkennung.«

Warum wird der Mann mit jeder Minute attraktiver? »Willst du da heute noch hin?«, frage ich.

»Nein, heute geht es mir nur um *deine* Anerkennung.«

Wieder boxe ich ihn, als wäre das ein Reflex, merke es selbst und küsse ihn besänftigend. »Dass du so platte Witze magst!«

»Sie bringen dich zum Lachen.«

»Das mache ich nur aus Mitleid.«

»Na, wenn du meinst …«

Wir wechseln vom Bett ins Bad unter die Dusche, dann in die Küche zum Frühstücken und schließlich angezogen nach draußen, um die Sonne zu genießen. Wobei Ken mich in zwei weitere Jacken steckt und mein sexy Outfit komplett ruiniert. Egal, wie sehr ich mich wehre.

Parallel zu den Skipisten wandern wir im Schnee Richtung Alta, einer Geisterstadt südwestlich des Bergdorfes.

Im Sommer war ich mit April dort und beeindruckt von den alten Goldgräberhütten. Bei jedem Funkeln auf dem Boden habe ich selbst Gold vermutet. Aber es war jedes Mal nur Tau, der das Licht reflektiert hat. Jetzt bei Schnee muss der Ort noch mal völlig anders aussehen. Ich glaube zwar nicht, dass wir es bis dahin schaffen. Das ist eine große Runde. Aber vielleicht erreichen wir den Bald Mountain, den kahlen Berg, der seinen Namen daher hat, weil auf ihm keine Bäume wachsen. Dabei verliebe ich mich wieder neu in die Landschaft, die so viel atemberaubender ist als das flache Ohio, wo man nur Felder sieht, soweit das Auge reicht. In meiner Heimatstadt Waynesville vor allem für Kohl, weil die Stadt für ihr Sauerkraut bekannt ist.

Ken erzählt mir mehr von seiner Kindheit in New York. Seine Eltern sind Anwälte und kennen zig Größen aus Politik und Wirtschaft. Die Beziehung zu ihnen ist jedoch alles andere als herzlich. Sie legen viel Wert auf den schönen Schein. Eine echte Hilfe waren sie nie. Als er in die Drogenszene abrutschte, haben sie sich von ihm distanziert, statt ihm rauszuhelfen. Es ist ein Wunder, dass aus Ken ein anständiger Kerl geworden ist. Aber vielleicht ist er das auch gerade, weil die Beziehung zu seinen Eltern nicht so eng ist. Sonst wäre er vielleicht wie sie.

Weil Ken nun vom schlimmsten Moment meines Lebens weiß, erzähle ich mehr von meiner Ohio-Kindheit. Von der schönen Zeit, als ich klein war und auf den Feldern gespielt habe, und von der anstrengenden, als ich älter wurde und wegwollte, weil man dort kaum was aus sich machen konnte.

»Außerdem gab es keine Fashionshops, richtig?«, neckt mich Ken.

»Als würde ich für stylische Outfits umziehen!«

Ein durchdringender Blick trifft mich.

»Also gut, das war ein Grund.« Noch vor fünfzehn Jahren war es total schwer, in Waynesville an Sachen zu kommen. Natürlich konnte man vieles im Internet bestellen, aber das Angebot war längst nicht so groß wie heute.

Ich erzähle, wie ich von Ohio nach Kalifornien gekommen bin und bei Gold Face Media angefangen habe, und Ken erzählt mir noch mal ausführlicher von der Zeit nach der Trennung von Delilah und wie Cole ihn schließlich nach Colorado geholt hat.

»Cole ist echt ein toller Mann«, sage ich.

»Stehst du etwa auf ihn?«, knurrt Ken.

»Wer nicht?«, necke ich ihn.

»Babe!«, warnt er mich.

Volltreffer! Er steigt drauf ein. »Du bist ja schon toll, aber Cole ist eben noch mal toller«, treibe ich es weiter auf die Spitze. »Er hat es geschafft, deine gute Seite wiederzuerwecken. Ich meine, wer sieht schon, dass hinter all den tätowierten Muskelbergen ein anständiger Kerl steckt? Ich sollte Cole um den Hals fallen.« Ich sehe Ken provozierend an. »Würdest du dafür April ablenken, denn ihr würde das bestimmt nicht gefallen.«

»Nur zur Info: Jetzt solltest du wieder deinen scherzhaften Tonfall anschlagen«, sagt er und kommt drohend näher.

»Wozu?«, hauche ich und nehme Reißaus, was im Schnee mit drei Jacken als Gewicht nicht so leicht ist. »Ich meine das total ernst.« Ich ziehe eine Grimasse. »Ätsch.«

»Na warte!«

Es ist albern, aber ich liebe es, von diesem Mann gejagt zu werden, mich mit ihm zu messen, die Spannung zwischen uns zu spüren. Alle wollen Harmonie. Die genieße ich auch. Aber ich brauche das Knistern. Herzklopfen. Spannung.

»Sag mir, dass das ein Scherz ist!«, grollt es knapp hinter mir.

»Kein Scherz. Cole ist mein wahrer Held.«

»Das wollen wir ja mal sehen!« Mit einem Kampfschrei stürzt Ken sich wie ein Quarterback auf mich und reißt mich mit sich in den Schnee.

»Das würde Cole nie machen«, gieße ich Öl ins Feuer. »Er ist ein besserer Kerl als du, ich habe quasi nur seinen schwächeren Zwilling als Freund. Wie doof!«

Ken drückt sich gegen mich, sauer *und* hart.

»Willst du etwa Sex mit mir in der Kälte?«, piepse ich jetzt doch irritiert.

»Ich will, dass du Cole vergisst.«

»Wie könnte ich!«, rufe ich und werfe Schnee nach Ken.

Er revanchiert sich, und keine Minute später bekämpfen wir uns in einer Schneeballschlacht, die keine Gnade kennt. Ich könnte aufgeben, aber ich liebe dieses Feuer zwischen uns.

»Erwischt!«, juble ich, als ich mit meinem Schneeball einen Volltreffer in seinem Gesicht lande.

»Vielleicht sollte ich auch mal auf deinen Kopf zielen«, sagt Ken, was mir klarmacht, dass er sich mit Absicht zurückhält. *Dieser Mann!*

»Ja, bitte, zeig mir, dass du nicht nur wie ein Mädchen wirfst!«, necke ich ihn und werfe einen zweiten Schneeball.

Ken weicht aus, verdammt geschickt, so wie das die Skifahrer im Slalom können, und wirft sich erneut auf mich. »So machen das echte Kerle«, sagt er, küsst mich schnell und seift mich dann ein.

Ich quietsche vergnügt und erschauere, als der Schnee an meinem Hals schmilzt. »Ich werd mich noch erkälten.«

»Pech!«, sagt er. »Von wem träumst du nachts?«

Es gibt darauf nur eine Antwort, aber ich liebe es, Ken verrückt zu machen. »Ich träume von Cole und davon, wie sein athletischer Körper mich auf Trab hält und mich Blicke aus diesen whiskeyfarbenen Augen warm durchdringen.«

»Whiskeyfarbene Augen?«, knurrt Ken.

Oh, oh, jetzt habe ich es übertrieben. Das weiß ich nur von April. Als sie die Augenfarbe mal erwähnte, war mir klar, dass sie Cole verfallen ist. Kens Augen sind wunderschön dunkel und elektrisierend. Wie Kaffee.

»Auf dass dich seine whiskeyfarbenen Augen gleich auch noch wärmen«, brummt Ken und hantiert an meinen Sachen herum.

»Was soll das? Das ist die falsche Jahreszeit für einen Striptease.«

»Das hättest du dir eher überlegen sollen!«, sagt er nur, arbeitet sich durch meine Wintersachen, nestelt an meiner Hose herum und dringt Sekunden später in mich ein, was uns beide stöhnen lässt. Er ist hart und stößt gröber zu als sonst. »Welche Augen siehst du, Babe?«

»Whiskeyfarbene«, behaupte ich und seufze genüsslich unter Kens Ansturm. »Unglaublich sexy whiskeyfarbene.«

Eiskalte Hände schieben sich unter meine Oberteile. »Babe!«

Ich schließe die Augen, und auch wenn ich dafür in der Hölle landen werde, rufe ich laut: »O Cole, ja!«

Ken beißt mich, greift mir in die Haare und zwingt mich, ihn anzuschauen. Ich kann nur stöhnen, als ich seinem Blick begegne, die Leidenschaft darin sehe, ihn so wild in mir spüre. Als würde er nicht die Wahrheit kennen. Ich befreie die Arme aus meinen zig Jacken, die nun wie eine Decke unter uns liegen, und schiebe die Hände unter seine Sachen, um seine Hüfte zu packen.

»Ich hab von dir geträumt«, gestehe ich. Er legt seine Stirn an meine, und wir atmen beide schwer und hauchen uns Atemwolken zu. »Nur von dir, Ken.«

»Also ich steh ja total auf Apr–«, will er sich rächen, aber bricht ab und stößt wieder härter in mich. »Fuck, nein, ich will nur dich, Ivy.«

Das merke ich – und versuche, den Orgasmus zurückzuhalten. Wenn Ken so ist wie gerade, könnte ich in drei Sekunden kommen. Wir bringen den Eisboden unter uns zum Schmelzen und lösen kleine Lawinen mit Schnee von den Tannen über uns aus. Ich bin laut, fühle mich so frei wie nie, gleichzeitig sicher. Wir kommen beide und genießen unsere intime Hitze auf unserem kalten weißen Bett, da klingelt mein Handy.

Ich denke nicht daran ranzugehen. *Wer immer das ist, kann warten.* Da klingelt es wieder. Als wäre es wichtig.

Ergeben sehe ich mich um und überlege, wo mein Smartphone steckt. »Kommst du an meinen Mantel?«, frage ich Ken. »Also Schicht eins.«

Er nickt und greift in eine der Seitentaschen. »Es ist April«, sagt er nach einem Blick aufs Display. »Ich glaube, du solltest rangehen. Sie ruft schon das dritte Mal an.«

Ich nicke, und Ken reicht mir das Telefon. Mit ihm noch in mir melde ich mich und genieße, dass mich seine Hitze die Kälte vom Boden vergessen lässt. »Hi, Süße, was ist los?«, frage ich.

»Was los ist?! Du bist nicht arbeiten. Dein Chef sagt, du seist krank, und dann meldest du dich nicht. Ich drehe hier gerade durch. Das ist los.«

Ken kriegt einen Teil von Aprils Ausbruch mit und zieht sich aus mir zurück. Mein Blick klebt an ihm. Er hat für unser Nümmerchen wirklich nur seinen Penis befreit, der nun in der Kälte schrumpft, auch wenn er immer noch imposant aussieht. Gleich darauf packt er mich warm ein, schließt seine Hose und hilft mir hoch.

»Ja, sorry.« Ich täusche ein Husten vor. »Mir ging es heute nicht so gut.« *Schließlich haben wir es im Schnee getrieben. Das ist alles andere als normal.*

»Mir gerade auch nicht«, tönt April. »Ich erleide deinetwegen multiple Herzinfarkte.«

Gibt es das? »Ich bin mir sicher, Cole kümmert sich um dich.«

»Ivy! Das ist nicht lustig. Du weißt, dass ich diese Macke habe. Es ist besser geworden, aber ich mach mir trotzdem Sorgen. Das hört nie ganz auf.«

»Sorry! Im Groben und Ganzen bin ich in Ordnung.« Fröstelnd schmiege ich mich an Ken, der die pure Hitze ist. Ich brauche keine wärmeren Wintersachen, ich brauche nur ihn. Er ist effektiver als jede Heizdecke. »Was wolltest du denn?«

»Ich wollte wissen, ob du Ken endlich erreicht hast.«

»Hab ich«, sage ich und schaue zu dem Mann, um den es geht.

»Und, habt ihr euch ausgesprochen?«

»Das haben wir.« *Sehr intensiv.*

»Wie gut. Dann wird es nicht seltsam, wenn wir uns das nächste Mal sehen.« Sie stößt geräuschvoll die Luft aus. »Ich bin echt erleichtert.«

»Mehr wolltest du nicht wissen?«

»Doch, mich interessiert brennend, wie es um euch steht. Aber dir kann ich in Bezug auf Ken nicht trauen. Du siehst immer nur das Negative. Ich mach mir heute Abend selbst ein Bild, wenn ihr kommt.« Sie hält kurz inne. »Es bleibt doch dabei? Das Essen? Bei uns? Du wolltest dir mit mir Brautkataloge anschauen und mir helfen, alte Klamotten auszusortieren, und Cole will sich unbedingt das Spiel anschauen. Mit Ken. Wenn es dir nicht gut geht, können wir das aber auch verschieben.«

»Ken mag Eishockey?«, frage ich laut genug, dass er es hören kann. Wir tauschen einen Blick, und er nickt.

»Ken mag jede Sportart, falls du das noch nicht wusstest. Cole mag Eishockey.«

»Verstehe. Keine Sorge, April. Es bleibt bei heute Abend. Soll ich was mitbringen?«

»Gute Laune.«

Sie legt auf, und mein Blick trifft Ken. »Bist du bereit für unseren ersten Pärchenabend?«

»Wir sind nicht zum ersten Mal zum Essen bei den beiden eingeladen.«

»Aber dieses Mal wird es anders.«

»Du bist dabei«, sagt Ken nur. »Der Rest ist mir egal.« Dann küsst er mich, erst kurz, dann länger und fester.

Als wir auseinanderdriften, bin ich schon wieder ganz wuschig.

»Was?«, fragt er auf meinen Blick hin.

»So was darf dort auf keinen Fall passieren!«

»Ich werde dich küssen, Babe. Dagegen kannst du nichts unternehmen.«

»Du würdest meinen Lippenstift ruinieren?«

Er fährt mit dem Daumen über meine Lippen. »Trag kussfesten.«

»Die sind alle kussfest, aber nicht kenfest.«

»Dann trag keinen.«

»Beherrsch dich einfach!«, verlange ich und stapfe im Schnee davon. Bis zum Goldgräberdorf schaffen wir es bei Tageslicht nicht mehr.

Ken schließt zu mir auf und legt den Arm um mich. »Okay, ich beherrsch mich.« Er grinst. »Wenn du dich auch beherrschst.«

War ja klar, dass es einen Haken gibt! Ich müsste sauer sein, aber Freude durchdringt mich, weil mein Leben plötzlich so ist, wie ich es immer haben wollte. Ich kann gar nicht fassen, was für ein Glück ich habe. April und Cole hatten auch so einen Moment. Sie kannten sich seit Jahren, aber erst an diesem Nachmittag auf dem Markt, als Cole ihre Sachen genommen hat, hat sie gewusst, dass mit diesem Mann alles möglich ist. Das hat sie mir später erzählt. So und noch viel heftiger empfinde ich das gerade auch mit Ken.

»Wer zuerst zurück ist, darf als Erster in die Badewanne!«, rufe ich übermütig, kann mir nicht verkneifen, Ken wieder aus der Reserve zu locken, und laufe los.

Mein Vorsprung schwindet schnell. Weit sind wir, anders als geplant, nicht spaziert, aber ich habe Mühe voranzukommen. Ich bin viel kleiner als Ken und versinke teilweise bis zu den Knien im Schnee, er nur bis zu den Waden.

»Der Zweite kriegt die Badewanne plus Ivy!«, ruft Ken.

»Ich bin kein Badezusatz.«

»Doch, ein sehr prickelnder.« Triumphierend fängt er mich ein und küsst mich, aber schiebt mich dann weiter, weil die Sonne mittlerweile recht tief steht und es merklich kälter geworden ist.

»Wird es jetzt immer so sein?«, frage ich Ken.

»Wie denn?«

»So schön.«

Er lächelt breit. »Ja, das ist Liebe.«

»Erste«, rufe ich und entwische ihm ins Haus, lege meine Sachen ab, renne ins Bad und lasse Wasser ein. »Ivy und die Badewanne sind fertig.«

Mit einem Lächeln kommt Ken dazu. »Das ist keine Falle?«

»Dieses Mal nicht.«

KEN

»Wie sehe ich aus?«, fragt Ivy mich nervös, als wir abends mit meinem Wagen bei April und Cole auftauchen und vor der etwas abseits gelegenen Bergvilla halten.

Nach dem Bad mit Ivy habe ich mich umgezogen. Dann sind wir zu ihr gefahren. Dort habe ich amüsiert verfolgt, wie sie sich aus ihrem Klamottenchaos ein Outfit zusammengestellt hat, das mich kurz hat bereuen lassen, dass wir noch mal ausgehen.

Die knallengen Jeans sind jedes Mal eine Herausforderung, aber heute trägt sie dazu ein rückenfreies Top. *Das Ding ist das Gegenteil von einem Nierenwärmer und für die Jahreszeit absolut unangemessen.* »Ich muss das anziehen, solange es mir noch steht«, hat sie behauptet, als ich mit ihr diskutieren wollte. »Mit einem Babybauch fällt der Stoff nicht mehr richtig.«

Ivy hat sich durchgesetzt – mit den Jeans, dem Top und einem durchsichtigen schwarzen Spitzen-BH, der mit Absicht unter dem Oberteil hervorblitzt.

Oh, süße Hölle!

Wir steigen aus dem Wagen aus, und mir ist verdammt egal, ob April und Cole uns sehen. Ich brauche Ivy noch mal für mich, bevor ich mich einen Abend lang benehmen muss. Ich ziehe sie zu mir, schiebe die Hände unter ihren Mantel und das Oberteil, folge dem Stoff ihres BHs und reibe über ihre Nippel.

»Ken!«, seufzt sie erregt, und ich muss nicht lange auf Widerworte warten. »Ich wusste, dass du pervers bist. Wer so bestückt ist, kann ja nur an Sex denken. Aber das geht nicht. Wir sind in der Öffentlichkeit.«

Das bringt auch nur sie fertig, eine verlassene Hauseinfahrt im Niemandsland Öffentlichkeit zu nennen! »Da gibt es eine einfache Lösung, steig wieder in den Wagen. Ich fahre uns in eine abgeschiedene Ecke, stell die Sitzheizung an, und wir treiben es auf dem Rücksitz.«

»Ts!«, macht sie, will frech klingen, aber es misslingt ihr. »Wenn, dann treibe ich es allein auf dem Rücksitz, und du darfst dich im Schnee abkühlen.«

Ich muss grinsen. »Du würdest doch nie Frostbeulen am Kennolithen riskieren.«

»Verdammt, nein«, wird sie weich, wie seit Kurzem immer öfter. Als hätte sie Angst, ich könnte ihre Art missverstehen. Als hätte ich das je. Ich spreche nicht nur Englisch und Spanisch, ich beherrsche auch Ivyisch perfekt. Sie drückt mir einen vorsichtigen Kuss auf die Lippen, weil sie Lippenstift trägt. Ich nehme, was ich kriegen kann. Sie vertieft ihn überraschend.

»Langsam«, sage ich zu ihr.

»Verdammt, noch ein Mal richtig, Ken«, murmelt sie. »Ich zieh den Lippenstift im Auto nach.«

»Gott, Frau!« Ich greife in ihren Nacken und plündere ihren Mund, ohne auf ihren Lippenstift zu achten. Als mein Verlangen in Lust umschlägt, weiche ich zurück und wische mir mit einem Taschentuch über meine rot beschmierten Lippen. »Du hast fünf Minuten, Babe. Wenn du dann nicht kommst, hole ich dich.«

»Das möchte ich sehen«, witzelt sie, aber verschwindet im Wagen.

Ich nehme die wenigen Meter zum Haus und will unter dem Vordach auf Ivy warten. Da fliegt die Tür bereits auf.

»Habt ihr euch echt vor unserem Haus geküsst?!«, fragt mich April aufgeregt. »Du sie. Und sie – ich kann es nicht glauben – dich?!«

»Als würde die Welt untergehen, und man küsst sich besser noch mal, bevor es zu spät ist«, ergänzt Cole grinsend.

»Warten wir doch auf Ivy«, sage ich entspannt, aber fahre mir eine Spur verlegen über die Mundwinkel für den Fall, dass dort noch Lippenstift klebt. *Die beiden tun ja so, als wären uns zwei Köpfe gewachsen!*

»Ihr habt euch geküsst!«

»Ich werde nichts sagen, bis Ivy hier ist.«

»Das haben sie eindeutig, Baby«, sagt Cole. »Ich kenne doch meinen Kumpel. Sonst wäre er nicht so diskret.«

»Das hat mit Diskretion nichts zu tun.«

»Rede!«, grummelt April, fixiert dann aber einen Punkt über meiner Schulter. Ivy, die zu uns kommt. »Rede, liebste Freundin!«

»Do re mi fa sol!«, trällert Ivy, und sieht April und Cole irritiert an. »Was soll ich denn sagen?«

Wir gehen nach drinnen, und automatisch suchen sich unsere Finger.

»Ihr habt euch geküsst«, ruft April wieder.

»Haben wir nicht«, erwidert Ivy.

»Seht ihr, deshalb habe ich nichts gesagt«, erkläre ich grinsend. »Sie hat ihre eigene Version. Und ihre stimmt.«

»Also habe ich Halluzinationen, oder was?«, fragt April.

»Wir haben uns nicht geküsst«, erklärt Ivy und grinst frech. »Ken hat sich über mich hergemacht. Da willigt man ein Mal ein, mit ihm zusammen herzukommen, um Benzin zu sparen, und dann passiert so was! Dabei wäre mir ein Fünf-Dollar-Schein für das Atmen seiner Luft lieber gewesen.«

Ich kratze sie mit den Nägeln, damit sie es nicht übertreibt, und werde prompt mit dem Blitzen ihrer Augen belohnt, auf das ich so stehe.

»Ich denke, ihr habt euch vertragen?«, murmelt April verwirrt.

»Haben wir. Wir sind doch hier.« Ivy zieht ihren Mantel aus und schnuppert. »Ui, riecht das gut. Was gibt es?«

Ob ihre Ablenkung klappt? Ich glaube wenn, dann nicht lange.

»Wir haben Pizza gemacht und Nachtisch bei Mario bestellt«, sagt Cole und verschluckt sich, als er Ivy in ihrem Outfit sieht.

»Ein falsches Wort, Kumpel, und du brauchst jemanden, der auf dich aufpasst. Ich werde das nicht mehr sein. Ich kleb dir dann nämlich eine«, drohe ich ihm.

»Puh!«, stößt er die Luft aus. »Keine Sorge, ich bin mit einer der zwei verrückten Damen bedient.« Er zeigt zu April, die ein Kleid trägt, unter das keine Unterwäsche passt. »Wie lange hältst du es in Ivys Nähe aus, ohne durchzudrehen?«

»Natürlich den ganzen A–«, beginne ich großspurig, aber besinne mich noch einmal, weil heute alles anders ist. »Ehrlich gesagt, keine Ahnung.« *Die nächsten fünf Sekunden und noch mal fünf und noch mal fünf schaffe ich. Aber einen ganzen Abend?*

Ivy hat uns gehört. »Was heißt denn hier, er muss es mit mir aushalten? Mal sehen, wie lange ich es mit ihm aushalte!« Sie sieht mich hungrig an. Ich trage nur Jeans und ein Hemd. So wie Cole sonst ins Büro kommt. Noch legerer kann ich zu so einem Abend nicht aufkreuzen. Ihr Blick springt von Knopf zu Knopf, als würde sie üben, die Teile dank der Kraft ihrer Gedanken zu lösen und mir das Ding auszuziehen. Wenn das zwischen uns den ganzen

Abend so bleibt, dann erwarten mich qualvolle Stunden, denn ich will sie schon wieder.

»Also zum Essen brauchen wir nicht länger als eine halbe Stunde. Die werdet ihr euch ja wohl benehmen können«, sagt April.

Schaffen wir.

»Hier, eine Serviette«, sagt Ivy und reicht mir ein Tuch, als wir alle fast fertig sind und meine Finger Pizzabelag abbekommen.

»Danke, Babe«, murmle ich und spüre plötzlich die Blicke von April und Cole auf mir. »Was?«, frage ich und schaue auf.

»Wart ihr gerade nett zueinander?!«, fragt April, als hätten wir ein besonderes Kunststück vollbracht. Sie sieht erst mich, dann Ivy an.

»Das täuscht«, sagt die locker. »Die Serviette war natürlich schon benutzt.«

»War sie nicht«, sagt April.

Ich halte das nun auf jeden Fall von mir benutzte Teil hoch. »Müssen wir die Spurensicherung rufen, die das untersucht?« Unter dem Tisch greife ich nach Ivys Hand. »Sie war nett.«

»Und jetzt Komplimente?«, forscht nun auch Cole nach. »Ihr müsst uns nichts vorspielen, Leute. Was läuft hier?«

»Mir hat mein freier Tag einfach gutgetan«, sage ich und muss grinsen.

Beide sehen nun Ivy an.

»Dem ist nichts hinzuzufügen. Ich hab mein Pulver für heute verschossen.«

»O bitte, Süße, ich kenne dich, du bist sehr ausdauernd, was das angeht.«

Ich drücke Ivys Hand. »Sie kaufen uns die Nummer nicht ab.«

»Weil du ein schlechter Schauspieler bist. Warum hast du dich auch bei mir bedankt?! Das musste ja auffallen!«

»Warum hast du mir denn die Serviette gereicht?!«

»Weil ablecken noch merkwürdiger gewesen wäre!«

Wir haben eine unserer typischen Diskussionen. Nur dass sie nicht so typisch abläuft, weil das hier nicht wie sonst das Ende eines Abends ist, sondern Vorspiel, Flirten, der Anfang.

»Wie zum Henker konnte ich mich nur in dich verlieben!«, ruft Ivy da. »Du bist furchtbar. Das hab ich immer gewusst.«

Plötzlich könnte man eine Stecknadel fallen hören. Colorado und Alaska trappeln ins Esszimmer, als wollten sie sichergehen, dass Frauchen und Herrchen noch leben. Ein quälender Moment vergeht. Dann noch einer und noch einer.

»Ihr seid wirklich zusammen?!«, ruft April da aus.

»Also, das überlege ich mir vielleicht noch mal«, sagt Ivy – wieder mit diesem Funkeln in den Augen.

»Ja, für drei Sekunden«, sage ich und beuge mich zu ihr. »Eins …« Ich komme näher. »Zwei.« Viel fehlt nicht mehr.

»Drei«, sagt Ivy, kommt mir entgegen, und wir küssen uns, kürzer, als wir wollen, aber länger, als man das bei einer Tischgesellschaft machen sollte.

Wieder sehen uns April und Cole an, als wären sie Zeugen eines Weltwunders.

»Ja, wir sind zusammen, jetzt schaut nicht so! Ich weiß auch nicht, wie das passieren konnte«, sagt Ivy. »Er mag ja dieses Wedeln-und-Gleiten-Ding gut beherrschen, aber er küsst wie ein Stein.« Sie steht auf. »War es das jetzt? Los, April, lass uns deine Sachen durchgehen.«

April rührt sich nicht, sondern sieht mich an, als warte sie auf meinen Konter. Der ist ein verdammt breites stolzes Grinsen. Ich dachte immer, wenn wir ein Paar sind, herrscht eitel Sonnenschein. Aber das wird nie der Fall sein, und mir gefällt genau das. April und Cole können gerne in ihrer harmonischen Traumwelt leben. Ich will die Achterbahnfahrt mit Ivy.

»Das Spiel hat schon angefangen«, beende ich den merkwürdigen Moment. Das reißt Cole aus seiner Starre. Er liebt Eishockey.

»Kann ich euch alleine lassen?«, fragt er April.

»Mich und Ivy? Bitte, ja! Und wehe, du störst uns die nächste Stunde. Ich habe da einiges mit meiner besten Freundin zu besprechen.« Sie klingt sauer, aber als sie aufsteht, fällt sie mir noch mal um den Hals. »Wie auch immer du das angestellt hast, Ken. Gut gemacht. Wurde echt Zeit.«

Sie folgt Ivy in ihre Garderobe, wo sie Klamotten aussortieren und Brautmagazine wälzen wollen, und ich setze mich zu Cole aufs Sofa. Es läuft Eishockey, eines der letzten Spiele der Saison. Ich bin kein Fan, aber es ist Sport, und ich liebe es zuzuschauen, wie Leute ihr Bestes geben, um zu gewinnen. »Wie geht es dir?«, frage ich Cole. »War heute im Büro alles okay?«

»War es. Ich hab brav einmal pro Stunde eine kurze Pause eingelegt und bin pünktlich nach Hause gegangen.«

»Weil dir April sonst wegen heute Abend Ärger gemacht hätte?«

»Das, und weil sie wegen Ivy ein bisschen am Durchdrehen war. Du kennst sie. Sie wollte beinahe schon Colorado an Ivys Sachen schnuppern und sie suchen lassen.« Ich will lachen, aber Cole meint es ernst. *Fuck, ich vergesse immer wieder, wie wichtig es April ist, dass es den Menschen, die sie liebt, gut geht.*

»Ich könnte uns mit modernen GPS-Trackern ausstatten«, schlage ich vor.

»Da reichen unsere Telefone. Was April beruhigen würde, wären so Geräte, die den Herzschlag senden und sagen: Der Träger ist am Leben.«

»Gut, ich mach mich mal schlau, was es da auf dem Markt gibt.«

»Du würdest Ivy überwachen?! Das lässt sie doch niemals zu.«

Ich grinse, weil ich mich auf die Diskussion schon freue und weil ich weiß, dass sie nachgeben wird. Für April. »Keine Sorge, das krieg ich hin.« Ich zeige zum Bildschirm. »Los, los, los!«, feuere ich den Center an, als er vorstürmt.

»Nein!«, ruft Cole frustriert, als er den Gegner foult und auf die Ersatzbank muss, und dreht sich zu mir. »Willst du jetzt echt so tun, als wäre das hier ein normaler Sportabend?«

Ich reibe mir übers Gesicht und seufze. »Mal ehrlich, ich würde total gerne an ihr kleben, aber ja, lass uns das Spiel ansehen.«

»Verstehe ich, nur eine Sache noch: Wie hast du sie rumgekriegt?«

»Anders, als sie behauptet hat, küsse ich wirklich gut.«

»Was Ken wieder erzählt!«, sagt Ivy da plötzlich, kommt zu mir und legt von hinten die Arme um mich, über die ich sofort streichle. »Er zahlt mir Geld, damit ich seine Freundin spiele.« Sie lacht nur kurz darüber. »Weil jeder Moment mit ihm mein Leben besser macht.« Sie beugt sich über meine Schulter, ich lege den Kopf in den Nacken, und wir küssen uns, wie um das zu bekräftigen. Wir sind echt schlimm verliebt.

Dann sehe ich sie fragend an, weil sie hier und nicht bei April ist.

»Ich wollte uns nur Wein holen«, erklärt sie. Was sie nicht sagt, ist, dass sie nicht einfach so an mir vorbeigehen konnte. *Süß!* »Wie steht es?«, fragt sie. *Als hätte sie das je interessiert. Sie will nur drei Sekunden länger an mir kleben.*

»Hier steht nichts«, gebe ich zurück.

»Ha, ha«, macht sie und drückt mir einen Kuss auf die Wange.

»Ivy, hast du dich verlaufen?«, ruft April da nach ihr. »Ich brauch deine Meinung zu meinem Paisley-Kleid.«

»Komme schon«, gibt sie zurück und löst sich von mir. Und sofort fehlt sie mir. Mehr als sonst. *Verrückt!* Sehnsüchtig schaue ich ihr nach.

Cole grinst breit.

»Na, was geht dir durch den Kopf?«, frage ich.

»Dass ich unsere Arbeitszeiten weiter kürzen werde. Aktuelle Aufträge arbeiten wir ab. Danach reduzieren wir unseren Kundenstamm und helfen nur noch den Umsatzstärksten, mit denen die Zusammenarbeit reibungslos klappt.«

»Weil du mehr Zeit für die Finals haben willst?«

»O Ken, meilenweit daneben. Weil du in Zukunft nicht mehr so viel Arbeit schaffen wirst wie bisher.« Er grinst schmutzig. »Unsere Frauen brauchen uns.«

»Aber Ivys Stunden bleiben gleich.« Selbst wenn sie wollte, Simon und Scott würden nicht zulassen, dass sie kürzertritt. Ivys Vorgängerin hat zu viel liegen lassen.«

»Mag sein, aber ich tippe darauf, dass du in Zukunft längere Mittagspausen machen willst. Mit ihr. Bei ihr.«

Stimmt. Mir fällt es schon schwer, das Spiel zu verfolgen, wenn Ivy nebenan ist.

»Ja!«, ruft Cole, als ein Tor erfolgt.

Selten hat mich etwas so wenig interessiert …

16. Kapitel

IVY

»Wein?« Ich schwenke die Flasche, während April sich vor dem Spiegel einen scheußlichen geblümten Fummel anhält. »Das Muster ist schön, aber der Schnitt ist veraltet.« *Das weiß sie eigentlich. Bestimmt hängt sie nur dran, weil das Teil teuer war. Bei den Brautkleidern beweist sie weit besseren Geschmack, wie mir die Klebchen in den Magazinen beweisen.*

»Ich könnte es ein paar Jahre einmotten.«

»Du meinst, bis der Schnitt wieder in ist? Das klappt nur mit schlichten Klamotten, nicht mit so was Speziellem.«

Mit einem Seufzen legt sie das Teil auf einen anwachsenden Stapel Sachen, die sie spenden wird. Dabei entdecke ich das Shirt von einer Firmenfeier bei Gold Face Media, das in Kooperation mit einem Modedesigner entstanden war.

»Das willst du weggeben? Dafür haben unsere Kreativen damals Überstunden gemacht.«

»Und Raffaela Santini hat sie so lange kritisiert, bis dieser hässliche Mischmasch rausgekommen ist. Sag mir nicht, du hast dein Shirt noch?!«

»Als Putzlappen«, gestehe ich, verteile den Wein auf unsere Gläser und stoße mit ihr an. »Du glaubst nicht, wie gut es tut, Gold Face Media auf diese Art eins auszuwischen.«

Sie wirft mir das Shirt zu. »Hier, mach das auch mit meinem. Cole lässt einmal die Woche jemanden für die Grundreinigung kommen. Für alles andere nutzen wir Lappen, die selbst nach zig Wäschen noch aussehen wie neu. Ich will nicht mehr an die Zeit denken.«

»Aber L. A. war toll.«

»Vermisst du es etwa dort?«

»Gott, nein!« Ich setze mich auf einen der gepolsterten Hocker, während April mir Kleider zeigt, bei denen ich mal den Daumen hebe, mal senke und mal abwägend mit der Hand wedle. »Mir fehlt nur das Meer.« Ich seufze. »Und die Sonne.«

»Ich denke, du magst den Winter.«

»Tue ich, aber langsam reicht es mir. Sobald die Tage länger werden, will ich am liebsten nur noch meine kurzen Sachen anziehen.«

Sie zupft an meinem rückenfreien Top. »Noch kürzere? Das überlebt Ken nicht.«

Ich muss lachen. »Bis jetzt schlägt er sich doch gut.«

»Ja, er konnte die Finger von dir lassen, aber den Blick?«

»Ist mir gar nicht aufgefallen«, lüge ich und nehme einen großen Schluck Wein.

»Er hat dich also endlich überzeugen können?«, sagt April und lauert auf Details.

»Also, im Grunde sogar ich ihn«, gebe ich zu und kann nicht glauben, wie knapp ich beinahe das Glück meines Lebens verpasst hätte. Ich erzähle April von der seltsamen Stimmung vor einer Woche und dann, dass ich mich entschuldigt habe.

»Ganz normal?«, fragt sie verwundert.

»Natürlich! Die Worte ›Es tut mir leid‹ gehören zu meinem aktiven Wortschatz.«

»Aber nicht bei Ken.«

»Sie wandelt sie ab«, sagt der Mann der Stunde, der sich zu uns gesellt. »Ein ›Es tut mir leid, Blödmann!‹ ist das Höchste der Gefühle.«

Obwohl er gerade erzählt, wie furchtbar ich sein kann, kommt er zu mir. Ich will ihm Wein anbieten, aber er winkt ab, weil er nachher fahren muss, und umarmt mich stattdessen. »Alles okay?«, frage ich leise, dabei hat April ein Supergehör, wenn es um solche Unterhaltungen geht. »Ist beim Spiel schon Pause?« Ich sehe mich nach einer Uhr um, finde keine, aber ich bin mir sicher, dass es noch nicht so spät ist. Zumindest wenn ich nach dem Stapel an ausrangierten Klamotten gehe. Der ist noch verdammt klein.

»Ich hab dich vermisst«, murmelt er, und Wärme durchdringt mich.

»Ken, wir waren keine Stunde getrennt!«

»Hab dich trotzdem vermisst.«

»Mich oder meinen Hosenbund, mit dem deine Finger spielen?«

»Sorry, Babe, ich kann nicht anders«, murmelt er und drückt einen Kuss in meinen Nacken. »Macht einfach weiter«, sagt er, aber rührt sich nicht vom Fleck.

»Dir ist schon klar, dass wir hier nicht nur Sachen aussortieren, sondern auch Frauengespräche führen?«

»Ja.«

»Ken, wenn dir nicht innerhalb von drei Sekunden Brüste wachsen und dein Penis zu einer Vagina wird, dann solltest du wieder zu Cole gehen.«

»Gut, zeige ich euch eben meine weibliche Seite«, piepst Ken mit verstellter Stimme. »Habt ihr zwei Süßen denn vielleicht irgendwas Rosafarbenes, was ich mal anziehen könnte?«

Ich pruste los. Immer wenn ich denke, Ken kann mich nicht mehr überraschen, tut er es doch.

»Ich kann dich nicht abschütteln?«

»Sorry, Babe, meine Arme müssen dich weiter packen. Selbst wenn ich wollte, ich kann dich nicht loslassen.«

April verfolgt amüsiert unseren Schlagabtausch. »Ich wusste es! Ihr zwei passt so irre gut zusammen. Dass du ihm nicht vertrauen konntest, Ivy! Echt unglaublich!«

»Entschuldige mal, das wäre dir bei Cole doch genauso ergangen, wenn er so viele Frauen verschlissen hätte, wie du Bewerbungen geschrieben hast.« Hundert waren es, wie alle im Haus wissen. Und sie hatte gerade am Anfang nur ihre Karriere im Kopf. Es hat lange gedauert, bis sie verstanden hat, dass sie Cole in ihrem Leben braucht. Genau genommen, eine Trennung, einen neuen Job, einen Zusammenbruch und eine Therapie später, plus eine Fellnase namens Colorado und meinen sehr guten Einfluss. Dagegen war mein Erkenntnisprozess schnell.

»Ihr habt echt gedacht, wir sind schon die ganze Zeit zusammen?«, fragt Ken.

»So viel anders als jetzt habt ihr euch ja nicht benommen.«

Verwundert sehen Ken und ich uns an.

»Na ja, die Streitereien sind gleich, und Ken hat dich auch immer befummelt. Nicht so wie jetzt, aber trotzdem. Und du hast es genossen.«

»Hab ich nicht!«, behaupte ich, während Ken mich zufrieden brummend fester packt.

»Sorry, Ivy, aber die roten Wangen, die glitzernden Augen …? Es war schwer zu übersehen, wie scharf du auf Ken warst.«

»Das stimmt nicht.« Ich drehe mich zu Ken. »Los, sag ihr das.«

»Das stimmt nicht«, bestätigt er brav. »Mir sind nie irgendwelche Anzeichen aufgefallen, dass sie nachts von mir träumt.«

Frecher Kerl. Das reicht! Ich stoße ihm den Ellenbogen in den Bauch. Nicht fest, dafür warnend. »Gib mir gefälligst recht.« Ich denke kurz über seine Worte nach. »Richtig recht.« *Das eben war ja wohl ein Witz!*

Er senkt seinen Mund an mein Ohr, damit nur ich höre, was er sagt. »Babe, sorry, aber du warst total heiß auf mich.« Er knabbert an meinem Ohrläppchen. »Und es gab kaum ein Treffen, bei dem du nicht feucht geworden bist.« Noch ein Biss. »Für ein Mal Sex hätte ich dich jederzeit nehmen können, und du hättest es genossen.«

»Puh!«, mache ich nur und laufe unter Aprils stechendem Blick rot an. »Mein Outfit ist definitiv noch zu dick, ich sollte was ausziehen.«

Zustimmend spüre ich Kens Penis an meinem Rücken härter werden. Hier, im Haus unserer Freunde. *Wie unangenehm!*

»Los, geh wieder zu Cole«, zische ich.

»Mit dem kann ich aber nicht kuscheln.«

Gott, ich müsste jetzt durchgreifen. Das ist meine Zeit mit April. Ein Kerl sollte sich nie zwischen die Frau, die er liebt, und ihre beste Freundin stellen. Doch das mit ihm ist noch so neu, ich kann ihn nicht wegschicken, nicht, nachdem ich ihn beinahe aus Versehen verloren hätte. Nicht, wenn wir eine Familie werden können. Vater, Mutter, Kind.

»Was hältst du davon, wenn wir alle zu Cole gehen«, sagt April.

»Aber ich wollte dir doch helfen«, protestiere ich. »Wir haben kaum was geschafft.«

»Süße, wenn ich euch sehe, dann ist mir nicht danach, meinen Kleiderschrank auszumisten oder mich zu aktuellen Brautschleiertrends mit dir auszutauschen. Ich will bei meinem Freund sein. Los, wir können den Wein auch im Wohnzimmer weitertrinken.«

»Und Sport gucken?!«, ächze ich.

»Eher Männer gucken«, sagt sie mit einem Zwinkern.

»Aber –«

Ken legt mir eine Hand auf den Mund. »Ab aufs Sofa, Babe. Ich stimme April zu. Schaut gerne uns an, während wir Sport gucken.«

»Du trägst den Wein«, bestimme ich. Meine Art, meinen Unmut kundzutun.

»Natürlich, was anderes wäre mir auch nie eingefallen.«

Wir räumen den Berg an ausrangierten Klamotten zusammen. Er ist kleiner als sonst, nur ein Hügelchen, aber immerhin war die Arbeit nicht ganz umsonst. April hängt die Sachen, zu denen sie noch meine Meinung hören wollte, wieder in den Schrank, und sie strahlt richtig, als wir ins Wohnzimmer kommen und Cole einen Arm einladend nach ihr ausstreckt.

»Möchtest du das auch?«, fragt Ken, stellt den Wein ab und hebt seinen Arm.

»Unter deine müffelnde Achsel kriechen?«, zische ich und klettere zu ihm. »Könnte mir keinen schöneren Ort vorstellen.« Ich schmiege mich an ihn. »Wärmst du dafür meine Füße?«

»Könnte mir auch nichts Schöneres vorstellen«, gibt er zurück.

Unglaublich, das war erst ein Tag mit Ken, aber es fühlt sich so an, als wären wir schon ewig zusammen. Vielleicht, weil wir das quasi ohne Sex auch vorher waren. *Der Mann ist ein Glücksgriff.* »Ich liebe dich«, hauche ich ihm leise zu, als das Spiel läuft, um die anderen beiden nicht zu stören. Ich küsse ihn. Er wendet den Blick vom Bildschirm ab, greift wieder so in meine Haare, wie ich es liebe, und erwidert den Kuss, lang und tief, als wären wir alleine. Als der Moment kommt, dass wir uns lösen müssten, schaffe ich es nicht. Ken weicht dagegen zurück.

»Wir sollten gehen, Babe.«

»Aber das Spiel ist noch nicht zu Ende.«

»Das im TV nicht, aber unseres.«

»Wer hat gewonnen?«

»Du.«

»Was bekomme ich?«

»Mich.«

»Okay …« Ich räuspere mich, um lauter zu sprechen. »Sorry, April, Cole, wir sind beide müde und gehen.«

»Müde?«, feixt April. »Dass du Ken anflunkerst, kennen wir ja. Aber seit wann lügst du mich an?«

»Willst du denn die Wahrheit hören?«

»Sie hat sie verdient«, sagt Ken. »Ivy braucht noch mal meine Dienste.« Das sorgt für Lacher.

Wir ziehen uns an. Ich verspreche April, mir ihre Favoriten für das Brautkleid online anzuschauen, wenn sie mir die Links schickt. Dann verabschieden wir uns und gehen.

»Vielleicht suche ich mir für deine Dienste einen Ersatz«, murmle ich etwas verstimmt, weil er den Grund für unseren Aufbruch verraten hat, und steige in seinen Wagen.

»Vielleicht machen ich und mein Ersatz es zusammen wieder gut«, sagt er und setzt sich hinters Steuer.

»Ken!«, knurre ich, aber muss gleichzeitig lachen. »Ich finde nur, man sagt seinen Freunden nicht, dass man gehen muss, um ungestört übereinander herzufallen.«

»Bist du feucht?«

»Kein bisschen.«

Er beugt sich zu mir, schiebt seine Hand über den freien Rücken zu meinen Brüsten und reibt über einen Nippel. »Das geht natürlich nicht.«

Es ist die erste erotische Berührung seit Stunden, und statt etwas zu sagen, kann ich mich nur im Sitz zurücklehnen und stöhnen. »Wehe, du machst jetzt mehr! Wir parken immer noch in der Einfahrt unserer Freunde. Die Außenbeleuchtung ist wie ein Scheinwerfer.«

»Kommst du dann etwa?«

»Natürlich nicht«, tue ich empört, bin mir da aber nicht so sicher.

»Okay, zu wem soll ich fahren?«

Ich versuche, im Kopf durchzurechnen, wer näher wohnt, ich oder Ken.

»Okay, erst zu dir, danach zu mir«, entscheidet er und fügt hinzu, bevor ich fragen kann, was das Manöver soll: »Dann kannst du dir Sachen für den nächsten Tag einpacken, deinen Wagen nehmen und morgen von mir direkt zur Arbeit fahren. Der Weg ist kürzer.« Er grinst. »Das heißt, ich hab mehr von dir.«

»Musst du nicht pünktlich um acht im Büro sein?«

»Cole hat uns beiden die Stunden gekürzt. Um neun tut es ab jetzt auch.«

Ich müsste protestieren, aber mir fällt nichts ein. »Gut, fahr los!«

KEN

Sobald wir bei mir sind, ist die Spannung vom Abend verflogen. Es ist spät geworden, und Ivy muss am nächsten Tag früh raus. Weil sie heute freihatte, schaut sie noch mal in ihre Mails. Passt mir nicht, aber ich kann es verstehen. Sie ist verantwortungsbewusst, das ist eine der Sachen, die ich an ihr mag.

»Es gilt der gleiche Deal wie neulich: Jede beantwortete Nachricht macht ein abgelegtes Kleidungsstück.« *Ich will ja nicht, dass sie es übertreibt.*

»Was passiert, wenn es mehr Mails als Kleidungsstücke werden?«

»Dann ziehst du erst dich und dann mich aus.«

»Und wenn es –«

»Werden es nicht«, sage ich. »Bevor du die halbe Nacht hier sitzt, schleife ich dich vom Laptop weg, egal, bei was für einer ach so wichtigen Aufgabe du gerade bist. Also setz Prioritäten!«

»Hast du das mit Cole schon mal gemacht?«

»Ja, habe ich. In den Momenten selbst fand er das nie gut, war mir aber später dankbar dafür.« Ich drücke ihr einen Kuss in den Nacken. »Also überleg dir, ob du mich heute von meiner netten oder meiner miesen Seite kennenlernen willst.«

»Wie? Du hast eine nette Seite?«, neckt sie mich, setzt sich an ihren Laptop und wirft mir einen Luftkuss zu. »Ich beeile mich. Bis gleich.«

Perfekte Antwort! Ich lasse sie in Ruhe und absolviere mein Sportprogramm. Als ich fertig bin, dusche ich. Ivy sitzt immer noch an ihrem Laptop, total vertieft in ihre Arbeit.

»Bist du mittlerweile nackt, und ich bin es auch?«, frage ich sie durch die Blume nach der Anzahl der Mails, die sie geschafft hat.

Sie schreckt zusammen, grinst dann aber breit. »Ich reite dich sogar schon!«

Diese Frau! Mein Schwanz zuckt sofort begeistert.

Ich gehe zu ihr und lasse sie spüren, was ihre Worte ausgelöst haben. »Und was hast du als Nächstes vor?«

Sie legt den Kopf in den Nacken und seufzt, als sie merkt, dass ich schon geduscht bin, nimmt meine Hände und schiebt sie unter ihr Top. »Du schleppst mich vom Schreibtisch weg.«

»Ehrlich?« Bis eben war sie noch so geschäftsmäßig.

»Also wenn du lieber masturbieren statt mit mir schlafen willst, sag es.«

Ich umrunde sie, hebe sie aus dem Stuhl und werfe sie mir über die Schulter.

»Ein Nein hätte genügt«, quietscht sie vergnügt.

»Bei dir? Seit wann?!«

Ich lasse sie allerdings im Bad und nicht im Schlafzimmer runter und bleibe in ihrer Nähe. Sie schminkt sich ab, duscht, cremt sich ein. Als sie sich die Zähne putzt, halte ich ihren sinnlichen Anblick nicht länger aus. Ich muss sie berühren, fahre ihr durch die Haare, folge ihrer geschmeidigen Haut über den Rücken und packe ihren Hintern. Ihre Erregung steigt. Statt mich aufzuhalten, atmet sie schwerer, genießt meine Nähe.

»Fertig«, sagt sie schließlich und dreht sich zu mir.

»Zieh mir das Shirt aus«, sage ich.

Sie tut es, noch bevor ich den Satz beendet habe, und fährt mit den Händen über meine Muskeln. Prüfend greife ich ihr zwischen die Beine und spüre ihre einladende Feuchtigkeit. Als sie mir mehr Zugang gewährt, schiebe ich zwei Finger in sie, und sie presst sich an mich. Fordernd.

»Langsam sollte ich eigentlich genug von dir haben«, seufzt sie und zieht mir die Shorts tiefer, befreit meinen Schwanz und massiert die Länge.

»Ja, ich weiß auch nicht, was mit dir nicht stimmt.«

»Du hast nicht genug?«

»Doch total. Aber du bist so gierig«, spiele ich mit, hebe sie an und setze sie auf dem Rand des Waschtischs ab. Ich presse den Kennolithen an ihre Mitte, gleite über ihre feuchte Spalte und nutze ihre Lust aus, um uns beide noch bereiter zu machen.

»Gierig? Ich? Also ich könnte jetzt auch abbrechen und schlafen gehen«, sagt sie, drückt ihre Fersen in meinen Rücken und will, dass ich in sie dringe. »Alles, was ich brauche, ist ein Orgasmus. Ob von dir oder mir, ist mir egal.«

»Bevor du dir die Hände schmutzig machst, lass mich dir helfen.« Ich presse meine Eichel an ihren Eingang und schiebe mich gefühlvoll in sie.

»Tiefer!«, fordert sie. »Mehr, Ken!« Ihr Blick wird wieder frech. »Ich kann das alleine viel besser.«

»Entschuldige, mein Fehler!« Ich dringe ganz in sie, packe sie unter dem Hintern, trage sie nach nebenan und setze sie auf dem Bett ab. »Jetzt zufrieden?«

»Geht so«, stöhnt sie, als ich bis zum Anschlag in ihr bin. Sie könnte genauso gut Ja sagen.

Im Einklang mit meinen Bewegungen windet sie sich unter mir.

»Ken!«, ruft sie nur, als sie es kaum noch aushält.

Ich verschließe ihren Mund und schlucke ihre Schreie. Sie kratzt mich, beißt mich, macht mich verrückt. *Gott, so hart war ich noch nie.* Sie fühlt sich traumhaft an und lässt mich alles um mich herum vergessen.

»Fuck, Ivy«, stöhne ich laut, und mein Körper erzittert, als ich komme.

Wow, war das gut! Fehlt nur noch Ivys Orgasmus.

Ich greife an ihre Klit, pumpe mit meiner letzten Härte in sie, und sie lässt los und schreit vor Erleichterung. Als ich mich zur Seite rollen will, hält sie mich fest. »Ich erdrücke dich, Babe.«

»Nur einen Moment noch«, wispert sie. »Bitte.«

Ich verlagere mein Gewicht. Unser erschöpfter Atem vermengt sich. Als sie mich küsst, rühre ich mich, und dieses Mal lässt sie es zu.

»Ich bin gleich wieder da«, sage ich.

Sie will mich nicht loslassen. Diese zierlichen, manikürten Finger entwickeln die Kraft eines Bodybuilders. Als es mir gelingt, mich zu lösen, hole ich einen warmen Waschlappen und mache sie sauber.

»Was für ein Service!«, seufzt sie zufrieden.

»Geht es dir gut? Das war wild.«

»Kein Wunder, dass es keine Frau lange bei dir ausgehalten hat. Du warst wie ein Tier«, murmelt sie und küsst mich.

»Das sagt die Dame, die so heftig an meinen Haaren gezerrt hat, dass ich frühzeitig kahl werde. Du hast Glück, dass ich dich liebe, sonst wäre ich längst über alle Berge.«

Sie lacht nur, schmiegt sich an mich, und wir küssen uns noch einmal.

Dann schlafen wir ein. Weil zwischen uns alles in Ordnung ist. *Endlich.*

Die nächsten Tage sind wie ein Traum. Nur dass das alles echt ist. Ich hatte ganz vergessen, wie schön es ist, jemanden an seiner Seite zu haben. Zum Reden, für Sex, zum Pläneschmieden. Ich hab die letzten Monate nicht genug von dieser Frau bekommen, und das gilt auch für jetzt. Dass ausgerechnet zu dieser Zeit ein Besuch meiner Eltern ansteht, stört mich. Ihre Art könnte Ivy vergraulen. Sie setzen nur einen Fuß nach Colorado, weil sie irgendwas von mir wollen. In der Vergangenheit waren das meine Unterschrift unter die Besitzdokumente einer Wohnung in Manhattan, meine Unterstützung bei einer Charity-Veranstaltung und Hilfe bei der Suche eines neuen Assistenten. Keine Ahnung, worum es dieses Mal geht.

»Was ist los?«, fragt mich Ivy Freitagabend, weil meine Anspannung kaum noch zu übersehen ist.

»Meine Mom und mein Dad kommen am Wochenende. Wärst du bereit, sie kennenzulernen?«

»Dieses Wochenende?!«, fällt sie aus allen Wolken. »Die Frage ist wohl eher, ob du bereit dafür bist, mich ihnen vorzustellen. Wie gut oder schlecht ist euer Verhältnis genau?«

»Ziemlich unterkühlt. Sie hatten mich fest in ihr Leben in New York eingeplant. Der Business Analyst, der Kontakte zum Wirtschaftsleben hält und damit den Einfluss der McNamaras ausbaut. Die Trennung von Delilah und mein Absturz haben ihnen einen Strich durch die Rechnung gemacht. Dass ich schließlich nach Colorado gezogen bin, haben sie nie verstanden.«

»Wissen sie nicht, dass Delilah dich betrogen hat?«

»Doch, aber sie glauben, das wäre meine Schuld.«

Ivy sieht mich sprachlos an. Eine Seltenheit.

»Niedlich. Mal kein Kommentar von dir?«

»Ich wollte nicht taktlos wirken.« Sie räuspert sich. »Aber es stimmt natürlich, der Betrogene ist immer Schuld an seinem Unglück. Total logisch.« Sie verdreht die Augen, weil sie die Letzte ist, die so einen Mist ernsthaft glaubt. »Keine Sorge, Ken, wenn du mich dabeihaben willst, bin ich dabei. Einer muss ja auf deiner Seite stehen.«

»Sehr gerne. Danke dir.« Das bedeutet mir wirklich viel.

Am nächsten Tag bereue ich meine Entscheidung. Früher oder später hätten sie sich eh kennengelernt. Später wäre wohl aber auf jeden Fall besser gewesen, denn die heutige Mission meiner Eltern lautet, mir die Vorzüge meiner Ex unter die Nase zu reiben – bevor sie dann am Abend weiter nach San Francisco fliegen werden. *Sehr anstrengend.*

Bereits am Flughafen ist die Stimmung angespannt.

»Mom, Dad, darf ich euch Ivy vorstellen? Meine Freundin.«

Der Blick meiner Mutter gleitet über Ivys Outfit, ein fast knielanges Kostüm, das an Mode von Chanel erinnert und gerade laut Ivy ein Revival erlebt. »So nennst du deine Frauen also neuerdings?«, sagt meine Mom abfällig. »Freundin?«

Ivy und ich tauschen einen Blick, und ich greife ihre Hand. Sie drückt mich wie zum Zeichen, dass sie das wegsteckt. *Tapfere Frau.*

»Kommt, ich hab uns im Bergdorf einen Tisch reserviert. Von der Panoramaterrasse haben wir einen herrlichen Blick ins Tal. Gerade jetzt im Frühling blüht es hier überall. Die Aussicht ist wirklich schön.«

»Du weißt ja, wir lieben den Blick auf den Central Park«, sagt mein Dad.

Ivy kichert – und erntet einen bösen Blick meiner Mom. Aber das schüchtert sie nicht ein. »Sorry, aber man kann doch nicht die Rocky Mountains mit ein paar Quadratmetern vom Central Park vergleichen. Das ist, wie ein Staubkorn einer ganzen Wüste vorzuziehen! Der Blick auf die Berge ist wirklich grandios.«

Meine Mom wendet sich an mich. »Normalerweise hast du deine hübschen Dinger besser im Griff, Ken.«

Behandelt sie Ivy gerade wie Luft?! »Mom, Ivy ist meine Freundin«, wiederhole ich grollend. »Und sie hat recht.«

Meine Eltern tauschen einen Blick, als hätte mir Ivy das Hirn weggevögelt. Was bei unserer Geschichte, wenn, dann eher umgekehrt war. Der Kennolith hat sie überzeugt, nicht ihre Brüste mich. Bevor die Diskussion ausartet, fahre ich uns zum Restaurant. Statt besser wird es jedoch nur schlechter.

»Delilah hat nach dir gefragt«, sagt meine Mom, nachdem wir bestellt haben, dabei sieht sie Ivy giftig an, als wollte sie ihr eins auswischen. »Das ist seine große Liebe.«

»Meine *ehemalige* große Liebe«, knurre ich, als würde Ivy das nicht wissen. »Ich habe keinen Kontakt mehr zu ihr.«

»Das solltest du langsam ändern. Ihr wart so ein schönes Paar.« Wieder einer ihrer Blicke, die zwischen Ivy und mir hin- und hergehen. »Und jetzt sieh dich nur an!«

Als wäre ich ein Penner! Gleich explodiere ich.

Da fährt mir Ivy durch die Haare. »Stimmt, Ken, der Staub der Provinz klebt an dir. Ich sollte dafür sorgen, dass du wieder täglich duschst, wie sich das gehört. Kein Wunder, dass sich deine Mom so aufregt. Du siehst total verlottert aus.«

Das senkt sofort meinen Puls. Ich beuge mich zu Ivy und muss sie einfach küssen. *Wie kann jemand nur so toll sein?*

»Gott, Junge, merkst du nicht, dass sie nur mit dir spielt?«, stöhnt mein Vater da. *Als würde er was von großen Gefühlen verstehen!*

»Tut sie nicht«, sage ich, ohne Ivy aus den Augen zu lassen. »Und falls doch, dann ist es okay.« Spontan küsse ich sie noch mal. »Ich liebe sie.« *Wer das nicht sieht, dem ist nicht zu helfen.*

»Mit Delilah hast du dich besser benommen«, sagt meine Mom.

»Über Delilah reden wir nicht.«

»Aber sie –«

»Nein, Mom, es reicht.«

Unangenehme Stille macht sich breit. Unser Essen wird gebracht. Geradezu eingeschnappt nimmt sich meine Mom das Besteck und macht sich schweigend über ihr Essen her. Den Rücken durchgedrückt, die Nase leicht erhoben, als könnte ich sagen, was ich will, sie wüsste es ja doch besser.

»Vielleicht sollte ich gehen?«, flüstert mir Ivy zu, die sich offensichtlich verantwortlich dafür fühlt, einen Keil zwischen meine Eltern und mich zu treiben. *Als hätte es den vorher nicht schon gegeben!*

»Nein, Babe, *wir* gehen«, beschließe ich.

»Aber das Essen!«, ruft sie überrascht.

»Lassen wir einpacken.« Kurz entschlossen winke ich schon eine Bedienung heran und gebe meinen Wunsch weiter.

»Junge, was soll das werden?«, fragt da meine Mom, als wäre das nicht klar.

»Ivys und meine Pläne haben sich geändert. Genießt das Essen, die Rechnung geht auf mich, und habt dann eine schöne Zeit in San Francisco.« Ich erhebe mich und ziehe Ivy mit mir hoch. »Wir müssen los.«

»Was soll ich denn Delilah sagen?«, ruft meine Mom mir nach.

Ich ignoriere sie. Dass meine Eltern meine Freundin so abfällig behandeln würden, hätte ich nicht gedacht. Sie wussten von meinen Affären, aber keine dieser Frauen war je bei den Treffen dabei. Ihnen muss doch klar gewesen sein, wie ernst es mir mit Ivy ist. Trotzdem haben sie sie behandelt wie eine Aussätzige. *Unfassbar*. Bei Anwälten gilt ja, im Zweifel für die Angeklagte. Nicht bei meinen Eltern.

»Puh!«, stößt Ivy die Luft aus, als wir außer Hörweite sind.

»Alles okay bei dir?«

»Das fragst du mich?! Sie waren …« Sie sucht ernsthaft nach einem diplomatischen Ausdruck für das Verhalten meiner Eltern.

»Babe, sie waren furchtbar. Sag es ruhig, wie es ist. Bis auf Weiteres haben wir jetzt immerhin Ruhe vor ihnen.« Einer der Vorteile, wenn man sich nicht so nahesteht. *Bis sie wieder was wollen …*

»Stört dich das nicht?«, fragt Ivy.

Ich ziehe sie noch mal an mich. »Kein bisschen, Babe. Meine Familie ist hier.« Ich küsse sie. »Du bist hier.«

»Hab schon verstanden, dass du mich meinst«, sagt sie und küsst mich zurück. »Was machen wir jetzt?«

»Ich sorg dafür, dass du die Begegnung ganz schnell vergisst.«

»Gefällt mir.«

Wenn der Besuch meiner Eltern was bewirkt hat, dann, dass wir jetzt nur noch enger zusammen sind. Wir sind eine Einheit. Untrennbar.

Immer mehr von Ivys Sachen landen bei mir. Kosmetikartikel, Waschzeug, Make-up, Wechselwäsche. Umgekehrt ist es genauso. Als sie wie selbstverständlich meine Unterhosen bei sich mitwäscht, natürlich wieder mit der üblichen sexy Zickerei, fange ich an, den nächsten Schritt zu planen. Zusammenzuziehen. Da sitzt Ivy müde gähnend an meinem Küchentisch und stochert lustlos in ihrem Frühstück herum. *Gar nicht ihre Art.*

»Was ist los, Babe?«

»Muss denn was sein?«

Bei dieser Antwort? Bei ihr? Ja. Ich setze mich zu ihr und nehme ihre Hände in meine. Sie sind eiskalt. *Kleine Kühlschränke.*

»Ich hätte jetzt einen Kommentar erwartet wie: ›Ich habe erfahren, dass es den Osterhasen nicht gibt. Ist das nicht schrecklich?‹«, versuche ich, sie aus der Reserve zu locken.

Ihre Mundwinkel zucken. Nur kurz, aber immerhin. Dann steigen ihr Tränen in die Augen.

»Hey, du bringst mich um. Rede mit mir, Babe!«

»Ich hab meine Tage bekommen«, piepst sie.

»Oh«, mache ich, wie wohl jeder Kerl, bis mir dämmert, was sie mir eigentlich zu verstehen gibt. Dass sie nicht schwanger ist, obwohl wir wirklich so ziemlich alles dafür getan haben. Zumindest auf die klassische Weise. »Fuck, Babe, wir versuchen es weiter.«

Das darauf erwartete Lächeln bleibt aus. »Irgendwie hatte ich gehofft, dein Supersperma gleicht meine mageren Eizellen aus. Total naiv. Es hätte natürlich klappen können, aber ich wusste, wie gering die Wahrscheinlichkeit ist. Meine Ärztin hat sich da sehr klar ausgedrückt.« Sie sieht mich kläglich an. »Ich hab den Körper einer Fünfzigjährigen, wenn es ums Kinderkriegen geht.«

Ich gebe zu, ich dachte auch, mein Supersperma wirkt Wunder. *Ja, typisch Mann.* Trübsal hilft in der Situation allerdings nicht. *Wo ist meine spritzige Freundin hin? Und wie krieg ich sie zurück?*

»Selber schuld!«, sage ich ruhig.

»Wie bitte?!«, faucht sie und fährt endlich ihre hübschen Krallen aus.

»Du hast richtig gehört, Babe: selber schuld.«

»Spinnst du? Ich hab mir das doch nicht ausgesucht.« Mich trifft ein finsterer Blick, und sie löffelt nun ihr Müsli. *Gut, aber nicht gut genug.*

»Spinnst du, Babe? Du heulst hier rum, als wäre alles schon gelaufen«, greife ich ihren Ton auf. »Sag ruhig, wenn du es dir anders überlegt hast und doch kein Kind mit mir willst.«

»Wirke ich etwa so auf dich?«

»Bisher warst du eher heiß auf den Kennolithen als darauf, einen Babybauch zu kriegen.«

Sie wirft Müsli nach mir. War zu erwarten. Es landet klatschend auf meinem Jackett. Ich grinse trotzdem. »Ach, verstehe, du willst gar kein Baby, du bist selbst eines und wirfst mit Brei.«

Ihr Blick wird herrlich mörderisch. »Ken, würdest du bitte aufhören, so ein Arsch zu sein?« Sie spielt mit dem Müsli, als wollte sie es noch mal werfen, aber löffelt den Rest schnell auf und stellt die Schüssel mit einem Scheppern in die Spüle.

Okay, ich war noch nicht provokant genug. »Auf keinen Fall«, lege ich nach. »Ich kriege hier ständig Erektionen und stehe dir zur Verfügung, wann immer du mich bespringen willst, und du gibst einfach auf.«

»Ich gebe auf?! Ich bin durch Schnee geirrt, hab mich auf diesen dämlichen Deal eingelassen.« Sie mustert mich. »Und auf dich! Wie kannst du über dieses Thema mit mir streiten?«

Stopp! Sie hält das für einen echten Streit?

Das wollte ich nicht.

»Wenn ich jetzt also in der Kinderwunschklinik anrufe und einen Termin vereinbare, um die Behandlung zu starten, dann bist du dabei?« Ich nehme sie in die Arme, auch wenn sie sich sträubt, und küsse ihre Schläfe. »Sonst muss ich mir eine andere Ivy suchen, die mir ein Kind schenkt.«

»Das wagst du nicht!«

»Doch! Aber ich fürchte, da kann ich suchen, bis ich alt, grau und impotent bin.«

Sie boxt mich und lehnt sich an mich. »Ich hatte wirklich gehofft, es klappt auf natürlichem Weg.«

»Das verstehe ich. Aber wenn es so knapp ist, dann sollten wir nicht länger rumprobieren.«

»Hast du auf einmal das Sagen?«

»Mein Job ist das Recruiting von Personal, warum nicht auch das Babymachen?« Ich küsse sie. »Du hast hier echt einen tollen Kerl an deiner Seite, der nicht nur bestes Sperma mitbringt, sondern auch verdammt organisiert ist.«

»Ich hätte nie gedacht, dass wir das zusammen durchziehen.«

»Aber so ist es jetzt, Babe.«

»Danke, das hab ich gebraucht.« Sie sieht mich mit einer Mischung aus Hoffnung und Angst an. »Aber nur fürs Protokoll: Zieh mich bitte nie wieder bei diesem Thema auf.«

»Zufällig weiß ich, wie ich es wiedergutmachen kann.«

»Wir werden keinen Sex haben!«

»Wie gut, dass ich nicht an Sex denke, sondern daran, den Termin zu vereinbaren.« Ich streichle ihr über den Rücken. »Wir kriegen das hin, Babe, versprochen.«

17. Kapitel

IVY

Ken ist einfach unglaublich! Ohne ihn würde ich es nicht schaffen. Mittlerweile ist Juni, und mit jeder erfolglosen Behandlung steigt meine Anspannung. Zwei haben wir schon hinter uns. Bald starten wir den dritten und vermutlich letztmöglichen Anlauf. Ich bin müde davon, dass sich mein Leben nur noch ums Kinderkriegen dreht. Das hatte ich mir einfacher vorgestellt. Ich will nicht aufgeben, aber mir bleibt nicht mehr viel Zeit. Ich hätte Ken einfach direkt nach der ersten Begegnung in Telluride über mich drüberrutschen lassen sollen. Damals hat er sich doch auf alles mit Brüsten gestürzt. Ich hätte einen Babyunfall riskieren sollen. Dann wäre ich heute schon Mom. *Aber was denke ich da? Dazu wäre es nie gekommen! Damals dachte ich noch, ich habe Zeit. Egal, wie heiß Ken ist. Ich hätte auf Kondomen bestanden. Nichts wäre passiert.*

»Lass uns in die Hamptons fahren. Meine Familie besitzt dort ein Haus«, sagt Ken, als wir nach der Vorbereitung für Versuch drei mit einem Rezept für die nächste Hormonbehandlung mit dem Taxi zum Flughafen fahren. »Ich brauch mal eine Pause.«

Die Straßen sind voll, aber wir kommen zügig voran. Es ist schwülwarm. In der Luft liegt der Geruch von verbranntem Holz, weil außerhalb der Stadt wieder Waldbrände wüten, jedes Jahr mehr.

»Du brauchst eine Pause?«, gehe ich Ken an. »Dein Job ist es zu onanieren. Mir werden mit Nadeln Dinge entnommen oder eingesetzt.« *Medizinisch einfache Eingriffe, trotzdem unangenehm.*

»Wenn ich sagen würde, dass du Urlaub brauchst, würdest du das abstreiten.«

»Genau! Weil ich keinen brauche.«

»Sagt die Frau, die mir eben noch erzählt hat, wie furchtbar es ist, ständig von Nadeln gepiekst zu werden!«

Moment mal … Ich suche nach einem Gegenargument, aber da ist keines. »Du hast mich reingelegt!« Er hat sein Leid vorgetäuscht, damit ich meines klage.

»Du hast dich reinlegen lassen«, sagt er stolz grinsend. »Über meiner Falle stand blinkend: Achtung, Hinterhalt! Trotzdem bist du reinmarschiert.«

Wir halten am Flughafen. Wie ein eingespieltes Team schnappt sich Ken unser Handgepäck, ich führe uns zur Sicherheitskontrolle. Eingecheckt sind wir schon.

»Ich dachte, wir nutzen unseren Urlaub Ende Juni, um die letzten Sachen für meinen Umzug zu dir zu packen«, sage ich. Die getrennten Haushalte nerven auf Dauer, und Ken hat viel Platz. Wenn alles bei ihm ist, wollen wir auch den Mietvertrag für mein Haus kündigen. Das gesparte Geld soll in einen ETF-Sparplan für unser Kind fließen.

»Babe, ein Umzug ist kein Urlaub, sondern Arbeit. Dafür können wir auch unsere Freunde einspannen.« Wir erreichen die Sicherheitskontrolle, nehmen die First-Class-Schlange, müssen aber trotzdem kurz warten, weil vor uns ein Paar abgefertigt wird. »Ich will dich von morgens bis abends in einem Bikini sehen.«

»Nicht nackt?«, flüstere ich ihm zu.

»Ich will ja nicht, dass du dich erkältest«, witzelt er, dabei wissen wir beide, was er mag.

»Falls mir kalt wird, habe ich doch dich.«

»Hast du«, sagt er und umarmt mich.

Ich lasse mir seinen Vorschlag durch den Kopf gehen, während wir vorrücken und die Kontrolle passieren. Gepäck aufs Band. Flüssigkeiten und Elektronik extra. Vorwärts zum Körperscan. Hände heben, stillstehen, grünes Licht abwarten, weiter. *Alles Routine.*

»Werden deine Eltern auch da sein?«, frage ich. Das Treffen mit ihnen habe ich noch zu deutlich vor Augen. Obwohl Ken und ich fest zusammen sind, haben sie mich behandelt wie eine seiner Wochenendaffären. Dass Ken glücklich ist, sehen sie nicht. Auf die beiden zu treffen wäre kein Urlaub.

»Nein, Mom und Dad verbringen die Sommer traditionell in Vermont.«

»Wo ihr auch ein Haus habt?«, frage ich und lotse uns weiter zu unserem Gate.

»Ähm … eine ganze Ortschaft, um genau zu sein. Keine Sorge, auf Long Island haben wir unsere Ruhe.«

»Also nur Sonne, Strand und du?« Die Entscheidung fällt mir leicht. »Ja! Unbedingt, ja. Auch wenn mir schleierhaft ist, wie du geschafft hast, dass ich das will.«

»Ich bin heiß. Da ist bei dir bestimmt eine Sicherung durchgebrannt.«

»Das wird es sein«, sage ich und nehme seine Hand. »Ich liebe dich, Ken, ich liebe dich wirklich sehr.« Ich grinse frech. »Und mich trifft nicht der Schlag, wenn ich das sage.«

»Ich liebe dich auch, Babe.«

Sobald wir zurück in Telluride sind, zähle ich die Tage bis zum Urlaub. Ich brauche die Auszeit dringender, als ich dachte. *Wann war ich zuletzt Ivy Rivers, die heiße Freundin von Ken, Brautkleidberaterin von April und stylische Marketingfrau des Brews Brothers? Statt die nicht in die Gänge zu kriegende Babymaschine, die jeden Augenblick den Geist aufgibt.* Es wird Zeit, mich wieder selbst zu spüren. Die einzige Ablenkung ist, meine Sachen für den Umzug auszumisten. Obwohl ich noch nicht lange in Telluride lebe, hat sich einiges angesammelt. Ich bin ein Messi. Zum Glück mag Ken mein Chaos.

Diszipliniert arbeite ich mich jeden Abend durch Klamotten und Haushaltskrempel. Als mir Elternzeitschriften in die Hände fallen, die ich mir nach dem Frauenarzttermin im Januar gekauft hatte, brauche ich jedoch eine Pause.

Die hatte ich ganz vergessen! In diesen Magazinen klingt das Kinderkriegen so einfach. Warum ist es das nicht?

Ich nehme mir ein Wasser, setze mich auf die Veranda und lasse mir die Abendsonne ins Gesicht scheinen. Hätte ich damals nur gewusst, was später passieren wird. Ich hätte mich niemals zu der Abtreibung überreden lassen. Ja, es wäre schwer geworden, das Kind großzuziehen. Nur mit einem Highschool-Abschluss, ohne Geld, ohne Job, selbst fast noch ein Kind. Aber ich hätte es geschafft. Jetzt ist mein Leben besser, aber ich werde einfach nicht schwanger. Wenn die erste Behandlung geklappt hätte, könnte ich bereits im dritten Monat sein. Hätte ich mich gleich nach meinem Umzug nach Colorado auf Ken eingelassen und hätte es auf natürlichem Weg geklappt, dann hätten wir sogar schon ein Kind. Der anstehende Urlaub wäre unser erster als Familie.

Ein wehmütiges Seufzen entweicht mir. Gleich kommen mir die Tränen.

»Hör auf, der Vergangenheit nachzutrauern«, sagt Ken und setzt sich zu mir. »Keiner konnte wissen, dass es mal so kommt.«

»Kein frecher Spruch?«

»Nicht bei dem Thema.«

»Und wenn ich es dir erlaube?«

»Auch dann nicht.«

Gott, jetzt liebe ich diesen Mann noch mehr. Irgendwann werde ich wohl anfangen, den Boden zu küssen, auf dem er geht. Immerhin kurz heitert mich der Gedanke auf.

Erst in den Hamptons wird mir leichter ums Herz. Als würde die Brise vom Meer alle Sorgen wegwehen.

»Glücklich?«, fragt mich Ken.

»Überhaupt nicht. Salzige Luft und Sonne, igitt! Wie kann man das mögen?«, witzle ich in gewohnter Manier und küsse ihn. »Und du?«

»Na ja, ich hab da so ein Mädchen an meiner Seite. Ich glaube, die wird mich in den nächsten Tagen nach Strich und Faden ausnehmen. Aber sie hat fast nichts an, das ist zu ertragen.«

Er hätte genauso gut sagen können, dass er mich liebt. So wie ich einfach hätte sagen können, dass ich glücklich bin und ihn liebe.

Noch vor einem Jahr hätte ich nichts hiervon für möglich gehalten. Schon gar nicht mit Ken. Jede Geschichte, die ich in Telluride über ihn aufgeschnappt habe, hat mich vor ihm gewarnt. Weil er so ist wie Jared. Ich dachte, ich bin für ihn nur eine Eroberung, und nach ein Mal Sex verliert er das Interesse. Weiter hätte ich nicht danebenliegen können.

Wir holen am Flugplatz das gemietete Cabrio ab, verstauen unser Gepäck und fahren los. Ich lege den Kopf in den Nacken und genieße den Wind im Haar. So sorglos war ich zuletzt mit April in Los Angeles. Nicht zu der Zeit, als wir noch in der Werbeagentur angestellt waren, sondern letzten Sommer, als sie im Homeoffice gearbeitet hat und ich als Kellnerin was dazuverdient habe. Wir haben etliche Abende am Strand verbracht.

Ken gibt mir eine Tour durch die Region. Zu den Hamptons gehören mehrere kleinere Ortschaften, die den Osten von Long Island einnehmen. Von der Straße aus sieht man entweder das Meer oder Einfahrten zu den Villen der Superreichen. Montauk, ein idyllischer Küstenort, erobert schließlich mein Herz. »Weil hier Boutiquen zum Shoppen sind«, zieht mich Ken auf. *Als wäre ich kaufsüchtig! Ich mag Make-up und gute Klamotten, April ist die mit dem richtigen Modetick, die auf jeden Markt und in jeden Laden muss.*

»Weil hier Leben ist«, verbessere ich ihn. »Sonst hätte ich mich auch in Telluride auf einer Liege in die Sonne packen können. Der einzige Unterschied wäre gewesen, dass über mir Adler kreisen würden statt Möwen.«

Ken beugt sich zu mir. »Also zuallererst kreise ich über dir. Klar, Babe?«

Ich kichere, so mädchenhaft, als wäre ich wieder ein Teenager. *Wie Sonne und Meer einen verwandeln!*

»Willst du hierbleiben?«, fragt er und blockiert eine Parklücke, die er nehmen könnte.

Mich rührt, wie viel Mühe er sich gibt, mich glücklich zu machen. Wenn ich jetzt shoppen gehen wollte, würde er sogar mitkommen. Dabei hasst er das. Aber die Anreise war lang. Von Telluride nach Denver, von dort nach New York, von New York mit einer kleinen Maschine weiter in die Hamptons. Ich hatte für heute genug Menschen um mich herum. Bis auf den einen, Ken. Von dem kriege ich nie genug.

»Mir ist nur noch danach, die Zehen in den Sand zu graben«, sage ich.

»Aye, aye. Zehen in Sand!«, ruft er, als hätte ich einen Befehl erteilt. »Wird erledigt, Ma'am.«

»Wahnsinn!«, entfährt mir, als wir eine halbe Stunde später über eine private Zufahrtsstraße zum Haus von Kens Familie fahren. Das Gebäude liegt versteckt hinter Ahornbäumen, Birken und Eichen. Ein Garten mit zu Figuren geschnittenen Koniferen und Zierbüschen umgibt die Villa. Im Eingangsbereich zur Straßenseite blühen Rosen. Und hinter dem Haus kann man die Dünen und das Meer erahnen. *Das ist kein Anwesen, das ist das Paradies! Ich bin verliebt!*

»So siehst du mich nie an«, witzelt Ken, parkt in einer Garage, wo zwei Limousinen stehen, steigt mit mir aus und legt die Arme um mich.

»Stimmt, bei dir sabbere ich. Wenn dir das aber lieber ist, starre ich dich gerne mit offenem Mund an.«

»Bloß nicht!« Er nimmt unsere Koffer, trägt sie ins Haus und greift nach meiner Hand. »Komm, ich führ dich rum, Babe.«

Das Anwesen bietet jeden Komfort, den man sich nur wünschen kann. Es gibt vier Schlafzimmer, ein gemütliches Kaminzimmer für stürmische Tage, eine Sauna, zwei Bäder, und als Ken die Glastüren zur Terrasse und dem Garten aufschiebt, haut es mich richtig um.

»Kneif mich!«, hauche ich.

Ken küsst mich.

»Nein, kneif mich.«

Jetzt zwackt er mich.

»Wow, das ist echt!« Schier endloser Rasen, Schatten spendende Bäume, blühende Hecken, die vor ungewollten Blicken vom Strand schützen. Das Wasser im Pool glitzert mit dem Meer um die Wette, Sonnenbetten stehen einladend herum, und wir haben all das nur für uns. *Denke ich!*

Vom Strand schlendert jemand zum Haus rauf, mit wiegenden Hüften und nur in einem Bikini. *Die hat sich wohl im Strandaufgang vertan*, denke ich. Da versteift sich Ken hinter mir.

»Schön, dich zu sehen, Ken«, begrüßt die Frau meinen Freund. »Wurde auch Zeit.«

»Delilah!«, knurrt Ken. »Was machst du hier?«

Das ist seine Ex? Miss Universe-Supermodel-Sexbombe-Sirene?! Wenn mich Ken nicht eben gezwackt hätte, ich könnte denken, ich träume schlecht. Wusste er, dass sie kommt?

Ich mustere ihn, aber sein Blick geht nicht zu mir, sondern zu der Frau. Was ich sehe, gefällt mir nicht. *Wut.* Und weitere intensive Gefühle. Keine Ahnung, ob alt oder neu.

Ja, das ist definitiv seine Ex.

Eine wahnsinnig attraktive Ex.

Unsicher greife ich nach Kens Hand und drücke sie, aber er erwidert den Druck erst gar nicht, dann verzögert. *Normalerweise neige ich nicht zu Minderwertigkeitskomplexen, doch das eine Prozent, das ich besitze, wird gerade riesengroß.*

»Wir müssen reden, Ken«, sagt Delilah und wirft mir einen frostigen Blick zu. »Allein.«

KEN

Sie sieht gut aus.

Mist, ich sollte das nicht denken. Aber Delilah sah schon immer gut aus. *Wie ein Model.* Perfekter Körper, perfekte Haut, perfektes Gesicht.

Ivy sieht auch gut aus.

Was denke ich da? Gut? Ivy sieht umwerfend aus. Sie hat diesen sexy Mund, diesen tollen Körper und dieses Funkeln in den Augen, wann immer sich unsere Blicke treffen. Und statt etwas Lustiges zu sagen, versteift sie sich neben mir. Zu Recht. *Was hat Delilah hier verloren? Noch dazu in einem Bikini, der dem Mangel an Stoff nach sündhaft teuer war.*

»Komm mit!«, sagt meine Ex, löst meine Hand aus Ivys und zieht mich zu den Außenduschen des Hauses, wo sie sich als Erstes das Salzwasser von der Haut spült. *Und sich dabei unter dem Wasserstrahl windet, als gälte es, eine Duschwerbung zu drehen.*

Ich drücke auf den Stopp-Knopf für das Wasser und reiche ihr ein Handtuch. Als sie verharrt, als würde sie erwarten, dass ich sie abtrockne, lege ich es ihr um den Hals.

»Was. Willst. Du?«, knurre ich, jedes Wort betonend.

»Ich brauche deine Hilfe.«

Wäre das Ivy vor mir, ich würde Freudentänze aufführen. Aber ich bin so was von durch mit dieser Frau. Abwartend sehe ich sie an.

»Komm, setzen wir uns.«

Ich bleibe stehen. »Delilah, entweder du sagst in drei Sekunden, was du willst, oder du verschwindest.«

»Meine Güte, hast du so einen Druck, dass du deine kleine Nutte durchvögeln musst?«

Mein Puls klettert in die Höhe, aber wer Ivy für mich ist, muss und werde ich nicht mit dieser Frau diskutieren. »Das ist nicht unbedingt der Tonfall, der mich dazu bringt, dir zu helfen«, sage ich nur trocken.

»Ups, stimmt, natürlich nicht Nutte, sondern neuestes Spielzeug.« Sie wendet sich zum Swimmingpool. Ich kann Ivy nicht mehr sehen, sie anscheinend schon. »Sie ist ja hübsch, aber nicht die Hellste«, bemerkt Delilah abfällig. »Das arme Ding steht da immer noch wie angewurzelt.«

Fuck! Ich kenne Ivy lange genug, um mir auszumalen, wie das hier für sie aussieht. Ich will zu ihr, aber wichtiger ist für mich, diese Granate, die gerade meinen Urlaub stört, zu entschärfen. »Rede, Delilah! Sofort.«

»Weißt du, Rick und ich sind jetzt getrennt.«

Ich sage nichts dazu. Dunkel erinnere ich mich, dass so ihr letzter Lover hieß. Aber ich hatte nie etwas mit ihm zu tun.

»Das war schlimm«, sagt sie mit Tränen in den Augen.

Erwartet sie Mitgefühl? Unsere Beziehung ist Jahre her. Seitdem ist viel passiert.

»Das kümmert dich echt null?«, tut sie überrascht.

»Du hast einen Abend vor unserer Hochzeit mit meinem ehemals besten Freund geschlafen.« *Was denkt sie denn?!*

»Ein Mal, Ken! Tu bitte nicht so, als wärst du ein Heiliger. Nach allem, was ich von dir gehört habe, lässt du auch nichts anbrennen.« Ihr Blick wandert wieder zum Pool. »Offensichtlich stimmt das.«

»Lass Ivy da raus.«

»Ivy heißt sie also? Klingt wie ein Escort-Name.«

Mein Geduldsfaden reißt. Es reicht. Delilah hatte ihre drei Sekunden, sich zu erklären. Die sind um. So wie jetzt war sie früher nicht, durchtrieben, intrigant, gemein. Keine Ahnung, was sie in den letzten Jahren gemacht hat, aber es hat nicht unbedingt ihren Charakter verbessert, eher die schlechten Seiten zum Vorschein gebracht.

»Ivy? Babe?«, rufe ich und will nur noch zu der Frau, die mir wirklich was bedeutet. Doch sie ist nicht mehr am Pool. Ich sehe mich um, fahre mir durch die Haare, kann nicht glauben, dass Delilah erneut mein Leben durcheinanderbringt. Geradezu hektisch durchsuche ich die Zimmer im Haus. Als ich Ivy am Strand entdecke, atme ich auf. Sie ist noch hier. *Gott sei Dank.*

»So bist du mir nie nachgerannt«, stellt Delilah fest, die mir auf meiner Suche gefolgt ist, immer in meiner Nähe. *Immer mir im fucking Weg.*

»Dazu hatte ich auch keinen Grund.« *Warum tut sie so, als wäre sie das Opfer? Sie hat es doch ruiniert.*

»Wenn sie mit jemandem schlafen würde, würdest du ihr das verzeihen. Das sehe ich dir an.«

Was für ein Blödsinn! »Ivy schläft nicht mit jemand anderem, wenn sie in einer Beziehung ist«, knurre ich, dabei bin ich Delilah keine Erklärung schuldig.

»Oh, es ist also was Ernstes?«

»So ernst wie ein Herzinfarkt«, sage ich und behalte Ivy im Blick. »Wobei brauchst du meine Hilfe?«

Endlich wickelt Delilah ihre Brüste in ein Handtuch. Der Bikini hat die Teile kaum verdeckt, und sie setzt sich auf eine der Sonnenliegen.

»Ich will wieder in meinen alten Job einsteigen. Deine Eltern meinten, du vermittelst beruflich Leute an Unternehmen und könntest mir dabei helfen.«

Meine Eltern haben ihre Finger im Spiel? Ich hätte es wissen müssen, so wie sie bei unserem letzten Besuch gegen Ivy geschossen und Delilah gelobt haben. »Stimmt, ich arbeite in einer Personalagentur«, sage ich. »Aber wir nehmen niemanden mehr an. Ich kann dir ein paar gute Alternativen nennen. War das dann alles?«

»Du hilfst mir nicht?«

»Ich geb dir meine Kontakte. Das ist nicht nichts.«

»Verdammt, mein Auftritt war ganz anders geplant.« Sie sieht an sich hinunter und wirkt zum ersten Mal wieder wie die Frau, die ich mal kannte. »Ich hab meine Sachen im Haus. Es wäre wirklich gut, wenn du einen Blick auf meine Unterlagen werfen könntest. Ich brauch Arbeit. Das Leben mit Rick war toll, aber dann …«

»Hat er dich für eine andere abserviert?«, rate ich.

»Geschieht mir recht, oder?«

»Ach, sorry, Delilah, das tut mir leid«, sage ich etwas versöhnlicher. Sie mag sich verändert haben, aber sie ist immer noch die Frau, mit der ich drei Jahre lang zusammen war. »Wenn du Unterlagen dabei hast, schau ich mir alles an. Aber dann –«

»Geh ich, schon klar.« Sie schluckt. »Nach einer Nacht hier? Es ist spät, ich komm von der Insel nicht mehr runter.«

Krampfhaft suche ich nach einer Alternative. Leider hat sie recht. Jetzt ist Nachmittag. Wer wegwill, braucht einen Hubschrauber. Der meiner Familie ist in New York.

»Eine Nacht ist in Ordnung«, willige ich notgedrungen ein. »Das Haus ist groß genug. War es das?«

»Natürlich, danke.« Sie fällt mir um den Hals. Viel zu vertraut und eindeutig unangebracht. Grob löse ich ihre Arme. »Verstehe schon, Ken. Los, geh und red mit deiner Freundin.«

Das lasse ich mir nicht zweimal sagen.

Ivy hat sich weiter entfernt. Sie ist kaum noch zu erkennen. Bevor sie ganz verschwindet, nehme ich die Treppe zum Strand und laufe ihr nach. *Wie gut, dass ich darin Übung habe …*

18. Kapitel

IVY

Dreh nicht durch! Ich sage mir das, seit diese Frau aufgetaucht ist. *Dreh bloß nicht durch, Ivy. Ken wird sich nicht sofort auf sie stürzen und ihr die Kleider vom Leib reißen. Auch wenn es bei dem Outfit keine zwei Sekunden dauern würde.* Aber die Wahrheit ist, ich drehe durch. Weil sich alles an der Situation so anfühlt wie damals mit Jared. Es mögen mehr als fünfzehn Jahre vergangen sein, doch die Erinnerung ist plötzlich wieder frisch. Ich habe dem falschen Mann vertraut und verliere alles. *Dämliche Parallelen!*

Mehrmals rufe ich April an, erst auf ihrem Handy, dann im Büro, bis schließlich Reese rangeht, unsere Freundin und ihre Chefin.

»Telluride Stadtmarketing, Reese Ryder, was kann ich für Sie tun?«

»Hi, Reese, hier ist Ivy.« Meine Stimme bricht. *Meine Güte, bin ich emotional!* »Ist April nicht da?«

»Scheiße, Ivy, was ist los? Gab es einen Unfall? Ist jemand verletzt?«

Ich muss bitter schnauben. »Nein, noch nicht.« *Aber es könnte sein, dass Ken demnächst einen Arzt braucht.* »Wo ist April? Ich muss sie wirklich dringend sprechen.«

»Sie macht Pause. Warte kurz in der Leitung, ich hol sie.«

»Danke dir.«

Ich schaue aufs Wasser hinaus und versuche, ruhig zu bleiben. Die Hamptons sind so schön. Wie ein Ort, an dem nichts Schreckliches passieren kann. Eine Bilderbuchkulisse für Bilderbuchpaare. *Ts! Oder der Schauplatz für einen perfiden Mord. Titel: Hinterhalt in den Hamptons.* Nach außen sieht alles harmlos aus, aber die friedliche Atmosphäre täuscht.

Am liebsten würde ich abhauen, doch so feige bin ich nicht. Soll Ken mit seiner Ex besprechen, was er zu besprechen hat, und mir dann gefälligst erklären, was das eben sollte. Denn am schlimmsten ist nicht, dass sie aufgetaucht ist. Ich war nicht darauf vorbereitet, aber früher oder später hätte das passieren können. Schlimmer ist, dass mich Ken in dem Augenblick, als sie auf der Bildfläche erschienen ist, vergessen hat. Dass er plötzlich so anders war. So war er noch nie. Schon gar nicht zu mir.

»Hi, Ivy, was gibt es denn so Dringendes?«, flötet April, offensichtlich nicht von Reese vorgewarnt. »Kann Ken etwa nicht die Finger von dir lassen?«

Bei ihrem Tonfall bildet sich ein Kloß in meinem Hals, weil die Realität nicht weiter davon entfernt sein könnte. Ich suche nach den richtigen Worten, will April sagen, was los ist, aber muss leise schluchzen. *So gar nicht meine Art. Liegt bestimmt an diesen dämlichen Hormonen, die ich mir ständig spritze!*

»O Scheiße, Ivy, alles in Ordnung?« Das ist Aprils Sorgenstimme. In Gedanken geht sie garantiert die wahrscheinlichsten Katastrophen durch. *Haiangriff vor Sagaponack. Ein Autounfall an den Klippen bei Montauk. Eine Lebensmittelvergiftung vom Fisch.*

Ich konzentriere mich auf die paar Worte, die das Wichtigste andeuten. »Kens Ex-Freundin ist hier.« Ich will ihr mehr Details liefern, zu den langen Beinen und dem Designer-Bikini, aber ich muss mich setzen und ruhig durchatmen. Indem ich die Worte laut gesagt habe, ist es plötzlich noch realer geworden.

»Was?«, ruft April. »Wie bitte? Was?! Und er ist jetzt bei ihr?«

Ich nicke und bringe ein »Mmh« zustande.

»Ivy, Ken liebt dich. Was auch immer los ist, dafür gibt es eine Erklärung. Mach dir keine …« Sie hält inne.

»Siehst du! Selbst du machst dir Sorgen.«

»Das ist nicht wahr, ich wollte dich nur nicht mit lahmen Sprüchen abspeisen. Ich kenne von Cole keine Einzelheiten, aber die Trennung damals war unschön. Hätte er sie zurückgewollt, meinst du nicht, er wäre längst mit ihr zusammen statt mit dir?«

»April, du hast nicht erlebt, wie er sie angesehen hat. Und sie ihn.«

»Und du weißt nicht, wie er dich ansieht. Ich bin mir sicher, das ist nicht zu vergleichen.«

»Willst du mich damit beruhigen?«

»Also eigentlich will ich Ken in den Arsch treten. Aber weil ich das nicht kann … Was soll ich sonst tun? Ich werde dir nicht raten, einfach abzuhauen.« Ihre Stimme wird fester. »Hörst du mich, Ivy? Ich bin die, die so einen Scheiß macht. Du bleibst gefälligst bei diesem Mann und klärst das. Ihr beide gehört zusammen. Wehe, du zweifelst daran!« Sie räuspert sich. »Und setz die Frau vor die Tür.«

»Soweit ich weiß, sind die Hotels ausgebucht.«

»O bitte, die McNamaras haben zig Bekannte in der Gegend. Soll sie bei einem von denen unterkommen.«

»Das stimmt«, sage ich erleichtert, schaue zum Meer und atme tief durch. »Hast du noch mehr gute Ratschläge?

Kau mir ein Ohr ab. Ich könnte etwas Optimismus vertragen.« *Meiner ist offensichtlich in Colorado geblieben.*

»Irgendwann musst du mir mal die ganze Geschichte von deinem Ex erzählen«, grummelt sie, weil sie weiß, dass mein Verhalten mit Jared zu tun hat. Dann macht sie das, worum ich sie gebeten habe. Sie sagt mir, dass Ken mich liebt, als wäre sie felsenfest davon überzeugt und alles andere spielte keine Rolle. Das gibt mir neue Hoffnung.

»Ivy!«, höre ich schließlich Ken nach mir rufen.

Ich drehe mich um und sehe ihn auf mich zulaufen. *Allein.*

Unsicher geht mein Blick zum Haus auf den Dünen. Ich bin weit weg, aber ich bilde mir ein, *sie* dort zu sehen. *Unheimlich.*

»Alles okay?«, fragt Ken, als er näher kommt.

Ich verabschiede mich von April und packe das Handy weg. Statt ihm entgegenzugehen, stehe ich jedoch lediglich auf. Als er mich in die Arme nehmen will, weiche ich zurück. *Instinktiv.* Ich stolpere im Sand, er packt mich und zieht mich an sich.

»Zwischen uns hat sich nichts verändert«, sagt er sanft.

Ich winde mich in seinem Griff. »Hat sie dir eben das Hirn rausgevögelt?« *Das glaubt er doch selbst nicht!*

»Ah, kratzbürstig wie eh und je«, murmelt er erleichtert, bis sich unsere Blicke treffen und er den Unterschied bemerkt. *Das war kein Witz, das ist, was ich denke.* »Fuck, Ivy, es ist absolut nichts passiert.«

Auf einer Ebene glaube ich ihm, aber allein dass er es extra betont, macht mich stutzig. »Ja, *noch* nicht.«

»Sie will nur meine Hilfe«, erklärt er. »Bei einer Jobsache.«

Gerissenes Biest! »Du bist nicht der einzige Mensch auf der Welt, der so was kann.«

»Aber mir vertraut sie.«

»Du hast also zugesagt?!« Ich reiße mich ganz los von Ken, auch wenn ein Teil von mir das nicht möchte.

»Ich kann sie nicht einfach wegschicken. Das wäre herzlos.« Er lächelt genau so, wie ich es liebe. »Das magst du doch an mir.«

Stimmt, aber leider ändert das nichts. Diese Frau ist wie eine entsicherte Granate, die jederzeit hochgehen kann. »Das sollte unser Urlaub werden«, sage ich enttäuscht.

»Das ist unser Urlaub, Babe.« Dieses Mal kommt Ken nicht auf mich zu, sondern überlässt mir, wie viel Nähe ich ertrage. »Das, was Delilah von mir will, ist schnell erledigt. Du kannst am Pool liegen, und bevor du die zweite Sonnencremeschicht brauchst, bin ich fertig.«

Langsam werde ich weich. Aprils Worte gehen mir ebenfalls nicht aus dem Kopf. Ken ist immer noch mein Ken. Ich sollte ihm mehr vertrauen. Das hat er verdient. In Telluride hat er mir nie einen Grund gegeben, an ihm zu zweifeln.

»Können wir noch ein bisschen am Strand bleiben?«, frage ich.

»*Wir* können alles«, sagt er.

Unter anderen Umständen würde ich dazu was Freches antworten. *›Wir? Sind wir jetzt eine Lebensform? Ken plus Ivy gleich Kivy?‹* Aber ich bringe das übliche Geplänkel nicht über die Lippen. Ich setze mich nur in den Sand und runzle die Stirn, als Ken es mir gleichtut, nur zu mir statt auf das Meer schaut.

Der Wind fährt mir durch die Haare und zerrt an Kens Sachen. Er sieht sexy aus, mit dem Hemd und den Jeansshorts und den Segelschuhen neben sich. Nur ein Bruchteil seiner Muskeln ist zu sehen, aber man erkennt, dass er kräftig gebaut ist, jemand, den nichts umhaut. Und was keiner hier so gut weiß wie ich, ist, dass er ein verdammt kluger Kopf und ein unglaublich liebevoller Mann ist.

Stumm wartet er meine Inspektion ab. Mehrmals zuckt seine Hand, weil er mir Haare aus dem Gesicht streichen will, doch er bremst sich jedes Mal im letzten Moment. Gefällt mir.

»Spielst du wieder den Unberührbaren und wartest, bis ich auf dich zukomme?«, motze ich, will nicht lächeln, aber kann es mir nicht verkneifen.

»Ganz genau. Funktioniert es?«

»Weiß nicht«, antworte ich einsilbig, dabei schlägt mein Herz schneller. »Hast du noch mehr auf Lager?«

»Ich könnte dir drei Wünsche erfüllen.«

»Nur drei?«, quieke ich. »Das ist viel zu wenig.«

»Dreihundert?«

»Ist das eine Frage oder ein Angebot?«

»Gut, dreihundert Wünsche.« Er schluckt. »Reicht das?«

»Moment, darüber muss ich nachdenken.«

Mir gefällt die Geste, doch in mir schlagen zwei Herzen. Das eine will verzeihen. Das andere spürt diesen alten Schmerz. Dass Delilah hier aufgetaucht ist, ist keine Kleinigkeit. *Aber lasse ich mir von dieser blöden heißen Braut mein Leben versauen? Definitiv nicht.*

»Verdammt, dreihundert Wünsche reichen, aber wir sind damit noch nicht fertig«, knurre ich, rutsche jedoch im gleichen Atemzug im Sand an Kens Seite. »Verstanden?«

Erleichtert atmet er aus und legt die Arme um mich. »Verstanden, Babe.«

Ihn zu spüren hilft mir mehr, als ich für möglich gehalten hätte. So als hätte ich Entzug, brauche ich mehr seiner Nähe. Ken merkt es und zieht mich zwischen seine

Beine. Er umschlingt mich beinahe komplett, was gut ist, und er knabbert an meinem Nacken, was sich verdammt schön anfühlt. Aber was mich endgültig beruhigt, ist, dass ich merke, wie sein Penis an meinem Rücken härter wird. *Der Kennolith will mich. Mich, nicht Delilah!*

Genüsslich lehne ich mich gegen Ken und lasse den Aufruhr in mir abebben. Ganz verschwinden kann er nicht. Unsere Beziehung lebt von dieser Spannung zwischen uns, aber gerade jetzt kann ich genau deshalb nicht erkennen, ob alles wieder gut ist. Dazu bräuchte ich Ken richtig.

Ich reibe über seine Schienbeine, schmiege mich enger, werde immer bedürftiger, je prickelnder seine Küsse in meinem Nacken werden.

»Ken«, stöhne ich erregt.

»Mmh, Babe?«, murmelt er an meinem Ohr.

»Ich brauch dich.«

»Gut.«

»Aber nicht hier im Sand.« Mein Blick schwenkt zum Wasser.

»Und nicht im Meer«, sagt er. »Das sind die Hamptons, nicht Cancún.«

Als Nächstes sehe ich zum Haus und stöhne frustriert. Das ist gefühlt eine Weltreise entfernt.

»Komm, halt dich fest«, sagt Ken. Er steht mit mir auf, schiebt die Hände unter meinen Hintern und hebt mich hoch, sodass ich die Beine um seine Hüften schlingen kann. Dann stapft er mit mir los.

»Hey, deine Schuhe liegen da noch«, rufe ich.

»Ich hab mehr Paare als das eingesteckt.«

»Verschwenderisch.«

»Ich spar nur Zeit.« Er küsst mich. »Und das Wichtigste hab ich. Dich.«

Was für ein lahmer Spruch! Und wie perfekt in diesem Moment!

Er trägt mich sicher durch den Sand. Ich reiße ungeduldig an seinem Hemd, um ihn zu spüren. Nur ihn. Als ich es offen habe, fahre ich mit den Händen über seinen Rücken. Ich küsse seinen Hals, schmecke seine salzige Haut, ihn, knabbere an seinem Ohr, streife seine Lippen.

»Hier ist gut«, sagt er und legt mich auf einem der Sonnenbetten ab, die zum Strand hin zugezogene Gardinen haben.

Nicht gut, aber gut genug.

Hastig streife ich Ken das Hemd von den Schultern und reiße an der Knopfleiste seiner Jeansshorts. Genauso hastig zieht er mir das Kleid über den Kopf. Ich öffne ihm die Beine, er schiebt meinen Slip zur Seite, und ich bin im Himmel, als er in mich dringt. Als wir eins sind. *Ja!*

Träge gleitet er vor und zurück, gibt sich solche Mühe, das für mich gut zu machen. Als wäre es das nicht immer. Ich wimmere, und er rotiert die Hüften, wendet sein Meistermanöver an, das mich jedes Mal wieder komplett um den Verstand bringt.

»Ich liebe dich«, sagt er zärtlich, als er sich in mir bewegt. »Ich liebe dich wie verrückt, Ivy.«

»Ich dich kein bisschen«, ärgere ich ihn mit einem frechen Grinsen und werde dafür mit noch heißeren Bewegungen belohnt.

Ken küsst meine Schultern, spielt mit meinen Nippeln, packt fest zu, lässt mich seine Kraft spüren. Es ist, als würde sie auf mich übergehen. Genau so brauche ich ihn, uns.

»Ja«, stöhne ich, als ich komme und mich wieder perfekt fühle. »Ja, ja, ja!«

»Fuck, Babe«, murmelt Ken, lässt ebenfalls los, kommt und hält mich danach in seinen Armen. Wir haben uns.

Zusammen sind wir unschlagbar. »Auf einen schönen Urlaub, Ivy!«

»Danke. So darf es gerne weitergehen.« *Sonne im Gesicht. Ken neben mir. Wellenrauschen und eine milde Brise.*

»Hast du jetzt Zeit für mich?«, stört uns da eine Frauenstimme.

Äußerst unsanft plumpse ich von meiner Wolke sieben wieder auf den Boden der Tatsachen. *Aua.*

Ken versteift sich, genau wie ich. Delilah platzt echt unpassend dazwischen. Ich wette, mit Absicht. *Blöde Kuh!*

»Los, geh schon!«, knurre ich, schiebe Ken von mir, angle nach meinen Sachen und ziehe mich an.

»Sie ist sonst nicht so«, verteidigt Ken sie auch noch.

Mehr als einen kalten Blick habe ich nicht für ihn übrig. Das Haus ist groß, aber nicht groß genug für sie und mich. »Ich fahr noch mal nach Montauk. Werd sie los, bis später!«

KEN

Fuck! Ich atme tief durch, bis mir klar wird, dass ich im Adamskostüm bin und meine Ex mich angafft. *Wie unpassend!* Ich ziehe mir Shorts an, rieche noch Ivy auf meiner Haut, sehe ihr nach und weiß, dass ich Delilah schnell abfertigen muss. Ivy vertraut mir, auf jeden Fall. Aber meine Ex scheint nicht nur meine Hilfe zu wollen, sondern es sich zur Aufgabe gemacht zu haben, mir mein Leben erneut zu ruinieren. Wenn ich nicht so ein netter Kerl wäre, würde ich sie sofort rauswerfen. Aber ja, mag das jemand gut oder schlecht finden, ich kann es nicht, das ist einfach nicht meine Art.

»Wir treffen uns in einer halben Stunde im Esszimmer«, sage ich zu Delilah und mustere sie in diesem nach wie vor knappen Nichts von Bikini. »Die Zeit sollte reichen, damit du dir was Anständiges anziehen kannst.« *Falls nicht, drehe ich die Klimaanlage so weit nach unten, dass die Frau Frostbeulen bekommt. Strafe muss sein.*

Ich warte nicht ab, ob sie damit einverstanden ist, sondern gehe ins Haus und trage Ivys und meinen Koffer vom Flur in das Master-Schlafzimmer. An dem Punkt diskutiere ich nicht mehr. Meine Gedanken sind bei Ivy.

Sie kommt gut mit der Situation zurecht. Mir würde es schon nicht leichtfallen, ihrem Ex in die Arme zu laufen. Aber der war nur eine Teenagerliebe. Delilah war dagegen meine erste richtige Freundin, quasi Ivys Vorgängerin, und fast meine Ehefrau. Ivy könnte durchdrehen, tut sie aber nicht. *Respekt.*

Ich dusche, packe aus, ziehe mir ein frisches Hemd und eine Leinenhose an und hänge Ivys Kleider auf Bügel. Im Bad stelle ich ihre Kosmetikartikel hin, so wie sie sie auch zu Hause anordnet. Der Anblick beruhigt mich. Der Urlaub ist holprig gestartet, doch wir werden hier eine tolle Woche verbringen. Und danach wird sie schwanger werden, und wir werden eine Familie. Ich muss bloß meine Ex loswerden.

»Leg los«, sage ich zu Delilah, als wir uns wie angeordnet im Esszimmer treffen. Sie hat sich umgezogen, aber das Kleid, das sie jetzt trägt, ist ebenfalls sehr sexy.

»Ist es dir mit Ivy ernst?«, fragt sie.

»Wir reden nicht über Ivy, sondern über deine Karriere.«

»Warum so bissig?«

Stumm sehe ich sie an. Ihre Spielchen sind anders als das Katz-und-Maus-Spiel zwischen Ivy und mir. Sie hat diese Art, Leute um den Finger zu wickeln, indem sie sich nimmt, was sie will – ohne je etwas zurückzugeben. *Dass ich mir mit dieser Frau mal eine Zukunft vorstellen konnte!*

»Okay, hier sind die Unterlagen.« Sie rückt zu mir, legt ihren Arm auf meine Schultern und streicht mir über den Rücken. »Und? Was sagst du?«

Alles in mir will sie abschütteln, aber dann würde sie gleich wieder was Neues versuchen, um mich zu belagern. Mit purer Willenskraft konzentriere ich mich auf die Dokumente vor mir, öffne meinen Laptop und rufe die Software der Agentur auf. Ich füttere das Programm mit Delilahs Daten und fahre eine einfache Analyse. *Eine Standardbehandlung reicht vollkommen.*

Ich frage sie zu bestimmten Positionen, die sie innehatte, halte mich an die Fakten – und schlage nach ihren Fingern, die jetzt über meine Ohrmuschel streichen, wie nach einer lästigen Fliege. Sie lösen keine Erektion, sondern Bluthochdruck aus.

Als das Ergebnis aufgelistet wird, atme ich auf. Ganze drei Stellen finde ich für sie, zu einer würde sie sogar perfekt passen. *Fall erledigt.*

»Wäre New York für dich okay?«, frage ich.

»Du wohnst in Colorado, richtig? Das ist weit weg.«

»Und egal«, sage ich kühl. *Sie will ja wohl kaum aufs Land ziehen?!*

»Deine Eltern meinten, du müsstest beruflich öfter nach New York.«

»Mittlerweile vier, fünf Mal im Jahr.«

»Oh, nur?« Sie beugt sich näher und legt ihr Kinn von hinten auf meine Schulter, um mit auf den Bildschirm zu schauen. Dabei rieche ich ihr Parfüm. Mir wird ganz anders. Ivys Parfüm. Das hatte sie vorhin definitiv noch nicht benutzt. *War sie etwa, als sie sich umgezogen hat, an Ivys Kosmetikartikeln? Wie krank ist das denn?*

»Delilah!«, knurre ich warnend und ziehe die Schulter weg.

»Schon gut. Seit wann so empfindlich, Ken!« Sie verändert ihre Position, bleibt jedoch dicht an meiner Seite und stützt sich nun mit einer Hand auf meinem Oberschenkel auf. »Was ist mit der Stelle in Denver? Die gefällt mir.«

Ich sehe erst gar nicht, wovon sie redet, bis ich die Ausschreibung finde. Bei den vom Programm ausgeschlossenen Jobs. »Delilah, das kann doch nicht dein Ernst sein. Was soll das?!«

Sie kichert. »Nur Spaß! Seit wann bist du so humorlos?«

Ich kneife die Augen zusammen, weil auch ihr ›nur Spaß‹ eher zu Ivy passt. *Was tut sie hier? Glaubt sie, auf diese Masche falle ich rein?*

»New York also«, murmelt sie. »Und wie geht es jetzt weiter? Ruf ich dort an? Oder du?«

Erwartet sie, dass ich für sie meine Beziehungen spielen lasse? Nach allem, was war? Sie wäre für die Stelle geeignet, keine Frage, aber ich kann nicht mit gutem Gewissen meine Ex bei einer Firma einschleusen. Cole und seine Ex-Freundin haben das gut gelöst. Er spielt gerne ihren Karrierebooster. An ihrer Trennung waren beide schuld. Sie haben sich danach wie Erwachsene verhalten. Das hier dagegen ist nicht richtig.

»Ich kann dir bei den Unterlagen helfen und dich in das reguläre Bewerbungsverfahren bringen. Das ist alles«, stelle ich klar.

»Oh, du bist jetzt echt so korrekt? Hätte ich nach dem, was ich gehört habe, nicht gedacht.«

Ich wüsste zu gerne, was genau sie gehört hat, und tippe auf Geschichten aus meiner Zeit nach der Trennung. Aber letztlich spielt es keine Rolle. Sie will mich nur aus der Reserve locken. »Möchtest du nun also meine Hilfe oder nicht, Delilah? Willst du wirklich einen neuen Job? Denn die Stelle würde gut zu dir passen.« *Dumm ist sie nicht.* »Oder sind wir hier dann fertig?« Ich beiße mir auf die Zunge, weil mir sofort klar ist, was sie antworten wird.

»Nein, bitte, hilf mir, Ken.«

Bingo! Ich, zu netter Vollidiot! Natürlich lasse ich sie jetzt nicht hängen.

Ich werfe einen sehnsüchtigen Blick nach draußen auf das Meer und stelle mir vor, alles wäre so gekommen wie geplant. Ivy und ich würden jetzt am oder im Pool herumalbern. Wir könnten Strandspaziergänge unternehmen. Ich könnte sie eincremen und meine Finger über ihren Rücken gleiten lassen, statt damit auf eine Tastatur einzuhämmern. *Warum nur wollte ich in die Hamptons? Wir hätten überallhin fahren können.* Ich weiß, warum. Weil ich ihr mehr von meinem Leben zeigen wollte, mehr von mir, da gehört die Gegend dazu.

»Okay, ich helf dir gleich«, sage ich zu Delilah. »Ich muss nur vorher telefonieren.«

»Mit ihr?!« Der Abscheu in ihrer Stimme treibt meinen Puls in die Höhe.

»Nein, mit einem SWAT-Team, das dich kidnappt«, antworte ich, weil mich *das* wirklich glücklich machen würde.

»Du hast ja deinen Humor doch nicht verloren.«

Hält sie das für ein gutes Zeichen?!

Ich nehme mir ein Wasser, gehe in den Garten, setze mich an den Pool und rufe Ivy an. Kurz befürchte ich, sie ignoriert mich. Darin hat sie Übung. Zu meiner Erleichterung nimmt sie jedoch ab. *Weil wir Partner sind.*

»Wie geht es dir, Babe?«

»Ich flirte mit all den heißen Typen der Stadt«, ist ihre freche Antwort. Ich wünschte, ich könnte sie dabei sehen, um zu wissen, ob es stimmt oder nicht. *Es stimmt natürlich nicht*, versichere ich mir. Ivy ist vieles, aber keine Fremdgeherin. Den Druck in der Brust, den ich bei der bloßen Vorstellung verspüre, habe ich verdient.

»Ist einer dabei, den du heute Abend mitbringst? Dann kaufe ich mehr Essen ein«, beschließe ich, bei ihrer Vorlage wie üblich mitzuspielen.

»Oh, exzellente Idee, wir brauchen Erdbeeren mit Schlagsahne.«

Ich hab sofort Bilder vor Augen, wie Ivy einen anderen mit Erdbeeren füttert. Und wie sie sich dabei selbst immer wieder eine Frucht in den Mund steckt. *Was für eine süße, quälende Vorstellung!*

»Gut, Erdbeeren«, sage ich nur. »Und wie läuft es sonst, Urlauberin?«

»Ich liebe es hier!«, sagt sie und klingt ehrlich glücklich. *Endlich.* »Mir war gar nicht klar, dass so viele Designerlabels eine Boutique im Ort haben. Das ist, wie in New York die Fifth Avenue entlangzuschlendern, nur dass man nicht den Straßenlärm, den Verkehr und all die gestressten Leute um sich herum hat.«

»Du shoppst also?«

»Genau, und ich habe ein Eis in der Sonne gegessen und Fotos gemacht. Ohne dich.«

Ihr vorwurfsvoller Ton entgeht mir nicht. *Autsch.*

»Seid ihr fertig?«, fragt sie.

»Nein, es dauert leider noch etwas. Sorry, Ivy, wirklich. Aber ich kann Delilah nicht einfach wegschicken. Sie ist so wie die grässliche bucklige Verwandtschaft. Auch wenn man sie hasst, lässt man sie nicht im Stich.«

»Also ich hätte da weniger Skrupel«, sagt sie so, dass ich mir nicht sicher bin, ob sie das ernst meint. Es passt jedenfalls nicht zu ihr. »Wie lange braucht ihr noch? Mir erzählen alle, wie schön der Sonnenuntergang bei Sag Harbor ist. Ich überlege hinzufahren. Meinst du, du schaffst es nachzukommen?«

Bis dahin sind es noch gut zwei Stunden. »Auf jeden Fall«, sage ich erleichtert, dass sie Zeit mit mir will.

»Dann bis nachher.«

»Bis nachher, Babe, ich liebe dich.«

»Ich dich auch.«

Beruhigt lege ich auf und bin voller Energie. Delilah wird mir diesen Urlaub nicht ruinieren. Ivy ist fantastisch. Ich will nur noch zu ihr.

»Delilah, los, lass uns weitermachen.«

»Gerne«, säuselt sie und fährt sich bei meinem finsteren Blick durch die Haare. »Was, darf ich nicht nett sein?«

»Doch, das darfst du, aber wir beide wissen, dass dir das nicht im Blut liegt. Also los, komm schon her und lass uns deine Unterlagen aufpolieren. Ich hab noch Pläne für heute Abend.«

»Verdammt, Ken, ich war nett!« Jetzt wirkt sie gekränkt. »Erinnerst du dich nicht an unseren Urlaub auf Hawaii? Oder an meine Pancakes, die ich dir jeden Morgen gemacht habe? Ja, ich habe Mist gebaut, aber wir hatten auch gute Zeiten.«

»Stimmt, du hast recht, sorry.« Ich hab lange nicht mehr an damals gedacht. Bis kurz vor der geplanten Hochzeit waren wir tatsächlich glücklich gewesen. Sonst hätte ich nicht um ihre Hand angehalten und von einem Leben mit ihr geträumt. Es geht nicht anders, ich muss sie einfach fragen, warum sie mich betrogen hat. Bis die Sonne untergeht, ist Zeit. *Was könnte besser sein, als mit der alten Liebe abzuschließen und die neue zu genießen?* »Erklär es mir, Delilah, was war am Tag vor unserer Hochzeit los?«

19. Kapitel

IVY

Wider Erwarten ist der Tag richtig schön geworden. Die Hamptons sind toll. Das Wetter spielt mit. Nur jetzt, als die Sonne langsam tiefer wandert, wird es frisch. Ich brauche eine Jacke oder Ken. *Wo bleibt er?* Er ist mächtig spät dran.

Auf meiner Bank am Jachthafen drehe ich mich immer wieder nach ihm um.

Viele Leute gehen noch spazieren und beobachten das Farbschauspiel am Himmel und die Spiegelung des orangeroten Lichts auf der Wasseroberfläche. Einen sehe ich nicht. Ken. Ich kann den Moment ohne ihn nicht genießen. Mehrmals rufe ich ihn auf dem Handy an, aber er antwortet nicht. *Das kann alles bedeuten.*

Wäre ich April, so würde ich mir Sorgen um ihn machen. Ich dagegen denke nur, dass er unterwegs ist und sich mit der Zeit vertan hat. Das sieht ihm nicht unbedingt ähnlich, aber was soll sonst der Grund sein? *Seine Ex? Wohl kaum!* Er müsste längst mit ihr fertig sein. Solche Routinearbeiten erledigt er im Handumdrehen.

Ich schieße unglaublich viele Fotos von der untergehenden Sonne. In Telluride leuchten die umliegenden Berge rotorangefarben. Hier glitzert das Wasser und erinnert an ein Meer aus pinkfarbenen Saphiren, Rubinen, Amethysten und Bernsteinen. *Wirklich schön. Aber wozu mache ich die Aufnahmen? Für einen Fotoabend mit Ken? Ich wollte ihn an meiner Seite haben, statt die Bilder zu teilen.* Meine Augen werden feucht. *Mist, man sollte Sonnenuntergänge nicht alleine erleben.*

Nur die Ruhe, er kommt schon, sage ich mir.

Ich warte, bis die Sonne nicht nur weg ist, sondern bis der Himmel auch dunkel wird. *Sicher ist sicher.* Als nur noch ein grauer Schimmer am Horizont leuchtet und die Boote im Jachthafen nur noch als Schatten zu erkennen sind, gehe ich zum Cabrio.

Ein letztes Mal versuche ich, Ken zu erreichen. Als er wieder nicht antwortet, lasse ich es gut sein. Er achtet sehr darauf, nicht so viel zu arbeiten, aber die ständigen Termine in der Kinderwunschklinik, die Fliegerei, der Alltag, all das war anstrengend. Dazu die Anreise – und seine Ex. Ich bin fertig. Ken ist bestimmt eingeschlafen, und dann will ich ihn nicht wecken. Ich brauche den Mann fit und stark. *Morgen gibt es ja auch noch einen Sonnenuntergang.*

Auf dem Rückweg mache ich mir Musik an, genieße ein letztes Mal für heute den Wind im Haar und lasse mich von der Sitzheizung durchwärmen.

Wow! Ich bin glücklich, ungewöhnlich glücklich. Ken und ich sind zusammen, wir haben eine tolle Zeit. Wir werden ein Baby bekommen. Keine Ahnung, warum ich in Colorado die Hoffnung darauf fast aufgegeben hatte, aber jetzt spüre ich, dass es klappen wird …

Als ich das Strandhaus erreiche, bin ich richtig aufgedreht. Ich schleiche mich rein, will Ken überraschen, mit ihm schlafen, dann was essen und den Abend in seinen Armen verbringen. Er hat mir dreihundert Wünsche versprochen zu erfüllen. Zeit, ein paar davon in Anspruch zu nehmen.

Ich schlüpfe aus meinen Sandalen, die mich mit ihren Schlappgeräuschen verraten würden, stutze jedoch, als ich Stimmen höre. *Nanu?*

»Und weißt du noch, als wir diesen Trip nach Europa unternommen haben?« Das ist eindeutig *sie*. »Auf der Suche nach einem Barbier hast du einen ›Barbier Chien‹ gesucht.«

»Und sie haben uns zu einem Hundefriseur geschickt«, erinnert sich Ken. »Weil ›chien‹ auf Französisch Hund bedeutet, ich aber mein Kinn meinte, englisch ›chin‹.«

Bin ich im falschen Film gelandet? Was ist denn hier los? Ich trete näher und sehe Ken und seine Ex mit dem Rücken zu mir bei einer geöffneten Flasche Rotwein im Wohnzimmer sitzen. Ihr Glas ist fast leer, seines noch so gut wie voll, wie frisch nachgeschenkt. Etwas abseits liegen Unterlagen. Sie lachen. Als wären sie alte Freunde. Das sind nicht mehr dieselben Menschen, die ich zurückgelassen habe. Die Frau, die meinen Kerl angemacht hat. Und mein Mann, der sie auf Distanz halten wollte. Keine Feinde, sondern Liebende.

Mein Herz brennt, als würde sich ein Dorn reinbohren.

Ken fährt Delilah durch die Haare, so gefühlvoll. Mir wird ganz anders. Wie gelähmt stehe ich da und sehe den beiden zu, als würde sich das Bild vor meinen Augen auflösen. Stattdessen verfestigt es sich.

Ich habe es gewusst. Ken ist ein Aufreißer und wird mich betrügen. Mir wäre nicht in den Sinn gekommen, dass es mit seiner Ex passiert. Aber wer weiß schon alles?

Ken McNamara ist ein Arschloch, Frauenheld, Lügner. Ivy Rivers ist auf ihn hereingefallen. Punkt.

Punkt? Ja, verdammt! Punkt.

Leise weiche ich zurück, da dreht sich Delilah zu mir um.

Sie grinst triumphierend und schiebt ihre Hände in Kens Haare. *Was er zulässt!*

Der Schmerz durchdringt mich wie tausend Nadelstiche. Manch einer würde kämpfen, ich nicht. *Wie soll ich denn gewinnen? Im Haus der McNamaras, gegen die Ex-Frau und Freundin der Familie?* Die Schönheit des Ortes hat mich geblendet. Ich war hier von Anfang an auf feindlichem Terrain.

Geschlagen will ich nur noch meinen Koffer nehmen und los. Ich gehe ins Schlafzimmer und fluche, als ich sehe, dass Ken unsere Sachen fein säuberlich ausgepackt hat. Das alles wieder einzupacken dauert. Die Zeit habe ich nicht.

Hastig greife ich meine Lieblingsteile und das Make-up aus dem Bad. Sobald ich alles habe, laufe ich zum Wagen – während Ken immer noch lacht. Über einen bestimmt wahnsinnig lustigen Kommentar seiner Ex.

Scheiße, denke ich nur. *Scheiße, Scheiße, Scheiße.*

Vom Cabrio habe ich genug. Das unbeschwerte Gefühl, das ich dabei hatte, ist verflogen. Ich nehme eine der Limousinen, die mit Schlüssel in der Garage parken, und gebe Gas. Ich habe keine Ahnung, wohin ich jetzt um die Zeit kann. Erst mal weg von Long Island. Weg von Ken.

Wie konnte ich nur auf diesen Mann hereinfallen?

Es musste nur die richtige Frau kommen, und ich bin vergessen.

Ich warte, dass das Brennen in meiner Brust nachlässt, aber je klarer mir wird, was passiert ist, desto mehr tut es weh. *Weil Ken der erste Mann war, dem ich seit Jared wieder vertraut habe. Das war für mich eine richtig große Sache. Hätte ich es mal nicht getan!*

KEN

Endlich habe ich Gewissheit. Delilah ging damals alles zu schnell. Die Beziehung fühlte sich festgefahren an. Ihr

Weg auszubrechen war radikal, aber sie brauchte Freiraum, um herauszufinden, wer sie ist und was sie im Leben will. Sie hat sich mehrmals entschuldigt. Ich habe ihr mit den Unterlagen geholfen. Dann sind wir bei alten Geschichten hängen geblieben. Nach all den Jahren schließe ich Frieden mit meiner Ex. *Wer hätte das gedacht?*

»So, Delilah, jetzt muss ich aber los. Ivy wartet schon auf mich«, sage ich, ignoriere weiterhin den Rotwein, den sie mir so großzügig eingeschenkt hat, stehe auf und merke in dem Moment, dass es im Raum nur so hell ist, weil Licht an ist. Draußen ist es dunkel. *Stockdunkel.* »Scheiße!«

»Alles in Ordnung?«, fragt sie.

Mir wird heiß und kalt. Ein bisschen wie bei einem echt üblen Drogenentzug. Ich antworte ihr nicht, sondern suche hektisch nach meinem Handy. Als ich es habe, verstärkt sich das ungute Gefühl. Ivy hat mir zig Fotos geschickt. Erst aus Montauk, danach von Sag Harbor und schließlich von der Sonne, die untergeht. Dazu kommen jede Menge Anrufe mit und ohne hinterlassener Nachricht. Und dann nichts mehr. *Nein, nein, nein!*

»Geht es dir gut, Ken? Du siehst merkwürdig aus?« Delilah tritt zu mir und fährt mir durch die Haare. Ich wehre sie ab. »Was hast du denn?«

»Das verstehst du nicht.« So eine Angst hat sie garantiert noch nie empfunden. Selbst mir ist sie neu. Ich wähle Ivys Nummer und laufe hin und her, während die Freizeichen ertönen. »Komm schon, komm schon, komm schon!« Ihre Mailbox springt an. »Hi, Babe, ich hab total die Zeit vergessen. Wo steckst du?« Ich schlucke, um meine Gefühle in den Griff zu kriegen. »Wir machen ein Dinner bei Kerzenschein. Wie klingt das? Sag mir, wann und wo, ich bin quasi schon unterwegs. Ich liebe dich.«

Ich eile ins Schlafzimmer, um mir einen Pullover überzuziehen. Alles sieht aus wie immer. Ihre Sachen liegen noch da, wo ich sie hingelegt habe. Denke ich. Bis mir auffällt, dass zwei Kleider fehlen. Und eine Bluse. Nicht irgendwelche Klamotten. Ihre Lieblingsstücke. Die trägt sie, sooft es das Wetter erlaubt. *Das kann nicht sein! Wie ist das möglich?*

Ich gehe ins Bad und muss schlucken, als ich sehe, dass fast ihr gesamtes Beautyarsenal fehlt. Sie muss die Sachen in einem Schwung in eine Tasche geräumt haben. Auch Dinge von mir sind weg. Die haben dazwischengestanden. *Oh, bitte nicht!*

Ich nehme wieder mein Handy und wähle ihre Nummer. Dieses Mal spreche ich nicht aufs Band. Ich wähle, lasse es klingeln, lege auf, wenn die Mailbox rangeht, und wiederhole das Spiel. *Bis diese Frau sich verdammt noch mal meldet. Bitte, das muss sie doch!*

»Was ist denn los, Ken?«, fragt Delilah, die mir gefolgt ist.

»Ivy ist weg«, sage ich fassungslos, weil ich nicht glauben kann, dass sie einfach so gegangen ist, ohne Nachricht, ohne irgendwas. Hinter meinem Rücken hat sie ihre Sachen genommen und sich aus dem Staub gemacht.

»Ach so«, sagt Delilah da nur.

»Ach so?«, schreie ich fast. »Was meinst du damit?«

»Jetzt haben wir wieder uns, Darling«, säuselt sie, kommt näher und streicht mir über die Brust.

»Wovon redest du?«

»Das ist doch klar. Dein kleines Spielzeug hat kalte Füße bekommen. Aber keine Sorge, ich bin da und tröste dich.« *War das ihr Plan? Was hat sie angerichtet?!*

»Ich brauche keinen Trost, ich brauche sie.«

»Aber wir sind uns doch wieder nähergekommen …«

»Weil wir einen Abend auf dem Sofa verbracht und in Erinnerungen geschwelgt haben?« Ich reibe mir über das Gesicht, bemüht, nicht völlig auszurasten. »Delilah, zwischen uns wird nichts laufen. Ich betrüge doch nicht meine Freundin mit meiner Ex.«

»Du hast auf dem Sofa neben mir gesessen.«

»Ja, ganz normal. Oder hätte ich fünf Meter Sicherheitsabstand einhalten müssen?« Wütend blitze ich sie an. »Was immer du dir ausgemalt hast, vergiss es. Wir werden nie wieder miteinander ins Bett gehen. Die Zeiten sind vorbei.«

»Wenn du es dir anders überlegst …«

»Ich werde es mir nicht anders überlegen.« Kühl mustere ich meine Ex. »Geh jetzt.«

»Aber –«

»Hilf mir, Ivy zu finden, oder hau ab!«

In ihren Augen flackert was, aber sie spuckt es nicht aus, und es ist mir auch egal. Ich hätte diese Frau direkt vor die Tür setzen sollen, als sie hier aufgekreuzt ist. Aber diese Scheißvergangenheit und das, was einen verbindet, ist so schwer abzuschütteln. Jetzt bezahle ich dafür.

Ich schnappe mir die wichtigsten Sachen, öffne die Garage, sehe, dass Ivy eine der Limousinen genommen hat, die hier immer vollgetankt stehen, und setze mich ins Cabrio. Dann rufe ich Cole an.

»Alter, weißt du, wie spät es ist? Ich bin zu weit weg, um Kondome oder so zu besorgen«, witzelt er.

»Ist April bei dir?«, frage ich bemüht ruhig, aber so ganz habe ich meine Stimme nicht im Griff. Ich klinge, als würde mir jemand die Luft abklemmen.

»Sie schläft schon«, sagt er ernst. »Ich kann sie wecken, wenn es dringend ist.«

»Ja … bitte, tu das.«

»Ken?« Er atmet tief durch. »Ist was mit Ivy passiert?«

»Ich … weiß es nicht«, gebe ich zu. »Ich hab Mist gebaut. Erkläre ich dir später. Jetzt brauche ich April.«

»Alles klar, Mann.«

Während ich schon losfahre, ohne Plan, aber immerhin weg von Delilah, höre ich, wie Cole leise April aufweckt. Die sanften Worte, die sie austauschen, tun mir weh. So vertraut reden Ivy und ich auch. *Was, wenn es nie wieder so wird?*

»Ken, was ist denn los?« Ihre Stimme wird lauter, warnender, sobald sie mit mir spricht. »Hast du mit deiner Ex geschlafen?«

Wundert mich nicht, dass April im Bilde ist und von Delilah weiß. »Hab ich nicht«, sage ich. »Ich hab trotzdem Mist gebaut.« Ich schlucke. »Ivy ist weg. Wo würde sie hingehen?«

»Sie ist was?!«

Ich kann es nicht wiederholen. »Wo wäre sie, April?«

»Großer Gott, keine Ahnung!«, ruft sie so aufgebracht, dass mir klar wird, dass ich gerade nicht nur bei Ivy, sondern auch bei April und Cole Mist baue. Keiner von beiden wird diese Nacht zu Schlaf kommen. »Erzähl mir ganz genau, was passiert ist!«

»Das weiß ich ja nicht! Ich hab eine Verabredung verpasst. Weil mich meine Ex aufgehalten hat. Mehr lief da nicht. Ich schwöre es.«

»Ich glaub dir, aber um dir zu helfen, brauch ich alles. Deine Version, von dem Moment, als deine Ex in einem Hauch von Bikini bei euch aufgetaucht ist, bis eben.«

Ich fahre durch die angrenzenden Ortschaften auf der Suche nach Ivys Wagen und erzähle April von den letzten Stunden.

»Wow!«, macht sie eine Spur überfordert, als ich fertig bin.

»Alles okay?«, höre ich Cole an ihrer Seite, dann ein Geräusch, als würde er ihr einen Kuss geben. *Glückspilz!*

»April, was soll ich jetzt machen? Wo kann sie sein? Du bist ihre beste Freundin, sie muss doch mal irgendwas erwähnt haben. Wo fühlt sie sich sicher? Wo war sie glücklich? Wohin wollte sie immer mal? Ich nehme jeden Hinweis.«

»Sorry, Ken. Das wird dir nicht helfen. Wirklich glücklich war sie bei dir. Cole und ich könnten Pete bitten, nach dem Wagen zu fahnden.«

»Ihr wollt die Polizei einschalten? Nein!«, ist meine erste Reaktion, weil das heftig ist. Dann überlege ich es mir anders. »Ja, danke, gute Idee, macht das bitte. Ich schick dir das Kennzeichen. Was kann ich tun?«

»Nichts«, sagt Cole, der April das Handy aus der Hand genommen hat. »Du kommst sofort nach Hause.«

»Und was wird aus Ivy?«

»Du kannst ihr jetzt nicht helfen.«

»Aber ich kann ihr alles erklären.«

»Genau deshalb kommst du zurück. Dieser Satz und sämtliches Gestammel danach ist garantiert das Letzte, was sie hören will.« Geräusche folgen. »Siehst du das auch so, April?«

»Ja.«

Ich bleibe am Straßenrand stehen und zittere am ganzen Körper. Ivy ist weg – und unzählige Erinnerungen prasseln auf mich ein. Als wäre mir nicht klar, was ich verloren habe. Da ist ihr erster Auftritt im Büro und Cole, wie er versucht hat, sie schnell abzufertigen. Aber sie war hartnäckig, weil April ihren Zusammenbruch hatte und sie wusste, dass ihr nur einer helfen kann: Cole, der Mann, in den sich ihre Freundin verliebt und von dem sie sich dennoch getrennt hatte. Wieder habe ich die Szene vor Augen …

»Das Tourismusbüro ist einen Block weiter«, sagt Cole.
»Ich bin nicht –«
»Und die Besichtigung für die historischen Räume wurde verschoben«, unterbricht er sie, weil er die Frau anscheinend für eine der Architekturinteressierten hält, die sich einmal im Monat unsere Agenturräume anschauen kommen.
»Ich bin auch nicht –«, setzt sie erneut an.
»Wenn Sie Anfragen haben, bitte per Mail«, unterbricht er sie wieder.
»Alter, wie konnte sich April nur in dich verlieben, wenn man nie zu Wort kommt!«

Meine Güte, war Ivy schlagfertig gewesen! Sie hat nicht lockergelassen und Cole dazu gebracht, April zu helfen.

Als Nächstes denke ich an ihren Umzug nach Telluride und wie wir ihr geholfen haben, in ihrem neuen Haus anzukommen … Auch da war sie nicht auf den Mund gefallen.

»Lass mich dir helfen«, sage ich.
»Du willst doch nur in mein Schlafzimmer.«
»Stimmt. Also ist das ein Ja?«
Sie rollt mit den Augen und deutet auf eine Kiste. »Nimm die! Die muss zu einem ganz besonderen Ort. Wird dir dort gefallen.«
»Wohin?«
»In den Müll!«

Dann habe ich unzählige Situationen im Kopf, wie ich ihr bei Reparaturen am Haus geholfen habe. Besonders ein Wortwechsel fällt mir sofort ein …

»Ich wollte einen Handwerker, Ken. Was machst du hier?«
»Jonas hat mir alles beigebracht. Ich habe Hände und weiß mit ihnen umzugehen.«
»Meinetwegen, mit Rohren verlegen kennst du dich ja bestens aus, wurde mir gesagt. Mein Abfluss tropft.«
»Ich soll dich also trockenlegen? Andersherum bin ich besser, aber ja, krieg ich hin.«

Es gibt unzählige dieser Unterhaltungen. Normalerweise hat man sie nicht wortwörtlich im Kopf, aber Ivy hat jede dieser Begegnungen so besonders gemacht, dass sie sich in mein Gedächtnis eingebrannt haben.

Und dann der Tag, als sie bei mir aufgetaucht ist, mitten im Schneesturm, und ich das ausgenutzt habe. Solche Chancen erhält man schließlich nicht oft.

»Ist es noch weit bis zu dir?«
»Nein, vielleicht fünf Minuten«, sage ich.
»Können wir dann los?«
»Das kostet.«
»Hä?«
»Drei Küsse.«
»Meinst du nicht, das ist der falsche Moment für diese Nummer?«
»Also gibt es einen richtigen?«

Die Zeit mit ihr war nicht genug. *Wie zum Henker kriege ich diese Frau zurück?*

20. Kapitel

IVY

Ich fahre, bis ich müde bin, und komme bis Trenton. Ich checke in einem Motel an der Interstate ein. Die Preise sind hoch, aber es ist mir egal. Ich brauche ein Bett für die Nacht.

Im Zimmer spüre ich wieder den Schmerz.

Ich sehe auf dem Handy, dass Ken mir unzählige Nachrichten hinterlassen hat. Dazu kommen Anrufe von April und Cole. Mit Ken kann ich gerade nicht reden, aber meine beste Freundin beruhige ich, dass es mir den Umständen entsprechend gut geht.

Ihre Antwort folgt sofort. Sie will wissen, wo ich bin, überschüttet mich mit Fragen, bietet ihre Hilfe an. *So lieb von ihr!* Aber alles ist noch so frisch. Ich kann nicht darüber reden, was Ken getan hat. Was ich brauche, ist Zeit. April versteht das und reagiert genau richtig: Sie sagt, dass sie für mich da ist, wenn ich sie brauche. Ich verspreche ihr, mich wieder zu melden, damit sie sich keine Sorgen machen muss. Auch wenn sie das vermutlich trotzdem tut. Dann krieche ich völlig erledigt ins Bett.

Am nächsten Morgen fühle ich mich kaum besser. Ich zwinge mir etwas Toast mit viel Kaffee in den Magen und fahre weiter, einfach nur weiter. Dorthin, wo Ken nicht ist.

Kurz hinter Harrisburg, Pennsylvania, halte ich auf einem Rastplatz und ergebe mich meinen Tränen. Ich spule Bilder von Ken mit Delilah ab. Die Blicke, die er ihr zugeworfen hat. Wie er ihr ins Haar gefasst hat. Es zerreißt mich, aber ich muss das tun. Es soll die Liebe in mir töten. *Bitte. Das Stechen muss aufhören. Sonst kann ich nicht weitermachen.*

Wenn die Methode jedoch was bewirkt, dann nur, dass es noch mehr wehtut. Tief durchatmend warte ich, bis ich mich einigermaßen im Griff habe und auf den Straßen kein Risiko mehr für mich und andere darstelle.

Weil ich verantwortungsbewusst bin! Selbst jetzt. Ich denke an andere und wäre eine verdammt tolle Mutter geworden.

Neue Tränen fließen. Dunkel wird mir bewusst, dass mir die Samenbank noch immer zur Verfügung steht. Ich kann es weiter probieren. Aber es ist ja nicht so, als könnte ich einen Schalter umlegen. *Klack, Ken ist Vergangenheit, hallo, neuer Samenspender, hier bin ich.*

Er hat mich vergessen. Für seine Ex. Ich kann immer noch nicht glauben, dass das wirklich passiert ist. Ken hat alles kaputtgemacht, uns kaputtgemacht.

Ich fahre weiter, tanke zwischendurch, schaffe es bis nach Missouri und übernachte wieder in einem Motel. Wenn ich die Richtung grob beibehalte, erreiche ich über Oklahoma, New Mexico und Arizona bald die Westküste. *Und dann? Will ich in mein altes Leben in Los Angeles zurück? Kellnern, vielleicht wieder bei Gold Face Media anfangen?*

Hinter Oklahoma City wende ich spontan, ohne dass ich selbst verstehe, warum, bis ich Indianapolis auf den

Schildern entdecke. Dahinter liegt Ohio. *Alles klar, ich fahre wieder nach Hause. Dorthin, wo alles angefangen hat schiefzulaufen. Beginnen wir von vorne. Und dieses Mal nehmen wir einen anderen Weg.*

Meine Eltern besitzen ein Haus bei Waynesville, einem knapp Dreitausend-Einwohner-Städtchen, das für sein Sauerkraut-Festival berühmt ist. *Klingt verlockend, oder?* Mein Dad arbeitet auf einer der vielen Farmen, die den Ort umgeben. Meine Mom verdient mit Handarbeiten was dazu. Von ihr habe ich gelernt, wie man strickt. Hätte nie gedacht, dass ich das mal brauchen würde. Aber als Ken seine Aufgabe gestellt hat, konnte ich damit punkten.

Normalerweise besuche ich die beiden nur zu Thanksgiving. Es ist ungewohnt, im Sommer herzufahren, wenn alles noch grün ist. Zuletzt habe ich Waynesville so als Schülerin erlebt. Entsprechend fühlt sich mein Trip wie eine Reise in die Vergangenheit an. Als könnte ich alte Entscheidungen noch mal neu treffen und Fehler vermeiden.

Ich halte an der Einfahrt zum Grundstück und kann nicht glauben, dass ich wirklich hier bin. Etwa fünfzig Yards Luftlinie von der Straße entfernt steht das zweistöckige Haus mit der weißen Holzverkleidung, umgeben von Obstbäumen, auf die ich als Kind geklettert bin. Würde man heute nicht mehr denken, wenn man mich in meinen modischen Outfits sieht. Das Fähnchen am Briefkasten zeigt an, dass Post drin ist.

Ich hole einen Brief und zwei Werbeprospekte raus und folge dann der Einfahrt zu dem kleinen Stellplatz, wo Moms Wagen parkt. Dad muss noch bei der Arbeit sein. Sein Buick ist nicht da.

Da bin ich also wieder!

Ich gebe April nur kurz Bescheid, wo ich bin, hole tief Luft und steige aus. Meine Knie sind ganz weich, als ich einen Fuß auf die Veranda setze und die Holzdielen unter meinen Schritten knarzen. Ich klopfe. Als niemand öffnet, gehe ich zum Hintereingang. Auch hier ist niemand. Aber die Terrassentür steht offen, und aus dem Haus dringt leise Musik. Oldies. Aus den Sechzigern.

»Mom?«, rufe ich und betrete das Haus. »Ich bin's!«

»Ivy?!«, antwortet meine Mutter verblüfft und erscheint mit nassen Händen, die sie sich an einem Geschirrtuch abtrocknet. Sie mustert mich aus ihren blauen Augen, die meinen so ähneln, und sieht wahrscheinlich auf einen Blick, dass etwas passiert ist. Aber sie kennt mich. Statt mich mit Fragen zu löchern, schenkt sie mir ihr vertrautes Lächeln. »Du kommst gerade richtig, mein Schatz. Ich hab Muffins gemacht. Mit Stachelbeeren. Die magst du doch so.«

»Wunderbar«, krächze ich gerührt. Mom und ihre Muffins sind ein Stück Kindheit.

»Hol doch noch die Auflagen für die Korbstühle! Dann machen wir es uns draußen im Schatten gemütlich«, sagt sie.

Ich weiß, wo meine Eltern die Kissen aufbewahren, und setze mich in Bewegung, dankbar, was zu tun zu haben.

Als wäre das heute ein ganz normaler Tag, richte ich die Stühle her, verstelle das Sonnensegel und hole Teller. Meine Mom bringt eine Schüssel mit Muffins, Gläser und Untersetzer mit den Aufdrucken von Urlaubszielen. Die liebt sie, dabei haben sie und mein Dad Ohio noch nie verlassen.

Wir setzen uns. Der Krug landet auf Florida. Mein Glas auf Texas. Und ihres auf dem Grand Canyon. Ein Deckel bleibt frei. Colorado. Sie sieht es und tauscht ihn aus. »Hier, der ist für dich, Schatz«, sagt sie mit einem warmen Lächeln, als würde sie mir was Gutes tun. »Es gefällt dir doch so gut dort.«

Mist, gleich heule ich. »Texas war okay«, krächze ich.

»Texas ist für mich«, poltert da mein Dad, der gerade von der Arbeit kommt und noch seine Arbeitshosen trägt. »Hallo, meine große Kleine!«

Tut das gut, unter lieben Menschen zu sein. Wir umarmen uns. Als er sich lösen will, halte ich ihn etwas länger. Ich brauche das einfach, und mein Dad lässt mich. Als wäre ich wieder ein Kind.

Kein Wunder, dass ich immer eine Familie wollte. Ich hab selbst eine tolle, auch wenn wir völlig unterschiedliche Ansichten vom Leben haben und uns nur selten sehen.

Es gäbe so viel zu erzählen, aber ich weiß nicht, wo ich beginnen soll. Also frage ich nur, ob ich ein paar Tage bleiben kann. Nach dem Essen trage ich meine Sachen ins Haus und lege mich in meinem alten Kinderzimmer erschöpft aufs Bett. Als hätte mich die Autofahrt meine letzte Kraft gekostet.

Ich starre die Blümchentapete an. Und die Star-Schnitte von meinen Jugendidolen, mit denen ich meine Möbel zugeklebt habe. Einer ist muskulöser als der andere. *Deshalb konnte ich Ken nicht widerstehen. Er sieht aus wie einer von denen.*

›Und ich kann sogar singen, Babe.‹

›Andere Sachen kannst du besser …‹

Mist! Ich verbiete mir diese Gedanken, als der Schmerz wieder anwächst. *Was tue ich denn da? Mit Ken in meiner Fantasie flirten? Der Mann soll aus meinem Kopf raus, ich will ihn vergessen, nicht vermissen …*

Dann schlafe ich endlich ein.

KEN

Wie gerädert lande ich in Telluride. Von April und Cole weiß ich, dass Ivy mit dem Wagen bis nach Ohio gefahren ist. Aber dort gibt es für sie nur ein Ziel. Ihre Eltern. *Fuck, das will was heißen, wenn sie ausgerechnet dahin zurückkehrt, wo all der Mist angefangen hat.*

»Hast du Arbeit?«, frage ich Cole, als ich kurz vor Feierabend in der Agentur auftauche, obwohl ich offiziell noch Urlaub habe.

»Ich habe erst mal Kaffee für dich«, antwortet er und sieht mich ungewohnt reserviert an, sodass ich mich frage, wie viel er weiß.

Ich setze mich auf die Besuchercouch, atme tief durch und lausche den typischen Geräuschen aus der Küche.

»Hier!«, sagt Cole schließlich und stellt den Pott vor mir ab. Es ist die Tasse mit der Aufschrift *Bester Ken der Welt*, das ›Bester‹ ist nun jedoch durchgestrichen.

»Wie kreativ«, murmle ich.

»Alter, du hast richtig Mist gebaut. Was hast du dir nur dabei gedacht, wieder was mit Delilah anzufangen? *Der* Delilah!«

Okay, wenn ich mich ausheulen will, muss ich woandershin. »Ich habe nichts mit ihr angefangen, *sie* hat mich permanent angegraben«, verteidige ich mich. »Das ist doch nicht meine Schuld! Außerdem ist nichts gelaufen. Ich hab all ihre Flirtversuche abgewehrt.«

Kann er bitte mal mein Freund sein?

»Regel Nummer eins im Leben: Wenn du Mist gebaut hast, dann übernimm gefälligst die Verantwortung dafür«, sagt Cole ungerührt. »Andernfalls bist du entlassen.«

»Ha, ha«, mache ich, weil er das gerne mal androht.

»Dieses Mal ist das kein Scherz.« Cole rauft sich die Haare. »Ich stehe zu dir, ehrlich, wir sind Freunde, Ken, und ich sehe, dass du völlig hinüber bist. Aber es geht hier nicht nur um mich. Ich habe eine Freundin, eine ziemlich tolle, und die ist krank vor Sorge um ihre beste Freundin.«

»Ivy hat sich nicht mehr bei ihr gemeldet?«

»Doch, hat sie«, zischt Cole gereizt. »Aber viel zu kurz. Sie braucht Zeit.«

Nicht gut. Am liebsten würde ich direkt nach Ohio fahren und Ivy verschleppen. Wenn ich es mir mit der Nummer nicht endgültig versauen würde.

»Ja, ich habe Mist gebaut«, sage ich. Delilah war Delilah. Ich war nicht ich selbst. »Falls du aber keinen Tipp hast, wie ich das wieder in Ordnung bringen kann, spar dir die Standpauke.« Ich kneife mir in die Nasenwurzel, damit ich nicht vor Cole losheule, warte, was er nun sagt, aber er schweigt. Weil er auch keine Lösung hat. *Super!* »Also, hast du Arbeit?«

»Du kannst dich um die Inventur kümmern.«

»Die macht man normalerweise zum Jahresende.«

»Und?«, sagt Cole nur. Offensichtlich sollte ich mich glücklich schätzen, dass er mich nicht sofort vor die Tür setzt.

»Wird erledigt, Boss.«

Wie ein Schatten meiner selbst liste ich sämtliche Büromittel auf und gleiche sie mit Lieferscheinen ab. Jeden Handgriff muss ich doppelt und dreifach erledigen, weil ich in Gedanken bei Ivy bin. Sie fehlt mir. Ihr freches Lächeln, ihre schlagfertigen Sprüche, ihre rot lackierten Nägel und modischen Outfits.

Ich bin gerade mal eine Stunde beschäftigt, da halte ich inne, als die Ladentür aufgeht. *Ivy?*

Sofort lasse ich alles stehen und liegen und eile zum Eingang. Dort ist aber nur Cole. Fragend sehe ich ihn an.

»Ich hab den Müll rausgebracht«, erklärt er verwundert über meinen Auftritt.

Fuck! Statt zurück an die Arbeit zu gehen, starre ich weiter zur Tür. Als könnte ich Ivy mit reiner Willenskraft herbeamen. Ich habe sie noch genau vor Augen, wie sie hier das erste Mal aufgetaucht ist. Eine schwungvolle Brünette mit lackierten Nägeln, die überhaupt nicht in diese Stadt gepasst hat. Aber zu mir, zu mir hat sie gepasst. In dem Moment war es um mich geschehen. Sie ging mir nicht mehr aus dem Kopf. Ich hatte noch Affären, aber in meinen Gedanken tauchte immer wieder ihr Gesicht auf. Bis sie hierhergezogen ist und mich vollends für sich eingenommen hat. Obwohl das gar nicht ihre Absicht war. Ich hatte es geschafft, dass sie sich in mich verliebt. Und jetzt habe ich es ruiniert. Ich allein. *Wie konnte das nur passieren?*

»Feierabend!«, sagt Cole. »Du siehst furchtbar aus.«

Ich will mich mit ihm streiten, aber in dem Punkt lässt er nicht mit sich reden.

»Willst du bei uns schlafen?«, fragt er.

Ohne lange nachzudenken, schüttle ich den Kopf. Cole und April zu sehen würde mich nur an Ivy und mich erinnern. An das, was wir hatten. Das könnte ich im Moment nicht verkraften.

Ich gehe meine Notizen der Inventur durch, um am nächsten Tag weiterzumachen, und stöhne. Mehr als einmal habe ich statt der Artikelbezeichnung Ivys Namen auf den Zettel geschrieben. Das dämliche Inventurprojekt, das selbst ein Kind erledigen könnte, wird sich wohl noch etwas hinziehen.

»Bis morgen«, sage ich nur.

Endlich zu Hause setze ich mich auf die Terrasse und starre in den Wald, der das Grundstück umgibt. Aber ich nehme die Natur gar nicht wirklich wahr. Ich könnte auch eine Betonmauer vor der Nase haben.

Zum zweiten Mal hat mir Delilah alles ruiniert.

Wut steigt wieder in mir auf.

Quatsch, Delilah hat gemacht, was Delilah eben macht. Ich habe es ruiniert. Ich, Ken Egoarsch McNamara. Weil ich Antworten wollte auf Fragen, die mich seit Jahren nicht mehr beschäftigt haben. Weil ich über was nachgedacht habe, was eigentlich vorbei war. Jetzt weiß ich, was sich Delilah damals gedacht hat, als sie mich betrogen hat. Aber es spielt keine Rolle mehr. Direkt nach dem Vorfall war es wichtig. Aber jetzt? Es ändert nichts an dem, wo ich heute stehe. Ich fühle mich deswegen weder besser noch schlechter. Schlimm ist nur, dass Ivy weg ist.

Ich hole mir Scotch aus dem Haus, um den Schmerz zu bekämpfen. Vielleicht erhalte ich dann etwas Klarheit.

Die Flasche ist neu. Der Alkohol ist seit Monaten unangetastet. Ivy hat nichts getrunken, für den Fall, dass sie schwanger wird. Ich habe mich solidarisch angeschlossen. Jetzt kippe ich das erste Glas mit Schwung runter. Das Zeug brennt in meiner Kehle und lässt meine Augen tränen. Als würde es auch mein letztes bisschen Selbstbeherrschung killen, das mich davon abhält zusammenzubrechen. Trotzdem schütte ich das zweite Glas gleich hinterher. Die Ruhe, die der Alkohol in mir verbreitet, ist so angenehm.

Verdammt, ich kann nicht einfach aufgeben.

Keine Ahnung, ob das eine gute Idee ist, aber ich nehme mein Handy und rufe Ivy noch mal an. *Was, wenn genau dieser Anruf den Ausschlag gibt?*

Wieder meldet sich nur ihre Mailbox.

»Komm zzzurück«, lalle ich. »Babe, ich brauch düsch. Büttte, büttte, büttte!«

Es tut gut zu handeln. Das ist besser, als die Berge anzustarren und auf ein Wunder zu hoffen. Nüchtern konnte ich nichts ausrichten, aber vielleicht so.

Gut, ich bin definitiv dicht, wenn ich so etwas denken kann, aber das hält mich nicht auf. Sobald ich gesagt habe, was ich sagen musste, rufe ich wieder an und hinterlasse fast die gleiche Nachricht. Dann mache ich es noch mal und noch mal. Ich habe viel zu sagen, irgendwas davon muss helfen. Selbst als die Mailbox voll ist, rede ich weiter. Wenn ich aufhöre, weiß ich nicht, was ich tun kann. Also bleibe ich dran.

Wedeln und Gleiten war gestern. Jetzt kommt Trinken und Reden.

Bis der Alkohol mich ausknockt …

»Boah, du stinkst, als müsste man nur ein Streichholz dranhalten und es würde in Flammen aufgehen. Los, steh auf!«, ruft Cole.

Ich blinzle gegen die Sonne. Eine Flasche rutscht mir aus der Hand und fällt zu Boden. Mühsam richte ich mich auf. *Habe ich etwa die ganze Nacht draußen verbracht?*

»Was machst du hier?«, frage ich. Cole müsste im Büro sein.

»Die Frage ist doch eher, was machst *du* hier?«

Ich reibe mir übers Gesicht, befühle mein stoppliges Kinn und will einen weiteren Drink. Mein Blick wandert zur Flasche. *Leer. Schade.*

Ich stehe auf und wanke dank meines Restalkohols in die Küche. Cole folgt mir. Wenn er auch was will, muss er sich ranhalten. Als ich eine zweite Flasche finde, nimmt er sie mir jedoch ab, bevor ich sie öffnen kann.

»Du bist nicht meine Mutter«, brumme ich aggressiver, als ich normalerweise bin. Liegt wohl am Scotch, an der Situation oder daran, dass ich vielleicht im Grunde doch ein Arschloch bin.

Bringt Alkohol nicht das wahre Gesicht eines Menschen zum Vorschein? Nun, hier bin ich. Ken mit Fahne.

»Genau richtig, ich bin nicht deine Mommy«, sagt Cole. »Sondern dein Freund. Eher ziehe ich dir die Flasche über den Schädel, als sie dir zurückzugeben.«

Ich balle die Hände bereits zu Fäusten, eine Prügelei käme mir jetzt gerade recht. Bis mir der Grund für all das wieder einfällt.

»Sie ist weg«, murmle ich, und alle Energie verpufft aus meinem Körper. »Ivy ist weg.«

Bevor ich zu Boden gehen kann, greift Cole mir unter die Arme und führt mich zum Sofa. Das, auf dem Ivy damals im Winter gesessen hat, halb nackt, durchgefroren, in meinen Klamotten.

Fuck, warum gibt es Erinnerungen? Was nutzen sie einem? Klar, man muss behalten, wie man Messer und Gabel hält und das Alphabet schreibt, aber auf den Rest könnte man doch verzichten. So vieles wäre leichter, wenn es nur auf den Moment ankäme.

Apropos Moment … »Müsstest du nicht im Büro sein?«

»Da war ich«, antwortet Cole. »Anders als du.« Er sieht mich tadelnd an. »Es ist fast drei, Ken.«

Schon, liegt mir auf der Zunge, aber ich sage dann etwas anderes. »Erst.« Denn der Tag hat immer noch zu viele Stunden, um mich mit der größten Scheiße meines Lebens zu quälen. »Hat sie sich gemeldet?«

»Wieder nur ganz kurz, bei April. Damit sie nicht durchdreht.«

Erleichterung durchdringt mich. »Sie ist in Ordnung?«

Ein vielsagender Blick trifft mich. »Sie ist nach wie vor bei ihren Eltern.« *Also ist sie alles andere als in Ordnung, aber man kümmert sich um sie. Immerhin etwas.*

Dunkel erinnere ich mich an meine Mailbox-Nachrichten. »Hat sie nach mir gefragt?«

»Nein.«

»Hat sie …?« Alles Weitere erübrigt sich. Sie will nichts von mir wissen. »Wann kommt sie … zurück?«, ringe ich mir ab.

Cole schweigt, als müsste er nach einer guten Antwort suchen. Dabei ist die Frage alles andere als komplex. »April glaubt … dass sie nicht … wiederkommt«, sagt er schließlich vorsichtig.

»Willst du mich verarschen?«

Er klopft mir nur auf den Rücken und sieht mich traurig an.

»Nie wieder?« Ich kann es nicht fassen.

»Nie wieder.«

Das will nicht in meinen Kopf. »Ivy hat hier einen Job und das Haus und Freunde. Sie muss doch wiederkommen.«

»Ich weiß. April ist total fertig deswegen. Es ist das erste Mal seit Jahren, dass sich die Wege der beiden trennen. Wir wollten demnächst Hochzeitseinladungen verschicken. Sie hat die Karten geschreddert. Ohne ihre beste Freundin ist ihr nicht nach Heiraten zumute.«

April ist fertig?, will ich rufen. *Fuck, ich bin fertig.* Aber ich verkneife mir das. *Der Verlust trifft uns alle.*

»Den Mietvertrag für das Haus wollte sie doch sowieso demnächst kündigen«, redet Cole weiter. *Weil sie zu mir ziehen wollte.* »Und für das Brews Brothers wird sie bis auf Weiteres im Homeoffice arbeiten. Scott und Simon sind mit ihr so zufrieden, sie wollen niemand Neues einstellen.«

»Das fügt sich ja alles ganz wunderbar«, sage ich. »Aber Telluride ist ihr Zuhause. Zählt das gar nicht? Sie liebt April, dich, die Leute hier. Die würde sie doch nie einfach so verlassen.«

»Ich weiß, Ken. Trotzdem.«

Scheiß Alkohol. Ich kämpfe gegen den Nebel an, weil ich mein hoch qualifiziertes Hirn brauche. *Irgendeine Info fehlt mir noch. Welche?*

»Weil ich hier bin?«, begreife ich plötzlich. »Sie kommt nicht zurück, weil ich hier bin?«

Cole schweigt.

»Echt? Deswegen?« *Das ist viel übler, als ich dachte.*

»Jetzt komm bloß nicht auf die Idee abzuhauen«, sagt Cole, als könnte er Gedanken lesen. »Ich bin dein bester Freund. Wenn du das tust, ich schwöre dir, ich folge dir und geb dir einen Arschtritt, den du bis ans Ende deines Lebens spüren wirst.«

»Aber –«, setze ich zum Protest an.

»Nein, vergiss es. Du bleibst schön hier. Ich brauch dich.«

»April sieht das garantiert anders und würde mich liebend gerne gegen ihre beste Freundin eintauschen.«

»Stimmt, sie hat schon One-Way-Flüge nach Sibirien für dich recherchiert. Aber so einfach ist das nicht.«

»Was soll ich dann tun?« Über die Inventur müssen wir nicht reden, das war gestern reine Beschäftigungstherapie.

»Für den Anfang würde ich vorschlagen, duschen. Dann was essen und dann Ivy helfen.«

»Wie denn?«

»Sag du es mir! Du kennst sie von uns allen am besten.«

»Also soll ich mir eine Kugel in den Kopf jagen?«

Cole grinst breit. »Du cleverer Vollidiot! Meinst du nicht, das hätte sie längst selbst getan, wenn sie das wollte?

Los, dusch und spül mal dein Gehirn durch. Ich bestell was zum Essen.«

Ich ergebe mich und denke nach. Unter der Dusche. Beim Rasieren. Beim Anziehen. Beim Essen. Cole hat recht. Ich kenne Ivy, sogar besser, als April sie kennt. Sie wird ihr Herz nicht mehr so schnell öffnen. Für niemanden. Es hat Monate gedauert, bis sie mir vertraut hat. Der nächste Kerl könnte Jahre dafür brauchen. Wenn überhaupt. Aber eine Sache gibt es, bei der ich ihr helfen könnte. Eine Sache, die sie ganz sicher immer noch will.

»Scheiße«, fluche ich leise, als ich aufgegessen habe.

»Ist dir was eingefallen?«

Ich nicke.

»Du siehst nicht so aus, als wäre das was Gutes.«

»Doch, das wird ihr gefallen.« *Ihr, nicht mir.* »Danke«, sage ich zu Cole. »Kannst du mich jetzt bitte allein lassen?«

»Was hast du vor?«

»Das einzig Richtige tun.« Ich sehe ihn fest an, sehe die Fragen in seinem Gesicht, aber schweige. »Vertrau mir.«

»Gibt es hier noch mehr Alkohol?«

Ich überlege kurz. »Ja, in der Bar.«

Er steht auf und holt die Flaschen raus. »Okay, ich lass dich machen, Ken. Aber morgen erwarte ich dich wieder im Büro. Geduscht und den Umständen entsprechend fit. Und wenn du da nicht auftauchst –«

»Ich werde da sein«, verspreche ich, und sei es nur, weil mir mein Wort wichtig ist. Wenn ich es gebe, halte ich mich auch dran. Falls nicht gerade eine Delilah mich manipuliert. Etwas, was nie wieder passieren wird. Wir sind endgültig fertig miteinander.

Cole geht, und ich hätte jetzt gerne einen Drink, um die anstehende Aufgabe zu bewältigen. Es ist gut, dass er den Alkohol mitgenommen hat. Ich muss so nüchtern wie möglich sein.

Ein Fehler wäre fatal.

Ich setze mich an meinen Laptop und rufe die Internetseite der Kinderwunschklinik auf. Ivy und ich haben dort einen gemeinsamen Account, über den Ergebnisse ausgetauscht werden – und über den man mit der Klinik in Kontakt treten kann.

Momentan läuft die Behandlung mit Hormonspritzen. Wir wollten nach dem Urlaub einen dritten und wahrscheinlich letzten Versuch starten, dass sie schwanger wird. Mit meinem frischen Sperma und ihren erholten Eizellen. Es hätte nur noch der genaue Termin gefehlt. Keine Ahnung, ob Ivy die Spritzen weiternimmt. Sie waren zumindest nicht bei den Sachen dabei, die sie in den Hamptons zurückgelassen hat. Also hoffe ich auf das Beste. Wenn sie Mutter werden will, dann dieses Jahr, schnell. Das ist ihre letzte Chance. Ihre Ärztin war da sehr deutlich.

Akribisch klicke ich mich durch die Spenderdatenbank. Ich kann mich an Ivys erste Auswahl erinnern. Die Männer tauchen jedoch nicht mehr im System auf. *Ist vielleicht ganz gut so. Meine Favoriten waren das nicht.*

Mit dem Analysetool der Agentur erstelle ich ein Profil für Ivys perfekten Mann. Ein Kinderspiel. Sie hat mich gewollt, und ich suche Männer, die mir möglichst ähnlich sind, sowohl was Aussehen als auch Qualifikation betrifft. *Ein Scheißjob, aber wichtig.*

Immer wenn der Stich in meiner Brust besonders heftig ist, weiß ich, dass ich auf der richtigen Spur bin. Schließlich entdecke ich das Foto von einem Mann Ende zwanzig. Er ist jünger als ich, etwas größer, aber er hat in etwa die gleichen braunen Augen und den gleichen Mund. Er ist sportlich und arbeitet als Anwalt, ist also entsprechend erfolgreich. *Der perfekte Kandidat. Und nicht ich.*

Jetzt will ich noch dringender einen Drink, stattdessen nehme ich mir ein Wasser und gehe damit auf die Terrasse. *Will ich das wirklich durchziehen? Wird Ivy sich freuen? Und die Geste verstehen?*

Obwohl es nicht sein kann, bilde ich mir ein, ihren Geruch wahrzunehmen. Sie, Duschgel, Parfüm, Haaröl, ein Hauch Nagellackentferner und die Bodylotion und dann wieder nur sie.

»Fuck, du musst es tun«, gebe ich mir einen Ruck und setze mich an den Laptop, bevor mich der Mut verlässt. »Sei stark!«

Ich öffne den Nachrichtendienst, über den man die Klinik kontaktieren kann, und schreibe:

Sehr geehrte Dr. Moore,
wir freuen uns auf unseren nächsten Termin.
Nach eingehender Überlegung haben wir uns entschieden, es dieses Mal mit einem Kandidaten aus Ihrer Datenbank zu probieren. Sie finden das Profil im Anhang. Bitte bereiten Sie alles vor und schicken Sie uns die Termine für den dritten Versuch.
Danke & viele Grüße
Ivy Rivers & Ken McNamara

Senden?

Ja, absenden!

Ich drücke die Taste und lehne mich zurück. Mir kommen Zweifel, aber ich bleibe dabei: Das ist die beste Lösung. Zumindest für Ivy.

Beinahe sofort brummt mein Handy, und ich erhalte die Termine für die Eizellenentnahme und das spätere Einsetzen der befruchteten Zellen. Ivy wird die gleichen Nachrichten erhalten haben. Damit ist die Sache geklärt: Sie bekommt ihr Baby. Nur nicht von mir. Wir gehen offiziell getrennte Wege.

Keine Ahnung, was nun aus ihrem Zeug werden soll. Wir wollten den Rest nach dem Urlaub packen. *Will sie es wiederhaben? Soll ich ihr alles schicken? Nach Ohio?*

Für den Anfang sage ich den Umzug ab und sorge dafür, dass die Miete für ihr Haus weiter überwiesen wird. Ich kenne den Vermieter, und er ist einverstanden, weil er noch keinen neuen Interessenten hat. Ivy mag fort sein, aber sie hat hier ein Zuhause.

Obwohl ich nicht lange wach war, bin ich total müde und lege mich wieder hin. Dabei halte ich eines ihrer Shirts fest, die nur bis knapp zum Bauchnabel reichen. ›Unpraktisch‹, wie ich ihr immer wieder vorgehalten habe. ›Praktisch‹, wie sie gekontert hat, vor allem mit Babybauch. Einschlafen kann ich nicht. Sie fehlt mir. *So ein Mist!*

Ich stehe noch mal auf und wuchte ihren halben Kleiderschrank mit den Sachen, die sie bei mir hat, aufs Bett. *Ist das verrückt? Keine Ahnung.* Ich muss sie loslassen. Wenn April sagt, Ivy kommt nicht zurück, dann kommt sie nicht zurück. Aber ich kann nicht.

Als Ivys Bettseite voll mit ihrem Kram ist, lege ich mich wieder hin. Ich denke noch, dass das eine bescheuerte Idee war und sie nichts bringt. *Klamotten können diese Frau nicht ersetzen.* Da schlafe ich schon ein, mit der Illusion, sie wäre noch bei mir …

21. Kapitel

IVY

Ich blinzle gegen die Morgensonne, die in mein Kinderzimmer scheint, drehe mich im Bett und taste zur Seite. *Als würde Ken neben mir liegen!* Der Platz ist leer, und die Ereignisse der Hamptons prasseln auf mich ein.

Delilah im Bikini.

Ihr Gespräch mit Ken.

Wie er mit ihr gelacht hat!

Es war richtig zu gehen. Trotzdem wünscht sich ein Teil von mir, Ken wäre hier, in meinem alten Kinderzimmer, würde mir durch die Haare fahren und mich anlächeln, als wäre ich der tollste Mensch der Welt. Und mir einen Gutenmorgenkuss geben, schlechter Atem hin oder her.

Mir kommen die Tränen.

Drei Minuten nach dem Aufwachen.

Ich dachte, ich habe mich heute besser im Griff.

Ich zwinge mich aufzustehen und will mir auf dem Handy Musik anmachen. Da entdecke ich Nachrichten der Kinderwunschklinik, die gekommen sind, als ich geschlafen habe. Terminbestätigungen für eine dritte Behandlung.

Nicht lustig!

Ken und ich waren uns einig, dass wir einen letzten Versuch starten, aber wir haben nie einen Termin ausgemacht. Wir wollten erst den Urlaub abwarten und uns danach mit neuer Energie dem Babyprojekt widmen. Trauer erfasst mich. *Wir haben nichts. Kein Baby, nicht uns. Gar nichts. Ich habe nichts.*

Hektisch blinzle ich gegen die Tränen an und lege das Handy beiseite. *Ken muss die gleichen Nachrichten bekommen haben wie ich. Soll er den Termin bitte stornieren.*

Ich gehe ins Bad, ziehe mich an, frühstücke und sehe zu, dass ich beschäftigt bin. An Ken zu denken ist zu schmerzhaft.

Den Tag über miste ich mein altes Kinderzimmer aus. Das ist längst überfällig. Die Poster meiner Jugendschwärme kommen von den Wänden, ich sammle Spielzeug zum Spenden in einer Kiste, und ich räume alle alten Klamotten weg. Ich will nicht mehr an die Zeit erinnert werden, als ich sie getragen habe. Keine Ahnung, wer ich bin, aber nicht mehr diese Ivy.

Als keine Stornierung des Termins erfolgt, mache ich mir Gedanken. *Vielleicht ist Ken auf Geschäftsreise und hat die Nachricht nicht gesehen. Was, wenn sie für ein anderes Paar ist? Die warten darauf und verpassen dann womöglich den Termin. Das kann ich niemandem antun.*

Mit Moms Muffins futtere ich mir Mut an. Von denen könnte ich echt gerade Berge verdrücken. *So lecker!* Kurz bevor ich platze oder an einem Zuckerschock sterbe, rufe ich in Los Angeles an.

»Hallo, hier Ivy Rivers«, melde ich mich, als Carina rangeht, die gute, stets fröhliche Fee an der Rezeption. Ich gebe ihr meine Sozialversicherungsnummer durch und will ganz souverän auftreten, aber mir bricht die Stimme.

»Ich … wir …« *Mist! Gleich heule ich los.* Ich gehe mit dem Handy in den Garten, setze mich in den Schatten eines Apfelbaums und atme tief durch. *Los, Ivy, hilf einem anderen Paar, wenn es bei dir schon nicht geklappt hat.*

»Ich weiß, Ms Rivers«, sagt Carina mitfühlend und für meinen emotionalen Ausbruch viel zu unbekümmert. »Das ist so mutig von Ihnen, dass Sie und Ihr Freund es jetzt mit einem anderen Spender probieren wollen. Wir drücken Ihnen alle die Daumen. Was haben Sie denn noch für Fragen? Womit kann ich Ihnen helfen?«

»Wie bitte, was?«, ist das Einzige, was ich rauskriege.

»Ich finde es so, so mutig«, wiederholt sie. »Wirklich.«

»Nein … ähm … Wovon reden Sie da? Ich habe keinen neuen Spender bestimmt.«

»Oh! Echt? Moment, ich schaue kurz im System nach. Wir bereiten eigentlich gerade alles vor, aber wenn da ein Fehler vorliegt …« Beruhigende Tastaturgeräusche folgen. »Sie wollen doch immer noch ein Kind, richtig?«, fragt sie beim Tippen.

»Ja«, krächze ich aufgewühlt, bevor mir klar ist, was ich da tue. »Ja, das will ich«, sage ich noch mal lauter, weil sich diese Hoffnung wieder in mir meldet, doch noch Mutter zu werden, auch wenn das gerade der denkbar schlechteste Zeitpunkt ist. Aber einen besseren wird es nicht geben. *Entweder ich nehme den oder keinen.*

»So, hier steht es«, sagt da Carina. »Sie haben uns gestern Abend eine Nachricht geschickt, dass Sie es mit einem anderen Spender probieren wollen. Dr. Moore hat den Auftrag bestätigt.« Es folgt eine kurze Pause. »War das ein Missverständnis? Soll ich alles stornieren?«

»Ich …« Meine Gedanken überschlagen sich. Ich schaue nach oben in das Blätterdach des Apfelbaums, durch das die Sonne dringt. Als stünden dort die Antworten. *War das Ken? Wen hat er ausgesucht? Und warum hat er das getan?* »Ja, ich will den Termin«, sage ich, auch wenn ich mich emotional überhaupt nicht bereit dazu fühle. Die ersten Male hatte ich Ken an meiner Seite. Jetzt ziehe ich es alleine durch.

Obwohl ich das Prozedere in- und auswendig kenne, geht Carina es mit mir noch mal durch. Als sie auflegt, logge ich mich in den Account der Klinik ein und sehe mir die letzten Nachrichten und das Profil des Spenders an. Die Wahl gefällt mir, das muss ich Ken lassen. Ich mache mir nicht die Mühe, mir andere Profile anzuschauen. Wenn das das Letzte ist, was ich von Ken kriege, dann nehme ich es. Vielleicht werde ich ja wirklich noch Mutter. *Wenigstens etwas.*

Eine Woche später betrete ich die Kinderwunschklinik in Los Angeles. Ohne Ken, was seltsam ist. Es ist heiß. Mein dünnes Kleid klebt von den drei Schritten draußen auf meiner Haut. Jetzt, in den klimatisierten Räumen, friere ich. *Ja, Ken, ich habe mal wieder die falschen Sachen an. Und du kannst nichts daran ändern.*

Hätte ich ihn zur Rede stellen sollen? Aber die Situation war eindeutig. Was gibt es da zu erklären? Er hat mich, die Frau, die er liebt, vergessen, um mit seiner Ex den Abend zu verbringen. Hätte das Haus in Flammen gestanden oder hätte er einen Unfall gehabt, das hätte ich alles verstanden. Ich wäre nur sauer, weil er sich nicht bei mir gemeldet hat. So ist da nur dieser Stich. Mit jedem Tag heftiger statt schwächer.

Denk da jetzt nicht dran!, ermahne ich mich, als ich zur Anmeldung gehe, eine der vielen Frauen, die auf ein Wunder hofft. Verdient hätte ich es. Wenn ich nicht vorher umkippe, so wacklig, wie meine Beine sind. *High Heels zu tragen war eine dumme Idee!*

»Heute allein?«, begrüßt mich Erin, eine der Schwestern.

»Ja. Ken muss arbeiten.« Die Lüge kommt mir leicht über die Lippen, seinen Namen auszusprechen macht mich dagegen weinerlich. *Mist, warum hört es nicht auf wehzutun?* Ich ringe mir ein Lächeln ab, damit Erin nichts von meinem Gefühlschaos bemerkt. Sie würde die Behandlung eventuell verschieben. Es klappt.

»Kommen Sie mit«, sagt sie. »Wir machen die üblichen Tests, dann kann es losgehen. Sie kennen ja die Prozedur. Sonst irgendwelche Beschwerden?«

Außer einem total zertrümmerten Herzen? »Nicht wirklich«, krächze ich, woraufhin sie mich fragend ansieht. »Es war viel los, ich bin etwas müde«, schiebe ich hinterher. *Ha, ha, Riesenuntertreibung, ich bin so fertig, ich könnte im Sommer Winterschlaf abhalten.*

»Müde?« Sie sieht mich bedauernd an. »Dann sollten wir, bevor wir starten, noch mal Ihre Blutwerte prüfen. Vielleicht …«

Nein! Ich bohre meine Nägel in die Handflächen, um nicht umzukippen. »Das könnte es gewesen sein? Ich kann nicht mehr schwanger werden?«

Sie nickt nicht, aber ihr mitfühlender Blick ist mir Antwort genug. *Ja, das könnte es.* Die Erkenntnis trifft mich wie ein Schlag. Alles dreht sich. Ich muss mich an der Wand abstützen. Dabei hätte ich lieber Ken an meiner Seite. Er ist gut darin, in Krisen stark zu sein.

»Nur die Ruhe, das kann auch andere Gründe haben. Kommen Sie, das Blutbild wird zeigen, was los ist, dann sehen wir weiter«, sagt sie optimistisch. *Bewundernswert. Ich könnte das nicht.*

Mir ist speiübel, als ich das Behandlungszimmer betrete. Normalerweise hüpfe ich direkt auf die Liege. Ich kenne den Ablauf. Ich erhalte eine Narkose, mir werden Eizellen entnommen, danach wache ich auf, bleibe zwei Stunden unter Beobachtung und darf anschließend nach Hause. Jetzt steuere ich den Sessel an, und Erin nimmt wie bei der Erstaufnahme in der Klinik noch mal Blut ab.

Unruhig kaue ich auf meiner Unterlippe herum und frage mich, was mich geritten hat, Lippenstift aufzulegen. *Wollte ich so tun, als sei das ein normaler Termin?*

»Sollen wir Ihren Freund anrufen?«, fragt mich Erin, der meine Anspannung nicht entgeht. *Wie auch? Ich bin ein Paradebeispiel für nervöse Ticks.*

»Er … nein … Es geht schon«, wiegle ich ab. »Ich schaffe das.«

Zuversichtlich lächle ich sie an und halte mir vor Augen, welche Krisen ich bereits gemeistert habe. Ich habe als Teenager das Baby verloren, Typen wie Jared überstanden, es von Ohio nach Los Angeles geschafft, Raffaela Santini überlebt … Außerdem habe ich es fertiggebracht, nach Kens Betrug mehr als zweitausend Meilen auf dem Highway unfallfrei zurückzulegen. *Eine echte Meisterleistung!* Was auch immer sie mir gleich sagen wird, ich werde damit umgehen können.

Irgendwie.

Nach der Blutabnahme muss ich noch mal im Wartezimmer Platz nehmen. Obwohl eine Stunde wie sonst auch sechzig Minuten hat, kommt mir die Zeit extrem lang vor. Als würde sich die Erde in Zeitlupe drehen. Ich versuche, an nichts zu denken. Aber das klappt nicht. Ich habe immer das Leben vor Augen, das ich mit Ken führen wollte. In Telluride. *Gemeinsame Frühstücke, Abende vor dem Kamin. Zu zweit, zu dritt … Küsse, Sex, Zukunftspläne. Alles vorbei. Wird nicht passieren. Nie.*

»Ms Rivers?«, erlöst mich Dr. Moore – und sie lächelt unglaublich aufgeregt, was mein Herz heftig durcheinanderbringt.

»Ja?«, hauche ich, schaffe es noch gerade so ins Sprechzimmer und plumpse in den Sessel.

»Nur die Ruhe, ich habe gute Nachrichten.«

Erleichtert lasse ich die Luft entweichen. »Oh, Gott sei Dank. Wir können die Behandlung also fortsetzen?« Wie sehr ich das will, merke ich erst jetzt, als es auf der Kippe steht. Auch wenn das Kind dann nicht von Ken ist.

»Nein«, sagt sie, lächelt jedoch weiter. *Oder hat sie es mit einem Facelifting übertrieben? Wäre für L. A. nicht ungewöhnlich.*

»Nein?«, wiederhole ich verwirrt. »Gibt es eine neue Methode? Oder einen anderen Spender?«

»Ms Rivers, herzlichen Glückwunsch, Sie brauchen keine Behandlung. Es hat geklappt.«

»Wie, es hat geklappt?« Ich kann sie immer noch nur begriffsstutzig anschauen. »Ähm, niemand wird von allein schwanger.«

»Aber es ist wahr. Sie sollten vielleicht doch mal eben Ihren Freund von der Arbeit wegholen. Eine künstliche Befruchtung ist nicht nötig, weil sie bereits schwanger sind, Ms Rivers. Ganz natürlich. Sie werden eher als ich wissen, wann und wie das passiert sein kann.«

»Aber … aber …«, stammle ich und spüre neben der Müdigkeit wieder diese Wärme in mir. »Nein, das kann nicht sein!«

»Das Labor lügt nicht.«

Damit hätte ich nie gerechnet. Mein nächster Zyklus wäre erst in ein paar Tagen fällig gewesen. Ich habe mir gar keine Gedanken gemacht und jetzt das. »Darf ich die Ergebnisse sehen?«

Dr. Moore reicht mir den Ausdruck meiner Blutwerte. Für einen Ultraschall ist es noch zu früh, aber das, das reicht mir. *Ich bin schwanger. Ich bin tatsächlich schwanger!* Überwältigt heule ich los.

Ich bin stark? Von wegen! Ich bin ein nervliches Wrack. Eines, das jedoch schnell wieder sprechen kann, als ich mitkriege, dass die Ärztin Ken verständigen will. »Nein, nicht«, krächze ich. »Wir sind nicht mehr zusammen. Ich brauch nur einen Moment.«

Mir ist zum Lachen und Weinen, aber ich weiß, was ich tun muss: mich zusammenreißen. Nach allem, was ich verloren habe, darf ich das nicht auch noch verlieren.

KEN

Nervös tigere ich im Büro hin und her.

»Den Teppich bezahlst du, wenn er abgelaufen ist«, scherzt Cole, der aus seinem Büro kommt. »Was ist los?«

Ivy bekommt ein Kind von einem anderen Mann, das ist los, denke ich aufgewühlt. *Und ich wäre gerne bei ihr.*

»Hat April was von Ivy gehört?«, frage ich, weil heute der Termin ist. *Den wird sie ja wohl nicht alleine wahrnehmen!*

»Nein, genau wie heute Mittag und genau wie heute Morgen und genau wie gestern. Sollte sie denn?« Er sieht mich mitleidig an. »Meine Güte, bei deiner Trauermiene überlegt sich die Sonne, ob sie je wieder rauskommt!«

»Eher bei deiner Menschenkenntnis.« *Er war schon mal sensibler.*

»Ich versuche nur, ein bisschen Pfeffer in dich reinzubekommen. So wie das Ivy sonst gelungen ist.«

»Meinst du, dein liebreizendes Lächeln reicht dafür?«

»Stimmt, mein Fehler. Wie wäre es mit einer braunhaarigen, stark geschminkten Prostituierten?«

»Du Scheißkerl!«, schreie ich und stürze mich auf ihn. *Er hat sie wohl nicht mehr alle?! Als könnte irgendjemand diese Frau ersetzen!*

Er blockt den Angriff geschickt ab. Das macht mich nur noch rasender.

»Du ruinierst dir deinen Anzug«, flötet er.

»Ich ruiniere dir deine hübsche Frisur«, gebe ich zurück und ringe ihn zu Boden. *Diesen Witz wird er bereuen …*

Wir raufen miteinander wie bei einer Kneipenschlägerei. Stühle fallen um. Wir schieben den Besuchertisch Richtung Tür. Der Ständer mit den Broschüren kippt um. Cole verpasst mir einen Hieb in den Magen, bei dem mir schlecht wird. Ich revanchiere mich mit einem Kinnhaken, von dem ihm die Lippe aufplatzt. Er rächt sich an meiner Nase, die prompt blutet und anschwillt. *Verdammt, ist der Kerl stark!*

»Du kämpfst wie ein Mädchen«, witzelt Cole.

»Und du bist wohl auf Steroiden!«

»Nur auf gutem Sex mit meiner Freundin. Neidisch?«

»Fuck!« Ich halte ihn am Boden und dresche noch wütender als eben auf ihn ein. Cole schützt sich, lacht, macht was mit seinen Beinen, reißt mich herum und verpasst mir einen Schlag, der mir jegliche Kraft raubt. »Danke«, keuche ich beruhigt. *Das habe ich gebraucht.*

»Gern geschehen, Kumpel.« Er rollt sich zur Seite, und schwer atmend bleiben wir liegen. »Tu mir nur einen Gefallen: Erklär du das bitte April.«

»Scheiße, sie wird sich Sorgen machen.«

»Yepp, das wird sie«, sagt Cole.

»Wir sind von der Leiter gestürzt.«

»Beide?«

»Du auf mich.« April wird uns das nicht abkaufen, aber die Ausrede ist besser als die Wahrheit. Die Schlägerei.

Für den Moment fühle ich mich wieder wie ich selbst, nur mit gebrochener Nase. Es tut gut. Je mehr Sauerstoff allerdings zurück in mein Hirn strömt, desto deutlicher taucht Ivy vor meinem inneren Auge auf. *Sie müsste jetzt glücklich sein. Sollte sie sich dann nicht melden? Wenn nicht bei mir, dann bei April? Warum tut sie das nicht?*

»Was, wenn ich Ivy einen Herzenswunsch erfüllt habe und sie trotzdem nicht zurückkommt?«, frage ich Cole.

»Es war was wirklich Gutes?«

»Besser als ein Sechser im Lotto.«

»Ihr Herzenswunsch hat dich richtig was gekostet?«

»Scheiße, ja«, stöhne ich.

»Und weiß sie das?«

»Auf jeden Fall.«

»Und sie sagt nicht mal Danke? Dann war sie es nicht wert.«

»Hey!« Sofort klettert mein Puls wieder in die Höhe. *Wir reden hier von Ivy. Er kennt sie. Wie kann er das sagen?*

Schützend hebt er die Hände. »Ich prügle mich nicht noch mal mit dir. Die Sache ist doch die: Du hast Mist gebaut. Aber wer ist schon perfekt? Was auch immer du ihr für ein Schloss gekauft oder ein Einhorn geschenkt hast, wenn sie die Geste nicht versteht, war sie leider die Falsche.«

»Das ist scheiße.«

»So ist das Leben.«

Er richtet sich auf und hilft mir hoch.

»Apropos Leben«, sagt er. »So wie wir aussehen, solltest du meinen Terminkalender umstellen und meine Videokonferenzen absagen.«

»Gute Idee, mach ich, Boss«, sage ich und will mich sofort an den Computer setzen.

»Nur nicht mehr heute. Falls dir das nicht klar ist, Kennylein, jetzt passt dein Boss mal zur Abwechslung auf dich auf.« Er wird ernst. »Irgendwann wird es besser. Bis dahin hast du mich, der dir einen Arschtritt in deinen süßen Hintern verpasst, wenn du dich gehen lässt.«

»Danke, ich reiße mich zusammen.«

Wirklich besser geht es mir nicht, als ich die Agentur verlasse und ramponiert auf die Straße wanke. Dass niemand etwas von Ivy gehört hat, beunruhigt mich. Ich versuche wieder, sie auf dem Handy zu erreichen. Wieder erfolglos. *Was bedeutet das?*

Besorgt rufe ich in der Klinik an, nur um den nächsten Schock verpasst zu bekommen. Sie ist nicht länger in Behandlung. *Warum?* Ein Kind zu haben war Ivys Traum. Dafür hat sie sich durch einen Schneesturm zu mir durchgekämpft. Dafür hat sie sich auf mich eingelassen. Dafür hat sie später diese Hormonbehandlungen begonnen. Ja, die Chancen, schwanger zu werden, standen schlecht, aber so jemand gibt doch nicht auf, bevor er nicht alles versucht hat.

Mir fällt dafür nur eine Erklärung ein: Ich habe mehr Schaden angerichtet, als ich dachte. *Scheiße!* Ich halte es nicht mehr aus, ich muss zu ihr.

Mitten am Tag schnappe ich mir meine Autoschlüssel, setze mich hinters Steuer meines Trucks und verlasse Telluride. Vor mir liegen gute 1.500 Meilen. Es könnten auch zehntausend sein. Kein Weg ist zu weit. *Babe, ich komme … Und wenn es was zu retten gibt, rette ich es.*

22. Kapitel

IVY

»Na du, guten Morgen«, rede ich mit dem kleinen Wunder in mir und fahre mir über den Bauch. *Wenn Ken mich jetzt sehen könnte!* Er hätte sich sparen können, mich als Mom auf die Probe zu stellen. Ich tue das Richtige für mich und mein Kind. Instinktiv. »Dein Daddy hat echt keine Ahnung, wozu wir Rivers fähig sind«, flüstere ich dem Reiskorn zu. »Viele Muskeln, aber nichts dahinter. Halt dich bloß von solchen Typen fern. Die machen nichts als Ärger.«

Ich dusche, ziehe mich an, frühstücke und breche für einen Spaziergang auf, um mir anzuschauen, was sich in Waynesville verändert hat. Nicht unbedingt ganz oben auf der Liste meiner Lieblingsfreizeitbeschäftigungen. Aber die Bewegung wird mir guttun. Mir und dem Kind.

Der Tag ist sommerlich. Ich trage ausgefranste Shorts und ein Crop Top. Um meine Stimmung zu heben, habe ich sogar knallroten Lippenstift aufgelegt. Als wäre alles beim Alten. *Ja, ich werde Mom, eine superheiße Mom.*

Ich grüße die Nachbarn, genieße die noch angenehmen Temperaturen am Vormittag – und blinzle, als Ken in unsere Straße reinfährt. *Mein* Ken.

Haben Cole und er etwa einen Auswärtstermin in Waynesville, Ohio?

Fast fährt er an mir vorbei, da entdeckt er mich und hält.

Nein, kein Auswärtstermin. Er will zu mir. Nicht gut.

Er steigt aus und kommt auf mich zu. Instinktiv mache ich einen Schritt zurück, und er bleibt stehen. Als würde das etwas ändern. Wir atmen immer noch die gleiche Luft.

Gierig nehme ich jedes Detail von ihm auf. Er sieht übel aus. Grün und blau geschlagen, müde, unrasiert, in einer zerknitterten Hose und einem durchgeschwitzten Hemd, wie nach einem langen Tag im Büro. Und trotzdem wie mein Ken.

Wärme durchflutet mich, meine Hand geht intuitiv zu meinem Bauch, bis mir klar wird, wie verräterisch diese Geste ist. Hastig ziehe ich die Hand weg.

»Hi, Babe!« Er wartet, ob ich was sage, aber ich kann ihn nur ansehen. »Ich weiß, ich hab Mist gebaut.« Sein Blick gleitet über mich. Langsamer, als ich es kenne. Vorsichtig. Behutsam. Liebevoll. »Du siehst toll aus.«

Bei seinen Worten klettert mein Puls in die Höhe. *Das ist seine große Ansprache nach allem, was passiert ist? Dass ich heiß aussehe? Ich besitze Spiegel, das weiß ich selbst.*

»Geht es dir gut?« Er räuspert sich. »Sag doch was, Ivy!«

Seine Stimme und all die Gefühle darin zu hören erwärmt mich. Ich will ihn, so heftig, dass mir unklar ist, warum ich diesen Mann nicht von der ersten Sekunde an haben wollte. Aber vor meinem inneren Auge sehe ich ihn erneut mit Delilah. Lachend auf dem Sofa. Ohne einen Gedanken an mich zu verschwenden. Ich hab ihm vertraut, ich will es wieder. Aber ich kann nicht.

»Du hättest nicht herkommen sollen, Ken. Bitte, geh.« Der Schmerz in mir wird heftiger. »Delilah wird sich schon fragen, wo du bleibst.«

»Denkst du etwa, ich bin wieder mit meiner Ex zusammen?!«

»Ja … Nein … Ich weiß nicht mehr, was ich denken soll.«

Er bleibt neben dem Wagen stehen. »Bin ich nicht«, sagt er, was aber nur einen Teil des Drucks von meinem Herzen nimmt. »Zwischen ihr und mir ist nichts gelaufen.«

Glaubt er wirklich, man könnte einen anderen Menschen nur im Bett hintergehen? Vertrauen lässt sich auf mehr als eine Art enttäuschen. »Ja, ihr hattet keinen Sex«, sage ich. »Aber was ist mit dem Rest?«

»Fuck!«, flucht er nur, weil er genau weiß, was ich meine. Er hätte Delilah loswerden sollen, statt mit ihr über alte Zeiten zu lachen und mich zu vergessen. In dem Punkt bin ich empfindlich. Das weiß er. »Ich hab ihr erst mit dem Job geholfen«, erklärt er. »So wie es gedacht war. Dann kamen wir auf ihren Seitensprung zu sprechen. Ich hab nie erfahren, warum sie das getan hat. Das war die Chance, es zu klären. Und dann hab ich einfach die Zeit vergessen. Es tut mir so verdammt leid, Ivy.«

»Und jetzt ist alles vergeben und vergessen?« *Gott, ich wünschte, es wäre so einfach!* »Sorry, Ken, aber so funktioniert das nicht.«

»Wo auch immer du gerade hinwolltest, ich könnte dich begleiten«, sagt er, nicht bereit, mich einfach aufzugeben, was mir gefällt, aber was nicht reicht.

»Mach dir meinetwegen keine Umstände«, antworte ich kühl und spüre wieder diesen Stich in der Brust. *Ich hab einen Sonnenuntergang alleine erlebt, dann kann ich auch alleine spazieren gehen.*

Ich setze mich in Bewegung. Auch wenn meine Beine wacklig sind. Zu meinem Ärger schließt Ken zu mir auf. Seine Hand streift meine, ich zucke zusammen und verschränke die Arme vor der Brust. *Berührungen sind das Letzte, was ich jetzt gebrauchen kann. Sie fühlen sich viel zu gut an.*

»Wir sind fertig miteinander«, fauche ich, will ihm ja wieder vertrauen, aber schaffe es nicht. »Hau einfach ab!«

»Das glaub ich dir erst, wenn du mir dabei in die Augen sehen kannst.«

Da hält sich aber jemand für besonders schlau! Ich bleibe stehen, wende mich ihm zu – und verliere mich in seinem Blick aus diesen warmen kaffeefarbenen Augen. Darin liegen so viele Gefühle, die mich kurz alles vergessen lassen. Aber nur kurz. »Wir sind fertig«, wiederhole ich hölzern. »Zufrieden?«

Bevor ich ihn davon abhalten kann, steckt er mir eine Haarsträhne hinters Ohr. »Okay, jetzt sag es noch mal, während wir uns umarmen.«

Er ist nicht in der Position, Forderungen zu stellen! »Wir werden uns nicht umarmen, Ken.«

Sein zerknautschtes Gesicht hellt sich auf, was mir gefällt, obwohl es das nicht sollte. »Dann sind wir noch nicht fertig miteinander, Babe.«

»Wenn ich das mache, was kommt als Nächstes? Drei Küsse, damit wir fertig sind? Noch mal Sex? Hör auf mit den Spielchen! Das war es, Ken, ein für alle Mal.« Entschlossen lasse ich ihn stehen.

»Na, wenn du meinst«, ruft er mir nach.

Von allen Dingen auf der Welt sagt er das?! Ich drehe mich noch mal um und funkle ihn sauer an. »Keine weitere Diskussion?«

»Ist nicht nötig. Ich weiß, was ich wissen wollte: Wir kommen wieder zusammen, wenn du mich umarmst.«

»Wohl etwas zu überzeugt von der Macht deiner Umarmungen, wie? Oder hast du ein neues Manöver? Klammern und Kleben?«

Sein darauffolgendes Lachen raubt mir den Atem und den letzten Nerv. *Erleichtert glücklich. Als wäre seine Mission erfüllt.*

»Was ist so lustig?«, zische ich.

»Babe, du könntest mir genauso gut sagen, dass du mich noch liebst. Du bist frech zu mir.«

»Hast du was am Kopf abbekommen?« *Die blauen Flecken sind tatsächlich überall.* »Es ist aus zwischen uns.«

»Von wegen! Du bist flirtend frech. So bist du nur, weil ich dir wichtig bin. Das hatten wir geklärt. Ich kenn dich, Ivy.«

»Dinge ändern sich.«

»Nicht diese Sache.«

Damit kann er doch nicht recht haben, oder?

»Ken, ich gehe jetzt«, sage ich, weil ich nicht zu einer Versöhnung bereit bin. Dabei hat mir die Unterhaltung gefallen. Meine Müdigkeit ist wie weggeblasen, so als bräuchte mein Körper nicht nur Essen und Schlaf, sondern auch diesen Mann.

»Gut, geh!«, sagt er. »Aber wenn du so weit bist, dann komm zurück. Telluride wartet auf dich. April wartet.« Er schluckt. »Ich warte auf dich, Ivy.«

Ich zögere, aber lasse ihn schließlich stehen. *Ob er wirklich wartet? Viel wichtiger: Ob ich ihm wieder vertrauen kann? Ich weiß es nicht …*

KEN

Verdammt, ich will ihr nach, jetzt noch dringender als in den Hamptons, aber ich bleibe stehen. Was ich verbockt habe, kann ich nicht in drei Sekunden wiedergutmachen. Diese wenigen Augenblicke mit Ivy haben mir immerhin gezeigt, was ich wissen musste: Sie ist den Umständen entsprechend okay, und nichts ist verloren. *Gar nichts.* Auch wenn sie das behauptet. Sie braucht nur Zeit. Je größer die Wunde, desto länger dauert es, bis sie heilt. Sie bekommt ihre Zeit.

Eine Woche vergeht.

Dann noch eine.

Und noch eine …

»Sie hat den Mietvertrag für das Haus gekündigt«, sagt April Ende Juli und zerstört damit alle Hoffnungen, die ich in Ohio geschöpft hatte. *Das ist übel. Bricht sie jetzt doch alle Brücken nach Telluride ab? Wie kann sie das tun? Vermisst sie uns denn nicht, mich denn nicht?*

»Was passiert mit ihren Sachen?«, frage ich.

»Die sollen alle zu uns.«

»Fuck.« *Sie radiert mich aus ihrem Leben aus.*

»Ja, gefällt mir auch nicht. Wir sind kein Lager.«

»Das sagst du doch nur so.«

»Erwischt.« April zwinkert mir zu. »Ich will, dass du das Zeug kriegst. Wenigstens ein Mal müssen sich eure Wege dann noch kreuzen. Ich vertraue drauf, dass ihr dann vor lauter Sehnsucht übereinander herfallt.«

»Wie hinterhältig.« *Und eine schöne Fantasie.*

April zuckt mit den Schultern. »Ich bin eben Ivys beste Freundin und weiß, was gut für sie ist. Beziehungsweise wer.«

»Ich?!«, rufe ich überrascht, weil ich da langsam nicht mehr dran glauben kann.

»Ja, du, Ken.« Sie drückt mich. »Also, nimmst du die Sachen?«

»Natürlich.« *Ich nehme alles, was ich von Ivy kriegen kann.*

Obwohl ich dieses Kapitel nicht abschließen will, trommle ich unsere Freunde zusammen, um das Haus leer zu räumen. Noch am Wochenende fangen wir an. Wenn das ihr Wunsch ist, werde ich mich nicht dagegenstellen.

Nick und Thea packen das Geschirr in der Küche ein. Amy und Reese übernehmen das Bad. Cole und April kümmern sich um die Deko im Wohnzimmer, und ich sitze im Schlafzimmer auf ihrem Bett, habe ihre restlichen Klamotten vor mir und weiß noch genau, was sie wann angehabt hat. Diese hübschen, unpraktischen Sachen sind mit zahlreichen Erinnerungen verbunden. Die ausgefransten Shorts mit den Aufnähern vom Karaoke-Abend, die Weste mit den Lederfransen vom Ausflug zum Silver Lake. Das geblümte Kleid, das durchsichtig wurde, als ein Regenguss runterkam.

Mit einem Seufzen räume ich die Kleidung in die Kiste mit Kram, den ich behalten werde. Da entdecke ich Babysachen. Nicht in Rosa oder Blau, sondern in warmen Naturtönen. Strampler, Jäckchen, Lätzchen. Keine Ahnung, wann sie das alles gekauft hat. Sie hat nie was davon erwähnt.

In dem Moment wird mir wieder klar, wie viel mehr ich noch an diesem Abend verloren habe. Ich will Delilah für ihre Anmache den Hals umdrehen, aber im Grunde bin ich schuld. *Weil ich meine Vergangenheit noch mal aufrollen musste, statt meinen Frieden, den ich längst gemacht hatte, zu genießen und nach vorne zu schauen.*

Ergriffen gehe ich die Sachen durch. Stylisch, aber zur Abwechslung mal nicht unpraktisch. Jedes Teil ist sorgfältig ausgesucht. Die Textilien sind von ökologischen Labels, die Wert auf Naturfasern legen und auf den Einsatz von Chemikalien verzichten. Die Stoffe sind weich, trotzdem bei 90 Grad waschbar. Auf manchen Stücken sind Stickereien angebracht, so als hätte Ivy mehr als einen Abend damit verbracht, die Sachen aufzuwerten. Das ist komplett an mir vorbeigegangen. Sie muss das gemacht haben, wenn ich beruflich nicht in der Stadt war. *Diese Frau überrascht mich echt immer noch.*

Dann finde ich einen Strampler, bei dem sich alles in mir zusammenzieht, als ich die Handarbeit darauf lese. I love my Daddy, Ken.

Das hat sie nicht wirklich getan! Ich dachte immer, ich wäre ihr, was unsere Beziehung angeht, drei Schritte voraus, dabei war sie das. Die ganze Zeit.

Ich schiebe die Finger in die Beinchen des Stramplers und stelle mir ein Baby vor mit Ivys saphirblauen Augen und ihren braunen Haaren. *Fuck, ich bin im Arsch. Das ist nicht auszuhalten.*

»Brauchst du Hilfe?«, reißt mich April aus meinen Gedanken und entdeckt die halb gepackten Taschen und die Babykleidung. »Was ist das?«

Ich muss ihr das nicht erklären, sie sieht es selbst. »Süß, oder?«, krächze ich und halte den Strampler hoch, der im Vergleich zu mir wie Puppenkleidung aussieht. »Wir wollten ein Kind.« Ich streiche über die Sachen, die völlig nutzlos sind, aber ich falte sie dennoch ordentlich zusammen und packe sie weg.

»Das wusste ich nicht«, sagt April und setzt sich zu mir.

»Sie hat es wirklich nie erwähnt?« Ich überlege kurz. »Nein, natürlich nicht. Bei ihrer Vergangenheit.«

»Hey, wie meinst du das denn?«

Weiß April etwa auch nichts von der Teenagerschwangerschaft und der Abtreibung? So nah, wie sich die beiden stehen, überrascht mich das. »Das ist für sie kein leichtes Thema«, antworte ich ausweichend und beschütze sie, auch wenn sie mich nicht darum gebeten hat. »Darüber redet man nicht einfach so.«

»Erzähl es mir trotzdem.«

»Ich will, aber das kann ich nicht.« *Wenn sie es nicht selbst angesprochen hat, werde ich den Mund halten, obwohl ich wirklich dringend jemanden zum Reden bräuchte.*

April übernimmt die Schubladen, um die ich mich bisher nicht gekümmert habe, und packt Strümpfe und Unterwäsche ein. Ich lege den Strampler zu den anderen Babysachen und schließe mit einem Seufzen die Kiste. *Meine Güte, wer hätte gedacht, dass ich mal so fertig bin wegen einer Frau?*

»Mach eine Pause, Ken«, sagt April da. »Wir können den Rest übernehmen.«

Verständnislos sehe ich sie an.

»Du bist kreideweiß. Das hier, das ist doch eine Scheißaufgabe.«

Ich will abwiegeln, nicke jedoch. Alles einzupacken ist fast so, als würde ich Ivy in Kisten verstauen und ausrangieren. Jedes Mal, wenn der Paketroller eine Box verschließt, schließt sich auch ein Kapitel mit ihr. Ich will daran glauben, dass sie zurückkommt. Was zwischen uns war, ist immer noch da. Aber je länger unsere Pause dauert, desto mehr schwindet meine Hoffnung. April hat recht, ich brauche frische Luft. Ich lasse sie alleine weitermachen, gehe durchs Haus, in dem überall Freunde von mir sind und beim Packen helfen, und atme draußen auf der Veranda tief durch.

Die Sonne steht nicht mehr ganz so hoch wie nach meinem Ohio-Besuch. Bald kommt der Herbst und mit ihm das Festival. Wieder ein paar Wochen später folgt Thanksgiving. Dann fällt der erste Schnee, und es wird erneut Winter. Die ganze Region freut sich darauf. Für mich bedeutet das nur jede Menge beschissen schöner Erinnerungen an die Zeit mit Ivy.

»Hier, Taschentücher«, höre ich da Cole neben mir. Gleich darauf schwingt er eine Box vor meiner Nase.

»Findest du das witzig?«

»Einer muss dich ja ärgern und deinen Puls etwas nach oben treiben, wenn Ivy nicht da ist, also?«

»Fuck, ich hasse dich. Dass du so ein gutes Gespür für Menschen hast«, motze ich ihn an, nehme ein Taschentuch, tupfe mir die Augen ab und putze mir die Nase. Vor mir tragen Mitch und Jonas gerade Kisten in einen Truck. Sie werden das ganze Zeug bei mir abladen. Ich hab genug Platz. Was später damit passiert, weiß ich nicht.

»Ich bin dir gerade keine große Hilfe«, sage ich zu Cole.

»Weil du nicht auf mich achtest? Ich hab doch April. Glaub mir, sie wittert sofort, wenn ich mich überanstrenge. Mir geht es gut. Um dich machen wir uns alle Sorgen.« Er stößt mir den Ellenbogen in die Seite. »Du brauchst mal wieder etwas Spaß, altes Haus.«

»O bitte, spendierst du mir einen Trip nach Disneyland?«

»Ich dachte eher an eine Lustreise nach Vegas.« Er grinst frech. »Aber wenn Disneyland dich anmacht, nehme ich auch Disneyland.«

Allein die Vorstellung, dass fremde Leute um mich herumtanzen oder sich winden, damit ich vergesse, wie scheiße mein Leben ist, löst Übelkeit in mir aus. »Fick dich, Cole. Ich kann dich ja mal von April trennen, und dann schlepp ich dich zur nächsten Comedy-Bühne und lass dich erst gehen, wenn du lachst. Wie wäre das?«

»Kumpel, du wirst humorlos.«

»Sag mir was, das ich nicht selbst weiß.«

»Ivy würde dir das nicht durchgehen lassen.«

Als er ihren Namen ausspricht, durchzuckt es mich wie ein Blitz. Mal wieder. Sie ist wie eine offene Wunde, in der alle unbeabsichtigt herumstochern. »Stimmt, Ivy würde –« Ich breche ab, weil mir keine Idee kommt, was

Ivy machen würde. Mir ist sonst immer was eingefallen. Dass mein Kopf jetzt leer ist, gibt mir den Rest.

»Ivy würde dir Helium verpassen«, hilft Cole aus, mit verzerrter Stimme, als hätte er selbst das Zeug inhaliert.

»Danke«, sage ich und ringe mir ein Lächeln ab.

»Mehr krieg ich dafür nicht?«

»Willst du ein Küsschen?!«

»Ja, Süßer.« Cole schürzt die Lippen.

»Blödmann«, knurre ich, wuschle ihm durch die Haare, stehe auf und helfe weiter mit. Jetzt immerhin wieder etwas beschwingter.

»Feigling!«, ruft er mir nach. »Wir sind nicht mehr in den Fünfzigern, schwule Cowboys sind total angesagt.«

Das bringt mich richtig zum Lachen, und ich schenke ihm einen Luftkuss. »Bis später, Honey!«

23. Kapitel

IVY

Es ist September. *Sep-tem-ber!* Und ich halte es nicht mehr aus. Ich mag meine Eltern, sie sind die Familie, die mich großgezogen hat. Aber ich mag meine Freunde mehr. Sie sind die Familie, die ich mir ausgesucht habe. Ich vermisse sie und Telluride. Und ich vermisse Ken. Ich dachte, ich kann nach vorne schauen, wenn ich mich von allem lossage, aus dem Haus ausziehe, neu anfange. *Fehlanzeige.* Ich fühle mich allein. *Warum fällt es mir so schwer, ihm wieder zu vertrauen? Worauf warte ich?* Ken war hier. Er hat mir Zeit gegeben und meine Wünsche respektiert. Er datet niemanden, das weiß ich von April. Delilah ist nie wieder aufgetaucht. Sie konnte ihn nicht zurückgewinnen. Ich glaube ihm, dass ihm leidtut, wie der Abend in den Hamptons gelaufen ist. Ich verzeihe ihm. *Was will ich noch?*

Ich sitze gerade vor einer Schüssel Äpfel, die ich für meine Mom entkerne. Da fällt mir etwas ein.

»O Gott, das kann ich nicht machen«, ist mein erster Impuls.

»Doch, du kannst«, sage ich mir im gleichen Augenblick. »Das wird funktionieren, mit etwas Hilfe …«

Ich wasche mir die Hände und rufe April an. »Hi, ich bin es, störe ich?«

»Ivy! Waren wir verabredet?«, höre ich sie außer Atem. »Fang!«

»Ähm …?« Ich stutze, bis mir klar wird, dass nicht ich gemeint bin. »Bist du mit den Hunden draußen?«

»Ja, heute die große Runde, am Fluss entlang.«

»Ohhh!«, seufze ich sehnsüchtig und habe sofort die Landschaft vor Augen. Die jetzt gelber werdenden Wiesen, die bunten Wälder und im Hintergrund die Berge. Nicht die langweiligen abgeernteten Felder Ohios.

»Was gibt es denn? Alles okay bei dir?«, fragt April nun ruhiger.

»Ich brauch deine Hilfe.« *Und eine Küchenkraft.* Schon nach zehn entkernten Äpfeln tun mir die Hände weh.

»Das kostet«, behauptet sie ernst, mit tiefer Stimme, aber lacht dann.

»Möchtest du fünf Küsse?«, feixe ich.

»Du kennst die Masche?«

»Ken hat sie auch bei mir probiert. Ja.« Ich schlucke, weil die Erinnerung plötzlich so präsent ist wie lange nicht. »Ganz am Anfang unserer Beziehung war das, als er mich rumkriegen wollte.«

»Hat es geklappt?«

»Ts! Ich bin nicht wie du!«

»Dachte ich mir. Dann will ich keine fünf Küsse, sondern die gesamte Geschichte, Ivy. Alles.«

»Du weißt doch, wie es mit Ken lief«, wundere ich mich über ihre Forderung.

»Davon rede ich nicht«, sagt sie und atmet tief durch. »Beim Räumen des Hauses haben wir die Babysachen gefunden.«

»Oh!« Ich spüre diese Wärme in meiner Brust, die ich immer bekomme, wenn es um das Baby geht. Gleichzeitig ist da aber auch Traurigkeit, weil ich so viel geplant hatte und alle Pläne sich in Luft aufgelöst haben. »Da ist ein Strampler dabei. Hat Ken den gesehen? Ich hoffe nicht.«

»Doch, hat er, Ivy.« Nun klingt April tadelnd. »Du weißt, dass ich durchdrehe, wenn es den Leuten, die mir wichtig sind, schlecht geht. Du gehörst dazu. Aber Ken auch.« Sie will mir eine Standpauke halten, stattdessen nimmt sie ein paar tiefe Atemzüge. »Es geht ihm nicht gut, Ivy. Er tut zwar so, als würde er nach vorne schauen, aber er hängt an deinem alten Krempel.«

»Der sollte zu euch!«

»Er wollte ihn haben.«

»Wow.« Ich will am liebsten sofort zu ihm zurück, aber da ist immer noch die Szene mit Delilah in den Hamptons, die mich verfolgt.

»Ivy, erzählst du mir bitte alles?« Sie kichert. »Und nur zur Info: Coles nächstes Buch heißt *Kinderleicht Lügen durchschauen*. Ich war Testleserin und rieche, wenn du mir was vormachst. Cole ist ein guter Lehrer, was das angeht.«

Ich werde ihr nichts vormachen. Es ist längst überfällig, dass sie die ganze Geschichte erfährt. Von ihrer Kindheit hat sie mir auch erst recht spät erzählt. Aber es hat so geholfen zu verstehen, warum sie so sensibel reagiert, wenn ihr nahestehenden Menschen was passiert. Warum sie manchmal Leute zurückstößt. Warum sie eben so ist, wie sie ist. Solche intimen Dinge erzählt man einem Fremden nicht sofort. Wenn man sich dann besser kennenlernt, kommt aber irgendwann der Moment der Wahrheit.

So war es bei ihr.

So ist es jetzt bei mir.

»Und dann hilfst du mir?«, hake ich nach, dabei bin ich bereit, ihr auch alles zu erzählen, wenn sie gleich Nein sagt. Das tut sie aber nicht.

»Ja, ich helfe dir, Süße. Du kannst auf mich zählen.«

»Egal wobei?«

»Ganz egal. Es wird Zeit, dass du zurückkommst. Du bist einer meiner Lieblingsmenschen. Ich brauch dich hier, Ivy. Wirklich, wirklich dringend.«

»Für die Hochzeit? Ihr habt einen Termin?« Die letzten Monate lag die Planung nämlich auf Eis. Erst weil April unentschlossen war, dann weil sie wegen der Trennung von Ken und mir keinen Kopf dafür hatte.

»Könnte sein«, tut sie mysteriös.

»Aber du sagst ihn mir nicht?«

»Wozu, wenn du ja doch nicht kommst?«

»Jetzt erpresst du mich.«

»Tja, ich weiß dich eben zu nehmen, Süße.«

Ich will unbedingt bei der Hochzeit dabei sein. Dass April mal so einen tollen Menschen an ihrer Seite hat, hätte ich nie für möglich gehalten, als wir in der Werbeagentur saßen, Raffaela Santini regelmäßig ihre Show abzog und wir uns mit Blicken verständigt haben, wie furchtbar wir die Frau finden. Wir waren damals noch in unseren Zwanzigern, erwachsen und doch noch nicht wirklich im Leben angekommen. Jetzt sind wir es, in Telluride, mit tollen Menschen an unserer Seite und tollen Jobs und … *Na gut, April ist angekommen. Ich muss das noch schaffen.*

»Überredet«, sage ich und beginne zu erzählen, wild durcheinander. Erst von der Begegnung mit Ken, schon vor über einem Jahr, als April im Krankenhaus lag, dann vom Wiedersehen letzten Sommer, meinem Frauenarzttermin im Montrose Memorial, vom Ergebnis und wie mich das umgehauen hat, auf so vielen Ebenen. Weil ich schon mal schwanger war, als Jugendliche, und das Kind abgetrieben habe, weil es so ein Arschloch namens Jared gab, an das mich all die Männer nach ihm und besonders Ken erinnert haben. Als würde ich irgendeinem geheimen Muster folgen und immer auf die falschen Kerle reinfallen. Nur dass am Ende der letzte falsche doch der richtige war. Auch wenn es mir peinlich ist, erzähle ich April von meiner Aktion, um Ken zur Samenspende zu bewegen, und wie er clever, wie er ist, die Gelegenheit für sich genutzt hat. Wie dann alles anders gekommen ist und wir es plötzlich gemeinsam probiert haben. Bis der Tag in den Hamptons kam, als seine Ex aufgetaucht ist, und wie furchtbar alles geendet hat.

»Du hast den Sonnenuntergang alleine angesehen?!«, ruft April fassungslos, als wäre der Teil meiner Geschichte der schlimmste.

»Hab ich«, piepse ich aufgewühlt, weil diese Wunde sich immer noch viel zu frisch anfühlt.

»Oh, ich könnte dem Blödmann in den Hintern treten«, knurrt sie. »Und in den Schritt. Das ist ja echt das Letzte. Und ich tröste ihn auch noch!«

»Es war doch nur ein Sonnenuntergang«, höre ich mich Ken in Schutz nehmen. Zum ersten Mal seit Monaten. *Wow! Ich habe ihm wirklich vergeben.*

»O bitte, das ist genauso schlimm, wie bei der Hochzeit sitzen gelassen zu werden. Das muss ihm doch klar sein!«

»Du übertreibst, April.«

»Im Gegenteil. Ich halte mich hier gerade sehr zurück … Lauf!« Sie klingt so, als würde sie erneut den Ball für die Hunde werfen, weiter als sonst, als müsste sie sich abreagieren. »Wenn ich Cole davon erzähle, dann wird er deinem sexy Muskelprotz … Keine Ahnung, was er dann macht, vielleicht zwingt er ihn, sich jeden Liebesfilm anzusehen, der seit 1950 erschienen ist.«

Ich muss lachen, weil die Strafe absurd ist und ich bei diesem Filmmarathon gerne dabei wäre.

»Du findest das auch noch lustig, Ivy!«

»Nein, nein«, wiegle ich ab. »Ich finde dich lustig.«

»Du hast echt Glück, dass ich dich so mag, Süße.«

»Ich weiß«, sage ich sanft, denn das habe ich wirklich. »Außerdem brauchst du mich, Braut. Wer sonst hilft dir bei der Auswahl des Kleides?« Mode ist unser Ding. Sie kann da voll auf mich und meinen guten Geschmack zählen, Cole wird nur Augen für sie haben.

»Okay, du bist engagiert, jetzt, da ich alles weiß«, sagt sie beruhigt.

Alles? Ich schlucke und fahre mir über den Bauch, der für Außenstehende normal aussieht, sich für mich aber mittlerweile anders anfühlt. »Ähm … April … Eine Sache ist da noch. Eine winzig kleine.«

Ich platze fast, weil das die eine Neuigkeit ist, von der ich ihr seit Wochen erzählen will. Aber ich habe es mir verkniffen, weil ich Angst hatte, dass ich das Kind noch verlieren könnte. Das erste Trimester ist kritisch, und durch die Abtreibung und die vielen missglückten Versuche standen meine Chancen nicht besonders gut, dass ich dieses kleine Wunder wirklich behalte. So ganz kann ich immer noch nicht glauben, dass ich schwanger bin. Ich habe Schiss, dass was schiefgeht, wenn ich es laut ausspreche. Aber ich muss. Heute. Jetzt. Hier. Auch wenn das erste Trimester noch nicht um ist.

»April, es hat geklappt. Ich bin schwanger.«

»Nein! Du veralberst mich.«

»Doch«, quieke ich und erzähle ihr aufgeregt, wie ich davon erfahren habe. Vom Termin in der Klinik, der Zusatzuntersuchung und dem Ergebnis, das kam, als ich schon beinahe alle Hoffnung aufgegeben hatte.

»Das hat Ken mir gar nicht erzählt«, sagt sie.

»Weil er es nicht weiß.«

»Verdammt, Ivy, das musst du ihm sagen.«

»Das werde ich. Aber jetzt noch nicht. Bitte, versprich mir das, April! Behalt das für dich.«

»Was soll ich denn nun tun?«, murmelt sie wenig begeistert.

»Darüber kann ich mit dir nicht reden, wenn du mir das nicht versprechen kannst.«

»Nicht, Colorado!«, ruft sie da, bevor sie antworten kann.

»Was ist passiert?«

»Hund trifft auf Pfütze«, sagt sie nur und kreischt, ich wette, weil sich Colorado gerade geschüttelt hat.

»Das ist die Strafe dafür, dass du zögerst«, ärgere ich sie ein klein wenig.

»Löst sich der Schlamm in seinem Fell in Luft auf, wenn ich Ja sage?«

»Nein, das nicht. Aber dann verspreche ich dir, dass ich im Herbst so oft Runden mit den beiden Rackern drehe, bis ich mindestens auch einmal voller Matsch bin.«

»Deal!« Sie lacht. »Versprochen, ich sage ihm nichts. Was hast du vor?«

»Folgendes …« In Grundzügen erkläre ich ihr meine Idee, Ken mit einem Lockvogel auf die Probe zu stellen. Er hat auf mich gewartet. Aber man kann viel versprechen. Ich muss mich davon überzeugen, dass er wirklich nur mich will. Dann bin ich bereit, mich wieder auf ihn einzulassen. Dieses Mal für immer.

Eine Woche später

KEN

»Wo sind die Kampagnen abgespeichert, die die Agentur schon produziert hat?«, fragt mich Cole, kurz bevor Rose Woods, eine Neukundin, kommt, die unbedingt persönlich bei uns vorbeischauen wollte. *Normale Vorbereitung auf einen Akquisetermin, wäre Cole nicht so aufgeregt.*

»Brauchst du Kamillentee?«, ziehe ich ihn auf, zum ersten Mal seit Langem wieder normal.

»Nein, aber du offensichtlich Feuer unterm Hintern. Wo sind die Sachen?« Er mustert mich irritiert. »Und seit wann trägst du kein Jackett?«

»Es ist verdammt warm draußen, und falls es dir nicht aufgefallen ist, Boss, ich sehe trotzdem noch professioneller aus als du.« Man könnte mich auch für den Chef halten und Cole für meinen Angestellten, weil er nur ein Shirt und Jeans anhat. Aufmerksam beobachte ich ihn. *Wir haben immer gut zu tun, aber nie Stress. Heute jedoch ist er geradezu … aufgekratzt.*

»Die Unterlagen, Ken?«

»Meine Güte, ja doch!«

Ich setze mich an den Rechner und öffne den Ordner, in dem die Dokumente liegen. Anzeigen, Plakate und Werbefilme der bisherigen Kampagnen, ein Profil der Firma und ein Datenblatt zu Rose Woods, der Chefin, zu der ich im Internet nur ein Schwarz-Weiß-Bewerbungsfoto finden konnte, auf dem sie wie frisch von der Uni aussieht.

»Zufrieden?«, brumme ich, als er sieht, wo alles ist. »Kann ich jetzt los?« Das könnte einer der letzten schönen Tage im Jahr sein, und den will ich gerne nutzen.

»Nein«, sagt er nur.

»Nein?« Ich warte, dass eine Erklärung folgt, aber Cole schweigt. »Was ist los, Boss?«

»Ich brauch dich eben hier. Ist das ein Problem?«

»Wozu?« *Mich sinnlos zu beschäftigen ist nicht seine Art.*

»Ich …« Er druckst herum, was noch ungewöhnlicher ist, weil ich Cole bisher nur ein Mal so neben der Spur erlebt habe: nach der Trennung von April, beim Fernsehinterview in Janines Morningshow. »Ich brauche dich, um mir nach spätestens zwei Stunden ein Zeichen zu geben, dass ich losmuss. Ich bin mit April verabredet … Hochzeitskram.«

»Oh, verstehe. Ich warte«, sage ich, aber muss ihn etwas ärgern. »Dann habe ich endlich Zeit, meine Minecraft-Welt auszubauen.«

»Du bist der Beste«, antwortet er nur.

Misstrauisch kneife ich die Augen zusammen. *Das eben war ein Witz. Warum lässt er ihn einfach so im Raum stehen?* Irgendwas ist hier im Busch. Ich habe nur keine Ahnung, was. Bis mir eine Idee kommt, und mein Herz rast. »Ivy ist die Kundin, richtig?«

»Ähm … Ich hab keine Ahnung, wovon du sprichst.«

»Ähm …?« *Cole stammelt nie.* »Das bedeutet, du hast es doch.«

»Sorry, Ken, aber von Ivy hab ich nichts gehört.« Er legt sein seriösestes Gesicht auf. Notgedrungen glaube ich ihm. Wenn er doch was ausheckt, ist er der beste Schauspieler aller Zeiten. Nach einem Blick auf die Uhr geht er in sein Büro. »Ich lese mir noch mal die Akte durch. Sag mir Bescheid, sobald Ms Woods da ist.«

Ich starre ihm hinterher. Irgendwas ist an seinem Verhalten dennoch nicht normal. Beinahe trotzig durchforste ich seinen Kalender nach Terminen, die was verraten könnten.

Aber da ist nichts. Ungläubig klicke ich mich durch die Ordner. Das finde ich gerade spannender als Minecraft. Dann stöbere ich in den gelöschten Objekten. *Ivy hat den Trick mal versucht. Warum nicht auch Cole?*

»Entschuldigung?«, meldet sich da eine angenehme Frauenstimme.

Ich schaue kurz auf und entdecke eine Brünette, die Model sein könnte – oder eine der Influencerinnen, die immer öfter für Fotos in die Stadt pilgern.

»Das Tourismusbüro ist einen Block weiter«, sage ich abgelenkt und durchforste weiter Coles Datenmüll.

»Ich will –«

»Kaffee kriegen Sie gleich nebenan. Wirklich guten. Mit den besten Grüßen von Ken.«

»Darf ich mal ausreden?«, ruft sie empört, und plötzlich stellen sich mir sämtliche Nackenhärchen auf. So ähnlich verlief auch meine erste Begegnung mit Ivy.

»Ivy?«, entfährt mir, dabei ist die Frau vor mir ganz sicher nicht die Frau, die ich seit Monaten vermisse.

»Rose Woods«, zischt sie. »Sehr erfreut.« Sie mustert mich eine Spur zu eindringlich. »Und gleichzeitig bei dem Empfang nicht sehr erfreut.«

Mist! So sehr habe ich mich lange nicht mehr danebenbenommen. Ich schalte in den professionellen Modus. »Entschuldigung, ich gebe Mr Cameron Bescheid, dass Sie da sind. Warten Sie bitte kurz.«

Ich stehe auf, gehe wie immer zu Cole, rechne damit, dass er sie sofort sprechen will, aber er hat das Telefon am Ohr und hebt fünf Finger, zum Zeichen, dass er in fünf Minuten so weit ist. *Klasse. Ich muss die Dame etwas beschäftigen.*

»Möchten Sie Kaffee?«, mache ich mich nützlich, um meinen miesen ersten Eindruck aufzupolieren.

»Ich denke, den gibt es nebenan?«, sagt sie spöttisch.

»Nicht so guten wie hier«, antworte ich und frage mich im gleichen Atemzug, was ich gerade mache. *Mit ihr flirten? Drehe ich jetzt durch? Ich will doch gar nichts von der Frau. Es gibt für mich nur eine. Ivy.*

Meine Hände zittern, als ich die Kaffeemaschine bediene. Ich atme mehrmals tief durch und erhole mich von dem Schock. Die Frau sieht Ivy sehr ähnlich. Die beiden könnten Schwestern sein.

»Hier, bitte!«, sage ich und reiche ihr die Tasse. »Noch ein Wasser dazu?«

»Verschwinden Sie dann wieder in der Kaffeeküche?«

Seltsame Frage. »Ähm … ja«, stammle ich.

»Dann nicht.« Sie grinst. »Ich mache Sie nervös.«

Dazu fällt mir nichts ein. Also lächle ich nur höflich, um Cole nicht das Geschäft zu verderben.

»Keine Sorge, Ken, Sie machen mich auch ein bisschen nervös«, sagt sie, atmet wie erleichtert aus, dass sie das losgeworden ist, und spielt an ihrem Kettenanhänger herum. Der meinen Blick auf ihre Brüste lenkt. *Ein klassisches Flirtmanöver.*

»Sie erinnern mich an jemanden«, erkläre ich und sehe ihr geradezu krampfhaft in die Augen.

»Eine schöne Erinnerung?«

»Sie … also …« Ihr Blick saugt mich förmlich auf, aber statt Lust durchdringt mich zunehmend Ärger. »Ehrlich gesagt möchte ich darüber nicht reden.« Ich hole den Fragebogen für Neukunden. »Lassen Sie uns doch die Fakten abgleichen. Zeit ist ja bekanntlich Geld. Dann geht der Termin mit Mr Cameron schneller.«

»Also, ich habe es nicht eilig«, sagt sie und lehnt sich entspannt zurück. »Ich mag diese Stadt. Als ich klein war, wollte ich immer in so einer Bilderbuchwelt leben. Peng, peng!« Sie tut so, als würde sie zwei Pistolen abfeuern. »Cowgirl spielen.«

Mist, ich muss lachen.

»Endlich entspannen Sie sich mal.«

»Keine Sorge, mir geht es gut.«

Ich werfe einen überhaupt nicht dezenten Blick auf die Uhr und fluche, weil ich sie noch eine volle Minute lang beschäftigen muss. Mit Ivy wäre die Zeit wie ein Wimpernschlag vorbei, mit dieser Frau zieht sie sich.

Als es endlich so weit ist, habe ich Mühe, mir meine Erleichterung nicht anmerken zu lassen. Alle Signale der Frau sind richtig. Sie ist außerdem mein Typ. Aber ich bin wie blockiert.

»Sind Sie denn noch da, wenn ich gehe?«, fragt sie.

»Ja«, antworte ich höflich. *Leider.*

»Dann bis nachher«, flötet sie und betritt Coles Büro.

Auf dass die Frau nicht unsere Kundin wird und die nächsten Wochen bei uns ein und aus spaziert. Das halte ich nicht aus.

Meine Hoffnung sinkt, als ich Cole und sie aus dem Büro lachen höre.

Na, wie schön, dass sie sich so gut verstehen. Da brechen ja rosige Zeiten für mich an. Zu schade, dass Cole die Entscheidung zu Neukunden alleine trifft.

Lustlos setze ich mich an meinen Computer. Arbeiten kann ich jedoch nicht. Genauso wenig wie spielen. Ivy spukt mir wieder wie frisch nach der Trennung durch den Kopf. Und mit ihr Kommentare zum Auftritt von Rose eben.

›Bist du blind, Ken, die ist doch überhaupt nicht wie ich. Wir müssen dir mal Brillengläser besorgen. Am besten daumendicke, nur zur Sicherheit. Und ihr Geflirte war doch schwach. Anmache für Anfänger. Viel zu offensichtlich.

Ich meine, schwer hat sie es dir wirklich nicht gemacht, dabei magst du es doch etwas herausfordernder.‹

Fuck, Ivy ist in meinem Kopf wie ein Virus, der alles lahmlegt.

»Erde an Ken«, holt mich Cole zurück ins Hier und Jetzt, als er aus seinem Büro kommt. »Sie will deine Nummer. Darf ich sie ihr geben?«

»Wer?«

»Rose.«

»Warum will sie die?«

»Kann ich auch nicht verstehen. Mein Knackarsch ist viel schöner als deiner. Also, was ist?« Er grinst. »Komm, sie ist perfekt, finde ich.«

»Sie will hier sesshaft werden«, sage ich.

»Nein, es bleibt bei Denver«, erklärt Cole. »Sie ist nur eine Nacht in der Stadt. Und ihr Bett ist einsam und ka-alt«, flötet er.

»Hör auf«, sage ich. »Ich bin nicht interessiert.«

»Wirklich nicht?«

»Rede ich Chinesisch? Warum ist das so schwer zu verstehen?«

»Irgendwann musst du wieder nach vorn schauen!«

»Stimmt, irgendwann, aber nicht heute.«

»Wegen Ivy?«, flüstert er.

Ich kann nur nicken. Trotz der Trennung komme ich nicht von ihr los.

»Okay, ich lass mir was einfallen, warum ich deine Nummer nicht weitergeben kann.«

»Danke dir.«

Wie erleichtert ich darüber bin, merke ich erst, als Cole wieder in seinem Büro verschwindet. Früher hätte der Kennolith sofort angeschlagen. Die Frau war heiß und willig. Aber wenn ich was spüre, dann Kopfschmerzen und Ivy-Weh – so was wie Fernweh, nur dass ich mich nicht nach einem fernen Land sehne, sondern nach dieser Frau. Ich kann mich nur noch dunkel daran erinnern, wie es war, sie in meinen Armen zu halten. Sie entgleitet mir, und trotzdem komme ich nicht von ihr los. *Fuck!*

Als die Tür wieder aufgeht, will ich, wen auch immer es jetzt hierher verschlägt, verprellen, aber als ich aufschaue, ist es April, sichtlich durch den Wind.

»Was ist passiert? Warte, ich hol Cole.« Ich will schon ins Büro, doch die Frau ist schnell und packt mich am Arm.

»Nicht«, ruft sie.

»Aber er muss es wissen.« Was auch immer *es* ist, April sieht so aufgewühlt aus, dass es sich nur um einen Weltuntergang handeln kann.

»Cole hat diese Kundin bei sich, richtig?«, fragt sie und macht bei dem Wort Kundin Anführungszeichen in der Luft, was überhaupt keinen Sinn ergibt. Ich nicke nur. »Und?«, fragt sie mich.

»Und was?«

»Ist sie heiß?«

»Sag mal, verlierst du gerade den Verstand? Warte, ich hole Cole!«

»Nein!«, sagt sie jetzt so laut, dass Cole erscheint.

»Was ist los, Baby?«, fragt er besorgt.

»Findet er sie heiß?«, will sie jetzt von ihm wissen. *Warum ist ihr die Antwort so wichtig?*

»Denkst du, Cole hat eine Affäre? Hat er nicht«, versuche ich, sie zu beruhigen.

April flucht frustriert. »Gott, das ist ja wie im Kindergarten! Kann mir mal jemand antworten?«

»Nein, er findet mich nicht heiß«, mischt sich Rose ein und mustert mich von Kopf bis Fuß. »Zu schade.«

»Was stimmt nicht mit euch?«, rufe ich und sehe dann zu April. »Was ist passiert? Rede endlich!«

»Du musst sofort mitkommen. Warum, erkläre ich dir unterwegs.« Sie blickt über meine Schulter zu Cole und formt mit den Lippen einen Namen, den ich immer erkennen würde. *Ivy.*

»Was ist mit Ivy?«, frage ich April.

Sie sieht fertig aus. So durch den Wind war sie noch nie, und sie war schon schlimm drauf, als Cole den Reitunfall hatte.

»Ivy braucht dich«, sagt sie nur. Das erklärt ihren chaotischen Auftritt.

Die Worte dringen wie Bomben zu mir durch.

Ivy. *Wumm.* Braucht. *Wumm.* Dich. *Wumm.*

Das sind eigentlich tolle Neuigkeiten. Aber etwas an der ganzen Situation macht mir Angst. »Wo ist sie?«, krächze ich.

»In Cincinnati. Im Krankenhaus.«

24. Kapitel

Kurz zuvor

IVY

Das sind nur Zwischenblutungen. Keine Panik. Das kann passieren. Deine Ärztin hat dir das erzählt.

Aber ich habe Angst, richtig große Angst.

Ich rufe meine Mom. Die begreift sofort, was los ist, und holt den Rettungsdienst, und der bringt mich jetzt ins nächstgelegene Krankenhaus.

Was, wenn ich mein Kind verliere?

Ausgerechnet heute.

Ich zittere, aber das kommt bestimmt nicht daher, dass das der Anfang einer Fehlgeburt ist, sondern weil ich komplett überfordert bin und vor Ungewissheit durchdrehe.

Bewusst atme ich ein und aus, nehme mein Handy und rufe April an. »Sag mir, dass du gute Neuigkeiten hast!«, melde ich mich, weil gerade mein Test für Ken läuft.

»Die Verbindung ist total schlecht, Süße. Kannst du das wiederholen?«

»Gute … Neuigkeiten … zu … Ken«, spreche ich bemüht langsam.

»Nein«, sagt sie.

»Was? O Gott!«, keuche ich und kriege keine Luft. Punkte tanzen mir vor den Augen. Ich kann es ja verstehen. Er macht weiter, ich sollte das auch. *Aber er hat sich echt auf unseren Lockvogel eingelassen? Von wegen, er wartet auf mich! Wie kann er nur?!*

»Ivy? Bist du noch dran?«

Ich kann nicht weiter mit April reden. Ich dachte, mich würde brennend interessieren, wie das gesamte Manöver abgelaufen ist. April und ich waren für die Auswertung der Begegnung für heute Abend verabredet, sie mit Wein, ich mit Traubensaft. Jetzt will ich es nicht hören. Gleich könnte ich alles verlieren. Neben Ken jetzt auch noch mein Baby. *Das ist zu viel.*

Ich atme immer hektischer. Das Piepsen der Geräte, die meinen Herzschlag überwachen, wird lauter. Ich muss ruhig bleiben. Aber ich schaffe es nicht. Dann dämmere ich weg. Ich glaube, weil mir einer der Sanitäter ein Beruhigungsmittel gibt. Dabei habe ich ihm doch gesagt, dass ich schwanger bin. *Hoffentlich weiß er, was er da tut. Es gibt ja durchaus erlaubte Mittel.*

Piep. Piep. Piep.

»Wo bin ich?«, murmle ich, taste meine Umgebung ab und fühle ein steifes Bettlaken. Ich rieche Desinfektionsmittel. Und Ken. Was unmöglich ist.

Obwohl mir Tränen in die Augen steigen, lasse ich sie geschlossen, weil ich das Gefühl festhalten will. Ihn an meiner Seite zu haben ist einfach zu lange her. Ich brauche jede Sekunde davon.

»Scht, Babe.« Lippen berühren meine Finger, und eine Hand streichelt meinen Bauch. »Alles ist gut.« Seine Stimme bricht. *Kens* Stimme. *Was ist hier los?*

Ich öffne die Augen, und da ist er! Die Szene ist total unwirklich. Er sitzt an meinem Bett. Draußen ist es dunkel. Er sieht müde aus, trägt ein zerknittertes Hemd, fährt mir sanft durch die Haare.

Es gäbe so viel zu sagen, aber ich bringe kein Wort heraus. Ich strecke nur eine Hand aus, und Ken versteht die Geste und nimmt mich in den Arm. *Gott, dass ich das noch mal erlebe!*

»Ruhig, Babe, alles ist in Ordnung«, murmelt er wie ein Gebet und muss schlucken.

»Heulst du auch?«, schluchze ich.

»Ärgerst du mich etwa damit?«, gibt er erstickt zurück.

»Ja.«

Ken drückt mir einen Kuss auf die Wange. »Da bin ich ja erleichtert.«

Ich verstehe nicht, was er hier macht, aber das ist mir auch egal. Was ich verstehe, ist, dass sich plötzlich alles richtig anfühlt. *Mit ihm.* Meine Hände reiben über seine starken Arme, erkunden, was sie eigentlich kennen, noch mal neu. Ich brauche mehr von ihm. Was ich spüre, ist viel zu wenig. Da höre ich sein typisches sexy Knurren, und es sorgt dafür, dass sich bei mir am ganzen Körper die feinen Härchen aufstellen. Verlangen überrollt mich. So heftig, als hätte es sich jeden Tag seit der Trennung aufgestaut und es gäbe nun kein Halten mehr.

»Komm, wir lassen die beiden kurz allein«, höre ich da noch jemanden. *Cole.*

Ich will mein Gesicht nicht von Kens Halsbeuge wegnehmen. Ich habe da einige Kuschelabende nachzuholen, muss also mindestens neunzig Stunden an dieser Stelle verbringen. Aber plötzlich wird mir wieder klar, wie kompliziert alles war – und was passiert ist.

»Mein Baby?«, krächze ich und schaue an Ken vorbei zu Cole und April, die gerade aufgestanden sind, jetzt jedoch an der Tür warten. »Was ist mit meinem Baby?«

»Dem geht es gut«, sagt Ken, streichelt behutsam meinen Bauch und drückt mir einen Kuss auf die Wange. »Wirklich gut.«

Hilfe suchend sehe ich zu April. Ich vertraue Ken, in so einer Sache würde er nie lügen, doch ich muss es von noch einem Menschen hören.

April setzt sich auf die Bettkante. »Dem Baby geht es gut, genau wie dir, Süße. Die Ärztin wird dir das nachher bestätigen. Es war nur eine kleine Blutung. Das kommt vor. Zur Sicherheit hast du Bettruhe, aber du hast nichts zu befürchten. Ihr seid beide wohlauf.«

Erleichtert lege ich eine Hand auf meinen Bauch. »Ich dachte, ich hätte es verloren«, krächze ich emotional.

»Hast du nicht, Babe«, sagt Ken und legt seine Hand auf meine. »Du wirst Mom.«

»Aber es kann noch so viel passieren.« *Gerade im ersten Trimester.* Zur Vorbereitung habe ich alles dazu gelesen. Jetzt hatte ich Glück, aber nächste Woche kann das ganz anders aussehen.

»Ivy, du wirst Mutter«, wiederholt Ken noch mal im Brustton der Überzeugung und fährt mir durch die Haare.

Er ist unglaublich fürsorglich, wäre ein toller Vater, aber dunkel wird mir bewusst, was April gesagt hat, kurz bevor ich weggedämmert bin. Ken hat meinen Test nicht bestanden.

Ich schaue an April und Ken vorbei, ignoriere Cole und suche nach noch jemandem, der hier sein könnte.

»Deine Mom holt uns gerade was zu essen«, erklärt April.

»Super«, sage ich und recke mich weiter.

»Und Colorado und Alaska sind bei Reese, die auf sie aufpasst.«

»Aha!«, mache ich und werde nervös, als ich Ken ansehe. »Und wo ist Rose?«

»Rose?!« Er tut so, als hätte er den Namen nie zuvor gehört.

»Sei nicht so ein Arschloch, Ken! Ja, Rose, deine neue Bekanntschaft. Wo steckt sie?«

April stöhnt neben mir und wendet sich an Ken. »Sie redet von Rose Woods.«

»Aha«, macht er nur, immer noch ahnungslos. »Und warum glaubt sie, ich wäre mit dieser Frau zusammen?«

»Sie sieht mir ähnlich«, erkläre ich, was ich mit April ausgeheckt hatte.

»Als wäre irgendeine braunhaarige Frau auf der Welt wie du!«

»Sie ist auch schlagfertig.«

»Immer noch nicht du, Babe.«

»Sie hätte es sofort mit dir im Büro getrieben.« Aufmerksam mustere ich Kens Gesicht, und – tatsächlich! – seine Mundwinkel zucken verdächtig. »Du hast daran gedacht.«

»Komm mal näher!«, sagt Ken rau.

Ich richte mich auf, und er beugt sich an mein Ohr.

»Ich hab verdammt viele Fantasien von Sex im Büro. Blowjobs hinter dem Empfangstresen, ein Quickie im Kopierraum, eine schnelle Nummer neben der Kaffeemaschine … Und sie alle sind mit dir. Kapiert?«

Hitze durchdringt mich – und echtes Verlangen nach Sex, was doch in dieser Situation gar nicht sein kann. *Ich bin in einem Krankenhaus, nicht in einem Stundenhotel.*

»Du hättest das mit ihr machen können«, wende ich ein.

»Ich wollte das aber nicht mit ihr machen.«

Irritiert drehe ich mich zu April, weil Ken sich überhaupt nicht so verhält, als wäre was mit Rose gelaufen. »Aber du hast mir doch gesagt, es hat nicht funktioniert!«

Alle Blicke richten sich auf April, die ihre Hände entschuldigend hebt.

»Süße, als du mich angerufen hast, hatte der Test gerade erst begonnen. Ich weiß nicht, was genau ich gesagt habe, aber ich hatte zu dem Zeitpunkt keine Ahnung, was im Büro los war. Du musst da was missverstanden haben. Dass der Test geklappt hat, hab ich erst später erfahren.« Sie sieht zu Cole. »Sag du doch auch mal was!«

»Es stimmt«, sagt er. »Rose war fast verzweifelt, als wir im Büro geplaudert haben. Sie fand unseren Kenny wirklich heiß. Wir haben überlegt, wie wir ihn noch rumkriegen können. Sie wollte ihren BH ausziehen und ihm ihre Brüste hinhalten, worüber wir lachen mussten. Ken hätte –«

»Den Thermostat nach oben gedreht, damit der Frau warm wird, was sonst?«, knurrt Ken, kein bisschen amüsiert. Dann sieht er mich an. »Babe, was war los?«

»Spielt keine Rolle mehr«, sage ich und muss Ken einfach küssen. Er lässt sich drauf ein und beißt mich. »Hey, solltest du nicht total nett zu mir sein?«

»Bin ich. Später. Jetzt will ich wissen, was das sollte!«

Ich habe diesen Mann selten verärgert erlebt. Vor allem, wenn ich der Mittelpunkt des Ärgers bin. Aber ich habe kein schlechtes Gewissen wegen der Aktion.

»Ich hab dich vermisst«, gestehe ich und boxe ihn leicht. »Du hast alles ruiniert. Ich glaub dir, dass es dir leidtut, aber du kennst meine Geschichte. Ein Tut-mir-leid reicht nicht, um das hinzubiegen.«

»Also hast du mich auf die Probe gestellt?«

Ich nicke. »Und du hast bestanden.«

»Was ist meine Belohnung?«

Ich bin es. Aber ich habe einen Rückstau, was freche Kommentare an ihn angeht. »Fußmassagen«, lege ich deshalb los. »Die *ich* bekomme. Nicht dass es da Missverständnisse gibt. Das ist deine Belohnung.«

»Klingt eher nach einer Strafe.«

»Und du musst kochen.« Ich grinse. »Du kochst sowieso besser als ich.«

»Ich warte immer noch auf den guten Teil.«

»Na, wenn die Erbse hier auf der Welt ist, gehören dir die Windeln.« Ich überlege kurz. »Also ein paar werde ich auch übernehmen, die einfachen, halb vollen. Aber ansonsten gehören sie dir.«

»Klingt ja nach einer furchtbaren Zukunft«, zieht er mich auf, grinst jedoch, als hätte er im Lotto gewonnen. »Und fehlt da nicht noch was?«

»Moment, lass mich kurz nachdenken?«, tue ich grüblerisch und murmle unsinniges Zeug. »Ach stimmt!«, rufe ich aus. »Das hätte ich fast vergessen. Du kriegst natürlich mich.« Ich schlucke. »Und unser Baby.« Ich funkle ihn warnend an. »Und darüber machst du jetzt besser keine Scherze! Verstanden? Das Baby ist von unseren Reibereien ausgeschlossen.«

Die Forderung ist unnötig.

Das hätte Ken ohnehin nicht gemacht.

Zum Zeichen, dass er einverstanden ist, küsst er mich, so wie nur Ken mich je geküsst hat. Hitze durchdringt mich, macht mich wieder komplett. Da ist Verlangen – und Liebe. Und ich kann es gar nicht abwarten, mit Ken ungestört zu sein.

»Ich liebe dich«, sagt er sanft und streichelt meinen Bauch. »Ich liebe euch.«

»Ich dich auch«, sage ich und bin plötzlich erschöpft von all dem Glück.

»Okay, jetzt lassen wir euch allein«, sagt April.

»Mmh«, kann ich nur machen und seufze wohlig, als Ken sich ganz zu mir legt.

Wir sagen nichts, und das müssen wir auch nicht. Er hält mich, ich fahre über seine Arme, seinen Rücken, und mich durchdringen angenehme Schauer, weil mich seine Nähe so verrückt macht. Meine Lust erwacht, und ich küsse Ken mit all den Gefühlen, die ich für ihn habe.

»Langsam, Babe«, keucht er, greift in meine Haare und hält mich zurück. Ich knurre frustriert. Da drückt er seine Hüfte gegen mich, und ich spüre seine Erektion. »Glaub mir, ich will das Gleiche wie du. Aber wir warten noch. Müssen noch warten.«

Er schiebt seine Hand unter das Krankenhaushemd, und ihn so nah bei mir zu spüren macht mich echt irre. Wieder durchdringt mich ein Schauer, und Freudentränen sammeln sich in meinen Augen, weil ich eben noch dachte, ich hätte alles verloren. Aber jetzt habe ich alles, was ich immer wollte.

»Du quälst mich«, keuche ich.

»Soll ich aufhören?«

»Nein.«

KEN

Ivys Atem kitzelt mich am Hals, ihr Duft steigt mir in die Nase. Und ihre Hände fahren immer wieder so herrlich bedürftig über meinen Rücken. Als bekäme sie nicht genug von mir. Wir wollen uns, aber es ist der falsche Zeitpunkt und der definitiv falsche Ort für Sex. Dennoch erschauert sie und ist nur von den paar Berührungen erregt. Ich kenne all die kleinen Anzeichen dafür noch. Ihre Hände wandern über meinen Rücken, und immer wenn ein Schauer sie erfasst, krallt sie sich in mich. Was meinen Schwanz dazu bringt, dass er noch härter stehen will, als er es ohnehin schon tut.

Sie ist zu mir zurückgekommen. Dank dieses wirklich speziellen Tests. Aber sie hätte mir auch eine ganze Armee an Ivy-Kopien schicken können, ich wäre standhaft geblieben. Ich will nur sie. Und ihr Baby.

Ich erschauere, diesmal vor Angst, als ich wieder durchspiele, wie April ins Büro gestürmt gekommen ist. Das waren schreckliche Augenblicke.

»Alles okay?«, fragt Ivy leise, weil sie mich kennt und die Veränderung bemerkt hat.

»Als April mich geholt hat, dachte ich, ich verliere dich.« Ich klemme ihr eine Haarsträhne hinters Ohr, und meine Hände zittern dabei. »Und zwar für immer.« Ich muss schlucken. »Das hätte ich nicht überlebt.«

»Sag so etwas nicht.«

»Ich meine es ernst.«

»Dann hätte das April nicht überlebt und dann Cole nicht«, antwortet sie scherzhaft. »Ein Massensterben nur meinetwegen.«

Dieses Mal kann ich nicht mitlachen. So gerne ich auch sonst ihre Kommentare mag, an der Situation war nichts lustig. »Du bist also doch noch schwanger geworden, Babe? Warum hast du dir keine Hilfe geholt?«

»Ich hatte Hilfe. Meine Eltern waren für mich da.«

Ich kann nur die Augen verdrehen. Wenn sie damit nur ihre Eltern meint, dann ist das zu wenig.

»Außerdem hätte das hier auch mit einem Helikopterfreund passieren können – und mit einer Armada an Helfern.«

Ich drücke Ivy noch mal fester und muss grinsen. *Auf Begriffe wie Helikopterfreund kann auch nur sie kommen! Gefällt mir, das Label.*

»Also gab es bisher sonst keine Probleme?« Ich sehe sie fragend an. »Keiner konnte das beantworten, weil du keinem irgendwas erzählt hast.«

»Also April war im Groben informiert.«

»Im Groben? Das reicht nicht, Babe.« *Vor allem, wenn das bedeutet, dass die beste Freundin nur wusste, dass Ivy im ersten Trimester ist.* Sie konnte mir nicht die Woche sagen, keine Angaben zu den bisherigen Untersuchungen machen. Nichts. »Es gab einen Ultraschall?«, frage ich.

»Es gab sogar schon zwei. Beide waren unauffällig.«

»Wie groß ist das Baby jetzt?«

Sie macht mit Daumen und Zeigefinger eine Lücke, in die eine Pflaume passt. »Etwa so groß.«

»Und es ist gesund?«

»Der nächste Termin ist bald, aber ja, die Entwicklung ist völlig normal. Alles ist, wie es sein soll.«

»Weißt du schon, was es wird? Mädchen oder Junge?«

»Dafür ist es noch zu früh.«

»Okay, ist ja auch egal«, sage ich, und sie grinst. »Was?«

»Echt, du hast keinen Wunsch, Ken?«

»Eher eine Vermutung. Wer für so einen Wirbel sorgt, wird bestimmt ein Mädchen.«

»Was soll das denn heißen?! Findest du, ich bin eine Dramaqueen?!«

»Ein bisschen«, gestehe ich, küsse ihr Ohr – und beiße es sanft.

»Also wenn es danach geht, könnte es auch ein Junge werden. Voll der Draufgänger. Wie du, Mister Wedeln-und-Gleiten.«

»So hat mich schon lange niemand mehr genannt.«

»Na, wie gut, dass ich jetzt zurück bin.«

»Das stimmt.«

Ich halte sie weiter und könnte mein ganzes Leben so verbringen, mit ihr in den Armen. *Gott, fühlt sich das gut an!* Wieder lege ich meine Hand auf ihren Bauch, kann nicht glauben, dass es geklappt hat. »In welcher Woche bist du?«, frage ich. »Und wann ist der Geburtstermin?«

»Ähm … zehnte«, sagt sie und bekommt rote Wangen. »Der Termin ist Mitte März.«

»Zehnte?« wiederhole ich und wundere mich über ihre Reaktion, bis ich nachrechne. Egal wie, ich verstehe nicht, wie sie schon so weit sein kann. »Du warst doch gar nicht in der Klinik. Wie … hat es … geklappt?«, frage ich zögerlich und denke an ihren scheiß Ex-Freund, dem sie in Waynesville über den Weg gelaufen sein könnte. »Etwa mit Jared?«

»Spinnst du?«, quiekt sie und boxt mich. »*Das* ist nicht lustig.«

»Sehe ich genauso.« Ich reibe mir den Arm. »Sag schon, Babe.«

Hat sie sich eben noch aufregen wollen, wie ich das glauben konnte, so sucht sie jetzt nach den richtigen Worten. Etwas, das wirklich selten vorkommt. »Ähm …«, beginnt sie.

»Spann mich nicht so auf die Folter!«

»Das zeigt doch nur, dass was Wichtiges kommt. Sitzt du?« Sie mustert mich, ich liege halb neben ihr. »Ja, das geht wohl als Sitzen durch.«

»Babe!«, knurre ich, denn ich bin mit meiner Geduld am Ende.

Sie legt ihre Hand auf mein Herz. »Bist du fit? Denn wenn dir jetzt was passiert … Das könnte ich nicht verkraften.« Sie verdreht die Augen. »Gott, ich werde wie April! Verrat ihr das bloß nicht.«

»Ivy, Klartext.«

»Nicht sauer werden!«

»Es war eine Affäre, richtig? Willst du mir das mitteilen?«

Lächelnd legt sie ihren Zeigefinger auf meine Lippen und schüttelt den Kopf. Dann füllen sich ihre Augen mit Tränen, was mich vollends fertigmacht.

»Fuck, du wurdest vergewaltigt!« Ich halte sie sofort fester.

»Ken«, krächzt sie. »Du musst mit diesen schrecklichen Horrorszenarien aufhören und mich mal ausreden lassen.«

»Red halt schneller.«

»Das ist nicht so einfach.« Wieder boxt sie mich. »Denk doch mal positiver! Du hast mich rumgekriegt, dich zu lieben. Da sollte dir auch eine bessere Erklärung für meine Schwangerschaft einfallen als dieser Mist!«

In meinem Kopf rattert es. *Positiv … positiv … positiv … Was könnte sie meinen?* Mir fällt nur eine Erklärung ein. Ungläubig sehe ich Ivy an. Angespannt erwidert sie meinen Blick und kaut auf ihrer Unterlippe herum. Was sie wirklich selten macht.

»Nein!«, rufe ich aufgeregt, weil sie mir nicht gerade sagt, was ich denke, was sie mir sagt. Damit macht man keine Witze. »Wie positiv darf ich sein?«

»Sechser-im-Lotto-positiv.« Sie schmiegt sich an mich und küsst mich. »Eigentlich sogar bei meinen Erfolgschancen doppelter-Sechser-im-Lotto-mäßig positiv.«

»Sag es!«, krächze ich.

»Ich bin von dir schwanger, Ken. Das …« Sie drückt meine Hand, die auf ihrem Bauch liegt. »Das ist *unser* Baby. Deines und meines.«

»Wow!« Mehr fällt mir dazu nicht ein, als ich die Nachricht verarbeite.

»Wehe, du drehst jetzt durch!«, warnt sie. »Ich durfte durchdrehen, als ich das erfahren habe. Du hattest mir das Herz gebrochen, und ich stand alleine mit allem da. Aber wir sind hier zu dritt. Ich brauch dich in meinem Leben. Also reiß dich bitte zusammen.«

Ich drücke sie sanft und küsse ihr Haar, als könnte eine zu grobe Berührung dem Kind schaden. »Babe, ich dreh gerade nicht durch, ich bin einfach nur fucking glücklich. So was hab ich noch nie empfunden.« Ich sehe in ihre funkelnden saphirblauen Augen und spüre eine so tiefe Liebe für diese Frau und das Kind, dass ich mich frage, womit ich das verdient habe. »Wir werden echte Eltern?«

Sie boxt mich wieder. »Es gibt keine unechten Eltern.«

»Lass mir doch den Triumph, dass mein Supersperma dich geschwängert hat«, sage ich, mehr und mehr der Alte.

»Pah! Von wegen Supersperma!« Sie grinst frech. »Es ist ein bisschen so, als hätte es bei allen großen Wettkämpfen versagt, und erst dann, wenn keiner hinschaut, schafft es die Bestleistung.«

»Hauptsache, Bestleistung.«

»Das stimmt«, sagt sie versöhnlich. »Danke.«

»Ich hab zu danken.«

25. Kapitel

IVY

Ich muss zur Beobachtung eine Nacht im Krankenhaus bleiben. Als keine Komplikationen auftreten, werde ich entlassen. Zur Sicherheit wird mich Dr. Kendall, meine Frauenärztin im Montrose Memorial, die nächsten Wochen engmaschiger kontrollieren, aber aktuell besteht kein Grund zur Sorge. Im Gegenteil. Mir ist nach Feiern. Ich bin schwanger. Und Ken und ich sind wieder zusammen. *Endlich.*

Bevor meine Mom nach Hause fährt, reden wir, zum ersten Mal über früher, aber auch über mein jetziges Leben, und ich stelle ihr Ken vor. Ich mache mir Gedanken, wie meine Mom auf meinen Freund reagiert. Zum Glück erkennt sie, wie gut wir zueinanderpassen. Seine Muskelberge, sein Tattoo und sein unverschämt attraktives Aussehen beeindrucken sie kein bisschen. Sie sieht das, was zählt: dass er mich anschaut, als wäre ich der Mittelpunkt seiner Welt. Bei ihm bin ich in guten Händen.

»Meld dich öfter, Schatz«, sagt sie.

»Mach ich«, verspreche ich und meine es auch so. Spätestens wenn das Kind da ist, werde ich sie belagern. Sie war eine tolle Mom, sie hat mir viel beigebracht, und ich kann bestimmt einiges von ihr lernen.

Auch Kens Eltern gratulieren mir plötzlich. Er konnte nicht für sich behalten, dass er Vater wird, und das hat sie endlich auch einsehen lassen, dass ich wohl doch nicht so übel bin. Wir werden garantiert keine besten Freunde, aber sie wollen am Leben ihres Enkelkindes teilhaben, und das werde ich ihnen ermöglichen. *Schadet ja nie, Strafverteidiger in der Familie zu haben, die auf deiner Seite stehen.*

April und Cole fahren direkt nach Telluride zurück. Ken begleitet mich nach Waynesville. Wir holen meine wenigen Sachen, und als wir abreisen, weiß meine Mom, dass ich Leute an meiner Seite habe, die auf mich aufpassen. Freunde wie April und Cole und diesen einen besonderen Menschen. Ken.

Zurück in Telluride wird alles noch schöner. Ich wusste, dass Ken meine Sachen behalten hat, aber dass er sogar ein paar Möbelstücke aufgestellt hat, das rührt mich. Es ist nicht mehr sein Zuhause. Es ist unseres. Seit Langem schon.

Das Einzige, was meine gute Stimmung trübt, ist, dass ich zur Sicherheit eine Woche lang das Bett hüten soll. Ken hat sich freigenommen und überwacht die Einhaltung.

»Wieso hast du dieses Jahr denn noch so viel Urlaub übrig?«, beschwere ich mich, als ich mit meiner Homeoffice-Arbeit am Laptop fertig bin.

»Sonderkonditionen«, erklärt er. »Weil mein Chef rein zufällig mit deiner sehr besorgten Freundin liiert ist, der ich versprechen musste, dass ich dir jeden Wunsch von den Augen ablese. Ich hab ein unendliches Kontingent an freien Tagen.«

Ja, jeder Wunsch, der sich vom Bett aus erfüllen lässt, nur nicht mal so was Harmloses wie ein Spaziergang. ›Fick dich‹, formuliere ich lautlos und total neidisch auf Kens Freiheiten.

»Gerne. Möchtest du zuschauen?«

Mein Blick richtet sich hungrig auf seinen Schritt. Wo sich nichts rührt. Zumindest im ersten Moment. Je länger ich starre, desto eher meine ich die Wölbung seines Penis zu erkennen.

Gott, wie ich richtigen Sex vermisse! Noch dazu, weil mich die Schwangerschaftshormone gerade ungewohnt bedürftig machen. Meine Ärztin Dr. Kendall hat da keine Einwände. *Schön für mich*, sollte man denken. Leider geht der neue Superdaddy lieber auf Nummer sicher. Egal, wie sehr ich ihn beknie, sich um Mommy zu kümmern. Er widersteht mir.

Blödmann!

Immerhin, er versucht, es mit Fummelsex auszugleichen. Aber je länger er mir so nah und gleichzeitig so fern ist, desto dringender brauche ich ihn richtig.

»Schau mal, Babe, ich hab diesen süßen Skianzug im Internet gefunden«, sagt Ken drei Tage später, setzt sich zu mir aufs Sofa und hält mir einen Babyoverall vor die Nase, der wie die Puppenversion seiner Sachen aussieht. *Niedlich, aber ich will ihn, keine Babysachen.*

»Wenn unser Kind auf die Welt kommt, kann es nur herumliegen. Wozu braucht es einen Skianzug?«

Ken lächelt breit und sieht in Jeans und einem Pullover mit hochgeschobenen Ärmeln wirklich zum Anbeißen aus. »Ich hab doch auch so einen. Partnerlook.«

»Toll, ich aber nicht. Die Teile sind hässlich.«

»Pech! Wer mit dir Partnerlook macht, erfriert.« Er beugt sich zu mir und fährt über meine Brustwarzen, als wären die hart, weil mir kalt ist. »Das willst du doch nicht, oder?«

»Ist das deine Art, mir zu sagen, dass ich ab sofort nur noch praktische Klamotten anziehen soll?«

»Tja«, macht er nur, nimmt seine Finger von mir und grinst triumphierend, statt mich weiter zu verwöhnen.

Das wird ihm noch leidtun! Wir wissen beide, dass er total auf meine heißen Teile steht. Denen verdanken wir, dass wir überhaupt zusammengekommen sind. Er soll sich mal nicht so haben.

Da ich kein Pflegefall bin und aufstehen darf, verlasse ich das Sofa, sobald Ken mich allein lässt. Ich schnappe mir meinen Laptop, gebe vor, noch etwas für das Brews Brothers erledigen zu müssen, denke aber nicht im Traum ans Arbeiten.

Aus Rache und quasi Notwehr bestelle ich die biedersten, praktischsten Sachen, die ich finden kann. Superbequeme Baumwollunterhosen, die die Nieren wärmen. BHs, die jeden Reiz verstecken und rein funktionell meine Brüste stützen. Unförmige Jeans, die den Rest meiner noch vorhandenen Figur kaschieren. Dazu ein weites Flanellhemd und eine Steppweste.

Nicht hübsch. Aber hoffentlich erfüllen sie ihren Zweck. Ken schwachzumachen.

Zwei Tage später wird meine Bestellung geliefert. Ich ziehe mich um und überrasche Ken damit vor dem Haus, wo er gerade die Dachrinne reinigt, in Jeans und einem Shirt, das jeden seiner Muskeln betont.

»Lass mich auch was machen«, sage ich. »Meine Schonzeit ist ab morgen vorbei. Ich muss doch wieder fit werden.«

»Gute Idee, Babe, du –« Er stutzt, als er mich sieht.

»Was ist?«, tue ich so, als wüsste ich das nicht ganz genau. Ich bin so eingemummelt, dass man nur mein Gesicht und meine Fingerspitzen erkennt. »Bin ich etwa nicht richtig angezogen?«

»Babe, wo sind deine knallengen Jeans?«

»Ausrangiert. Da pass ich eh nicht mehr rein.«

»Und dein sexy Minirock?«

»Ist mir gerade zu frisch an den Beinen.« Ich kuschle mich genüsslich seufzend in meine neuen Sachen, als würde ich sie lieben. »Herrlich, so was Praktisches zu tragen. Also, was kann ich übernehmen?« Suchend drehe ich mich um und entdecke den Berg aus Laub, den Ken aus der Dachrinne geholt hat. »Ach, sag nichts! Ich seh schon, was zu tun ist.« Ich wuchte einen Teil des Bergs in eine Schubkarre und rolle damit los in Richtung Kompost.

»Babe, und wo sind deine Brüste?«, ruft Ken mir da nach und klettert den Geräuschen nach von der Leiter.

»Versteckt!«

»Gefällt mir nicht.«

»Echt? Ich dachte, ich mach dich total an, wenn ich mal so aussehe, wie du das immer wolltest.«

Ken holt mich ein und legt die Arme von hinten um mich. Allmählich ist an meinem Bauch eine kleine Wölbung zu erkennen. Als er die Hand unter meine Stofflagen schiebt und sie drauflegt, durchfahren mich Hitze und rasende Lust.

»Du hast es etwas übertrieben«, murmelt Ken mir ins Ohr. »Die Sachen sind praktisch, aber für die Jahreszeit viel zu warm.« Seine Lippen fahren über meine Haut. »Du glühst richtig.« Er schiebt mir die Weste über die Schultern. »Raus da.«

»Das täuscht«, murmle ich. »Ich fühl mich für dich nur so heiß an, weil deine Hände ein bisschen kalt sind.« *Eine glatte Lüge.*

Besagte beleidigte Exemplare schieben sich unter die nächsten Stoffschichten, und Ken stöhnt gequält, als er die bequeme Unterwäsche ertastet. »Fuck, Babe, ich sag das nur ungern, aber ich verbiete dir diese Sachen.«

»Und was soll ich stattdessen tragen?«

»Nichts.« Er streichelt mich. »Gar nichts.«

Schwer atmend drehe ich mich um. Ken ist von der Arbeit verschwitzt, aber das stört mich nicht. Ich liebe es, meine Hände über seine Muskeln gleiten zu lassen. Seine Kraft zu spüren. Und, wenn ich mich an ihn lehne, seine Erektion. »Nimm mich!«, sage ich. »Nimm mich richtig, Ken.«

»Bist du dir wirklich sicher?«

»Ich hab extra meine bequemsten Sachen angezogen, um dich ordentlich auf Touren zu bringen«, hauche ich, dabei könnte ich auch einfach Ja sagen. Das zeigt endlich Wirkung.

»Du hast es nicht anders gewollt«, knurrt er, packt mich und trägt mich ins Haus.

Sobald er mich auf dem Bett absetzt, befreie ich mich aus meinen Klamotten. Bis ich am verhakten Reißverschluss scheitere. »Was ist das?«, fluche ich. »Eine Kindersicherung für Erwachsene?«

»Soll ich dir helfen?«

»Ja, bitte.«

»Das kostet, Babe.«

Wir müssen beide grinsen. Noch vor einem Jahr hätte ich nicht gedacht, dass ich hier mit diesem Mann lande. Und dass sich das alles mit ihm so richtig anfühlt. Er hat mich verrückt gemacht, seit ich nach Telluride gekommen bin. Jetzt macht er mich nicht nur verrückt, er ist auch das Mittel, um mich wieder klar denken zu lassen.

Konzentriert löst er den verhakten Reißverschluss, und ich kann mir so gut vorstellen, wie er das später auch bei unserem Kind macht. *Daddy Ken.*

Während er mich aus meinen Sachen befreit, öffne ich seine Jeans. »Dich auszuziehen ist eindeutig leichter als mich auszuziehen«, sage ich, zerre sie tiefer und reibe über seine Erektion, die die Boxershorts ausbeult. *Hallo, Kennolith, wir hatten echt lange nicht das Vergnügen.*

Ken stöhnt, beeilt sich und senkt seinen Mund auf meine harten Brustwarzen. Ich bin empfindlicher, seit ich schwanger bin, und genieße das. Aber ich brauche ihn richtig. Ich will kein weiteres Vorspiel, das hatten wir die letzten Tage zur Genüge. Ich will ihn.

Ich winde mich, um aus der Hose rauszukommen, was wiederum erfreulich leicht geht, viel besser, als die hautengen Jeans loszuwerden. Ken zieht sich die Boxershorts runter, und hungrig greife ich nach seinem Penis.

»Gott, Ivy! Langsam!«, zischt er da, schließt die Augen und atmet tief durch, als hätte er Mühe, nicht sofort zu kommen.

Ich mache das Gegenteil und reibe ihn fester.

»Fuck!«, stöhnt er und explodiert. Gleich darauf trifft mich sein zufriedener und gleichzeitig wütender Blick. »Babe, was sollte das?!«

Ich verteile sein Sperma und genieße es, ihn so intim zu berühren. »So hättest du den Sex mit mir keine Sekunde durchgehalten.« Ich grinse. »Ich bin viel zu heiß für dich.«

»Das sagt die Richtige.« Er thront über mir und greift an meine Mitte. Ich bin unheimlich nass, und als ich den Druck an meiner Klit spüre, winde ich mich. »Hier ist noch jemand sehr bedürftig.«

Wie wahr!

Wir küssen uns, Ken verwöhnt mich, und als er mit der Hand sein Spezialmanöver durchführt, bin ich ihm erlegen. Ich komme. Er nimmt auch bei mir diese erste heftige Hitze weg und sorgt so dafür, dass wir den Sex gleich ruhiger angehen können.

»Besser?«, fragt er.

»Etwas, aber wir sind hier noch lange nicht fertig.«

»Keine Sorge.« Er reibt seine neu beginnende Erektion an meiner Mitte. »Das weiß ich.«

»Ich liebe dich«, sage ich.

»Ich dich auch«, antwortet Ken und schiebt sich vorsichtig in mich. »Fuck, Babe, ich dich auch.«

Ein Zittern durchdringt mich. Ich werde nie genug davon bekommen, diesem Mann so nah zu sein. Ich vertraue ihm und uns, so wie er mir vertraut, und ich ziehe ihn mit den Beinen enger, um ihn tiefer zu spüren.

»Ist das wirklich okay?«, fragt er angestrengt.

»Es fühlt sich gut an«, versichere ich ihm. »Hier gibt es eher ein Unglück, wenn du aufhörst.«

»Hab ich nicht vor.«

Endlich lässt Ken mich ihn richtig genießen. Er achtet darauf, nicht so tief einzudringen, ansonsten hält er nichts zurück. Er ist genauso wild und hart wie sonst auch, und ich liebe es. *Der Mann, von dem ich es am wenigsten erwartet hätte, ist alles, was ich brauche. Und mehr.*

Wir küssen uns, und ich greife in sein Haar und liebe zu spüren, wie sehr ich ihn verrückt mache. So oft habe ich am Anfang Nein zu ihm gesagt. Heute ist mir unbegreiflich, wie ich das geschafft habe. Jede Faser von mir sagt Ja, immer wieder Ja.

»O Gott!«, keuche ich und komme, sobald Ken vorsichtig ganz in mich dringt. So tief, wie er kann. *So perfekt* … Als er sich bewegt und ebenfalls kommt, erschauert mein Körper noch mal heftiger. Das war es, was ich gebraucht habe. Nicht den Sex, sondern uns zu spüren, vereint, zusammen.

»Ich kann gar nicht verstehen, wie du mit der Masche alle Frauen der Welt rumgekriegt hast«, ziehe ich ihn auf und küsse ihn. »Rein, raus, daran ist nichts Besonderes.« *Nur er ist es.*

»Ich kann vor allem nicht verstehen, wie ich es bei der einen geschafft habe«, sagt er.

»Tja … du hast gutes Sperma.«

KEN

Ivy reizt mich, während ich noch in ihr bin, sie von mir schwanger und gerade gekommen ist? Freches Biest!

»Was an dir so besonders ist, kann ich auch nicht verstehen«, revanchiere ich mich.

»Frag mal den Kennolithen! Ich bin mir ziemlich sicher, er kennt die Antwort.«

»Redest du gerade mit meinem Schwanz, Babe?«

Sie spannt ihre Muskeln an. »Ja. Was dagegen?«

»Nein, nichts. Das ist heiß.« Ich werde wieder härter, unglaublich schnell, weil der Sex eben nicht genug war. »Das ist oberheiß.«

Ich drehe uns, damit sie oben sein kann, stütze sie und überlasse ihr die Führung. Sie wiegt sich genüsslich auf mir, und mit jeder Bewegung erschauere ich mehr.

»Gott, Ken!«, seufzt sie und lässt sich vollständig auf mich sinken.

»Alles okay, Babe?«

»Ich hatte vergessen, wie gut du dich anfühlst.«

Sie sagt es nicht scherzhaft, nicht mit einem Grinsen, als wollte sie mir eins auswischen, sondern so ehrlich, dass ich schon wieder ganz hart bin. *Für sie.* So ehrlich, dass ich mich bewege, um es für sie noch besser zu machen.

»Mmh, ja«, seufzt sie und kreist mit den Hüften. »Verdammt, ist das gut!«

Solange ich es aushalte, gönne ich ihr die Führung. Dann brauche ich sie unter mir, um sie von Kopf bis Fuß zu lieben. Seit wir richtig zusammenwohnen, fühlt sich mein Leben perfekt an. Nach Delilahs Betrug war ich so wütend. Ich hab mich fast verloren. Bis erst Cole kam, dann Telluride und schließlich Ivy. Und bald werde ich sogar Vater. Das habe ich dieser Frau zu verdanken.

Langsam gleite ich vor und zurück, liebe, wie Ivy sich windet und wie sie selbst immer wieder dafür sorgt, auf ihre Kosten zu kommen.

»Hey, du hast hier noch einen Job zu erledigen, oder schwächelst du?«, zieht sie mich auf, als ich etwas zu lange an ihrem Hals knabbere und mich dabei kaum bewege.

Ich muss lachen und dringe genüsslich tiefer in sie. »Unzufrieden mit mir? Cole könnte ja meine Stelle ausschreiben.«

»Au ja, Deckhengst gesucht«, kichert Ivy, aber presst sich gleich darauf eng an mich. »Mit echt vielen Muskeln, einem irre großen Schwanz und ohne irgendwelche Manieren!«

»Klingt schwer zu handhaben. Warte …« Ich nehme sie wieder schneller. »Du brauchst noch ein paar Reitstunden.«

»Gott!«, stöhnt sie nur, statt Widerworte zu geben. Mehr Einverständnis brauche ich nicht. Wir drehen uns, und ich überlasse ihr erneut die Führung. Ich könnte jede Sekunde kommen, aber zuerst will ich sehen, wie sie die Kontrolle verliert.

Stöhnend hebt und senkt sie ihre Hüften. Dann macht sie etwas, was unglaublich gut ist. Eine Mischung aus kreisenden und gleitenden Bewegungen. »Fuck, Babe!«, stöhne ich herrlich gequält und muss die Augen zusammenkneifen.

»Halt noch durch!«, ruft sie, als wüsste ich das nicht selber. Sie wiederholt diese Teufelsbewegung schneller und schneller und lässt sich schließlich ganz auf mich fallen. »Ja, o Gott, ja!«

Sie kommt, und ich lasse komplett los und gebe mich ihr hin, kriege einfach nicht genug davon, sie zu halten, uns zu spüren.

Der Höhepunkt ist richtig heftig. Als ich wieder zu mir komme, liegt Ivy auf mir, küsst mein Gesicht und fährt mir durch die verschwitzten Haare.

»Meine Güte, war das schlecht«, sage ich scherzhaft und spüre, wie Ivy auf mir lacht.

»Ja, stimmt, total mies. Sorry, meine Schuld.« Sie küsst mich. »Deshalb hatte ich auch in der Vergangenheit keinen festen Freund. Sie haben es mit mir nicht ausgehalten. Wer will schon so ein steifes Brett im Bett?«

»Wie gut, dass ich so viele Muskeln habe«, spiele ich mit. »Die polstern. Dann ist das steife Brett auszuhalten.« Ich taste nach ihrem Bauch. »Wie geht es der Pflaume?«

»Die ist total zufrieden, denke ich.« Ivy grinst. »Nur dass die Pflaume mittlerweile eine Avocado ist.«

»Woher weißt du das?« *Der Bauch ist immer noch kaum zu sehen.*

»Ich lese Bücher, Mister Aufreißer. Solltest du auch mal probieren. Das sind die Dinger mit den Buchstaben drin. Das sind nicht nur dekorative Türstopper.«

Lachend ziehe ich sie zu mir und zwacke ihr in die Nase. »Es gibt einen Blog, dem ich folge.«

Sie sieht mich irritiert an. »Und da stand nichts zur Schwangerschaft?«

»Schon, aber ich hab eher gelesen, wie man ein toller Dad wird. Meiner war selten für mich da.« Ich grinse stolz. »Ich weiß zum Beispiel alles über das Windelnwechseln.«

Sie lacht. »Stimmt, das ist nützlich. Die besonders vollen gehören schließlich dir.«

»Für drei Küsse lasse ich dich auch mal eine schwierige wechseln.«

»O bitte, warum sollte ich mich darauf einlassen!« Sie legt ihr Bein über mich und sucht meine Nähe, wovon ich niemals genug bekomme.

»Das ist eine wichtige Erfahrung im Leben einer Mutter.«

Ihr Blick bleibt skeptisch.

»Wenn du eine am Tag nimmst, lasse ich dich das erste Outfit aussuchen«, verhandle ich härter.

»Oh, verlockend«, murmelt sie sichtlich interessiert. »Deal. Dann fliegt der Skianzug raus.«

»Nein«, widerspreche ich. *Das Teil war teuer und ist außerdem von wirklich guter Qualität. Perfekt für lange Winterspaziergänge, immerhin ist der Termin im März. Da ist es hier in der Gegend noch kalt.*

»Was lässt du mich dann für drei Küsse entscheiden? Den Schnuller?«, faucht sie verärgert. »Unser Kind wird total hässlich angezogen sein.«

»Du kannst doch jetzt was stricken. Wie wäre es mit einer Mütze?«

Ihr Blick erdolcht mich.

»Gut, keine Mütze.«

»Mir gefällt ja die Idee einer Mütze. Aber ich kaufe lieber eine hübsche, als sie zu stricken. Weißt du, das machen gute Moms so. Sie verschandeln ihr Kind nicht mit hässlichen Sachen.«

»Gut, für drei Küsse kümmerst du dich um die Mütze.«

Sie boxt mich fest. »Au!«

»Jammere nur. Das nächste Mal landet der Hieb tiefer.«

»Da ist der Kennolith.«

»Den brauche ich ja nicht mehr, er hat seine Pflicht erfüllt.« Für drei Sekunden sieht sie tatsächlich so aus, als könnte sie das ernst meinen. Passend dazu donnert es plötzlich draußen, und ein Unwetter geht los. Ich müsste aufstehen und die Leiter von den Dacharbeiten ins Trockene bringen, aber ich kann mich nicht von der Frau auf mir lösen. »Ich will mehr Mitspracherecht bei den Sachen«, erklärt sie ihren Standpunkt. »Du kannst nicht alles aussuchen, du hast dafür keinen Blick.«

»Entschuldige mal, ich besitze tolle Anzüge.«

»Stimmt. Warum zum Henker legst du dann so Wert auf praktische Sachen, wenn du doch auch sexy bist?«

»Okay, ich gehe mit meinem Angebot runter. Ich will nur noch zwei Küsse, weil du mich sexy genannt hast, und ich überlass dir die Sommergarderobe.«

Sofort habe ich ihre Aufmerksamkeit. »Die komplette?«

»Ja.«

»Was ist mit Frühling und Herbst?«

Ich grinse. »Da verhandeln wir nach.«

»Okay«, erklärt sie, beugt sich zu mir und küsst mich. »Eins.« Ich will mehr, aber sie weicht zurück und grinst zufrieden. »Zwei.« Wieder ist der Kuss zu kurz. »Drei«, zählt sie weiter.

»Wir hatten nur zwei gesagt, Babe.«

»Ich manipuliere dich, weil ich auch den Frühling und den Herbst will.«

Diese Frau! Ich greife in ihre Haare und muss lachen, aber lasse mich nicht erweichen. »Dieser Schachzug bestärkt mich darin, dass dir nur der Sommer gehört.«

»Der ist in Telluride total kurz.«

»Mach das Beste draus.«

»Du!«, flucht sie und küsst mich. Wir liegen im Bett, draußen regnet es, und wir planen unsere Zukunft als Familie. Alles wird sich ändern, aber ich weiß, dass es gut werden wird. Mit dieser Frau kann es gar nicht anders als gut werden.

»Wir sollten dafür einen neuen Deal aufsetzen«, sage ich.

»Papierkram?« Sie verzieht das Gesicht.

»Beim letzten Mal warst du begeisterter.«

»Da wollte ich auch deinen Samen, und mir ist die Zeit davongelaufen.«

»Pech, das ist nicht deine Entscheidung, ich will einen Vertrag.«

Ich stehe auf und höre sie hinter mir seufzen, erst frustriert, dann nach einem Blick auf meinen Hintern sehnsüchtig. *So durchschaubar.*

Fröstelnd stelle ich den Thermostat an. Jetzt beginnt die Jahreszeit, in der wir wieder heizen müssen. Ich schließe die noch offenen Fenster und hole mein Tablet, mit dem ich zu Ivy ins Bett steige.

»Schläfst du?«, frage ich, weil sie sich unter der Decke eingemummelt hat. »Dann kann ich ja alles reinschreiben, was ich will.«

»Nur zu! Die Frau möchte ich dann aber erleben, die dir das unterschreibt!«

Trotz ihres streitlustigen Tonfalls richtet sie sich auf und lässt mich zu sich unter die Decke krabbeln. Sie fröstelt, weil meine Beine kalt geworden sind, aber beschwert sich nicht, sondern lehnt sich an mich.

»Okay, ich halte den Vertrag schlicht«, sage ich und drehe den Bildschirm, sodass sie nicht draufschauen kann.

»Meiner hatte acht Seiten. Gib dir Mühe!«

»Mal sehen …«

Ich liebe die Herausforderung, aber mehr noch liebe ich die Frau. Beinahe hätte ich sie verloren, und ganz spontan und doch im Grunde schon lange überlegt kommt mir eine Idee. Viel muss ich nicht schreiben. Dann unterzeichne ich das Dokument mit dem gleichen Tool, das wir beim letzten Mal benutzt haben.

»Jetzt du, Babe.« Ich bin tatsächlich aufgeregt, als ich ihr das Tablet reiche, und fahre ihr nervös durch die Haare, als sie es nimmt.

»Versuchst du, mich abzulenken?«

»Ja«, gebe ich zu.

»Mmh, mal sehen, was du geschrieben hast …«, sagt sie und liest. »Ich verspreche, meine bessere Hälfte zu lieben und zu –« Sie sieht mich an, mit Tränen in den Augen. »Das ist nicht dein Ernst. Ken?«

»Nicht gut, Babe?«, frage ich, dabei kenne ich die Antwort. »Meine Unterschrift ist schon drunter. Lies weiter.«

»Wie du willst.« Sie setzt noch mal neu an, und ich weiß, was sie liest, ich habe es gerade erst getippt und spüre jedes Wort davon.

Ich verspreche, meine bessere Hälfte zu lieben und zu ehren, in guten Zeiten und auch in stürmischen, wenn wir einer Meinung sind und wenn wir es nicht sind. Und ich verspreche, über alles Witze zu machen, aber nie hierüber – und über unser Kind.

»Das ist nicht genug«, sagt sie.

Soll das einer ihrer Späße sein? Nicht lustig. »Babe, da steht: keine Witze.«

»Ich hab noch nicht unterschrieben, also darf ich so viele Witze reißen, wie ich will.« Sie grinst. »Du allerdings nicht.«

Ich stöhne, eher amüsiert als frustriert. »Was fehlt denn?«

»Die Frist, Ken. Aber keine Sorge, ich verrate Cole nicht, dass du nicht mehr in der Lage bist, einfachste Verträge aufzusetzen.«

»Es gibt keine Frist«, sage ich und muss lachen, dass sie das stört.

»Doch, natürlich gibt es eine: für immer.« Sie bearbeitet schon den Vertrag. »Willst du es dir jetzt noch mal anders überlegen? Ich meine, mit dem Wisch wirst du mich, Ivy Rivers aus Ohio, nie wieder los. Du könntest echt einen besseren Fang machen.«

»Unterschreib«, knurre ich und kann es gar nicht erwarten, sie für mich zu haben, sie nie wieder verlieren zu können.

»Schon gut, schon gut! Wie du willst«, tut sie so, als würde ich sie zwingen, grinst dabei jedoch breit. »Ist das rechtlich bindend?«

»Na ja, wir sollten schon noch mal offiziell heiraten, nachdem Cole und April geheiratet haben, aber ja, Vertrag ist Vertrag.«

»Wie besiegeln wir ihn?«

Ich beuge mich über sie und küsse sie. »So!«

»Mit wie vielen Küssen?«

»Zählen wir nicht mehr.«

Epilog

Mai

IVY

Die Sonne scheint. Wind weht über die Anhöhe. Unter uns liegt Telluride, umringt von den Rocky Mountains, in der Ferne erheben sich die San-Juan-Berge. April steht zusammen mit Cole unter einem Blumenbaldachin aus Lilien, Rosen und Gräsern. Sie heiratet, endlich. Wir alle sind hier. Ken und ich, natürlich ihre Hunde Colorado und Alaska, die Schmetterlinge jagen. Reese, die nun auch jemanden kennengelernt hat, Connor, einen Handwerker aus dem Nachbarort. Familie und enge Freunde.

»Cole, zu Hause zu sein ist kein Ort, sondern ein Gefühl. Zu Hause zu sein bedeutet, bei dir zu sein. Du gibst mir Sicherheit, wenn ich Angst habe, Kraft, wenn ich schwach bin, Wärme, wenn mir kalt ist. Jahrelang bin ich vor meinen Problemen davongelaufen. Erst durch dich konnte ich mich ihnen stellen. Du hast mir beigebracht, wie Liebe sein kann, und ich kann es gar nicht erwarten, mit dir gemeinsam jeden Tag aufs Neue zu entdecken, was alles dazugehört. Ich liebe dich.«

Mit jedem Wort ist Aprils Stimme erstickter geworden.

Dabei hat sie vorab extra Atemübungen absolviert, um das zu verhindern. Aber so ist das wohl. Die wirklich wichtigen Momente im Leben sind erst dann perfekt, wenn sie nicht perfekt ablaufen.

Apropos … Ich hatte mir fest vorgenommen, nicht zu heulen. Meine Mascara ist wasserfest, aber der Rest vom Make-up hält nur drei kleine Tränchen aus. Entsprechend heftig blinzle ich, weil ich nicht glauben kann, dass meine beste Freundin ihren Jugendfreund heiratet. Sie ist einen weiten Weg gegangen, um hier zu landen. So wie ich.

Blind taste ich nach Kens Hand, während ich im Arm Sophia halte, unsere schlafende Tochter, die besonders eilig Anfang März auf die Welt gekommen ist. Ken ergreift meine Hand, wir verhaken unsere Finger und drücken uns stumm. Eigentlich reicht das schon, gibt mir Kraft, aber er beugt sich noch zu mir und küsst mein Ohr, und ein wohliger Schauer durchdringt mich. Fast verpasse ich den wichtigsten Moment.

April steckt Cole den Ring an. Ihre Hände zittern. *Untypisch für meine beste Freundin. Sie ist so tough und kriegt alles auf die Reihe, was sie sich vornimmt. Sie ist eine richtige Kämpfernatur. Nur der Mann vor ihr schafft es, sie so aus dem Konzept zu bringen. Damals und heute.*

Mein Blick geht zu ihm. Auch in seinen Augen schimmern Tränen. Gleichzeitig grinst er so unglaublich breit, wie ich es bei ihm noch nie gesehen habe. Der Wind zerrt an seinem Jackett, aber er sieht so aus, als könnte er auch mitten in einem Sturm stehen, nichts könnte ihn von dieser Frau wegbekommen. *Genau so muss es sein.*

»April, Baby, ähm …« Er muss tief durchatmen, dabei ist er von den beiden der geübtere Redner. »Du bist der einzige Mensch, der mich je so aus dem Konzept gebracht hat und immer wieder aus dem Konzept bringen wird. Auf die schönste aller Arten. Du bringst mich dazu, die Menschen in meiner Nähe und die Momente mit ihnen als nicht selbstverständlich anzusehen. Du weißt, deine übertriebene Fürsorge nervt mich manchmal, aber ich verspreche, dass ich mich nur jedes zweite Mal darüber beschweren werde. Ich liebe dich, egal, was auch passieren wird. Das habe ich immer, und das werde ich immer.«

Mist, mir rollt eine Träne über die Wange! Haben die beiden mich mit ihrer geballten Liebe tatsächlich kleingekriegt! Ich blinzle hektisch. Trotzdem sehe ich nur verschwommen, wie Cole meiner besten Freundin den Ring ansteckt. *So hatte ich mir das nicht vorgestellt. Seit wann bin ich dermaßen nah am Wasser gebaut?*

Der Standesbeamte erklärt beide zu Mann und Frau. Sie küssen sich und strahlen so glücklich, wie ich sie noch nie gesehen habe. Schon merkwürdig, sie sind seit fast drei Jahren zusammen, und doch ist das hier noch mal was Besonderes. Ein Moment für die Ewigkeit.

Luftballons steigen auf. Organisiert von Reese, die extra dafür den Luftraum über Telluride hat sperren lassen. Hand in Hand verlassen April und Cole den Traubogen und schreiten unter dem Jubel der Gäste Richtung Tanzfläche, die mit Wiesenblumen und Gräsern dekoriert ist. Wir, die Hochzeitsgesellschaft, folgen ihnen.

»Was macht unsere kleine Maus?«, fragt Ken. *Was er eigentlich wissen will, ist, ob er sie mal wieder nehmen darf.*

»Sie schläft«, sage ich und gebe sie nicht her. Sie ist das Wunder, mit dem ich nicht mehr gerechnet habe. Sie hat Kens tolle braune Augen und süße Grübchen, und ihre Haare locken sich leicht. *Eine echte Herzensbrecherin.*

Ich küsse ihr Köpfchen und fahre behutsam durch ihre weichen Haare.

Ken wirft mir neidische Blicke zu. Dabei hatte er sie kurz vor der Zeremonie die ganze Zeit, während ich April mit dem Kleid und den Haaren geholfen habe.

»Keine Sorge, die nächste volle Windel wartet auf dich«, ärgere ich ihn.

Er grinst nur und berührt prüfend ihre Arme. »Hat sie es warm genug?«

»Du hast auf zwei Jacken bestanden«, erinnere ich ihn. *Was das niedliche Babykleid, das ich extra für die Hochzeit ergattert habe, als Look völlig ruiniert.*

»Es ist windiger geworden.«

»Willst du ihr etwa noch eine anziehen?!«

»Nein, nein.« Er könnte sie in Ruhe lassen, aber spielt mit ihren Fingern, die im Schlaf zugreifen, was surreal aussieht. Ihre Händchen sind so winzig, Ken hat dagegen richtige Pranken. »Die zwei Jacken reichen«, sagt er. »Ihr ist warm genug. Was ist mit dir?«

»Mir?«, frage ich irritiert.

»Du hast Gänsehaut.«

»Das ist ein wohliger Schauer.«

Ken beugt sich an meinen Nacken und streift mich mit seinen Lippen, und ich winde mich genießerisch. »Babe, *das* ist ein wohliger Schauer. Das andere ist …«

»Kein Anzeichen für eine Unterkühlung.« Ich sehe ihn finster an. »Du wirst mir nicht auch noch *meinen* Look ruinieren.«

Er mustert mich anerkennend. Als erste Brautjungfer und stillende Mutter durfte ich von den anderen Kleidern, zumindest was den Schnitt angeht, abweichen. Stoffbahnen fließen über meine Vorderseite und verbinden sich im Nacken. Das Kleid ist rückenfrei und macht es dem Wind leicht, mich zu ärgern. Der Stoff fällt bis zum Boden und flattert die ganze Zeit um meine Beine. Ich sehe grandios aus. Wirklich. Aber ich gebe zu, es war für Ende Mai vielleicht doch etwas zu ambitioniert. Der Tag müsste mindestens dreißig Grad haben, um es gut aushalten zu können. Das werde ich jedoch vor Ken nicht zugeben. Er sieht wahnsinnig heiß aus. Die Anzüge, die er im Büro trägt, können mit dem Smoking heute nicht mithalten. Nur um ihn anzufassen, zupfe ich ständig an seinen Sachen herum. Mal an der Fliege, mal am Jackett.

»Wenn Mommy kalt wird, muss sie Sophia abgeben«, witzelt er.

»Das ist Erpressung.«

»Wirkt sie?«

Ich seufze. »Was soll ich denn anziehen? Mich in die Deko wickeln?«

Er legt mir sein Jackett um die Schultern. »Wie ist das?«

»Mmpf«, mache ich, weil mir sofort wärmer wird, ich aber nicht zugeben will, wie dankbar ich bin.

»Gern geschehen«, murmelt er, weil er mich kennt, zieht mich mit unserer Tochter im Arm an sich, und wir küssen uns. Das ist noch besser als das Jackett. Ich komme fast ins Schwitzen. Ich liebe es, uns zu spüren, als Familie, als Paar. »Keine weiteren Widerworte? Schwach!«, witzelt er.

»Ich wollte nur nett sein, aber da du mein freches Mundwerk so vermisst ... Wenn du jetzt ohne Jackett krank wirst, bekommst du Babyverbot.«

Er grinst. »Wenn du krank wirst, bekommst du auch Babyverbot, also sei dankbar, dass ich meine Gesundheit riskiere, damit du fit bleibst.«

Verdammt, ich liebe diesen Mann. Auch wenn er mir mein Outfit ruiniert. Immerhin hat er ein bisschen Verständnis dafür. Was will ich mehr?

»Wir sollten zu den anderen gehen«, murmelt er.

Erst jetzt wird mir klar, dass wir die Letzten am Traubogen sind. Wir haben unseren Vertrag, aber ich sehe uns hier wieder stehen, in zwei oder drei Jahren, um es offiziell zu machen. Auf jeden Fall erst, wenn Sophia so alt ist, dass sie selbst sagen kann, ob sie drei Jacken braucht oder nicht.

»Also ich wäre ja schon längst bei den anderen, wenn du mich nicht aufhalten würdest«, zische ich Ken zu und küsse ihn.

»Ich dich? Du mit diesem Kleid mich, Babe.«

Jetzt meint er nicht, dass es zu dünn ist, sondern zu sexy. Auch wenn er meine Garderobe ständig kritisiert, ihm gefällt, wie ich herumlaufe. Das wissen wir beide.

Wärme durchdringt mich. Seit Sophias Geburt hatten wir keinen Sex. Andere Sachen waren wichtiger. Aber die Lust auf diesen Mann kommt mit jedem Tag stärker zurück. Dass ich jemals Zweifel an Ken hatte, verstehe ich heute nicht mehr. Jeder Blick sagt mir, dass ich die Richtige für ihn bin, so wie er der Richtige für mich ist. Lächelnd gehen wir zu unseren Freunden.

»Da bist du ja!«, ruft April, die schönste Braut der Welt. Sie trägt ein klassisch geschnittenes Kleid, das durch mehrere Stoffschichten und aufgestickte Perlen dennoch romantisch aussieht.

»Glückwunsch, ihr zwei«, sage ich und umarme erst die Braut, dann den Bräutigam.

»Auch von mir alles Gute!«, sagt Ken.

»Spart euch die netten Worte. Ich stehe hier seit zehn Minuten und will den Brautstrauß werfen, und wer fehlt? Meine beste, noch ledige Freundin«, beschwert sich April.

Ich zeige auf die Jacke. »Ken musste mich vor Frostbeulen schützen.«

»Das ist kein –«, beginnt April, unterbricht sich aber. »Okay, das ist ein guter Grund. Ich nehme mal an, die Knutscherei eben diente auch nur rein gesundheitlichen Zwecken.«

»Natürlich«, sagt Ken und grinst. »Ivy ist jetzt fit für die Feier.«

»Super, dann kann ich die Blumen ja werfen.« Sie grinst zurück. »Mit Rohrschwingel und Liebesgras. Schließlich soll der Strauß Glück bringen.«

Für mich klingt das eher nach einer Sommerallergie, aber ich kenne die Geschichte zu dem Gras. Auch wenn ich schon viel Glück hatte, ich nehme gerne mehr. *Wer nicht?*

Ergriffen küsse ich Sophias Köpfchen und gebe mein Töchterchen an ihren Papa weiter. Ken murmelt ihr was zu, lächelt dabei und ist ganz der wunderbare Vater. *Schon verrückt, dass ich ihn anfangs nicht in der Rolle gesehen habe. Ich könnte mir keinen Besseren dafür vorstellen. Niemand ist fürsorglicher als er.*

»Ivy!«, zischt April langsam verärgert, weil ich trödle.

»Bin bereit.« Ich stelle mich zwischen Reese und Amy und zig andere Frauen, die zwar alle Partner, aber bisher keinen Ring am Finger haben. »Wirf hierher. Nach links!«, rufe ich.

KEN

Sophia wird in meinen Armen wach und sieht mich mit diesen entzückenden, riesigen braunen Kulleraugen an.

Ich streichle ihre Wange und wiege sie sanft, liebe es, sie zu halten.

Egal, was auch passiert, ich werde dafür sorgen, dass sie glücklich ist.

Selbst wenn Mommy sie halb erfrieren lässt.

Zusammen mit Cole sehe ich zu, wie sich die Frauen aufstellen, was ein Gewimmel von flatternden Kleidern ist – plus einem Jackett.

»Wie fühlst du dich?«, frage ich meinen besten Freund.

»Am liebsten würde ich zu April gehen und ihr helfen. Sie hat viele Stärken, aber Werfen ist keine davon.«

Ich denke an unsere Dartabende, muss lachen und gebe April zusammen mit Cole Handzeichen, was sie tun soll. Bringt wenig.

»Und selbst?«, fragt Cole. »Daddy?«

»Warum wundern sich eigentlich alle, dass ich ein guter Vater bin?« Ich grinse schief. »Ich hab es geschafft, bei einem erwachsenen Mann einen Burn-out zu verhindern, da komme ich mit so einer Prinzessin locker klar.« Ich schaukle Sophia, woraufhin sie wieder einnickt.

»Das sagst du jetzt, aber meinst du, du bleibst auch cool, wenn sie in zwanzig Jahren mit einem muskulösen, tätowierten Casanova auftaucht?«

»Natürlich. Der wäre dann ja, wie ich mal war. Mehr Sorgen bereitet mir, wenn sie einen Spießer anschleppt.« Cole und ich verziehen wie abgesprochen das Gesicht. »Die Rede übe ich schon.« *Jeder sollte jemanden haben, der bei einem den Puls etwas erhöht. Nicht jemanden, an dessen Seite man vor Langeweile stirbt.*

Apropos … Ich sehe zu den Frauen, und Coles Puls muss auf jeden Fall ziemlich weit oben sein, wenn ich mir die Wurfvorbereitungen so anschaue. Die Windrichtung wird nicht beachtet. Das Büfett ist zu nah. Die Frauengruppe steht viel zu dicht.

Chaos pur.

Endlich wirft April den Brautstrauß. Das Teil fliegt in einem hohen Bogen gen Abhang, während die ledigen

Damen alle auf der anderen Seite stehen. Als gälte es, irgendjemanden unten im Tal zu überraschen.

»Verdammt, April, was ist das denn? Hörst du schlecht? Unsere Hierher-Rufe kamen von links, nicht rechts«, beschwert sich Ivy, bricht aus der Gruppe lediger Frauen aus und sprintet dem Strauß nach, wobei ihr das Jackett von den Schultern rutscht. Mit im Rennen: Colorado und Alaska, die das Ganze für ein Spiel halten.

»Fuck, Babe, nicht!«, rufe ich, weil ich zwar ihr Engagement zu schätzen weiß, aber offensichtlich überängstlich geworden bin und mich schon als Witwer sehe. Wenn der Strauß über die Klippe fliegt, soll sie ihm bitte nicht nachspringen. Sophia und ich brauchen sie noch.

»Keine Sorge, den krieg ich!«

»Ja, in deinen Träumen«, knurre ich und entscheide mich für eine Rettungsaktion. Ich drücke Cole meine Tochter in die Arme und hechte meiner quasi schon laut Vertrag Angetrauten hinterher. Hier wird es keine zweite Hochzeit geben, wenn sie sich in den Abgrund stürzt.

»Ha!«, ruft sie, springt – zusammen mit Colorado –, erwischt den Strauß, fällt der Länge nach hin und bleibt einen Meter vor der fucking Klippe liegen. *Ist sie irre oder was?*

Adrenalin pumpt durch meine Adern. Ich muss das kurz verarbeiten. »Babe, willst du mich umbringen?«

»Dich? Warum dich? Ich hab doch nur mich beinahe umgebracht. Aber es ist doch alles gut ausgegangen.« Colorado leckt ihr Kinn, und sie kichert. Sie richtet sich auf und verzieht das Gesicht. Sie hat eine Schramme, das ist in Anbetracht ihres Stunts wenig, plus zig Grasflecken auf dem tollen Kleid. »Mist«, murmelt sie, als sie den Schaden bemerkt. Dann dreht sie sich um und hält triumphierend den Strauß Richtung April. »Hab ihn!« Jubel bricht aus.

Und sie küsst mich. »Und den richtigen Kerl hab ich auch, falls er mich keinen Kopf kürzer macht.«

Meine Güte, was hatte ich gerade noch mal gedacht, was einen gesunden leicht erhöhten Puls angeht?

Mir rauscht das Blut in den Adern. Ich bin echt selten überfordert, aber die Mutter meines Kindes beinahe sterben zu sehen ist doch ein bisschen zu viel für mich. Ich kann sie nur in die Arme nehmen und muss sie eine ganze Weile halten.

»Alles okay?«, fragt sie irritiert, weil sie mich so selten erlebt.

»Nein«, brumme ich, absolut ernst gemeint, was sie bei all den Späßen zwischen uns sofort bemerkt. »Bist du verrückt geworden, so was zu machen?!«

»Ich hab den Strauß«, meint sie entschuldigend.

»Scheiß auf den Strauß. Glaubst du, das Ding bestimmt, ob ich dich heirate?«

Sie kaut auf ihrer Lippe herum und schaut nach ihrem Ellenbogen. Die Schramme blutet jetzt sogar, aber sie nimmt den Schmerz tapfer hin. »Da tut man ein Mal was für seinen Mann, und dann passt es dem Herrn nicht!«, überspielt sie die Situation mit Humor.

Ich kann nicht lachen. »Los, lass uns das verarzten.«

»Es ist bloß eine Schramme, Ken.«

»Du könntest dir einen Keim eingefangen haben und eine Blutvergiftung bekommen.«

»Von einer Wiese?«

»Ja, von einer Wiese!«

»Gut, verarzte mich, Dr. McNamara. Aber nur fürs Protokoll: Wenn du bei jeder Schramme von Sophia so durchdrehst, gibt es Ärger. Wie soll sie Abwehrkräfte aufbauen, wenn du sie vor allem beschützt?«

»Akzeptiert, aber ebenfalls fürs Protokoll: Bei absolut krassen Verletzungen werde ich immer durchdrehen. Kann ich nicht abstellen. Und jetzt hopp, Babe.«

»Wo ist Sophia?«, fragt sie, als ich die Hand auf ihren Rücken lege und sie zu einem Zelt führe, wo die Sachen für die Organisation der Feier lagern.

»Bei Cole«, sage ich und nicke zu ihm, der unsere Tochter ganz behutsam hält, dann zu April schaut und einen merkwürdigen Gesichtsausdruck bekommt. »Zusammen mit April plant der Kerl offensichtlich gerade die Entführung unserer Tochter.«

Ivy grinst. »Also, wenn sie jemand entführen darf, dann die beiden.«

»Du würdest sie hergeben?«

»Ich würde sie natürlich zurückentführen. Was denkst du denn!«

Fuck, ich liebe diese Frau wirklich sehr. Auch als sie anfängt, zuerst die Blumen ins Wasser zu stellen, statt sich selbst zu versorgen.

In einer der Kisten liegt Verbandszeug. Ich durchstöbere sie, bis ich habe, was ich brauche, und bringe Ivy dazu stillzuhalten, damit ich die Wunde desinfizieren kann.

»Au!«, zischt sie, als ich mit Alkohol über die Abschürfungen tupfe. »Au, au, au.«

»Findest du die Aktion von eben immer noch gut?« Ich reinige die Stelle besonders gründlich und lege Ivy einen Verband an. Ein normales Pflaster reicht nämlich nicht. »Besser?«

Sie legt die Arme um meinen Hals. »Ein Kuss würde mir noch helfen.«

»Ist das so?«

»Mmh.«

Ich beuge mich zu ihr und genieße es, sie abseits des Trubels für mich zu haben. Ihr Mund schmeckt nach Sekt vom Empfang. Ihre Lippen sind weich, und ihr ist definitiv warm. Ich streichle sanft über ihren Rücken und liebe es, wie sie leise seufzt. »Reicht der?«

»Nein«, sagt sie. »Lass uns trotzdem zu den anderen zurückgehen.«

»Falls Sophia uns braucht?«

»Genau.«

Wir verlassen das Zelt, doch es hat sich kaum was getan. Außer dass Cole Sophia in ihren Kinderwagen gelegt und vorsorglich das Insektennetz über die Haube gezogen hat.

Ich frage mich gerade, warum er sie aus der Hand gegeben hat, als ich den Grund sehe. Der Hochzeitstanz beginnt. Cole zieht April in seine Arme, und beide genießen den Moment und sind ganz bei sich. Als mehr und mehr Leute sich zu ihnen gesellen, ziehe ich Ivy ebenfalls zu mir.

»Oh, gut«, sagt sie. »Wir sollten unbedingt für unsere Hochzeit üben, du tanzt furchtbar!«

»Sagt die Frau ohne jedes Rhythmusgefühl.«

Wir grinsen beide, weil es nicht stimmt. Dabei erinnere ich mich an unseren Tanz auf dem Festival.

»Rennst du jetzt gleich wieder weg?«, ziehe ich sie auf.

»Ich kann doch April und Cole nicht die Hochzeit ruinieren! Keine Sorge, ein bisschen halte ich es schon noch aus, von dir durch die Gegend geschaukelt zu werden.«

»Tänze werden besser, wenn sie langsamer werden.«

»Das glaube ich erst, wenn ich es erlebe!«

Sie hätte auch sagen können, dass sie meiner Meinung ist. Wie abgesprochen bewegen wir uns ruhiger. Ich sehe ihr in die Augen, streiche ihr durch die Haare, die der Wind immer wieder in ihr Gesicht weht, und küsse sie.

Sie lächelt.

»Was ist los, Babe?«

Mit dem Daumen reibt sie mir über den Mund. »Jetzt hast du so viel Lippenstift von mir dran, dass man es sieht.«

»Dann muss ich den wohl loswerden«, erwidere ich und knabbere an ihrem Hals.

Sie lacht, löst sich aber nicht wie bei unserem ersten Tanz, auch wenn ich tatsächlich etwas Farbe auf ihrem Nacken hinterlasse.

»Du ergreifst nicht die Flucht?«, frage ich.

»Nein, und falls doch, dann nur, weil ich verfolgt werden will.«

»Also stehst du doch auf Aufreißer!«

Sie legt den Kopf nachdenklich schief. »Nein, immer noch nicht.«

»Babe«, knurre ich warnend.

»Erwischt, nur auf den einen.«

Ende

Leseempfehlung:
„Mauerblümchen & Hollywoodstar“

PHILIPPA L. ANDERSSON

BURNING KISSES
UNDER THE STARS

ECHTE LEIDENSCHAFT

Weitere Informationen & Leseempfehlungen:
www.philippalandersson.de